Taavi Soininvaara
Finnisches Roulette

Taavi Soininvaara

Finnisches Roulette

Roman

Aus dem Finnischen
von Peter Uhlmann

Gustav Kiepenheuer Verlag

Die Originalausgabe unter dem Titel
Ikuisesti paha
erschien 2003 bei Tammi, Helsinki.

Die Übersetzung wurde freundlich unterstützt
von FILI – Suomen Kirjallisuuden Tiedotuskeskus.

ISBN 3-378-00668-4

1. Auflage 2005

Published by agreement with Tammi Publishers, Helsinki.
Satz Dörlemann Satz GmbH, Lemförde
Einbandgestaltung gold, Anke Fesel und Kai Dieterich
Druck und Binden Ebner & Spiegel, Ulm
Printed in Germany

www.gustav-kiepenheuer-verlag.de

Eine schwere Krankheit erfordert gefährliche Medikamente.

Guy Fawkes (1570–1606)

FREITAG

Der Tag vor dem Mittsommerwochenende

1

Sami Rossi wartete im Erdgeschoß des Einkaufszentrums »Forum« ungeduldig auf den Lift, der ihn in die Hölle bringen würde. In dem Shoppingparadies mitten im Zentrum Helsinkis wimmelte es von Menschen, die es eilig hatten. Auch vor dem Mittsommertag erledigten viele ihre Einkäufe erst in letzter Minute. Es war halb eins, in Kürze würde das »Forum« schließen.

Die brütende Hitze des Tages war auch in dem Gebäude zu spüren: Obwohl die Klimaanlage auf Hochtouren arbeitete, fühlte man die hohe Luftfeuchtigkeit auf der Haut. Aus den Fastfood-Restaurants im Foyer stieg Rossi der Gestank ranzigen Fetts in die Nase, und ihm wurde fast übel, als er einen Polizisten erblickte, der einen Kebab von der Größe eines mit Fisch gefüllten Brotlaibs gierig in sich hineinstopfte, so daß die Soße aus seinen Mundwinkeln rann.

Rossis Mittsommerfeier hatte sich auf den am Vorabend mit Klasu geleerten Kasten Bier und den traditionellen Videomarathon beschränkt, bei dem sie sich diesmal den »Paten« angesehen hatten. Am Unabhängigkeitstag im Dezember würden sie sich gemeinsam alle Teile des »Unbekannten Soldaten« anschauen, zu Weihnachten »Dirty Harry« und zu Ostern »Das Schweigen der Lämmer«. Es sei denn, Laura bevorzugte künftig ein Feiertagsprogramm mit mehr Tradition.

Der Aufzug kam immer noch nicht. In das »Alko«-Geschäft nebenan strömten die Menschen, als befände sich dort eine Heilquelle.* Rossi schreckte aus seinen Gedanken auf, als er den Blick einer Frau in einem engen pinkfarbenen Top auffing. Er deutete ein freundliches Lächeln an und erhielt als Antwort ein Grinsen – der Versuch eines Flirts. Rasch strich er sich eine blonde Haarsträhne aus der Stirn und warf einen Blick auf sein Spiegelbild im Schaufenster. Sein Körper wirkte durchtrainiert, obwohl er zwei Wochen lang keine Zeit für das Fitneßstudio gehabt hatte. Das enganliegende, langärmlige Baumwollhemd betonte die Muskeln ebenso wie die gutsitzenden Jeans. Er sah aus wie Muhammed Ali vor dem »Rumble in the Jungle« gegen George Foreman in Zaire. 1974 war der Champion genauso alt gewesen wie er jetzt – zweiunddreißig Jahre. Allerdings hatte Rossi aufgehört zu boxen, das war das einzige in seinem Leben, was er wirklich bereute. Nicht wenige seiner Bekannten waren freilich der Auffassung, sein ganzes Leben gleiche einem Lexikon der Mißerfolge. Zum Glück hatte wenigstens Laura Verständnis für ihn, die Meinung der anderen war ihm nicht so wichtig.

Rossi drückte mindestens schon zum zwanzigstenmal auf den Fahrstuhlknopf und wurde allmählich wütend. Seine letzten Urlaubstage und das Mittsommerwochenende mußte er in der Stadt verbringen, etwas Trostloseres konnte man sich kaum vorstellen. Aber seine Frau wollte schnell mit der Renovierung fertig werden. Selbst ein Esel ließ sich leichter überreden als Laura. Sie hatte auch die Entscheidung über den Kauf der Dreizimmerwohnung in der Lönnrotinkatu getroffen, obwohl der Preis so hoch war, daß er die Wolken berührte. Und die Bürde des Bankkredits würden sie erst kurz vor ihrem Begräbnis loswerden. Laura hatte seine zwei Urlaubswochen den Tapeten, Pinseln und dem Terpentingestank geopfert. Für sie war es natürlich

* In Finnland ist Alkohol mit wenigen Ausnahmen nur in den staatlichen »Alko«-Geschäften erhältlich.

leicht, Urlaubspläne zu schmieden, als Lehrerin hatte sie ja lange genug Sommerferien, dachte Rossi neidvoll und wunderte sich einmal mehr, warum Lauras Zielstrebigkeit ihn so anzog.

Seine Gedankengänge wurden von einem schrillen Aufschrei unterbrochen. Eine junge Frau kniete sich mühevoll nieder, um ihre Einkäufe aufzusammeln, die aus der zerrissenen Papiertüte herausgefallen waren. Ihr unübersehbarer vorgewölbter Bauch verriet, daß sich die Schwangerschaft dem Ende näherte. Die Kante eines Fruchtsaftkartons hatte den Deckel eines Joghurtbechers getroffen, auf dem Fußboden bildete sich eine rosafarbene Pfütze, und die Schwangere brach in Tränen aus. Ein Pudel auf dem Arm einer Dame mit Hut war der einzige, der die Unordnung gern beseitigt hätte.

Rossi wollte der jungen Frau gerade zu Hilfe eilen, als ihr ein elegant gekleideter Mann hoch half. Während er die Gläschen mit Kindernahrung aufhob, redete er fließend Englisch. Die Frau setzte sich vorsichtig auf einen wackligen Plastikstuhl des Kebab-Restaurants, um zu verschnaufen.

Rossi vermutete, daß es sich bei dem hilfreichen Ritter um einen Geschäftsmann handelte; aus seinem Ohr hing das Knopfhörerkabel eines Mobiltelefons. Ob der Typ für den heutigen Nachmittag eine geschäftliche Besprechung vereinbart und so einem Finnen den Mittsommertag verdorben hatte? Die Ausländer begriffen nicht, daß Mittsommer für viele Finnen die einzige Gelegenheit im ganzen Jahr bedeutete, den Waldmenschen, der tief in ihnen steckte, herauszulassen. – Wo saßen bloß alle vier Aufzüge fest?

»... *Luca Brasi sleeps with the fishes.*« Rossi ahmte den tiefen Tonfall des Mafioso Clemenza so leise nach, daß er die Worte selbst nicht hörte. Die Szenen aus dem ersten Teil des »Paten« gingen ihm immer noch durch den Kopf.

Endlich ertönte das Klingeln des Aufzugs. Rossi griff

nach seinen gefüllten Einkaufsbeuteln und hob sie gerade an, als sich ein eleganter graumelierter Herr im dunklen Anzug an ihm vorbei in den Aufzug drängte. *»Excuse me«*, sagte der Mann schnaufend, stellte seine Ledertasche auf den Fußboden und wischte sich mit dem Taschentuch den Schweiß vom braungebrannten Gesicht. Er schnappte gierig nach Luft und riß sich den weinroten Seidenschal vom Hals. Am Revers seiner Jacke glänzte der Anstecker irgendeiner Organisation. Besorgt dachte Rossi, der Opa sollte lieber nicht draußen herumrennen bei der Hitze, die so schwül war wie die Atmosphäre einer Erweckungsfeier.

Endlich ruckte der Aufzug an und fuhr los. Der Ausländer öffnete den obersten Hemdknopf und zerrte den Schlipsknoten auf. Plötzlich wurde er ganz blaß, hörte auf zu schnaufen und riß sein Hemd so heftig auf, daß die Knöpfe wegflogen und klirrend an die Aluminiumwand des Aufzugs prallten. Dann sank der alte Herr in die Knie, preßte die Hände auf die Brust und schnappte verzweifelt nach Luft.

Sami Rossi ließ die Einkaufsbeutel fallen und beugte sich vor, um dem Mann zu helfen, als die mit Leberflecken bedeckte Hand des Gentlemans nach oben zuckte und wie im Krampf den Nothalteknopf drückte. Man hörte, wie Metall knirschte, der Aufzug schwankte und blieb stehen. Der Mann zog Rossi am Kragen zu sich herunter auf die Knie. Seine Augen waren weit aufgerissen, er faßte sich an die Brust und griff mit der anderen Hand nach seiner Tasche.

Als Rossi hastig das Handy aus der Tasche holte, packte der Mann sein Handgelenk.

»Nein. Warten Sie. Diese Tasche darf nicht ... ich will nicht, daß sie der Polizei in die Hände fällt. Wenn ich sterbe, wird sie sicherlich durchsucht.« Der Mann keuchte und preßte beim Sprechen die Zähne zusammen. Der Schweiß lief ihm in Strömen über das bleiche Gesicht.

Verblüfft öffnete Rossi den Mund, um eine Frage zu stellen, aber der Ausländer kam ihm zuvor. »In der Tasche sind meine dienstlichen Unterlagen und fünfzigtausend Euro. Sie bekommen die Hälfte des Geldes, wenn Sie die Tasche für mich aufbewahren. Ich will keinen Skandal, ich bin Diplomat.«

Rossi wußte nicht, was er tun sollte. Der Opa würde doch hier im Aufzug sterben, wenn ihm nicht sofort geholfen wurde. Dann schoß ihm durch den Kopf, daß die Hälfte von fünfzigtausend Euro immer noch eine ganze Menge Geld bedeutete. Er verwarf den Gedanken und wählte auf dem Handy die Notrufnummer, aber der Diplomat ergriff das Telefon, ließ es auf den Fußboden fallen und öffnete mit zitternden Händen seine Tasche.

»Sehen Sie. Nur Unterlagen und das Geld. Sonst nichts. Hier ist meine Visitenkarte. Rufen Sie die Nummer auf dem karierten Papier an, wenn Sie am Wochenende nichts von mir hören. Ich bitte Sie …«

Rossi zögerte immer noch. Sein Gehirn arbeitete angestrengt, aber es kam nichts dabei heraus. Er war nicht imstande, zu entscheiden, was er tun sollte, und Laura war nicht da und konnte ihm keinen Rat geben. Rossi drehte die Tasche zu sich hin, nahm ein dickes Bündel Banknoten in die Hand und stellte überrascht fest, wie schwer es war. Hinter dem ledernen Zwischenboden der Tasche steckte die Visitenkarte: »Dr. Dietmar C. Berninger, Gesandter und Botschaftsrat, Chef der politischen Abteilung, Deutsche Botschaft in Helsinki«. Rossi schaute den Diplomaten an, der noch bleicher geworden war. Der Mann brauchte ärztliche Hilfe, und zwar sofort. Und Sami Rossi brauchte Geld.

»Na gut«, sagte Rossi unsicher. Er nahm die Tasche, griff nach den Henkeln der Einkaufsbeutel und schlug mit der Faust auf den Knopf der dritten Etage.

Als sich die Tür mit einem Rauschen öffnete, drückte Rossi den Nothalteknopf, um zu verhindern, daß der Lift weiterfuhr, dann rannte er los. Auf dem Platz, dem Kukontori, war von den Männern im Overall des Wachdienstes noch nichts zu sehen, aber ein Junge mit einem Sack Holzkohle blieb stehen und schaute ihm nach. Die Plastiktüten schaukelten hin und her, als Rossi am Geschäft »Musta Pörssi« entlang durch das Bogengewölbe bis zur Yrjönkatu hetzte, dort blieb er stehen und alarmierte die Notrufzentrale. In Kürze würde der Diplomat Hilfe bekommen.

Sami Rossi war kaum vom Kukontori verschwunden, als sich ein breitschultriger Mann aus dem Schatten im Eingang eines Telefongeschäfts löste. Er kümmerte sich nicht um die Teenager, die auf dem Platz herumlungerten, sie würden in den nächsten Minuten vollauf damit beschäftigt sein, ihren Freund zu bewundern, der mit seinen Skateboardkünsten prahlte.

Der Mann, der Shorts und ein Pikeehemd trug, ging in aller Ruhe die zwanzig, dreißig Meter bis zu dem Aufzug, in dem sich Berninger befand. An der Tür zog er sich Handschuhe an, setzte eine George-W.-Bush-Maske aus Gummi auf und vergewisserte sich mit einem kurzen Blick, daß ihn niemand beobachtete.

Dietmar Berninger schaute in den Spiegel und zog seinen Schlipsknoten zu. Er sah immer noch blaß aus, aber von den anderen Symptomen des Anfalls war keine Spur mehr zu erkennen. Das ganze Schauspiel empfand Berninger als Clownerie. Für die krankhaften Träume von Anna Halberstam und für die Zukunft der Gentechnologie wäre er nie dazu bereit gewesen, aber um des Geldes willen mußte der Mensch sich manchmal unterordnen und solchen Schwachsinn mitmachen.

Der Mann mit der Maske betrat den Aufzug. Berninger drehte sich um, sein Gesichtsausdruck war verdutzt, als er den amerikanischen Präsidenten aus Gummi erblickte. »Wer zum Teufel sind Sie?« fragte der Diplomat, als der Maskenmann die Faust zum Schlag hob.

»Ein Sterbe...«, sagte der Mann, und sein Faustschlag betäubte Berninger, »...helfer.« Der zweite Schlag zerschmetterte die Luftröhre des Diplomaten, und ein heftiger Ruck brach ihm das Genick. Berninger sackte leblos zu Boden, und das Blut, das aus seiner Nase floß, verfärbte den weißen Hemdkragen.

Der Killer verließ den Aufzug. Auf dem Kukontori waren zwar etliche Menschen unterwegs, aber keiner beachtete ihn. Der Mann rannte hinter die Aufzüge, lief so an den Glaskegeln der Dachfenster vorbei, daß die Überwachungskameras ihn nicht erfassen konnten, bog dann nach rechts ab und blieb an der D-Treppe stehen. Er hielt einen Laserstift über seinen Kopf und gab damit ein Zeichen in Richtung der dunkel getönten Fenster der Überwachungszentrale des »Forum«. Zweimal lang und zweimal kurz.

Der Wachmann, der am Fenster stand, hatte das Zeichen gesehen, es bedeutete, daß er sich die Aufzüge anschauen sollte. Er ging zu seinem Monitor und wählte die Überwachungskamera im ersten Aufzug am Kukontori: Eine Tante mit Sonnenhut und ein Pudel leckten einander ab. Der zweite Fahrstuhl war leer. Der Wachmann erstarrte, als er die Leiche auf dem Fußboden des dritten Aufzugs und das blutverschmierte Hemd erblickte.

Panik erfaßte ihn und lähmte seine Gedanken. Was war geschehen? Der Wächter spulte die Bilder zurück und schaute dann ungläubig zu, wie der alte Herr ermordet wurde. Er zitterte so, daß er es nur mit großer Mühe schaffte, den Vorgang auf eine CD zu kopieren und die Bilder aus dem dritten Aufzug auf der Festplatte des Zentralrechners zu löschen. Verdammt, in was war er da hineingeraten? Von einem Mord hatte niemand gesprochen.

2

»Ich, ich, ich … Anna …«, kreischte das Kakadupärchen Eos und Tithonus, als sich die Schiebetür des Vogelzimmers öffnete und die schmal und schwächlich wirkende Anna Halberstam mit ihrem elektrischen Rollstuhl hereinfuhr. Tithonus flatterte vom Kletterbaum auf die Armlehne des Rollstuhls und drehte immer wieder den Kopf: Er bettelte ständig und wollte im Nacken gekrault werden. Eos zeigte ihre Zuneigung etwas sparsamer als ihre bessere Hälfte.

Anna streichelte ermattet die hellgelbe Federhaube von Tithonus. Sie liebte ihre Vögel. Die weißen Goldhaubenkakadus mit schwarzem Schnabel gehörten zu den klügsten ihrer Gattung, waren aber krankhaft geltungsbedürftig. Als vor zehn Jahren Annas Krankheit ausbrach, hatte sie einen Kakadu und einen kleinen Flugkäfig gekauft, aber der Vogel hatte unter der Einsamkeit gelitten, sich unablässig seine Federn ausgezupft und war nach wenigen Monaten gestorben. Also machte Anna den großen Wintergarten der Villa Siesmayer zu einem Vogelzimmer und bezahlte einen Fachmann, der den Raum einrichtete. Kletterbäume und Sitzäste aus Buche und Eiche wurden aufgestellt, hier und da hängte man gebündelte Zweige zum Knabbern und dicke Hanfseile auf, und ein Teil des Bodens wurde mit Erde bedeckt, in der die Kakadus nach Herzenslust wühlen konnten.

Der heutige Tag sollte für Anna eigentlich ein Freudentag sein, denn endlich begann die Phase der Umsetzung von Konrads Plan. Die Anspannung verstärkte jedoch ihre Depressionen, heute hatte sie sogar im Vogelzimmer das Gefühl, daß ihr die Decke auf den Kopf fiel. Sie sah, wie auf dem großen, von einer Ziegelmauer umgebenen Hof die kleinen Vögel hin und her flatterten, und schloß die Augen. Nur im Vogelzimmer konnte Anna hinausschauen, in allen anderen Räumen des Hauses wurden die Vorhänge immer geschlossen gehalten, und sie verließ das Haus niemals. Anna konnte den Anblick der Außenwelt nicht ertragen, nicht einmal den ihrer Abbilder. In der Villa Siesmayer, einem prunkvollen Gebäude im Frankfurter Westend, hatte sie sich verschanzt, nachdem man bei ihr vor einem Jahrzehnt die unheilbare Krankheit ALS festgestellt hatte. An die Diagnose des Arztes erinnerte sie sich, als wäre es gestern gewesen: Sie würde unter Muskelschwund leiden, ihr Sprechvermögen verlieren, den Rest ihres Lebens im Rollstuhl zubringen und nach dreizehn oder spätestens zwanzig Jahren an der Krankheit sterben. Zehn der vorhergesagten Jahre waren nun schon aufgebraucht.

Anna hörte auf, Tithonus den Nacken zu streicheln; der Vogel wirbelte die spröden grauen Haare seiner Herrin durcheinander, als er pfeifend aufflog und sich neben Eos setzte. Mit ihrer schmalen Hand nahm Anna die Handtasche vom Gepäckständer des Rollstuhls. Sie holte den Spiegel heraus und brachte ihre Frisur in Ordnung. Noch immer kleidete und schminkte sie sich sorgfältig, obwohl keine Gäste mehr die Villa Siesmayer besuchten. Sie hatte Angst, daß ihre Gebrechlichkeit bald auch das Personal vertreiben würde. Anna war müde, und der dunkle Schatten der Angst schwebte irgendwo ganz in ihrer Nähe. Langsam, aber sicher zehrte die Krankheit ihren Lebenswillen auf, genau wie ihren Körper. Lähmende Verzweiflung verdunkelte ihr Gemüt jedesmal, wenn sie über ihren allmählichen Verfall nachsann.

Sie versuchte an etwas Positives zu denken und blickte liebevoll auf das Foto von Werner. Bilder von ihm fanden sich in jedem Raum der Villa Siesmayer. Seit dem Tod ihres Mannes waren erst zwei Monate vergangen, aber alle Freunde hatten sie schon im Stich gelassen. Anna wußte, daß auch Kakadus monogam waren. Ein Papagei, der allein zurückblieb, trauerte sich oft zu Tode. Würde es ihr auch so ergehen? Manchmal überlegte Anna, ob Werner wirklich am Steuer eingeschlafen oder mit seinem Wagen absichtlich in den Abgrund gefahren war, um sie nicht mehr pflegen zu müssen. Vielleicht bestand der Sinn ihres Lebens darin, zu prüfen, wieviel die ihr nahestehenden Menschen ertragen konnten.

»Anna, Anna ... ich, ich ...«, wiederholten die Lieblinge der Hausherrin und pfiffen dazwischen, aber Anna war tief in Gedanken versunken. Der Tod Werners hatte auch den Machtkampf um die H&S Pharma ausgelöst. Werner war der Haupteigentümer der Arzneimittelfirma und der Vorstandsvorsitzende des Unternehmens gewesen, er traf alle Entscheidungen, auch die über den Einsatz der Forschungsmittel. Nach Annas Erkrankung hatte Werner eine Gruppe zur Untersuchung der ALS-Krankheit gegründet und im Laufe der Jahre Millionen, erst Mark und dann Euro, in deren Arbeit investiert.

Jetzt standen das ALS-Forschungsprogramm und Annas Zukunft auf des Messers Schneide. Sie konnte nicht darüber bestimmen, was H&S Pharma und ihre Tochterunternehmen künftig erforschen würden, denn sie verfügte nicht über die dafür erforderliche Aktienmehrheit, weil Werner ihr nicht alle seine Aktien hinterlassen hatte.

Anna wußte, daß es noch jemanden gab, der die Herrschaft über die Firma anstrebte. Die Witwe des anderen Gründers und Haupteigentümers von H&S Pharma hatte kürzlich ihre Aktien an die Future Ltd. verkauft, eine Investmentgesellschaft, weiß der Himmel aus welchem Land. Anna nahm an, daß die Future Ltd. das Programm zur Erforschung von ALS stoppen würde, sobald sie konnte. Die amyotrophe Lateralsklerose war, betriebswirtschaftlich gesehen, kein lohnenswertes Forschungsobjekt, weil in der ganzen Welt nur siebzigtausend Menschen unter dieser Krankheit litten.

Eos, die zurückhaltender war als ihr Partner, flog auf die Armlehne des Rollstuhls und drückte mit ihrem Schnabel auf einen Knopf am Steuergerät. »Konrad, Konrad …« Eos wollte Futter und wußte, wie die Hausherrin ihren Assistenten Konrad Forster herbeirief.

Anna war der Ansicht, daß Konrad dem Schicksal die Stirn bieten könne, das sie mit einer seltenen Krankheit gestraft und ihr Werner genommen hatte. Sie dankte dem Himmel für Konrad, denn sie selbst war zu nichts mehr fähig. Krankheit und Müdigkeit zermürbten sie in einem Strudel aus Angst, Schwäche und Verzweiflung.

Konrad hatte einen Plan zur Eroberung von H&S Pharma ausgearbeitet. Wenn der Plan mißlang, würde das ALS-Forschungsprogramm eingestellt werden. Anna war überzeugt, daß sie dann nicht im Gefängnis ihrer Krankheit auf den qualvollen Tod warten würde. Nur die Hoffnung auf ein neues Medikament hielt das Entsetzen, das in ihr tobte, im Zaum.

Die Glastür öffnete sich mit einem Rauschen, und die Kakadus ahmten begeistert das Geräusch nach, während ein hagerer, groß gewachsener Mann, auf dessen Stirn sich eine dicke Ader abzeichnete, das Vogelzimmer betrat. Mit ihm schwebte ein kräftiges Pfeifentabakaroma in den Raum. Konrad Forster war Annas Schutzengel, der sich um all ihre Angelegenheiten kümmerte und selbst ihre geringsten Wünsche erfüllte, ohne zu murren. Anna hatte volles Vertrauen zu ihm.

»Schön, daß du gekommen bist. Das Vogelfutter ist wieder alle, und ich kann die Näpfe nicht füllen, sosehr ich es auch möchte«, sagte Anna langsam und mit leiser Stimme. Dann entschuldigte sie sich dafür, daß sie so nutzlos war, und hustete schwach. Das Sprechen fiel ihr schwer. Im gleichen Augenblick traf ein Lichtstrahl Annas Gesicht, und sie bat Konrad, die Vorhänge zu schließen und die Wohlfühlleuchten einzuschalten. Sie schämte sich, weil sie ihn ständig herumkommandierte.

Der hagere Mann kehrte zum Rollstuhl zurück, lächelte warmherzig und legte den Angoraschal, der auf den Boden gerutscht war, um Annas Schultern. »Ich habe Nachrichten aus Finnland erhalten. Die erste Phase ist ganz nach Plan verlaufen, wir haben die Bildaufzeichnung der Überwachungskamera im Aufzug«, berichtete Forster und wurde mit einem Lächeln Annas belohnt. »Allerdings gibt es auch schlechte Nachrichten. Dietmar Berninger ist tot. Es ist am besten, wenn du es von mir erfährst«, sagte Forster voller Mitgefühl und nahm Annas Hände.

Anna lächelte schwach, sie glaubte, Konrad mache einen Scherz, bis ihr klar wurde, daß kein Lächeln über sein Gesicht ziehen würde. »Wieso? Was ist geschehen ...«, fragte sie mit brechender Stimme.

»Alles andere über den Plan habe ich dir vorher erzählt, aber das nicht, ich wollte nicht, daß du dich für Dietmars Tod verantwortlich fühlst. Du neigst dazu, dir ... selbst Vorwürfe zu machen.« Forster wählte seine Worte mit Bedacht. »Ich mußte Dietmar täuschen und ihm versprechen, daß er seinen Platz im Vorstand von H&S Pharma wiederbekommt, damit konnte ich ihn zur Mitarbeit an unserem Plan überreden. Es tut mir leid, aber nur wir beide dürfen von unserem Ziel wissen. Für die Fortführung unseres Plans war Dietmars Tod unvermeidlich. Ich verspreche dir, daß niemand anders zu sterben braucht.«

Anna wurde übel. Sie begriff sofort, wer an Dietmars Tod schuld war: Sie selbst hatte sich dazu hinreißen lassen, ihrem Freund Konrads Plan zu verraten. Ihr Lapsus hatte Dietmar das Leben gekostet. Das fachte die schwelenden Selbstvorwürfe in ihr erneut an. Sie fürchtete, die Verantwortung für Dietmars Tod würde sie endgültig in die Dunkelheit treiben, aus der es keine Rückkehr gab.

»Dietmar mußte doch wohl nicht … leiden?« fragte Anna mit brüchiger Stimme.

Forster legte die Hand auf ihre Schulter und machte einen ehrlichen Eindruck. »Überhaupt nicht. Alles war in ein paar Sekunden vorbei. Du solltest nicht an so etwas denken.«

»Ich vertraue dir«, sagte Anna, obgleich es sie mit Entsetzen erfüllte, was Konrad getan hatte. Aber er wollte nur ihr Bestes. Wie schon seit dreißig Jahren, obwohl sie sein Leben ruiniert hatte. Anna schämte sich, daß sie den Mann immer noch ausnutzte, aber sie wagte nicht einmal daran zu denken, was geschehen würde, wenn auch Konrad sie verließ. Sie war völlig von ihrem Assistenten abhängig.

Aus dem Kasten mit den Utensilien für die Vögel nahm Forster das, was er brauchte, und machte sich an die Arbeit. Zunächst sammelte er die Futterreste und den Kot auf und streute dann saubere Erde unter die Sitzbäume.

Anna hatte indes das Gefühl, an den Selbstvorwürfen zu ersticken. Sie war gezwungen, sich in ihre Träume zu flüchten, und konzentrierte sich darauf, über die Tochtergesellschaft von H & S Pharma, das biotechnische Forschungsinstitut Genefab, nachzudenken. Auf Werners Anweisung hin hatte Genefab, ein Pionierunternehmen der Gentechnologie, in den letzten fünf Jahren enorme Summen in Forschungen investiert, deren Ziel die Verlängerung des menschlichen Lebens war.

Anna hatte den Satz von Dr. Klatz nicht vergessen: »Wenn du in zehn Jahren noch lebst, kann es sein, daß du ewig leben wirst.« Das war ihr Mantra. Sie fühlte sich sofort viel besser, und ihre Gedanken erhielten frischen Schwung.

Eine wesentliche Lebensverlängerung mit den Mitteln der Biotechnologie war jetzt, nach der Enträtselung der Genkarte des Menschen, möglich, glaubte Anna. Die Wissenschaftler suchten fieberhaft nach der in der menschlichen

DNS versteckten Information, die das Altern und den Tod regelte.

Sie wußte, daß es schon gelungen war, die Lebensdauer von Würmern, Fliegen, Mäusen und Affen durch die Manipulation von Genen zu erhöhen und daß japanische Forscher im Hirn einer Maus die Gene gefunden hatten, die die »Uhr« des Organismus kontrollierten. Anna hielt es für sicher, daß man diese Gene bald auch beim Menschen finden würde. Schon planten Wissenschaftler, wie man die biologische Uhr des Menschen anhalten konnte. In den spektakulärsten Szenarien wurde es sogar für möglich gehalten, die Uhr zurückzudrehen – die Zellen des Menschen würden durch neue ersetzt, und der menschliche Organismus würde sich verjüngen. Und wenn man fähig war, die menschlichen Zellen unsterblich zu machen, dann würde auch der Mensch unsterblich werden. Die Forscher hatten schon Zellversuche vorgenommen, die einer Verlängerung des menschlichen Lebensalters um hundert Jahre entsprachen. Das alles hatte Anna gelesen; sie könnte also möglicherweise ewig leben.

Die Vögel plapperten dankbar, als Forster ihre Freßnäpfe säuberte und mit einer Samenmischung sowie mit Obst und Gemüse füllte. Dann goß er Möhrensaft in ein Glas, legte eine Rilutek-Tablette auf Annas Zunge, flößte ihr das Getränk vorsichtig ein und wischte ihr den Mund ab. Wie lange durfte er noch Annas Gegenwart erleben? Forster wußte, daß die Medikamente nur einen Zeitgewinn bedeuteten. Rilutek verlangsamte das Fortschreiten der Krankheit, heilte sie aber nicht. Es gab nichts, was ALS heilen konnte.

Die Hausherrin hatte heute einen guten Tag, stellte Forster fest. Ihre Muskeln funktionierten tadellos, und sie konnte sich auch auf das konzentrieren, was um sie herum geschah. Solche Tage wurden immer seltener, denn zusätzlich zu ALS litt Anna auch an einer sich ständig verschlimmernden mittelschweren Depression. Zumeist war sie total niedergeschlagen, nur der Gedanke an ein Medikament gegen ALS und ihre Zukunftsphantasien verdrängten die Depression für einige Augenblicke. Durch ihre Träume blieb Anna am Leben. Er würde helfen, die Träume am Leben zu erhalten, und damit auch Anna. Konrad Forster legte ein Heizkissen unter Annas Füße und verließ das Vogelzimmer, begleitet vom Lärm der Kakadus.

Annas Gedanken wanderten zurück zu dem Juniwochenende vor Jahren in der Oberstdorfer Villa. An jenem Sonntag hatten ihre Beine versagt, sie mußte ins Krankenhaus und erfuhr von ihrer Krankheit. Sie war mit Werner in der Drahtseilbahn auf den Gipfel des Fellhorns gefahren, um Champagner zu trinken und die atemberaubend schöne Landschaft zu betrachten. Werner hatte sie vergöttert. Die Erinnerung hinterließ einen tiefen Schmerz, in letzter Zeit weckten nur wenige Bilder diesen Teil ihrer Seele. Widerwillig kostete sie den Möhrensaft.

Die Probleme brachen über sie herein, sobald sie sich nicht auf ihre Träume oder Erinnerungen konzentrierte. Anna wußte nicht, warum die Future Ltd. versuchte H&S Pharma zu erobern und warum sie die Namen ihrer Eigentümer geheimhielt. Vielleicht wollte die Firma, daß Genefab irgend etwas Abscheuliches erforschte und entwickelte. Anna glaubte, daß die Wirrköpfe mit Hilfe der Biotechnologie schon bald in der Lage sein würden, jede beliebige Scheußlichkeit zu entwickeln: Massenvernichtungswaffen mit einer bisher nicht gekannten Effizienz, im Reagenzglas aufgezogene menschliche Embryos, im Organismus von Schweinen hergestellte menschliche Organe, genetisch veredelte Menschen, menschliche Klone und Mischformen von Menschen und Tieren ... Annas Lippen zuckten, als sie an die allerschrecklichste Möglichkeit dachte.

3

Laura Rossi lag stöhnend unter ihrem nackten Mann und preßte Samis schweißnassen Kopf an ihre Brüste. Lauras Hände waren mit ockerfarbenen Flecken bedeckt, und auch ihre dunklen Rastalocken hatten Farbspritzer abbekommen. Ein wohliges Gefühl liebkoste ihren Körper wie weiche Seide, als sie spürte, daß Sami in ihr kleiner wurde und mit ihr verschmolz.

Im Schlafzimmer standen keine Möbel, die Matratze lag auf dem mit Zeitungspapier ausgelegten Parkettfußboden, inmitten von Pinseln, Farb- und Terpentinbüchsen und sonstigen Renovierungsutensilien. Ihr erstes gemeinsames Zuhause sollte ein Paradies der Farben werden. Nach ihren Malerarbeiten würde in der ganzen Wohnung, außer dem Toilettenbecken, nichts mehr weiß sein. Sie fühlte sich schon jetzt hier zu Hause. Das tat gut. Der Wohnungskauf war eine geniale Idee gewesen, und es störte sie nicht, daß Sami behauptete, sie wären jetzt Gefangene ihrer Schulden.

Die Möwen kreischten in der Hietalahti-Bucht, und der Geruch des Meeres wurde mit der feuchten Wärme durch die offenen Fenster hereingetragen. So ruhig hörte sich die Stadt nur am Abend vor dem Mittsommertag an. Lauras Blick fiel auf das Poster von Muhammed Ali, das Sami als allererstes an der Wand befestigt hatte. Sie wunderte sich, wie jemand von einer Sportart schwärmen konnte, in der man mit den Fäusten auf den Kopf des Gegners einschlug. Sami jedoch hielt das Boxen für die edelste und ehrlichste aller Kampfsportarten. Das mußte irgend so eine Männersache sein, die Laura nicht verstand.

Sie drehte den Kopf und sah auf dem Fensterbrett die schwarze Ledertasche und die dicken Banknotenbündel. Ihr Zeigefinger landete im Mund, und gedankenversunken kaute sie am Nagel. Nachdem Sami ihr alles erzählt hatte, was im »Forum« geschehen war, hatte Laura verlangt, er solle die Tasche auf der Stelle zur Polizei schaffen, aber Sami war nicht bereit gewesen, auch nur daran zu denken, auf das Geld zu verzichten. Er hatte einen Streit angefangen, der erst im Bett endete. Sie legten ihre Streitigkeiten oft bei, indem sie miteinander schliefen.

Als ihr Sami zu schwer wurde, schob sie ihn hinunter und streichelte seinen flachen Bauch. Ihre Körper ergänzten einander: Sami war groß und muskulös, sie klein und zierlich. Laura bewunderte Samis lockere Lebensauffassung, sein gesundes Selbstbewußtsein und seine natürliche Kontaktfreudigkeit. Sie selbst galt als hart und entschlossen, nur wenige begriffen, daß sie seit ihrer Kindheit eine Rolle spielte. Als ältestes Kind einer alleinerziehenden Mutter hatte sie allzu früh ein Übermaß an Verantwortung tragen müssen und sich mit einer harten Schale umgeben, um ihr Innerstes zu schützen. Auch heute noch flüchtete sie sich vor ihrer Rolle in die Einsamkeit. Diese ernsten Gedanken weckten in Laura Erinnerungen an die zum Schlag erhobene Hand der Mutter, und sie vergrub ihren Kopf an Samis Schulter.

Der Liebesakt hatte Lauras Meinung nicht geändert, sie wollte immer noch die Polizei anrufen und die Tasche zurückgeben, wer weiß, was für Drogengeld der deutsche Diplomat mit sich herumtrug. Es bedrückte sie auch immer noch, daß Sami den alten Mann im Aufzug hatte liegen lassen, wenn er auch wenigstens den Krankenwagen gerufen hatte. Sami durfte nicht ausgerechnet jetzt in Schwierigkeiten geraten, wo endlich alles in Ordnung war. Sie hatten am 1. Mai geheiratet, und im Mai hatte Sami einen festen Arbeitsplatz im Sportgeschäft eines Bekannten bekommen. Nun mußte er sich an einen normalen Arbeitsrhythmus gewöhnen, und das war eine Leistung für einen Mann, der aus Begeisterung für den Abfahrtslauf in den letzten vier Jahren durch die Wintersportorte der Alpen gezogen war und sich als Skilehrer durchgeschlagen hatte. Viele von Lauras Freunden waren der Ansicht gewesen, die wenigen Monate mit Sami seien eine zu kurze Zeit, um sich für eine Ehe zu entscheiden. Aber in ihrer Beziehung hatte sofort alles gestimmt. Laura ärgerte sich, daß sie beim Gedanken an Samis Jahre im Ausland immer noch Stiche der Eifersucht spürte. Wenn der Mann doch mehr über sich reden würde.

Sami schwebte weiter auf der Wolke der Glückseligkeit. Laura küßte seinen vorstehenden Bauchnabel und beschloß, wieder zur Sache zu kommen. Sie ging nackt zum Fenster, ohne sich um den Mann mittleren Alters zu kümmern, der an einem Fenster des gegenüberliegenden Hauses stand und Stielaugen machte. Gleich am Montag mußte sie Gardinen kaufen. Eine Möwe kreischte auf dem Hof, als Laura die offene Tasche vom Fensterbrett nahm und dem Spanner ihren nackten Hintern zukehrte. Sie zeigte ihm über die Schulter den Mittelfinger, beugte sich aber doch nicht vor, obwohl die Versuchung groß war.

»Glaub mir, Sami. Der Mann ist ein Krimineller. Wer sonst trägt fünfzigtausend Euro in seiner Tasche mit sich herum? Ein Diplomat ist das nicht. Heutzutage kann sich jeder vornehme Visitenkarten drucken lassen, beispielsweise im Automaten auf dem Bahnhof. Wir müssen die Polizei anrufen.«

Sami Rossi antwortete nicht, er griff nach Lauras Knöchel und versuchte mit einem wilden Lachen seine Frau zu sich auf die Matratze zu ziehen, bekam aber als Lohn einen kräftigen Tritt gegen den Unterarm und fluchte laut.

Laura blätterte noch einmal die deutschsprachigen Unterlagen durch, die sich in der Tasche befanden. Es waren politische Berichte über die Europäische Union und die finnische Regierung. Mit ihrem Schuldeutsch konnte sie darin nichts Umwerfendes entdecken. Waren es geheime Unterlagen? Oder schmutziges Geld? Mehr war nicht in der Tasche, nur die Papiere und die ordentlich gebündelten

Euros. Laura hatte Angst, Sami könnte in irgend etwas Ungesetzliches hineingezogen werden, ihr Mann war viel zu gutgläubig.

»Und wenn der Kerl gestorben ist? Das Geld in der Tasche reicht für die ganze Renovierung, und wir könnten auch einen Teil des Wohnungskredits abzahlen.« Rossi versuchte seine Frau zu überzeugen. »Wir behalten den ganzen Jackpot. Was man als junger Mensch klaut, das gehört einem im Alter.«

»Dieses Geld gehört uns nicht«, Lauras Stimme wurde lauter. »Wir müssen es zurückgeben.«

»Die Hälfte gehört uns. Der Mann hat es mir versprochen, wenn ich seine Tasche aufbewahre.«

»Jaja, dann rufen wir wenigstens im Krankenhaus an und fragen, ob es dem Mann gutgeht«, erwiderte Laura verärgert.

»Das sagen sie ja wohl nur den nächsten Verwandten. Außerdem hat der Typ mich gebeten, die auf das karierte Papier gekritzelte Nummer anzurufen, wenn er nichts von sich hören läßt.« Rossi hatte die Streiterei satt, er konnte sich nie gegen Laura durchsetzen. Manchmal ärgerte ihn das, obgleich er Lauras Intelligenz andererseits schätzte. Er war auch nicht dumm, eine Begabung konnte sich eben in vielen verschiedenen Formen zeigen. Muhammed Ali hatte in der Schule auch nicht mit guten Noten geglänzt und sich seinerzeit trotzdem intelligentere Kampftaktiken ausgedacht als irgendein anderer in der Geschichte des Boxens. Sami Rossi marschierte ins Bad, stopfte seine Joggingsachen, die auf der Badewanne hingen, in die Waschmaschine und schlug vor dem Spiegel ein paar Geraden und Haken. Er hatte sein Pulver trocken gehalten.

Laura mußte lachen. Sami verhielt sich beim Streiten wie ein kleines Kind. Wahrscheinlich war es das, worin sich Frauen verliebten: die Unbeholfenheit der Männer. Sami hatte etwas kindlich Naives. Er feuerte voller Begeisterung die finnische Eishockeymannschaft an, kannte die Hälfte der Dialoge im »Unbekannten Soldaten« auswendig und dachte, wenn jemand in TV-Quizsendungen gewann, müsse er außergewöhnlich intelligent sein. Vielleicht war Sami auch einfach nur ein typischer Mann – ein großes Kind. Der Gedanke amüsierte Laura. Ob groß oder klein, sie vergötterte Kinder. Deswegen war sie auch Unterstufenlehrerin geworden.

Laura zog Shorts und ein Baumwolltop an, schwenkte die Rastalocken aus dem Gesicht und ging zur Tür ihres künftigen Arbeitszimmers. Es juckte ihr schon in den Fingern, die Arbeiten der zweiten Klasse zu korrigieren. Ihr Blick fiel auf einen Roman, der auf einem Umzugskarton lag, und sie nahm sich vor, die Bücherkisten als erste auszupacken. In dieses Zimmer würde sie sich zurückziehen, wenn sie die Einsamkeit brauchte. Sie liebte ihre Bücher.

Der Herzanfall und die Tasche des deutschen Diplomaten jedoch beunruhigten Laura. Sie wußte, daß bei Überraschungen die Probleme in der Regel nicht lange auf sich warten ließen. Hätte sie nicht vor Samis Urlaubsende die Renovierung abschließen wollen, dann wäre der ganze Zwischenfall im »Forum« an ihnen vorübergegangen, und sie würden jetzt ihre Zehen in den Päijänne-See tauchen und ihre Lebern in Rotwein. Aber wer konnte so etwas vorher wissen? Die Schulden für die Wohnung bereiteten ihr keine Sorgen, damit würden sie problemlos klarkommen, wenn beide arbeiten gingen. Es war ihr zuwider, immer wieder über finanzielle Dinge zu reden.

Laura beschloß, sich ein Sorbet aus dem Gefrierschrank zu holen. In der Küche erblickte sie an der Tür die Antwort eines Zweitkläßlers, die dieser in einer Arbeit auf die Frage »Was gehört zum peripheren Nervensystem?« gegeben hatte: »Haut und Haar.« Sie lächelte, änderte ihre Meinung, was das Eis anging, und kehrte ins Schlafzimmer zurück.

Laura ließ sich auf die Matratze fallen und hörte den städtischen Sommergeräuschen zu, die durch das offene Fenster hereindrangen. Sie strich über ihre Locken und dachte nach. Hatte ihr Sami alles erzählt, was im »Forum« geschehen war? Sie fürchtete, er könnte eine Dummheit begangen haben. Sami war nicht gerade sehr gesprächig, man mußte jedes Wort mit der Kneifzange aus ihm herausziehen. Allerdings hatte auch Laura ihrem Mann nicht alles erzählt. Sie verbarg ein Geheimnis, genaugenommen sogar zwei. Kein einziger Mensch war absolut ehrlich.

Die schrille Klingel an der Tür hallte in der leeren Wohnung wider. Die werden doch wohl nicht schon die Fernsehgebühren eintreiben wollen, dachte Laura. Sie stand auf und räkelte sich genußvoll, doch Sami kam schon aus dem Bad gepoltert. »Ich mache auf!« rief er, seine Stimme übertönte das Brummen der Waschmaschine.

Rossi zog sich Trainingshosen an, schlüpfte in ein T-Shirt und rannte zur Tür. Er wußte sofort, daß irgend etwas nicht stimmte, als er die ernste Miene eines Mannes mit Schlips und Kragen sah. Hinter ihm stand das zweite Ebenbild eines Beamten.

»Sami Rossi?« fragte der Mann und erhielt als Antwort ein Nicken.

»Wachtmeister Kari Arponen von der Kriminalpolizei in Helsinki.« Der Mann hielt ihm seinen Dienstausweis hin. »Ich muß Sie bitten mitzukommen, es betrifft den Tod von Dietmar Berninger.«

Rossi versuchte gar nicht erst, den Überraschten zu spielen, die Polizei hatte bestimmt die Leiche des Deutschen im Aufzug gefunden. Aber woher wußten sie, daß er selbst dort gewesen war? Sollte das bedeuten, daß er sich von dem Geld verabschieden mußte? »War es Herzversagen?« fragte Rossi.

»Über die Einzelheiten wird in Pasila geredet«, sagte der Polizist und legte nach: »Sie werden verhört, weil Sie unter dem Verdacht stehen, ein Verbrechen begangen zu haben.«

Ein Lächeln huschte über Rossis Gesicht, ehe ihm klar wurde, daß der Wachtmeister nicht scherzte. »Was für ein Verbrechen?«

»Totschlag oder Mord. Ziehen Sie sich an und packen Sie eine Zahnbürste ein und was sonst noch nötig ist«, sagte der Polizist ungeduldig.

Die Männer starrten sich einen Augenblick an, nur Rossis heftiges Atmen störte die Stille. Er versuchte seine Gedanken in Worte zu fassen, aber ihm schwirrten nur ständig die Begriffe »Totschlag oder Mord« durch den Kopf. Wie konnte die Polizei nur so einen schwerwiegenden Irrtum begehen. »Ich habe doch nicht ...«

»Darüber wird dann beim Verhör zu reden sein. Sie haben genau eine Minute Zeit, danach müssen wir Gewalt anwenden«, schnauzte der Wachtmeister ihn an und erreichte damit, daß Rossi sich in Bewegung setzte.

Laura trat mit blassem Gesicht vor den Polizisten. Sie wollte das Gesicht des Mannes sehen. Das mußte ein Scherz sein, den Klasu und Sami organisiert hatten. Die Wahrheit wurde ihr allerdings sofort klar, als sie den wütenden Gesichtsausdruck des Polizisten sah. Sie wandte sich an den Beamten: »Dieser Diplomat hatte einen Herzanfall. Mein Mann hat nichts getan.«

Dem Wachtmeister schien es unangenehm zu sein. »Gute Frau, bleiben Sie mal ganz ruhig. Alles wird sich beizeiten klären. Wir werden natürlich auch Sie anhören«, sagte er väterlich.

Laura war nahe daran, dem überheblichen Polizisten ein paar passende Worte an den Kopf zu werfen, aber Sami tauchte an der Tür auf und sagte, er sei soweit. Als sie sich küßten, spürte Laura, daß er Angst hatte. Keiner von beiden wollte loslassen.

Die Tür fiel ins Schloß, und Laura sank zu Boden und lehnte sich an die Wand. Aus irgendeinem Grund konnte sie nur noch eins denken: Sie hatte gerade ihren Mann verloren.

4

Arto Ratamo hing über der Reling des Bootes und zerrte mit zusammengebissenen Zähnen ein Hanfseil aus dem Meer. Er ächzte und fluchte zischend, Schweiß lief ihm in die Augen, und die wundgescheuerten Handflächen brannten. Rund um die lodernden Flammen des riesigen Mittsommerfeuers glänzte die glatte Meeresoberfläche, die Hitze versengte Ratamos Gesicht. Hundert Meter entfernt am Ufer lärmten und tanzten ein paar Dutzend Menschen im Rhythmus eines äußerst unmusikalischen oder betrunkenen Orchesters. Zum erstenmal hörte Ratamo den Tango Pelargonia als alten finnischen Foxtrott.

Während sich Ratamo auf der einen Seite mit dem Seil abplagte, lehnten sich zwei betrunken vor sich hin brummende Gestalten gegen die gegenüberliegende Seite des schwankenden Ruderbootes, um zu verhindern, daß der Kahn Wasser schluckte. Der zwei Meter große Timo Aalto preßte seine Füße gegen Ratamos Knöchel, damit der nicht ins Wasser plumpste. Lapa Väisälä bewegte seine Hände wie der Schlagzeuger eines Orchesters; abwechselnd pichelte er aus einer Flasche Bier und einer mit Weinbrandverschnitt. Das Trio versuchte eine Betonplatte vom Meeresgrund hochzuheben, mit der das auf Pontons errichtete Mittsommerfeuer verankert war, das etwa zehn Meter entfernt loderte. Keiner von ihnen wußte, wem das Feuer gehörte, das sie stehlen wollten, sie wußten nur, daß sie auf dem Weg von Lapa Väisäläs Sommerhütte in Rymättylä nach Naantali waren, um dort Frauen aufzureißen.

Die drei Saufkumpane hielten den Diebstahl des Mittsommerfeuers für eine glänzende Idee, doch die Leute, die am Ufer feierten, waren da ganz anderer Meinung. Es dauerte nicht lange, und zwei Boote voller aufgebrachter Männer, die sich heftig in die Riemen legten und laut fluchten, ruderten zu den Feuerdieben hin. Zu deren Glück waren auch ihre Verfolger schon in einem sehr angeheiterten Zustand, ihre Boote drehten sich also mal in diese und mal in jene Richtung.

Ratamo sah die Umrisse der Betonplatte zwei, drei Meter unter der Wasseroberfläche. Die Flammen des Feuers beleuchteten die Bühne des Sabotageakts wie ein Scheinwerfer. Sein vom Schnaps betäubtes Gehirn versuchte ihm mitzuteilen, daß er nie und nimmer fähig sein würde, den schweren Brocken aus dem Wasser zu heben, der mußte ein paar hundert Kilo wiegen. Und außerdem kamen die Männer, die etwas gegen den üblen Scherz hatten, immer näher, trotz unsicherer Ruderschläge, die sie aber dennoch vorwärts brachten. Nach dem klatschenden Geräusch ganz in der Nähe zu urteilen, waren sie schon auf Wurfweite heran. Die Betonplatte schaukelte noch einen Meter von Ratamo entfernt, als das Boot Wasser schluckte.

Timo Aalto verlor als erster die Nerven. »Laß es sein, Aatsi. Wir schaffen es nicht mehr rechtzeitig, das Feuer wegzuschleppen.«

Ratamo schaute kurz über die Schulter zu seinem Jugendfreund. Soweit er das alles noch begreifen konnte, hatte Himoaalto* recht, und der ganze Witz bekam auch schon einen schalen Geschmack. Ratamo ließ das Seil los,

* Timo Aalto wird seit seiner Kindheit wegen des spielerischen Gleichklangs mit seinem Namen auch Himoaalto genannt. Der Witz liegt in der Bedeutung des finnischen ›*himo*‹: *Sucht, Gier, Verlangen* sowohl in bezug auf Frauen als auch auf Alkohol. Wenn Ratamo diesen Namen benutzt, zeigt sich darin seine enge Beziehung zu dem alten Freund.

das er sich um sein Handgelenk gewunden hatte. Die Betonplatte tauchte wieder hinab auf den Meeresgrund, das Seil verhakte sich aber an Ratamos Armbanduhr, und er stürzte ins Wasser wie eine hungrige Seeschwalbe.

Väisälä sprang auf, stand schwankend im Bug des wackligen Bootes und setzte zum Sprung an, man konnte denken, er wollte wie Superman als Lebensretter in die Geschichte eingehen.

Himoaalto zog Väisälä auf den Sitz zurück, rutschte an den Bootsrand und wollte sich gerade über Bord schwingen, als Ratamos Kopf an der Oberfläche auftauchte. Der Freund prustete und hustete sich das Meerwasser aus den Lungen.

»Gottverdammich, ich wäre beinah ertrunken.«

»He! Gleich wird euch Kerlen das Fell gegerbt, bis ihr grün und blau seid!« brüllte der Mann im Bug des Bootes, das sich den Feuerdieben schon bis auf wenige Meter genähert hatte. Im selben Augenblick klatschte irgend etwas Feuchtes und Klebriges, das widerlich roch, in Väisäläs Gesicht. Nach dem Gestank zu urteilen, war der halbverfaulte Barsch seine letzten Runden irgendwann vor hundert Jahren geschwommen.

»Die kriegen uns ja gleich«, rief Himoaalto.

»Die kriegen nicht mal die Tür zu«, stammelte Ratamo, der sich mühsam wieder ins Boot gehievt hatte.

Väisälä startete den Johnsson-Motor mit seinen fünf PS und gab Gas. Das Boot mit den Männern, die sie am liebsten gelyncht hätten, war nur noch ein paar Armlängen entfernt. Um ein Haar hätte der Mann im Bug mit seinem Bootshaken das Heck ihres hölzernen Kahnes erreicht.

Die Leistung des kleinen Außenbordmotors reichte mit Müh und Not aus, um die drei großen, schweren Männer so weit weg zu bringen, daß sie außerhalb der Reichweite ihrer Verfolger waren. »Der beschleunigt ja wie ein Bücherregal!« schimpfte Ratamo.

Die Verwünschungen flogen ihnen auf der glatten Wasseroberfläche noch eine ganze Weile hinterher, die letzten Flüche blieben erst auf der Strecke, als sich das Boot der verhinderten Feuerdiebe durch eine enge Wasserstraße zwischen zwei Inseln schlängelte und auf die offene See hinausfuhr.

Der Motor schluckte Benzin, während das stark alkoholisierte und von dem Zwischenfall erschöpfte Trio stumm Flaschen unterschiedlicher Form und Größe herumgehen ließ. Nur die wie Glühwürmchen leuchtenden Mittsommerfeuer und die Lichter der Ferienhütten unterbrachen das einheitliche Bild der zerklüfteten Ufersilhouette.

»Ermittler der Sicherheitspolizei beim Diebstahl eines Mittsommerfeuers ertrunken. Die Behörden untersuchen den Fall«, witzelte Väisälä.

»Lapa, wo sind wir eigentlich?« fragte Himoaalto.

»Wir werden natürlich … über kurz oder lang in Naantali landen.«

Ratamo nahm dann und wann einen kräftigen Schluck aus einer Calvados-Flasche und steckte sich ab und zu einen neuen Priem unter die Oberlippe. Er sah aus wie eine Wühlmaus mit Ziegenpeter.

Die drei hielten zweimal entgegenkommende Boote an, um nach dem Weg zu fragen, hatten die genauen und komplizierten Anweisungen aber spätestens nach der nächsten Biegung wieder vergessen. Manchmal sah die Bootsbesatzung nur noch die dunkle offene See vor sich und änderte den Kurs um hundertachtzig Grad. Nachdem sie eine halbe Stunde ziellos durch die Gegend getuckert waren, zweimal ein Fischernetz aus dem Propeller entfernt und ein Puukko-Messer im Meer verloren hatten, dämmerte ihnen allmählich die Wahrheit.

Himoaalto wurde es als erstem klar: »Wir sind hier schon mal langgefahren.«

»Mindestens zweimal«, bestätigte Ratamo. »Dieser Kumpel da hat denselben Baum vorhin auch schon festgehalten«, sagte er und wies auf einen Mann, der sich am Ufer unterhalb einer Sommerhütte übergab. »Alkohol genießt man in der anderen Richtung, die Kehle abwärts!« brüllte Ratamo zur Freude seiner Kumpane hinüber.

»Diese Klippen und Inseln kann nicht mal der Teufel auseinanderhalten. Man fährt ja hier auch selten im Dunkeln«, klagte Väisälä niedergeschlagen. Beim Aufbruch hatte er noch angegeben, er würde in den Schären sogar eine Gummiente finden.

Plötzlich richtete sich Lapa auf und spitzte die Ohren, im selben Augenblick hustete der Außenbordmotor zweimal, knurrte wie ein Hund und ging aus. Väisälä zerrte ein dutzendmal vergeblich an der Reißleine und brach dann in schallendes Gelächter aus.

Ratamo hatte allmählich genug. »Na gut, Lapa. Dann fang mal an zu rudern. Dein Name verpflichtet.«*

Der Ruderstil Väisäläs und sein Rhythmus waren meilenweit von jedem olympischen Niveau entfernt. Das Boot durchpflügte das Wasser, fuhr aber nicht geradeaus, sondern weite S-förmige Kurven wie ein schlechter Slalomläufer. Dennoch beschwerte sich niemand, denn das hätte sofort einen Wechsel an den Rudern bedeutet. Ratamos pitschnasse Sachen trockneten nicht, obwohl die Nacht mild war; er fröstelte im Seewind.

Ein paar Minuten später war am Ufer ein Lichtschein zu sehen, Lapa beschleunigte das Tempo. Der unerschütterliche Optimismus der Betrunkenen kehrte auf der Stelle zurück, das Trio glaubte, nun wären es nur noch ein paar Minuten Fußweg bis nach Naantali, wo Restaurants und Frauen auf sie warteten.

Sie gingen an Land, vertäuten ihren Kahn am Bootssteg und betraten siegesgewiß den sandigen Hof, wo sie aller-

* fi. lapa – dt. Ruderblatt

dings feststellen mußten, daß der Kiosk geschlossen hatte. Weit und breit war keine Menschenseele zu entdecken.

Das nächste Mißgeschick widerfuhr den dreien, als sie bemerkten, daß keines ihrer Handys eine Netzverbindung bekam. Ratamo hatte nun endgültig die Nase voll. »Hat irgendeiner Münzen?« fragte er verdrossen.

Die drei Männer suchten eine Weile andächtig in ihren Hosentaschen. Doch die Kollekte erbrachte nur eine Fünf-Cent-Münze und einen Knopf von Himoaaltos Hosenstall.

Ratamo schnaufte verärgert und zwängte sich in die Telefonzelle. Ohne Geld konnte man nur eine Nummer anrufen. Mit unsicheren Fingern wählte er die Eins, Eins, Zwei. Jetzt mußte er sich zusammenreißen.

»Notrufzentrale!« Die laute Frauenstimme im Hörer klang so energisch, daß Ratamos in Calvados mariniertes Hirn vollends erstarrte.

»Das ist eigentlich kein ... Notfall ... Aber ich bin Polizist ... oder, äh, also wir haben uns nämlich auf dem Meer verfahren. Das Benzin ist zu Ende. Ich rufe an, weil wir einen Knopf ... also, weil hier keiner Münzen hat ... Wäre es irgendwie möglich, daß du uns ein Taxi bestellst?«

5

Die Kugel schlug im Hals des Mannes ein, die nächste traf die Wange und die letzte den Brustkorb. Dann verstummte die Waffe, das Geräusch der Schüsse hing noch in der Luft, und es roch nach Pulver.

Erik Wrede fluchte. Der zweite Mann in der Sicherheitspolizei setzte den Gehörschutz ab, schob die Schutzbrille auf die Stirn und kontrollierte verärgert seine Dienstwaffe, eine Pistole der Marke Glock-17. Er hatte auf den Kopf des Pappkameraden gezielt, doch von zehn Kugeln trafen nur sechs das Ziel. Das war nicht gerade schmeichelhaft für einen Mann, der mindestens einmal in der Woche mit der Pistole trainierte.

Die Stahltür des unterirdischen Schießstandes im Hauptgebäude der SUPO fiel krachend ins Schloß, und ein kahlköpfiger Gewichthebertyp winkte dem Schützen zu. »Schieß dir nicht ins Bein, Schotte!« rief Risto Ojala, der Chef der Abteilung für Gewaltverbrechen der Kriminalpolizei, seinem alten Studienkollegen zu. Den Spitznamen verdankte Wrede seinem roten Haarschopf und den vielen Sommersprossen im Gesicht.

Wredes Miene verriet, daß er diesen Namen immer noch nicht mochte, obwohl seit der Zeit auf der Polizeischule schon fast zwanzig Jahre vergangen waren. »Du wolltest doch erst um neun kommen.«

Die beiden tauschten Neuigkeiten aus, seit ihrem letzten Treffen waren Monate vergangen. Schließlich kam Ojala zur Sache. »Wie ich schon am Telefon gesagt habe, wurde gestern im ›Forum‹, in einem Aufzug, ein Diplomat der deutschen Botschaft in Helsinki, der Gesandte Dietmar Berninger, ermordet. Die Speiseröhre war zerschmettert und das Genick gebrochen.«

»Gibt es Verdächtige?« fragte Wrede.

»Nein, aber der Mörder heißt Sami Rossi. Oder zumindest will uns das jemand glauben machen.« Ojala bemerkte erst jetzt, daß der Schotte seinen ewigen Westover auch im Sommer trug.

Wredes Interesse hielt sich in Grenzen. »Willst du, daß ich kläre, was wir über den Mann wissen?«

»Ich möchte dir den ganzen Fall übergeben. Da ist irgend etwas faul.«

»Oder du willst nur zurück zu deiner Mittsommerfeier«, stichelte Wrede ganz entspannt.

Sein Kollege antwortete nicht. Er wunderte sich über die

Veränderungen in Wredes Verhalten. Zu Zeiten der Polizeischule galt der Schotte als echter Spaßvogel. Nach seinem Einstieg bei der SUPO war er über Jahre ein Nörgler und Pedant der allerschlimmsten Sorte gewesen, doch in der letzten Zeit verhielt sich Wrede wieder ganz locker.

Ojala berichtete kurz, was sich bei den Untersuchungen am Tatort bisher ergeben hatte. Er lehnte sich an die nackte Betonwand, strich über sein wuchtiges Kinn und schnupperte den Pulvergeruch. »Irgend jemand hat Rossi eine halbe Stunde nach dem Mord bei uns angezeigt. In den Verhören spielt Rossi ziemlich konsequent den Unschuldigen.«

»Habt ihr im Vorleben oder im Bekanntenkreis von Rossi oder Berninger etwas gefunden?« fragte Wrede und hielt seine Waffe in der Hand wie ein Angler, der das Gewicht seines Fanges abschätzt.

»Noch nicht, aber Rossis Frau wird gerade verhört, und das BKA sammelt Informationen über Berninger. Ich habe mit dem deutschen Botschafter gesprochen, er wußte jedoch nicht sehr viel über Berningers Privatleben.« Ojalas kräftige Stimme hallte von den nackten Betonwänden des Schießstandes wider.

Wrede fuhr mit der Hand in seine rote Mähne und kratzte sich am Kopf, sein Gesichtsausdruck wirkte konzentriert. »Und Rossis Denunziant – konntet ihr das Gespräch zurückverfolgen?«

Ojala nickte. »Eine Telefonzelle draußen in den Neubaugebieten, im Itäkeskus.«

»Anscheinend hat Rossi spontan einen Raubmord begangen. Solche Leute legen selten in den ersten Verhören ein Geständnis ab. Die Gelegenheit hat sich ergeben, und da wollte der Kerl sie eben nutzen«, sagte Wrede selbstsicher.

»Nun sei mal nicht voreilig«, bremste Ojala. »Die Geschichte geht ja noch weiter. Die Bilder der Kamera, die Berningers Fahrt im Lift aufgezeichnet hat, wurden in der

Überwachungszentrale des ›Forum‹ gelöscht, und der Wachmann, der am Zentralcomputer Dienst hatte, behauptet, er wisse von der ganzen Sache nichts.«

»Rossi hat also einen Komplizen. Die Kamera im Aufzug und die Computer im ›Forum‹ müssen untersucht werden«, sagte Wrede wie zu sich selbst. Auf seiner sommersprossigen Stirn tauchten Falten auf.

Ojala schüttelte den Kopf. »Die Männer müssen Berningers Weg im voraus gekannt und den Aufzug absichtlich als Tatort gewählt haben. Warum zum Teufel wollte jemand Berninger live vor laufender Kamera ermorden? Das ergibt keinen Sinn. Wenn das einfach nur ein Taschenraub wäre, dann hätte man den nicht im ›Forum‹ begangen, sondern weit weg von der Menschenmenge und den Überwachungskameras. Alles weist darauf hin, daß die Tat von einem Profi geplant wurde, und Sami Rossi ist alles andere als ein Profi.«

»Auch die einfachste Erklärung kann sich zuweilen als richtig erweisen«, entgegnete Wrede in offiziellem Tonfall, obgleich er die Meinung seines Kollegen schätzte. Ojalas Karriereleiter führte fast genauso steil nach oben wie seine eigene. »Nun sage endlich, worauf du hinauswillst.«

In aller Ruhe zog sich Ojala einen Metallstuhl heran, der an der Wand stand, und setzte sich. »Die von Berninger geleitete politische Abteilung berichtet dem deutschen Außenministerium und der Bundesregierung über die finnische Innen- und Außenpolitik, und Berninger unterhielt selbst eifrig Kontakte zu finnischen Ministern und Abgeordneten.« Die Ermittlungen in diesem Fall seien Sache der Sicherheitspolizei.

Wrede mußte zugeben, daß es so aussah, als wäre das ein spezieller Fall. Das sagte er jedoch nicht laut. »Hast du mit deinen Vorgesetzten gesprochen? Wollen die auch, daß die SUPO den Fall übernimmt?«

»Ja, alle. Auch Kesämäki war der Meinung.«

»Das hättest du doch gleich sagen können.« Wrede zögerte nun nicht mehr. »Ist Rossi schon verhaftet?«

»Noch nicht. Aber am Mittsommertag muß man den diensthabenden Haftrichter sicher rechtzeitig anrufen«, erwiderte Ojala und ahmte die Bewegung beim Trinken aus der Flasche nach, verzog sein Gesicht scherzhaft zu einem Grinsen und reichte dem Schotten einen Stapel Unterlagen. »Hier ist das gesamte Ermittlungsmaterial. Das Personenprofil von Sami Rossi ist fertig, aber auf die Informationen über Berninger aus Deutschland warten wir noch. Man muß korrekt vorgehen, der Mann war Diplomat.«

Wrede versprach, die Sache in die Hand zu nehmen, und verabschiedete sich von Ojala. Dann reinigte er hastig seine Pistole, brachte sie zurück in das Waffenmagazin und ging zu den Aufzügen. Seine Schritte hallten in dem unterirdischen Gang wider, in dem gähnende Leere herrschte; am Morgen des Mittsommertages arbeitete in der Ratakatu 12 nur eine Minimalbesetzung.

Im dritten Stock holte sich Wrede aus der Kochnische Kaffee und breitete die Unterlagen, die er von Ojala erhalten hatte, auf seinem Schreibtisch aus. Das schwache Lüftchen, das durch die Fenster hereinwehte, konnte die schwüle Hitze kaum mildern. Es würde ein heißer Tag werden, dachte Wrede.

Der Wunsch Kesämäkis, des Leiters der Polizeiabteilung im Ministerium, war ihm Befehl. Zumindest so lange, bis man ihn, Wrede, in einer Woche zum künftigen Chef der SUPO ernannt hätte, zum Nachfolger von Polizeirat Jussi Ketonen. Nun endlich hatte Ketonen bekanntgegeben, er werde Ende des nächsten Sommers in Rente gehen. Daraufhin hatte Wrede alle seine Bekannten angespitzt, auf Flüsterparolen geachtet und sämtliche Buschfunkstationen vom südlichsten bis zum nördlichsten Zipfel Finnlands eingeschaltet, um die Gerüchte über die bevorstehende Entscheidung der Präsidentin in Erfahrung zu bringen und auszuwerten. Trotz der katastrophalen Ergebnisse bei den Ermittlungen im Fall Rusi schien seine Ernennung sicher. Das war auch richtig so, schließlich hatte er in den letzten Jahren als Leiter der operativen Abteilung und als Stellvertreter des Chefs rund um die Uhr geschuftet. Jetzt war es an der Zeit, daß er die nächste Sprosse auf der Karriereleiter erklimmen konnte.

Der Fernseher knackte, und der Bildschirm leuchtete auf. Wrede wollte immer auf dem laufenden bleiben. Plötzlich hörte er das Wort »Finnland« und sah den CNN-Reporter in der hellen Nacht des Nordens vor einem gewaltigen Mittsommerfeuer stehen. Da stieg die Wut in ihm hoch. Für einen Augenblick hatte er ganz vergessen, warum er den Mittsommertag auf Arbeit verbrachte. Daran war seine Frau schuld. Er haßte es, wie der Schwager ständig mit seinem Geld protzte, dennoch hatte Aino ihren Bruder zum Wochenende in ihr Sommerhaus eingeladen. Und dabei hatte Wrede sich doch extra für die Mittsommersteaks ein geschmiedetes Arcos-Bratenmesser gekauft und so seine Messersammlung erweitert. Er schaute hinaus und sah, daß die Luft vor Wärme flimmerte. Eine Schweißperle rollte ihm auf die Stirn, er schwitzte in seinem Westover. Es dauerte einen Augenblick, bis er sich wieder beruhigt hatte.

Papier raschelte, als Wrede das Personenprofil Rossis aus dem Stapel heraussuchte. Der Mann war im Oktober 1970 in Kerava geboren worden, hatte das Gymnasium in Malmi besucht, in Tuusula, im Helsinkier Luftabwehrregiment, gedient und ein Jahr an der Kaufmännischen Handelsschule gelernt. Rossis Mutter starb 1988 an Krebs und der Vater vor einem Jahr an einem Infarkt. Seine Ehefrau Laura arbeitete in Lauttasaari als Unterstufenlehrerin. Der Mann war nicht vorbestraft, und in seiner Vergangenheit fanden sich auch sonst keine dunklen Flecken. Es gab jedoch ein paar interessante Punkte: Sami Rossi war jahrelang in den Wintersportzentren der Alpen als Skilehrer herumgezogen und hatte in jungen Jahren in Tapanila im Club Erä geboxt. Außerdem befand sich in seiner Wohnung eine außergewöhnlich umfangreiche Sammlung von Gewalt- und Kriegsvideos. Rossi bewunderte also die Gewalt und verstand es auch, sie anzuwenden, überlegte Wrede. Der Mann wäre fähig, Berninger zusammenzuschlagen und umzubringen.

Der Mord an dem Diplomaten ließ die Phantasie blühen. Wer weiß, was alles dahintersteckte: Industriespionage, Erpressung, ein politischer Skandal ... Der schnelle und erfolgreiche Abschluß eines großen Falles würde den Wert seiner Aktien bei der Präsidentin weiter steigen lassen, kalkulierte Wrede. Wem sollte er den Fall übertragen? Selbst würde er die Ermittlungen nicht führen, da sich doch noch herausstellen könnte, daß es bei dem Verbrechen um einen reinen Raubmord ging. Der Fall oblag der Sicherheitsabteilung der SUPO, sie war für die Abwehr aller Handlungen zuständig, die eine Gefährdung der internationalen Beziehungen Finnlands darstellten. Doch der Chef der Sicherheitsabteilung, Risto Tissari, machte in seiner Sommerhütte in Puumala Urlaub, und auch die erfahrensten Ermittler der Abteilung hatten am Mittsommerwochenende frei.

Dienst hatte an diesem Wochenende Saara Lukkari, aber sie brauchte jemanden an ihrer Seite, der den Ton angab. Die junge Ermittlerin war der erste Neuzugang, den Wrede einstellen durfte, ohne Ketonens Segen einholen zu müssen. Die Frau konnte sich Autoritäten in angemessener Weise unterordnen, ganz anders als Arto Ratamo.

Das brachte Wrede auf eine glänzende Idee. Er würde den Fall Ratamo übergeben. Vielleicht brannte dem endgültig die Sicherung durch, wenn sich die Ermittlungen hinzogen und sein Sommerurlaub verschoben wurde. Ratamos Nerven mußten eigentlich jetzt schon aufs äußerste gespannt sein. Der Mann hatte den ganzen letzten Winter neben seiner Arbeit für die Prüfung zum gehobenen Polizeidienst geackert. Und dann war kürzlich auch noch seine Lebensgefährtin Riitta Kuurma nach Holland verschwunden, weil sie bei Europol angeheuert hatte. Sie war der erste von Ketonens Schützlingen, den Wrede erfolgreich aus der SUPO weggeekelt hatte. Arto Ratamo würde der zweite sein. Früher oder später.

Auf einmal hörte Wrede das Wort »Kriegsgefahr« und heftete seinen Blick auf den Bildschirm. »Die Situation im Nahen Osten hat sich weiter verschärft, nachdem Israel und seine arabischen Nachbarn … Die Gefahr eines ausgedehnten Krieges …« Mit todernster Stimme berichtete der CNN-Reporter über die ewige Krise.

6

Die Mücke hatte sich mit Blut vollgepumpt und zog gerade ihren Rüssel aus der Haut, als Arto Ratamo sich an die Stirn klatschte und so das irdische Dasein des Insekts beendete. Durch ein Loch in der Gardine des einzigen Fensters der kleinen Blockhütte drang ein Lichtstrahl herein und traf ein Auge Ratamos, der leise knurrte. Vermutlich war es schon spät am Tag. Das Bett unter ihm schien zu schwanken, und ihm fiel ihr Abenteuer auf dem Meer ein. Hoffentlich waren ihnen in Naantali keine Bekannten über den Weg gelaufen, er konnte sich nicht einmal schemenhaft daran erinnern, was sie in den frühen Morgenstunden getrieben hatten.

Sein Mund war trocken wie eine politische Debatte im Fernsehen, und sein Kopf fühlte sich an wie ein zu stramm aufgepumpter Fußball. Zum Glück hatte man ja für den Fall Vorkehrungen getroffen. Ratamo richtete sich auf, holte aus der Hosentasche seiner Jeans Schmerztabletten und angelte sich aus dem Flaschenmeer auf dem Tisch eine Jaffa. Dann steckte er sich drei Disperin in den Mund, fluchte, als er den Wodka in der Limonade schmeckte, spuckte das eklige Zeug in die Flasche zurück und griff nach der Wasserkanne.

Ratamo ließ sich wieder aufs Bett fallen, am liebsten hätte er laut gejammert. Die Kopfschmerzen würde er aushalten, aber der moralische Kater quälte ihn mehr als je zuvor. Das letztemal hatte er den Mittsommer 1992 auf so bescheuerte Weise verbracht, im darauffolgenden Winter war er seiner inzwischen verstorbenen Frau Kaisa begegnet und dann zur Ruhe gekommen. Für eine Weile.

Neben ihm lag niemand, der ihn aufgemuntert hätte. Ein reichliches Jahr hatte er mit Riitta Kuurma zusammengelebt, aber die Beziehung war in der vorletzten Woche zu Ende gegangen, als Riitta ihm mitgeteilt hatte, sie habe eine Stelle in der Antiterroreinheit von Europol bekommen und würde sofort nach Den Haag ziehen. Riitta hatte behauptet, sie brauche ein Jahr ohne SUPO und ohne Erik Wrede. Von einer Trennung hatte sie nicht ein einziges Mal gesprochen. Das brauchte sie auch nicht, dachte Ratamo, die Taten sprachen schließlich für sich, und eine Fernbeziehung interessierte ihn nicht im geringsten.

Es war nicht nur der Sex, nach dem sich Ratamo sehnte, sondern auch Riittas Geruch, die Einkochgläser mit Kräutern und die Pastagerichte. Andererseits glaubte er, gut ohne Radiowecker früh um sechs, ohne gekränkte Schwiegermutter, italienische Schlager und Gemecker auszukommen. Ihm fiel ein, daß Riitta Nelli oft am Klavier begleitet hatte, wenn die auf der Geige übte. Es ärgerte ihn, daß Nelli mit Riitta eine Frau als Vorbild und eine musikalische Begleiterin verlor, und es wurmte ihn auch, daß jetzt erneut alle Pflichten des Alleinerziehenden auf seinen Schultern lagen.

Ratamo lebte nun wieder allein, und das war gut, so fühlte er sich am wohlsten. Mit ihm stimmte sicher etwas nicht, da er nie das Gefühl hatte, irgendwohin zu gehören. Ob in der Gesellschaft anderer oder allein, ob in einer Beziehung oder als Junggeselle – er fühlte sich stets in gleicher Weise einsam.

Auf dem Tisch knisterte etwas. Ratamo drehte vorsichtig den Kopf und starrte in die dunklen Augen einer Maus, die mit zitterndem Schnurrbart etwa einen Meter entfernt auf dem Tisch herumschnupperte. Der Nager verlor als erster die Nerven und huschte zur Wand, es raschelte, und die Maus war verschwunden.

Als Ratamo an seinen Vater denken mußte, hatte er das Gefühl, daß die Sorgen ihn nun gänzlich überrollten. Der Alte hatte im Frühjahr seine Villa in Spanien verkauft, war nach Finnland zurückgekehrt und hatte sich das erste Mal seit Jahren bei ihm gemeldet. Er wolle sich mit ihm treffen und müsse mit ihm reden, hatte der Vater gesagt. Lange konnte Ratamo ihm nicht mehr ausweichen, er würde sich mit ihm treffen müssen. Die Vorstellung fand er nicht gerade reizvoll, sein Vater hatte sich schon vor etwa dreißig Jahren nach dem Tod der Mutter selbst aus dem Leben seines Sohnes ausgeschlossen. Ratamo hielt solche Entscheidungen für endgültig.

Er vermutete, daß sein Vater krank war. Warum wäre der Alte sonst nach Finnland zurückgekehrt, schließlich kannte er hier auch gar niemanden mehr. Eines wußte Ratamo genau: Sein Vater würde nie zulassen, daß spanische Ärzte an ihm herumfummelten. Die Ursache dafür war nicht der Berufsstolz des ehemaligen Medizinprofessors, sondern reine Pedanterie. Als Junge hatte sich Ratamo ab und zu den voreingenommenen Mist seines Vaters anhören müssen.

Dieser ganze Problemstau erinnerte Ratamo an den August vor drei Jahren, als seine Frau starb, Nelli in Lebensgefahr schwebte und er seine Arbeit als Forscher aufgab. Jetzt brauchte er immerhin nicht um sein Leben zu fürchten. Dennoch erschien ihm alles hoffnungslos. Woran mochte das liegen, fragte er sich, war es die Trennung von Riitta, die Rückkehr des Vaters, der moralische Kater oder alles zusammen? Oder lag es daran, daß derzeit die schlimmsten Erlebnisse der letzten drei Jahre bei der SUPO regelmäßig durch seine Träume und Gedanken geisterten?

Er hatte auch Gewissensbisse, weil er seine Tochter über Mittsommer zu Marketta, seiner Ex-Schwiegermutter, abgeschoben hatte, damit er sich zum Idioten machen konnte. Sein Chef Jussi Ketonen verbrachte das Mittsommerwochenende in Markettas Ferienhaus in Nummi-Pusula. Innerhalb eines Jahres waren der Chef der Sicherheitspolizei und Marketta ein unzertrennliches Paar geworden. Manche Menschen zögerten nicht lange, wenn sie den richtigen Partner fanden.

Reiß dich zusammen! Denk positiv, befahl sich Ratamo, in dem Moment landete eine laut surrende Fliege auf seinem Bauch. Erbost schlug er mit der Hand nach dem Brummer, traf sein Zwerchfell und spürte im Hals ein Anrucken wie im Aufzug. In den Schläfen regte sich der stechende Kopfschmerz. Verdammte Bestien.

Es dauerte eine Weile, bis sein ganz auf Katerstimmung eingestelltes Hirn etwas Positives herausfinden konnte. Immerhin hatte er im letzten Jahr fleißig studiert, jetzt zeichnete sich das Examen für den gehobenen Polizeidienst schon am Horizont ab, es fehlten nur noch ein paar Prüfungen. Und auch die neue berufliche Laufbahn gefiel ihm immer noch. Die Aufgaben als Ermittler bei der Sicherheitspolizei waren um ein Vielfaches interessanter als die langweilige Arbeit eines Virusforschers. Und in jedem Fall hatte er ja Nelli.

Die Arbeit und Nelli waren die einzigen normalen Dinge in seinem Leben, sofern man die Arbeit eines Ermittlers der SUPO als normal bezeichnen konnte.

Erst als Ratamo sich darauf konzentrierte, an seinen Urlaub in drei Wochen zu denken, kehrten seine Lebensgeister zurück. Er würde sich mit Nelli in der Ferienhütte verschanzen. Schon der bloße Gedanke an vier Wochen Stille in der Inselwelt von Tammisaari wirkte entspannend. Auf der Insel Kvarnö war es so ruhig, daß man sogar hören konnte, wie auf dem gepflasterten Weg die Knochen knackten.

Ohne Vorwarnung tauchte vor seinen Augen der Betonbrocken auf, der am Ende des Hanfseils im Wasser hing. Er erinnerte sich an das heftige Anrucken des Seils, an den Sturz ins Wasser und das Gefühl, zu ertrinken. Wenn das Armband seiner Uhr nicht nachgegeben hätte, wäre er möglicherweise bis auf den Grund gesunken und dort geblieben. Bei dieser Vorstellung trat ihm der kalte Schweiß auf die Stirn.

Jemand hämmerte an die Tür. Himoaalto kam gebückt durch die niedrige Speichertür herein und zerrte die Gardine auf. »Es ist um zehn. Einmal kühlen Gerstensaft, bitte sehr«, sagte er und drückte seinem Freund eine eiskalte Flasche Bier in die Hand.

Ratamo hob die Hand vor die Augen, das Tageslicht blendete. In Gesellschaft fühlte er sich gleich wohler, es war hundertmal besser, sich zu unterhalten, als in den eigenen Problemen herumzuwühlen. Er warf einen Blick auf seinen Freund und hoffte, daß er nicht genauso mitgenommen aussah wie Timo. »Die Selbstvorwürfe sind eine Plage, und der K-Virus zehrt einen aus«, klagte Ratamo.

»Ja, so ein Kater ist ein großes Mysterium«, meinte Aalto zustimmend.

»Quatsch. Warum das Schnattern der Wildente kein Echo hat, das ist ein Mysterium«, erwiderte Ratamo.

Der Kommentar regte Himoaalto dazu an, mehrere unverständliche Theorien über die Anatomie der Wildenten vorzutragen. Der Vogelfreund und eingefleischte Liebhaber von Tauchenten fand einen fließenden Übergang zu anderen geflügelten Tieren, und so durfte sich Ratamo eine ornithologische Vorlesung über die Vogelarten der Schärenwelt und einen langen Bericht über den Raubwürger anhören, den Aalto vor einer Woche in der Nähe von Mikkeli beobachtet hatte.

Ratamo erholte sich weiter, als er die Flasche Bier geleert hatte und feststellte, daß die Tabletten wirkten. Das Hungergefühl bewies, daß es ihm wieder besserging. Seiner Stimmung tat es auch gut, daß Aalto mit dabei war. Timo geriet das erstemal wieder auf Abwege, seit er vor einem Jahr nach seinem Rausschmiß bei der Datensicherheitsfirma SH-Secure monatelang getrunken hatte. Himoaalto war ohne Zustimmung seiner Frau ausgerückt, um Mittsommer zu feiern: Seiner Meinung nach war es einfacher, hinterher um Verzeihung zu bitten.

Das Sonnenlicht blendete Ratamo für einen Augenblick, als er mit unsicheren Schritten hinaustrat. Er fuhr sich mit beiden Händen über seine dunklen kurzen Haare und die dichten Augenbrauen und räkelte sich genußvoll. Nach dem kühlen Frühsommer wußte man die wunderbare Wärme der Sonne, eine Wohltat für Knochen und Muskeln, noch mehr zu schätzen als sonst. Er lief mit kleinen Schritten zum Bootssteg, zog die Unterhosen aus, sprang ins Meer und spürte, wie er sich auf einen Schlag besser fühlte, als das achtzehn Grad warme Wasser seinen Puls beschleunigte. Ruhig schwamm er etwa zwanzig Meter hinaus, hielt sich dann mit den Füßen über Wasser und bewunderte eine Wildente und ihre Küken, die in dichter Formation vorbeipaddelten. Er ließ sich einen Augenblick auf dem Wasser treiben und betrachtete seine Zehen, danach kehrte er planschend und spritzend langsam wieder ans Ufer zurück und setzte sich auf die Terrasse der Blockhaussauna, um die Ruhe der sommerlichen Insellandschaft zu genießen.

Nachdem Ratamo Shorts und T-Shirt angezogen hatte, holte er die Kautabakdose aus der Tasche, steckte sie aber wieder ein, als ihm der himmlische Duft gegrillter Wurst in die Nase stieg. Er stand auf und ging gemächlich in die Richtung, aus der es so gut roch.

Am Fahnenmast von Väisäläs massivem Blockhaus flatterte die finnische Flagge, und auf dem Terrassentisch warteten neben einem repräsentativen Getränkeangebot neue Kartoffeln, Hering, geräucherte Maränen und die anderen Mittsommerdelikatessen. Die lässigen Bewegungen Lapas, der am Gasgrill hantierte, ließen Ratamo vermuten, daß der Hausherr sich schon mit ein paar Flaschen Bier eingestimmt hatte.

»Erinnert sich jemand an Einzelheiten in Naantali?« fragte Ratamo, um die quälenden Selbstvorwürfe etwas zu lindern. Für einen Augenblick herrschte absolutes Schweigen.

»Fahren wir heute nach Naantali?« Erwartungsvoll begann Väisälä zu spekulieren, welche Gaststätten für den kommenden Abend am besten geeignet wären.

Ratamo reagierte allmählich mit Symptomen einer Allergie auf Lapas ständige Geschichten über Frauen, denen zufolge er mehr Evas flachgelegt als Präsident Kekkonen mit Handschlag begrüßt hatte. Ratamo kannte Väisäläs Geschichten schon seit ihrem Medizinstudium.

Väisälä kam immer mehr in Fahrt. »Wußtet ihr, daß es in Guam Männer gibt, deren Arbeit darin besteht, mit Jungfrauen zu schlafen ...«

»Darf man schon essen?« fragte Aalto, auch er hatte es satt, daß Lapa ständig auf demselben Thema herumritt.

Der Hausherr forderte sie auf, am Tisch aus rohem Holz

Platz zu nehmen. Ratamo begnügte sich vorerst mit einer kleinen Kartoffel, einem Klümpchen Butter und einem Stück Senfhering und spülte alles mit einem kräftigen Schluck Bier hinunter. Nun sah das Leben gleich viel freundlicher aus, es würde schon alles in Ordnung kommen. Er stach mit der Gabel in eine vor Fett zischende Wurst und griff nach der Senftube.

»Ach übrigens, Aatsi. Irgendein Typ namens Wrede von der Sicherheitspolizei hat heute früh angerufen und nach dir gefragt. Ich habe ihm gesagt, daß es nicht viel Sinn hat, dich vor morgen mittag anzurufen. Und das ist wahrscheinlich auch noch zu früh«, erzählte Väisälä lachend.

Ratamo entfuhr eine ganze Sturzflut von Flüchen.

7

Auf der Terrasse des Restaurants »Meritalli« in Töölö herrschte schon gegen Mittag reger Betrieb, denn viele Städter verbrachten den Mittsommertag mit dem Boot auf dem Meer vor Helsinki. Das Knattern der Motorboote vermischte sich mit dem fröhlichen Stimmengewirr auf der Terrasse. In einer Wolkenlücke tauchte die Sonne auf und färbte das Wasser der Taivallahti-Bucht grün. Die Fahnen und Wimpel der Boote und auch die Locken auf Lauras Schultern bewegten sich im Wind. Das brachte ein wenig Erleichterung, bei dieser Hitze schwitzte sie unter den dikken Rastalocken. Vorsichtig hob die kleine, zierliche Laura ihre Füße auf den Stuhl und hockte mit angezogenen Beinen da wie ein Embryo im Mutterleib. Sie wartete auf ihre Freundin Eeva, eine Juristin.

Nervös kaute Laura an ihren Fingernägeln, sie hatte Angst. Ein Tag hatte alles geändert. Bei dem Gedanken, daß man Sami des Mordes und sie der Beihilfe verdächtigte, lief es ihr kalt den Rücken herunter. Die Polizisten hatten das am Vormittag bei ihrem Verhör angedeutet. Um Sami zu helfen, hatte Laura alles nur Erdenkliche versucht und in ihrer Verzweiflung den Polizisten gegenüber sogar geschworen, sie wäre im selben Fahrstuhl wie Dietmar Berninger und Sami gewesen. Diese dumme Lüge bereute sie jetzt. Sami hatte natürlich nicht dieselbe Geschichte erzählt, weil die Polizisten sie nicht miteinander reden ließen.

Lauras Freundin war nun schon ein Glas trockenen Apfelweins zu spät. Eeva verbrachte den Mittsommer wegen ihres Bauches in der Stadt; Laura erinnerte sich, daß der Entbindungstermin in der Zeit des Schulanfangs lag. Jetzt ärgerte sie sich, daß sie das »Meritalli« vorgeschlagen hatte, wegen ihr mußte die hochschwangere Freundin von Kirkkonummi bis nach Töölö fahren, nur weil Laura auf ihrer Lieblingsterrasse sitzen wollte.

Laura trommelte mit den Fingern auf den Einband des »Leviathan«. Das erstemal seit vielen Jahren fühlte sie sich so gestreßt, daß sie sich nicht einmal auf einen guten Roman konzentrieren konnte. Ihr Gehirn wollte immer noch nicht verstehen, was geschehen war. Natürlich passierten den Menschen in Filmen und Büchern und – wenn man den Zeitungen und dem Fernsehen Glauben schenken konnte – auch im wirklichen Leben unglaubliche Dinge, aber niemand nahm an, daß es ihn selbst treffen könnte. Noch gestern hatte sie mit dem Mann, den sie liebte, ihre Wohnung renoviert, und heute behauptete die Polizei, sie habe einen Mörder geheiratet. Laura sehnte sich so sehr nach Sami, daß es in der Brust schmerzte. Sie versuchte die Erinnerungen zu ersticken, aber die drängten sich mit Macht immer wieder in ihr Gedächtnis: der Heiratsantrag Samis im Skilift in Madonna di Campiglio, die Hochzeitsfeier im »Casino« in Kulosaari, die Hochzeitsnacht und die Hochzeitsreise …

Beim Gedanken an die Hochzeitsreise vergrub Laura ihr Gesicht in den Händen. Die Woche in Assuan, an der Südgrenze Ägyptens, und den grandiosen Blick auf den Nil aus dem Zimmer im Hotel »Old Cataract« würde sie nie vergessen. Dieser Ort hatte einst sogar Caesar und Cleopatra gefallen. Sami konnte romantisch sein, obwohl er ansonsten gern den Macho spielte. Laura zwang sich, nicht mehr an die glücklichen Augenblicke, sondern an die zahllosen kleinen Streitereien zu denken, die sie in ihrem Jähzorn vom Zaun gebrochen hatte. Jetzt bereute sie alle. Und auch ihre Geheimnisse. Warum wagte sie nicht, ehrlich zu sein …

Laura schrie auf, als sie sich ins Nagelbett biß. Auch das noch, sie knabberte wieder wie eine Verrückte an ihren Nägeln. Das Selbstmitleid übermannte sie. Eigentlich wollte sie doch nichts weiter als ein kleines Stück vom Glück, aber selbst das bekam sie nicht. Drehten alle Männer durch, mit denen sie zusammen war, und lag das an ihr? Oder zog sie Idioten magisch an? Vor Sami hatte sie drei ziemlich kurze Beziehungen mit Männern gehabt: Der erste Held verschwand unerwartet auf Nimmerwiedersehen zusammen mit ihrem Fernseher, der zweite ging fortlaufend fremd wie ein Hausierer, und der dritte kommunizierte nur mit der Flasche. Laura hatte schon geglaubt, daß die Schläge ihrer Mutter und die schlechten Erfahrungen mit Männern ihre Fähigkeit, anderen Menschen zu vertrauen, abgetötet hatten. Doch dann begegnete sie Sami. Und diesmal stimmte sofort alles. Sie wußte nicht, warum, und sie wollte es auch gar nicht wissen, es genügte ihr, daß es so war.

Manchmal kam es ihr so vor, als läge ein Fluch über ihrer ganzen Sippe. Ihr zurückgezogen lebender Bruder meldete sich nur zwei-, dreimal im Jahr, und das Leben ihrer Eltern war zerrüttet gewesen. Die Entscheidung der Mutter konnte Laura allerdings verstehen. Ihr Vater mußte nach einigen Ehejahren gehen, weil man ihn im Bett der Schwester ihrer

Mutter in flagranti erwischt hatte. Wahrscheinlich war es unmöglich, so einen Seitensprung zu verzeihen, ihre Mutter jedenfalls hatte es nie vermocht – und verbittert ihren Frust an der Tochter ausgelassen. Der Vater hingegen soff sich in zwanzig Jahren zu Tode. Beide starben, bevor sie das Rentenalter erreicht hatten.

Lauras Verzweiflung wuchs, als sie sich ihr Leben ohne Sami vorstellte. Dann bliebe ihr nur noch die Arbeit. Sie hatte von klein auf Unterstufenlehrerin werden wollen, aber auch der Traumberuf allein konnte nicht all ihre Bedürfnisse befriedigen. Vier Monate Zusammensein und eine unvollendete Renovierung, sollte das alles sein, was sie von ihrer Ehe hatte? Ihre Stimmung sank auf den Tiefpunkt, als ihr klar wurde, daß sie sich hier selbst bedauerte, dabei war es doch Sami, der im Polizeigefängnis saß und leiden mußte. Resolut nahm sie sich vor, daß jetzt Schluß sein mußte mit dem Gejammer.

»Laura!« rief Eeva an der Terrassentür, sie lächelte und ging langsam in ihrem watschelnden Gang auf Laura zu, in der Hand hielt sie einen Pappteller, von dem Fett auf die Dielen der Terrasse triefte. Die Freundin hatte an der Holzbude auf dem Hof des Restaurants eine Portion kleine Maränen gekauft. »Entschuldige. Ich habe mindestens eine halbe Stunde auf den Bus gewartet. Leider hatte ich nicht daran gedacht, daß heute der Fahrplan für Feiertage gilt«, sagte sie und keuchte.

Laura tätschelte den Bauch ihrer Freundin und sah in Eevas Lächeln Glück und Stolz. Die geräucherten Fische dufteten himmlisch.

»Die Dreadlocks sehen gut aus.« Eeva strich über Lauras Haare und kam langsam wieder zu Atem. Doch ihr Puls beschleunigte sich erneut, als Laura über die Ereignisse des Vortages berichtete und beim Tod des Diplomaten, bei der Tasche, dem Geld und Samis Verhaftung anlangte.

»Wie, um Himmels willen, kann ich beweisen, daß Sami unschuldig ist?« fragte Laura zum Schluß ihres langen Ergusses. Sie fühlte sich sofort erleichtert, weil sie über all das reden konnte; es kam ihr so vor, als wäre ein Teil der Last von ihren Schultern gewichen.

Eeva übernahm die Rolle der Anwältin. »Das brauchst du nicht. Vor Gericht muß der Staatsanwalt Samis Schuld beweisen. Auf der Grundlage dessen, was du erzählt hast, könnte das allerdings gelingen. Das Gericht dürfte das in der Tasche gefundene Geld als Motiv für den Mord ansehen. Sami wird bestimmt verurteilt, wenn man ihn noch durch technische Beweise mit den Verletzungen des Diplomaten in Verbindung bringen kann.«

Laura vermochte ihr Entsetzen nicht zu verbergen. »Du solltest mich ja eigentlich unterstützen.«

»Es ist ja immer möglich, daß sich etwas ergibt … Vielleicht klärt sich noch alles auf«, erwiderte Eeva verlegen und dachte dann einen Augenblick nach. »Vielleicht findet die Polizei einen Zeugen, der am Tatort etwas gesehen hat. Oder möglicherweise wird im Aufzug etwas Überraschendes entdeckt. Wer weiß. Es ist besser, wenn ich nicht zu viele Mutmaßungen anstelle, da ich nicht alle Fakten kenne. Die Juristen sehen nur die Tatsachen.«

Eeva bemühte sich ernsthaft, Laura Mut zu machen. Und die fragte ihre Freundin alles, was ihr einfiel. Ihre einzige Kollision mit dem Gesetz hatte 1997 in eine Geldstrafe für Halten im Parkverbot gemündet, es gab also genug zu fragen.

Doch Eeva wurde immer reservierter, je mehr sie von dem Fall hörte. Als Lauras Schwall von Fragen versiegte, saßen die beiden Freundinnen lange schweigend da und nippten an ihren Getränken. An den kalten Gläsern bildeten sich kleine Wassertropfen. Von der ausgelassenen Stimmung des Mittsommerfestes war an ihrem Tisch nichts zu spüren.

»Laura, hast du die Möglichkeit in Betracht gezogen, daß Sami den Diplomaten tatsächlich umgebracht hat?« fragte Eeva schließlich zögernd.

Laura antwortete nicht, sie nahm einen Schluck Apfelwein und schaute unverwandt auf die Holzbrücke von Seurasaari, die sich in der Ferne abzeichnete. Niemand konnte innerhalb eines Augenblicks zum Mörder werden, nur weil sich die Gelegenheit ergab. Sie erinnerte sich an Samis Jahre in der Grundschule und im Gymnasium, sie hatte ihn schon damals für einen Jungen gehalten, der keine Party ausließ, aber letztlich gutmütig war, obgleich er mehr Unsinn getrieben hatte als die meisten Teenager. Vielleicht kannte sie Sami doch nicht so gut, wie sie glaubte, sie waren ja auch erst eine sehr kurze Zeit zusammen.

Die beiden Frauen unterhielten sich noch eine Weile über Berningers Tod, aber schließlich kam Eeva auf ihre Schwangerschaft zu sprechen. Als der Ultraschall, die ersten Bewegungen im Bauch, die Spekulationen über das Geschlecht des Kindes und die Frage des Vornamens besprochen waren, wurde Eeva plötzlich übel, und sie bestellte ein Taxi.

Lauras Angst und die Beklemmung kehrten sofort zurück, nachdem Eeva gegangen war. Ihre Worte klangen noch in Lauras Ohren: *Hast du die Möglichkeit in Betracht gezogen, daß Sami den Diplomaten tatsächlich umgebracht hat?* Laura beschlichen Zweifel. Wie wahrscheinlich war es, daß jemand anders als Sami Berninger ermordet hatte? Sie versuchte ihre Gefühle zu unterdrücken und die ganze Sache allein mit dem Verstand zu beurteilen. Wer hatte Berninger umgebracht, wenn nicht Sami? Und warum, Sami hatte ja die Tasche des Deutschen schon mitgenommen. Lauras Phantasie beschwor alle möglichen Visionen herauf, eine gewagter als die andere. Berninger war schließlich Diplomat, er konnte in alles mögliche verwickelt sein.

Sami war kein Mörder, das wußte Laura. Wußte sie es

wirklich? Was hatte Sami in den Jahren getrieben, in denen er als Skilehrer von einem Wintersportzentrum in den Alpen zum anderen gezogen war, wie er behauptete? Woher wußte sie, ob Sami nicht vielleicht in etwas Kriminelles verstrickt gewesen war. Hatte sie sich in einen Mörder verliebt? Der Gedanke erschien ihr widersinnig, sie durfte nicht zulassen, daß die Phantasie mit ihr durchging.

Laura verbannte diese schrecklichen Gedanken in den dunkelsten Keller ihrer Seele und nahm sich vor, daran zu glauben, daß es sich um irgendeine Verwechslung, ein Mißverständnis, ein Versehen handelte … Im Leben war alles möglich: Es konnte sein, daß einer zweimal innerhalb eines Monats im Lotto einen Volltreffer landete und ein anderer beim Spaziergang von einem geplatzten LKW-Reifen am Kopf getroffen wurde. Jeden Tag geschahen Millionen unerklärlicher Dinge.

Laura warf einen Blick in den Hof des Restaurants. Ein kleines Mädchen, das einen Sonnenhut trug, rannte mit wackligen und unsicheren Beinen einem Gummiball hinterher, doch urplötzlich blieb es stehen und schaute das Denkmal von Toivo Kuula an. Laura hätte am liebsten laut losgeheult. Als ihr aber einfiel, daß Sami sich von der Zelle aus nicht helfen konnte, schoß die Wut in ihr hoch. Sie mußte die Dinge klären, selbst wenn dafür all ihre Zeit, die besten Juristen Finnlands und ein Sack voll Geld notwendig wären. Sie würde Sami zurückholen, wenn nötig, mit Gewalt. Jetzt fing der Kampf erst richtig an.

Das Adrenalin wirkte erleichternd. Laura trank den Rest des lauwarmen Apfelweins aus, verließ das Restaurant und lief zur Straßenbahnhaltestelle an der Mechelininkatu. Es tat gut, in Bewegung zu sein, obwohl man vor seinen Gedanken nicht fliehen konnte. Die Sonne hatte den Asphalt so aufgeheizt, daß sie das Gefühl hatte, die Füße würden geröstet; am liebsten hätte sie jetzt im Meer herumgeplanscht.

Seit ihrer Kindheit ging Laura regelmäßig schwimmen, sie kraulte immer noch zweimal pro Woche einen Kilometer in der Halle in Lauttasaari. Auch im Wasser konnte man das Alleinsein, die Ruhe genießen.

Als sie die Etäläinen Hesperiankatu erreicht hatte, klingelte ihr Handy. Sami? Laura griff nach dem Telefon wie nach einer Schlange und rief: »Hallo!«

»Spreche ich mit Laura Rossi?« fragte Konrad Forster auf englisch im Vogelzimmer der Villa Siesmayer. »Mein Name ist Jerzy Milewics. Wir bedauern die Ereignisse der letzten Tage. Ihr Mann ist kein Mörder. In meinem Besitz befinden sich aufgezeichnete Bilder, die beweisen, daß Ihr Mann Dietmar Berninger nicht getötet hat.«

Laura war so verblüfft, daß es ihr für einen Augenblick die Sprache verschlug. »Wer sind Sie? Wer ist der Mörder? Wie kann ich ...«, stammelte sie.

»Ohne diese Bilder wird Ihr Mann wegen Totschlags, vielleicht sogar wegen Mordes verurteilt. Auch wenn er nicht vorbestraft ist, wird er jahrelang im Gefängnis sitzen.« Forsters ruhige Stimme klang so, als wäre er sich seiner Sache sicher.

Eine Welle der Erleichterung durchströmte Laura. Würde sich also doch alles klären? Sie versuchte sich zu beruhigen. »Was wollen Sie?«

Forster zuckte zusammen, als Eos sich auf sein Handgelenk setzte; die Kakadus ertrug er nur Anna zuliebe. »Ihr Mann hat vor einiger Zeit einen Kredit bei einer Organisation aufgenommen, die bei Ablauf der Zahlungsfrist nicht mit sich verhandeln läßt. Jetzt ist die Summe fällig, und Sie besitzen etwas, womit die Schuld getilgt werden kann. Unsere Organisation ist in Kraków, in Polen, tätig, und wir möchten gern ein Treffen hier bei uns, gewissermaßen als Heimspiel.« Forster legte seine Hand auf Annas Arm und lächelte beruhigend.

»Wollen Sie Geld? Ich …«

»Die Details nenne ich Ihnen gleich. Zunächst möchte ich nachfragen, ob Sie auch mit Bestimmtheit verstanden haben, daß kein Außenstehender jemals von diesem Gespräch erfahren darf. Das ist keine Bitte und keine Empfehlung. Das ist der Preis für die Freiheit Ihres Mannes und dafür, daß er am Leben bleibt«, sagte Forster resolut und hörte sich an, wie Laura ihm angstvoll mehrmals versicherte, sie werde ganz gewiß und absolut schweigen. Dann erteilte er der Frau seine Anweisungen.

Laura holte mit zitternder Hand einen Stift und ihren Kalender aus der Tasche, notierte sich, was man ihr sagte, und bestätigte, daß sie alles verstanden hatte. Dann war das Gespräch zu Ende. Sie spürte das brennende Verlangen, zur nächsten Polizeiwache zu rennen, aber die warnenden Worte des Anrufers dröhnten noch in ihren Ohren. Sollte sie es wagen, wenigstens Eeva anzurufen?

Die Angst versank allmählich in der Tiefe, als Laura zurück zum Ufer der Taivallahti-Bucht ging. Sie zwang sich, hart und ganz gelassen zu sein; sie mußte in dieser Situation die Verantwortung übernehmen. Diese Fähigkeit hatte Laura schon als Kind gelernt. Ihr war klar, daß sie mit Samis Leben nicht spielen durfte, und sie traf ihre Entscheidung: Sie würde mit der Maschine heute abend nach Kraków fliegen, um den Mann namens Jerzy Milewics zu treffen und Sami zu retten. Überrascht stellte sie fest, daß ihr das ganz natürlich vorkam. Sie würde für Sami alles tun, wirklich alles. Und sie fürchtete, daß genau das auch nötig sein würde.

8

Der Auspuff des grellgelben Käfers knallte und knatterte in der Tiefgarage der SUPO, es hörte sich an wie die Posaunen der Unterwelt. Der Schalldämpfer war kaputt. Das dreißig Jahre alte Cabrio streikte wieder einmal, obwohl die letzte Generalreparatur erst elf Monate zurücklag. In Ratamos Kopf hämmerte es trotz der Schmerztabletten; sein Durst schien unstillbar, vor Müdigkeit waren seine Augenlider geschwollen, und die Sorgen ließen ihm keine Ruhe. Er hatte das Gefühl, mit dem Fahrrad durch die Waschstraße des Lebens zu fahren.

Ratamo parkte seinen blechernen Gefährten, ging zum Aufzug und steckte den Schlüssel ins Schloß. Er verfluchte Erik Wrede zum tausendstenmal, seit der zweite Mann der SUPO ihn auf der Mittsommerfeier in Rymättylä angerufen und nach Helsinki beordert hatte. Immerhin war das ein Feiertag, der Mittsommertag, und außerdem plagte ihn der Kater des Jahrhunderts. Am Telefon hatte Wrede nur gesagt, irgendein deutscher Diplomat sei gestern im »Forum« ermordet worden. Hoffentlich waren diese Ermittlungen bloße Routine, sein Urlaub war schon so nahe, daß er es kaum noch erwarten konnte.

Ratamo wußte genau, warum er wieder mal einen freien Tag opfern mußte. Er war Wrede ein Dorn im Auge. Der Schotte hielt ihn für einen Günstling des Chefs, weil Ketonen ihn damals durch die Hintertür in die SUPO geholt und ihm dann auch noch die Möglichkeit geboten hatte, neben seiner Arbeit die Polizeischule und die Prüfung für den gehobenen Polizeidienst zu absolvieren. Zu seinem Ärger mußte sich Ratamo eingestehen, daß Wrede nicht ganz unrecht hatte.

Seine Zukunftsaussichten in der SUPO stimmten ihn mißmutig. Jussi Ketonen würde in einem Jahr in Rente gehen, und Wrede könnte der neue Chef der Sicherheitspolizei werden. Vermutlich würde das rothaarige Sommersprossengesicht versuchen, auch ihn wegzuekeln; Riittas Umzug nach Holland lag zumindest teilweise an Wrede. Ratamo fiel eine ganze Flut von Spitznamen ein, die viel bissiger waren als »Schotte«. Doch plötzlich mußte er daran denken, was am kommenden Montag mit Jussi Ketonen geschehen würde; seine Miene hellte sich auf, und er lächelte.

Der Aufzug hielt im vierten Stock. Die Besprechung begann um vier Uhr, Ratamo kam eine halbe Stunde zu spät, hatte aber nicht die Absicht, die Verantwortung für die Fahrpläne der Bahn zu übernehmen. Er klopfte an der Tür des schallisolierten Beratungsraumes A 310 an, trat ein und sah auf dem ovalen Beratungstisch ein Meer von Unterlagen. Außer Wrede saß in dem Raum nur der neueste Zugang unter den Ermittlern der SUPO, Saara Lukkari, deren Körper durchtrainierter aussah als der ihrer meisten männlichen Kollegen. Ratamo erinnerte sich, gehört zu haben, daß die Frau ernsthaft Aerobic betrieb.

»Du siehst ja so frisch aus wie ein Misthaufen am Schweinestall«, rief Wrede gutgelaunt.

Ratamo murmelte etwas, warf den Priem in den Mülleimer und öffnete eine Flasche Mineralwasser. Was hatte das zu bedeuten, der Schotte meckerte nicht einmal, obwohl er zu spät kam. »Dein Westover ist hinten zerknittert«, erwiderte Ratamo seinem Vorgesetzten.

Wrede tat so, als hätte er nichts gehört. »Ich habe am Mittsommertag sonst niemand erreicht.«

Ratamo bezweifelte, daß der Schotte das überhaupt versucht hatte.

Saara Lukkari, die ihre Unterlagen ordnete, erhielt von Wrede die Erlaubnis anzufangen, und Ratamo hörte eine Zusammenfassung der bisherigen Ermittlungen. Zum

Schluß konstatierte seine Kollegin, daß in den Verhören der Freunde Rossis und seiner Frau nichts Wichtiges aufgetaucht sei und daß die SUPO bisher auch die Möglichkeit nicht ausschließen könne, daß im Aufzug nach dem Verschwinden Rossis und vor dem Eintreffen des Notarztes etwas passiert sei. Keine einzige Überwachungskamera am Kukontori habe den Platz vor den Aufzügen erfaßt.

Die Ermittlerin wartete einen Augenblick auf Fragen, und als keine gestellt wurden, fuhr sie fort. Ein Computerfachmann der Abteilung für Informationsmanagement habe in der Kamera des dritten Aufzugs im »Forum« und im Zentralcomputer des Überwachungssystems keinen Fehler gefunden, somit schien es sicher, daß man die Bilder von der Ermordung Berningers absichtlich gelöscht hatte. »Das beweist, daß die Tat im voraus geplant worden ist. Am Zentralcomputer hatte der Wachmann Tero Söderholm Dienst. Er muß Rossis Komplize sein«, sagte Saara Lukkari im Brustton der Überzeugung.

Wrede dachte einen Augenblick nach. »Irgend etwas ist hier faul. Warum wurde der Raubmord nicht irgendwo weit entfernt von Überwachungskameras und Zeugen begangen? Aus Rossis Sicht ergibt der Plan keinen Sinn. Warum zum Teufel versteckte er die Tasche nicht, sondern wartete mit dem Geld zu Hause auf die Polizei? Er wird bestimmt wegen Totschlags oder Mordes verurteilt, wenn sich nichts Neues mehr ergibt.«

Saara Lukkari war der Meinung, daß sich Rossis Schuld bestätigen könnte, wenn das kriminaltechnische Labor die Spuren im Aufzug, an der Leiche Berningers und in Rossis Wohnung analysiert hatte und wenn der Obduktionsbericht fertig war. »Vorläufig weist alles darauf hin, daß Rossi der Mörder ist. Der Mann hat Berningers Tasche mitgenommen und Beweise vernichtet, da er geduscht und seine Sachen gewaschen hat, als er wieder zu Hause war.« Sie schwenkte den Bericht der Kriminalpolizei in der Hand wie die endgültige Wahrheit.

»Was ist dieser Rossi für ein Mann?« Ratamo schaltete sich in das Gespräch ein, und im selben Moment erklang auf seinem Handy die Melodie von Bob Marleys »One love«. Seine Kollegen warteten geduldig, bis Ratamo das Telefon aus der Tasche geholt, Elinas Namen gesehen und ächzend ausgeschaltet hatte. Dann faßte Saara Lukkari für Ratamo die Hauptpunkte von Rossis Personenprofil zusammen und reichte ihm eine Kopie des Dokuments.

Wrede wirkte nachdenklich. »Sollten wir vielleicht kurz auch die Alternative in Erwägung ziehen, daß Berninger Rossi wirklich gebeten hat, sich um die Tasche zu kümmern?«

»Warum zum Teufel hätte er das tun sollen?« zischte Ratamo so heftig, daß er einen schneidenden Schmerz in den Schläfen spürte. »Es ist weder ein Verbrechen, einen Herzanfall zu bekommen noch Bargeld mit sich herumzutragen.«

Wrede versuchte sich zu beherrschen. Er hatte schon vergessen, was für ein ewiger Querulant Ratamo war. »Vielleicht war es schmutziges Geld, oder Berninger wollte es für irgend etwas Gesetzwidriges verwenden«, fuhr er ihn an. »Oder vielleicht wurde der Mann erpreßt, er ist ja Diplomat. Es gibt eine Million möglicher Motive.« Dann gab er Saara Lukkari den Befehl, über Berninger zu berichten.

Die Ermittlerin referierte, daß Dietmar Berninger 1943 in Hamburg geboren wurde, an der Johann-Wolfgang-Goethe-Universität in Frankfurt Sozialwissenschaften studiert und nach Abschluß seines Studiums 1969 im Außenministerium angefangen hatte. Bevor er nach Finnland kam, hatte Berninger verschiedene Aufgaben in Deutschland erfüllt und drei Auslandseinsätze absolviert: in China, Tansania und Polen. Seine Ex-Frau und sein Sohn hatten monatelang nichts von ihm gehört, und finnische Freunde besaß Berninger nicht. Er war seit 1982 geschieden, hatte angefangen zu trinken und mußte 1984 für ein Jahr in die Disponibilität.

»Wohin?« fragte Ratamo verwundert, während zugleich sein Blick auf Grashalme fiel, die an seinen Hosenbeinen hingen.

»In die Dispo. Das heißt, man hat ihn ein Jahr lang auf Eis gelegt.«

»Findet sich im Vorleben des Mannes irgend etwas Unklares? Kontakte zu Kriminellen, zu Organisationen, irgend etwas?« drängte Wrede.

»Zumindest bisher nicht. Laut BKA gibt es bei Berninger jedoch eine interessante Verbindung zur Wirtschaft«, sagte Saara Lukkari. »Der Mann saß über dreißig Jahre im Vorstand des großen deutschen Pharmaunternehmens H&S Pharma, bis er vor zwei Monaten bei Umbesetzungen nach dem Tod Werner Halberstams, des Haupteigentümers der Firma, seinen Posten aufgeben mußte. Bei der Hauptversammlung hat Berninger große Schwierigkeiten gemacht.«

»Das kann ein wichtiger Fakt sein«, sagte Wrede und forderte seine Ermittlerin auf, sich nach dem Pharmaunternehmen zu erkundigen.

»Das habe ich schon.«

»Gute Arbeit.« Wrede war begeistert.

Saara Lukkari strahlte. »Werner Halberstam und Johann Schultz gründeten H&S Pharma 1969 als junge Doktoren der Medizin, daher die Abkürzung H&S. Der Umsatz des Unternehmens überstieg im letzten Jahr eine Milliarde Euro. Die Firma hat etwa dreitausend Beschäftigte, davon arbeiten fünfhundert im Bereich der Forschung und Entwicklung. Die Haupterzeugnisse sind Aids- und Malariamedikamente. Ein Tochterunternehmen von H&S Pharma, Genefab, hält man für eine der vielversprechendsten Biotechnologiefirmen der Welt«, las die Ermittlerin aus ihren

Unterlagen vor. »Genefab nutzt die Gentechnologie für die Entwicklung neuer Medikamente und die Kartierung des Erbguts bestimmter Völker, für Untersuchungen zur Verlängerung des menschlichen Lebensalters und für die Weiterentwicklung der Embryoforschung.«

»Das Erbgut welcher Völker untersucht die Firma?« Ratamos Interesse erwachte. Seine Vergangenheit als Arzt würde er nie loswerden, obwohl er schon einige Jahre als Ermittler arbeitete. Die lautstarke Klimaanlage verschlimmerte seine Kopfschmerzen.

»Darüber steht nichts in den Jahresberichten der Firma.« Saara Lukkari überflog ihre Unterlagen. »Du weißt wohl viel über die Bio- und Gentechnologie?« erkundigte sie sich neugierig.

»Die Biotechnologie erforscht, modifiziert und nutzt in der Natur ablaufende biologische Prozesse«, faßte Ratamo vereinfacht zusammen. »Und als Gentechnologie wird die Manipulierung des Erbguts von Organismen bezeichnet.«

Wrede runzelte die Augenbrauen. »Könnte der Mord irgendwie mit H & S Pharma oder mit dieser Genefab zusammenhängen?«

»Die Gentechnologie läßt sich sowohl für einen guten Zweck als auch für das Gegenteil verwenden. Wenn auf eine Kuh bestimmte Gene übertragen werden, erreicht man, daß sie Arzneimilch gibt. Andererseits kann man aus einem tödlichen Virus oder Bakterienstamm eine Superwaffe entwikkeln.« Ratamo kam bei dem Thema langsam in Fahrt. »Jeder, der sich für die Wissenschaft interessiert, verfolgt heutzutage die Entwicklung der Gentechnologie mit Staunen. Sie wird das Leben der Menschen in diesem Jahrhundert mehr verändern als die Evolution in den letzten fünftausend Jahren.« Seine geröteten Augen glänzten jetzt vor Begeisterung.

Außerhalb der Welt der Wissenschaft, so klärte er seine

Kollegen auf, begreife man nicht, daß der Menschheit größere Veränderungen bevorstünden als je zuvor. Die Kartierung des menschlichen Erbguts und die Manipulierung von Genen würden zu Änderungen führen, die man mit dem Übergang des Lebens vom Wasser ans Land oder mit der Entwicklung der Primaten vom Affen zum Menschen vergleichen könne. Die Evolution käme an ihr Ziel, wenn der Mensch demnächst fähig wäre, selbst sein eigenes Erbgut zu manipulieren und über seine Zukunft zu entscheiden. Ratamo bemerkte bei seinem Resümee, daß ihm die Kollegen nicht folgen konnten. Er warf sich eine Disperin in den Mund, spülte sie mit Wasser hinunter und ließ sich ein Beispiel einfallen.

»Überlegt mal, wie man die verschiedenen Hunderassen mit herkömmlichen Mitteln im Laufe von Jahrtausenden züchten konnte. Mit Hilfe der Genmanipulation wird sich der Mensch möglicherweise in ein paar Jahrzehnten mehr verändern.«

Saara Lukkari trank Wasser und wirkte besorgt. »Die Wissenschaftler werden bald alles mögliche tun können. Ich habe irgendwo gelesen, daß ein chinesischer Arzt Männern helfen will, schwanger zu werden. Und ausgestorbene Tiere werden durch Klonen wieder zum Leben erweckt.«

Ratamo winkte ab. »Das ist reine Hysterie. Dieser Arzt will einen künstlich befruchteten Embryo in der Bauchhöhle einer männlichen Mutter befestigen, das ist ein alter Gedanke und hat nichts mit der Gentechnologie zu tun. Und der tasmanische Tiger ist erst im letzten Jahrhundert ausgestorben.«

Seine Kollegin massierte sich die Unterarmmuskeln wie ein Gewichtheber, der sich auf das Reißen vorbereitet. »Trotzdem ist es unnatürlich«, knurrte sie.

»Ist die Natur etwa ein Maßstab für die Perfektion?« erwiderte Ratamo verärgert. »Sie hat schreckliche Krankheiten entwickelt und den Homo sapiens, der seit Jahrtausenden seine Artgenossen mal mit dieser, mal mit jener Begründung abschlachtet. Impfungen, Blutspenden und auch die Verhütungspille wurden seinerzeit für unnatürlich gehalten und verurteilt. Die Dampfloks auch.«

Stille senkte sich über den Beratungsraum. Schließlich schlug Wrede so heftig gegen die knatternde Klimaanlage, daß seine rote Mähne durchgeschüttelt wurde. Dann bat er Saara Lukkari mit einem Blick fortzufahren.

Laut Bericht des BKA sei die H&S Pharma Inc. in Panama registriert, offensichtlich deshalb, weil das Aktiengesellschaftsgesetz dieses Staates anders als in Deutschland äußerst flexibel war. »Den Aktionärsvertrag und die Gesellschaftssatzung bekommen wir gleich am Montag, wenn der Alltag wieder Einzug hält«, versicherte Saara Lukkari.

»Wem gehört die Firma?« erkundigte sich Ratamo, während er staunend feststellte, wie breit der Butterfly-Muskel der Frau war.

»Genau erfahren wir auch das erst übermorgen.« Das BKA wisse nur, daß sich die Besitzverhältnisse bei H&S Pharma im letzten halben Jahr grundlegend geändert hatten, nachdem beide Gründer des Unternehmens gestorben waren. Ein Unternehmen namens Future Ltd. hatte der Witwe von Johann Schultz, einem der Gründer des Unternehmens, kürzlich knapp fünfzig Prozent des Aktienanteils abgekauft, und Werner Halberstam hatte seiner Ehefrau Anna eine fast genauso große Aktienmenge hinterlassen.

»Erkundige dich auch nach dieser Future Ltd. und finde weitere mögliche Motive für den Mord an Berninger heraus«, befahl Wrede der jungen Ermittlerin. »Die Pharmafirma muß nicht unbedingt mit dem Verbrechen zusammenhängen.« Der Schotte starrte eine Weile nachdenklich auf seine Unterlagen und schreckte schließlich auf. »Ich war wohl etwas in Gedanken versunken.«

Das ist ja für dich ein ganz unbekanntes Terrain, hätte Ratamo am liebsten gesagt, verkniff sich aber die Bosheit.

Der Schotte wandte sich zur Abwechslung einmal an Ratamo. »Ruft den diensthabenden Haftrichter an. Rossi muß möglichst schnell verhaftet werden, das könnte sein Gedächtnis etwas auffrischen.«

»Und die Verhöre?« fragte Ratamo nach.

»Wir warten den Bericht der Techniker und den Obduktionsbefund ab, denn wir brauchen neue Informationen, Rossi ist schon zweimal ergebnislos verhört worden. Das gleiche gilt für diesen Wachmann, den holen wir uns erst, wenn wir Beweise gegen ihn ausgegraben haben. Ratamo nimmt jetzt die Ermittlungen in die Hand«, sagte Wrede, den Blick auf Saara Lukkari geheftet.

Ratamo sah verblüfft aus. »Ich soll diese Ermittlungen leiten? Und wen bekomme ich für die Ermittlungsgruppe?«

Der Schotte nickte in Richtung Saara Lukkari und zupfte einen unsichtbaren Fussel von seinem Westover. Ratamo versuchte nicht einmal, seinen Ärger zu verbergen. »Nur einen Ermittler. Und dann noch eine Anfängerin.«

Wrede blieb gelassen und gab sich diplomatisch. »Loponen und Sotamaa werden euch unterstützen, ihr könnt auch Spezialisten und Piirala von der Abteilung für Informationsmanagement einschalten. Die Urlaubszeit macht sich eben bemerkbar. Und für diese Untersuchung genügen zwei kompetente Ermittler. Wie heißt es doch so schön in dem alten Spruch: Es kommt nicht ...«

»... auf die Masse an, sondern auf die Kasse«, unterbrach ihn Ratamo.

Die Muskeln in Wredes Gesicht zuckten, aber er bewahrte die Fassung. Er hatte seine Lektion gelernt: In der Öffentlichkeit würde er sich nicht mehr mit Ratamo anlegen.

»Hier sind die Protokolle der Kriminalpolizei von den Verhören Rossis und Söderholms.« Saara Lukkari knallte die Unterlagen mit solcher Wucht vor Ratamo auf den Tisch, daß ihr durchtrainierter Bizeps zuckte.

Ratamo ärgerte sich, die Kollegin hatte ihm seine Bemerkung übelgenommen. Ganz unvermittelt sah er vor sich das Hanfseil, das sich um sein Handgelenk spannte und ihn in die dunkle Meerestiefe hinabzog. Bei der Erinnerung lief ihm ein kalter Schauer über den Rücken.

9

Masilo Magadla brach ein Stück vom Injera-Brot ab, formte eine Schale, kratzte damit die scharfe Wot-Sauce vom Teller und steckte sich den Leckerbissen in den Mund. Der äthiopische Rotpfeffer und die Eukalyptusblätter überdeckten fast den Geschmack der Erbsen, Zwiebeln und des Huhnes. So mußte es auch sein. Magadla kannte in Frankfurt nur zwei Restaurants, die afrikanische Speisen anboten, und das »Abessinia« gefiel ihm besser als »African Queen«.

Der Tej-Honigwein schmeckte gut. Magadla hatte nur ein kleines Glas bestellt, denn er wollte nicht, daß sein Verstand auch nur im mindesten getrübt wurde. Im »Abessinia« saßen zu gleichen Teilen Einheimische und Touristen, Schwarze und Weiße und aßen zu Abend. Fröhliches Stimmengewirr erfüllte den Raum, das Essen schmeckte unverfälscht, und die strahlenden Farben der afrikanischen Gemälde und Tischmalereien erfreuten das Auge. Es ärgerte ihn, daß er gezwungen war, schnell zu essen, weil er es eilig hatte. Als das letzte Stück Injera-Brot in seinem Mund verschwunden war, rülpste er gedämpft und bestellte beim vorübereilenden Kellner einen Kaffee. Für einen Nachtisch hatte er keine Zeit.

Magadla fühlte sich in Frankfurt wohl, obwohl der Puls des Lebens in der Bankerstadt zu hastig schlug. Frankfurt am Main trug seine Spitznamen Mainhattan und Bankfurt zu recht. Magadla mochte Europa, die Jahre des Medizinstudiums an der Universität Umeå in Schweden zählten trotz der erbarmungslosen Kälte in der Stadt zu den besten seines Lebens.

Als der Kaffee kam, entblößte Magadla mit einem Lächeln seine perlweißen Zähne und bestellte die Rechnung. Der mit Kardamom und Ingwer gewürzte Yirgacheffe-Mokka schmeichelte den Geschmacksnerven. In einer halben Stunde würde er den Chef der Sicherungsgruppe anrufen, um sich zu vergewissern, daß alles, soweit es von ihm abhing, millimetergenau funktionieren und nichts schiefgehen würde. Er trug die Verantwortung für die Regelung der praktischen Fragen bei der Eroberung von H & S Pharma.

Magadla war am Gründungstag Mitglied von »African Power« geworden, das lag fast zehn Jahre zurück. Entstanden war die Organisation auf Initiative jener Aktivisten des Afrikanischen Nationalkongresses, die nach ihrem erfolgreichen Kampf zur Befreiung Südafrikas von der Apartheid den anderen afrikanischen Staaten helfen wollten. »African Power« zog Hunderte Intellektuelle und Radikale aus dem Teil Afrikas südlich der Sahara an. Das waren Menschen, die für ihre Grundsätze und Träume lebten. Die Aufgabe im Zusammenhang mit H & S Pharma hatte Magadla erhalten, weil er über gute Sprachkenntnisse verfügte, Arzt war und Europa gut kannte.

Das Telefon vibrierte in seiner Brusttasche, die Nummer war die von Nelson, dem Mann, dem er in allem gehorchen mußte. Dank Nelsons Plan würde »African Power« das Pharmaunternehmen erobern.

»Ist alles in Ordnung für Kraków?« fragte Nelson auf englisch.

»Ja. Ich werde gleich den Chef der Sicherungsgruppe anrufen, um mir das noch einmal bestätigen zu lassen«, berichtete Magadla. Nelson beendete das Gespräch abrupt. Der Mann war kein Schwätzer und sagte kein Wort zuviel, dachte Magadla verwundert und überlegte einmal mehr, aus welchem Land Nelson wohl stammen mochte. Eines wußte Magadla, Englisch war nicht Nelsons Muttersprache. Er fand es auch verwunderlich, daß er den Schöpfer des Planes immer noch nicht hatte treffen dürfen. Der Mann wurde wegen der auf ihn gerichteten Erwartungen Nelson genannt: Wenn die Eroberung von H & S Pharma gelänge, würde Nelson noch mehr verehrt werden als sein Namensvetter, und Dutzende Millionen Afrikaner wären dem Mann dankbar.

Irgend jemand schaltete die Stereoanlage ein. *Links um, rechts um, schallt es schroff über den Kasernenhof. Grau in grau, wohin i schau* … Magadla ärgerte sich, daß die Stimmung im »Abessinia« durch einen Schlager verdorben wurde.

Er war ungeheuer stolz auf seine Aufgabe und deren Zweck. Nach der Eroberung von H & S Pharma könnte »African Power« das M-38, ein von der Firma kürzlich durch ein Patent geschütztes Malaria-Medikament einer neuen Generation, und einen Malaria-Impfstoff, der kurz vor der Fertigstellung stand, allen afrikanischen Staaten zur freien Verwendung überlassen. Die Malaria tötete jedes Jahr fast eine Million Afrikaner, meistens Kinder.

Der Hauptgrund, warum H & S Pharma erobert werden sollte, war jedoch Aids. Das Pharmaunternehmen hatte gerade das neue, revolutionäre Aids-Medikament T-1000 auf den Markt gebracht, und der von der Firma entwickelte Aids-Impfstoff wurde schon an Menschen getestet. Auf diese beiden Stoffe hatte es »African Power« abgesehen. Und der Grund dafür war verständlich: Über dreißig Millionen Afrikaner waren HIV-positiv, und von den zwei Millionen Afrikanern, die im letzten Jahr an Aids starben, waren nur dreißigtausend gegen die Krankheit behandelt worden. Das Problem nahm in einem beängstigenden Tempo solche Ausmaße an, daß es schon ganze Länder lahmzulegen drohte.

Die Afrikaner konnten sich neue Medikamente nicht leisten, auch nicht jene Billigkopien, die künftig irgendwann auf den Markt kommen sollten. Für die afrikanischen Staaten war es gleichgültig, ob die Jahresdosis eines Aids-Medikamentes für einen Menschen siebenhundert oder siebentausend Dollar kostete, denn sie gaben für das Gesundheitswesen lediglich zehn Dollar pro Person und Jahr aus. Magadla wußte nur allzu gut über HIV und Aids Bescheid, er war selbst schon das dritte Jahr HIV-positiv. Aber er konnte sich immerhin ordentliche Medikamente leisten.

Für »African Power« und Masilo Magadla war das Maß voll. Fast jeder Todesfall wegen Aids oder Malaria in Afrika könnte verhindert werden, wenn die Kranken die bestmöglichen Medikamente erhielten. Bald wäre es soweit, dafür würde »African Power« sorgen. Nelsons Plan der Eroberung von H & S Pharma würde in den kommenden Jahren das Leben von Hunderttausenden, ja sogar Millionen Afrikanern retten. Da die westlichen Staaten nun einmal kein Interesse zeigten, den Afrikanern zu helfen, mußten die sich selbst helfen. Ganz Afrika sollte von der Tyrannei der westlichen Länder befreit werden, so wie Südafrika von der Apartheid befreit worden war. Wenn das nicht mit den friedlichen Mitteln gelang, die Magadla und seine Gesinnungsgenossen einsetzten, dann bekämen die auf den Terrorismus eingeschworenen Mitglieder von »African Power« ihre Chance. Davor hatte Magadla Angst.

Die Rechnung kam. Magadla legte zwanzig Euro auf den Tisch, zeigte dem Kellner das Lächeln, das seine Mundwinkel immer umspielte, und trat hinaus auf die Pfingstweidstraße. Am späten Abend war es kühler geworden, jetzt hätte er ein dickeres Hemd gebraucht. Er ging in Richtung

Ostpark, vorbei an einem funkelnagelneuen Bürogebäude und einer Reihe flacher Wohnhäuser. Die Stadt sah sauberer aus als das Krankenhaus Bara in Soweto, und sie wirkte so ruhig, daß man das Gefühl hatte, durch eine Geisterstadt zu spazieren.

Am Park des Zoos erstarrte Magadla für einen Augenblick, als er die Wölfe heulen hörte, es erschien ihm unwirklich, hier mitten im Herzen der westlichen Effizienz den Lärm wilder Tiere zu hören. Das Geheul erinnerte ihn an seine Heimat, obwohl das Heulen der Hyänen eher wie ein Bellen klang. Magadla ging weiter, erreichte bald den Danziger Platz, bog am großen Kreisverkehr auf die Ostparkstraße ab und konzentrierte sich auf das bevorstehende Telefongespräch.

Magadla mußte in Kürze Wim de Lange anrufen, den Chef der Sicherungsgruppe. Der Mann hatte keine leichte Aufgabe: Seine Gruppe sollte in Kraków Laura Rossis Sicherheit gewährleisten. Ihr Gegner war das Kommando von Oberst Saul Agron, das keinen Augenblick zögern würde, alle Mittel einzusetzen, um das Pharmaunternehmen zu erobern.

Wenn Nelsons Plan gelang, dann wäre die Absicht von Oberst Agron durchkreuzt und ganz nebenbei auch der Plan von Anna Halberstam und Konrad Forster zunichte gemacht. »African Power« würde den Preis gewinnen, der dem Sieger zustand: H & S Pharma, Genefab und die Medikamente.

Ein Streifenwagen der Polizei verlangsamte auf der Ostparkstraße sein Tempo, als der Beamte auf dem Beifahrersitz sah, daß ein Schwarzer in den dunklen Park hineinging.

Das hölzerne Tor ließ sich leicht öffnen, Magadla betrat den mit Sand bedeckten Pfad, der zu dem Teich im Ostpark führte. Die Welt veränderte sich, dachte er, als er Wim de

Langes Telefonnummer in seinem Taschenkalender suchte. Er, ein Schwarzer, gab dem ehemaligen Hauptmann der verhaßten Sicherheitspolizei aus der Apartheid-Zeit Befehle. Die Apartheid-Administration hatte Männer wie de Lange dann eingesetzt, wenn noch brutaler als üblich vorgegangen werden sollte, um das Aufbegehren der Schwarzen zu unterdrücken.

Magadla setzte sich auf eine hölzerne Parkbank und betrachtete ein Wildentenpärchen, das an ihm vorbeiwatschelte. Seine Gedanken schweiften ab und kehrten zu jenem Mittwoch im Juni 1976 zurück. Er war damals zehn Jahre alt und besuchte die Schule in Naled, als zwanzigtausend farbige Schüler aus dem Vorstadtghetto Soweto gegen den Zwang zur Verwendung der Sprache Afrikaans demonstrierten. Polizisten, Hunde und Tränengas hatten den Gesang *Nkosi Sikelel' iAfrika* zum Schweigen gebracht, aber die Kinder begriffen nicht, daß sie fliehen mußten, sondern bewarfen die Polizisten enthusiastisch mit Steinen und zündeten Symbole der Apartheid an. Dann kam die Armee. Als das Feuer auf die Kinder eröffnet wurde, nahm Magadla die Beine unter den Arm und konnte noch rechtzeitig fliehen, bevor die Soldaten die Kinder eingekreist hatten. Aus sicherer Entfernung, versteckt hinter einem Baobab-Baum, beobachtete er die Tragödie und weinte die ganze Nacht. Im Morgengrauen löste sich der Rauchvorhang auf, der von den brennenden Wellblechhütten und Autowracks ausgegangen war. Nun bot sich Magadla ein Anblick, bei dem ihm übel wurde: Überall lagen verbrannte und zerquetschte Kinderleichen. Die Zahl der Toten erfuhren die Bewohner von Soweto nie.

Jetzt hatte sich die Rollenverteilung geändert. Die Sadisten der Sicherheitspolizei aus der Apartheid-Zeit waren Söldner und Wachleute geworden, die von jedem Aufträge annahmen, auch von schwarzen Südafrikanern. Nun arbeitete der Bure Wim de Lange für den dunkelhäutigen Masilo Magadla. Er drückte auf die Taste mit dem Hörer.

Wim de Lange meldete sich mit den Worten: *»Hoe gaan dit?«*

»Ek kan nie Afrikaans praat nie.« Schon zum drittenmal mußte Magadla darauf hinweisen, daß er kein Afrikaans konnte. De Lange ärgerte ihn absichtlich, indem er seine Muttersprache benutzte.

Sie hatten die bevorstehenden Ereignisse in Kraków schon mehrmals durchgesprochen, aber Magadla wollte alles noch einmal wiederholen. Er unterhielt sich knapp zwanzig Minuten in aller Ruhe mit de Lange, bis er zu der Überzeugung gelangte, daß alles in Ordnung war. *»Tot siens«*, sagte de Lange zum Abschied in Afrikaans.

Die Abenddämmerung im Ostpark dauerte an, es war schon kurz vor neun Uhr, aber am Horizont wehrte sich die Sonne noch immer gegen ihren Untergang. Magadla hatte schon vielerlei Abende erlebt: In Afrika verlief die Dämmerung rasch, und in Nordschweden wartete man im Hochsommer vergeblich auf die Dunkelheit. Magadla mußte lächeln, als er sah, wie sich ein junges Pärchen im Park eine ruhige Ecke suchte.

Nur Nelson kannte die gesamte Konstellation und alle Zusammenhänge. Er wußte, was die anderen Kontrahenten im Ringen um das Pharmaunternehmen planten, also Oberst Agron und die kranke Vogelfrau Anna Halberstam mit ihrem seltsamen Assistenten Konrad Forster. Der Kampf um H & S Pharma und vor allem um Genefab hatte begonnen. Masilo Magadla würde sein Bestes geben, damit Nelson ihn gewann.

SONNTAG

10

Laura Rossi berührte mit der Nasenspitze die Fensterscheibe, als die Maschine der Eurolot über Kraków zum Landeanflug ansetzte. Am Rande der Stadt stieg Rauch aus den Fabrikschornsteinen auf, und die heruntergekommenen Wohnblöcke gliederten die Landschaft wie riesige Dominosteine auf. Laut Prospekt der Fluggesellschaft sollte Kraków eine der am besten erhaltenen mittelalterlichen Städte Europas sein.

Laura war müde und nervös. Sie holte einen Schokoriegel aus der Tasche, weil es an ihren Fingernägeln nichts mehr zu knabbern gab, und rieb sich dann die tonnenschweren Augenlider. Sie hatte im Hotel »Vera Orbis« in der Nähe des Warschauer Flughafens nur wenig und unruhig geschlafen. In der Kürze der Zeit hatte sich kein Direktflug von Helsinki nach Kraków gefunden. Vor Aufregung und Angst klopfte sie mit den Füßen auf den Boden, aber die Gefahr, Sami zu verlieren, zwang sie, wie einst das wutverzerrte Gesicht ihrer Mutter, stark zu sein.

Laura fühlte sich schutzlos und unsicher. Sie reiste hierher, um einen unbekannten polnischen Erpresser zu treffen, einen Mann, der in der einen oder anderen Weise für Dietmar Berningers Tod verantwortlich sein mußte. Immerhin wußte sie jetzt, daß Sami kein Mörder war. Sie schämte sich, daß sie ihren Mann verdächtigt hatte. Das Wissen um Samis Unschuld gab ihr auch die Kraft, die neueste Wendung zu ertragen: Am Morgen hatte Laura von der Polizei erfahren, daß Sami wegen Mordverdachts verhaftet und ins

Untersuchungsgefängnis von Vantaa gebracht worden war. Wie würde Sami das alles aushalten, warum durfte sie immer noch nicht mit ihrem Mann sprechen? Zu Mitleid und Angst gesellte sich die Sehnsucht.

Die Paßkontrolle auf dem kleinen Flughafen Balice verlief schnell, und auf das Gepäck brauchte Laura nicht zu warten, denn sie hatte nur eine kleine Schultertasche mitgenommen. An der Touristeninformation kaufte sie sich einen Stadtplan von Kraków, suchte die Straße, die Jerzy Milewics als Adresse seines Büros angegeben hatte, und hielt Ausschau nach einem Taxistand. Sie stellte sich gerade zur rechten Zeit an, vor ihr warteten nur zwei Personen, aber hinter ihr wurde die Schlange rasch immer länger. Laura spürte den Morgen heiß und feucht auf ihrer Haut, ein Gewitter bahnte sich an. Kurz entschlossen holte sie aus ihrer Tasche einen Haargummi und band ihre Rastalocken zum Pferdeschwanz.

Ein paar Minuten später setzte sich Laura in einen alten Peugeot und sagte dem Fahrer die Adresse: *»Ah, Kazimierz«*, bestätigte der Mann, trat aufs Gaspedal, und die Rostlaube setzte sich in Bewegung.

Wim de Lange, der in der Schlange hinter Laura gestanden hatte, lief mit großen Schritten zwischen den Verkaufsständen hindurch zum Parkplatz und setzte sich in einen Audi, der im Leerlauf surrte. Der Fahrer folgte Lauras Taxi, und de Lange erteilte den Männern im zweiten Wagen der Sicherungsgruppe Anweisungen. In beiden Autos saßen drei breitschultrige Südafrikaner mit Bürstenhaarschnitt in Bomberjacken, im Ohr trugen sie Knopfhörer.

Viele Fragen schossen Laura durch den Kopf. Wer war Jerzy Milewics? Sie fürchtete, daß sich Sami während der Jahre in Mitteleuropa auf irgend etwas Illegales eingelassen hatte. Er war viel zu gutgläubig, auch ein bißchen kindisch und versessen auf leichtverdientes Geld. Was man von ihr wollte, das wußte Laura genau, es hing mit ihrem anderen Geheimnis zusammen.

Das Taxi hielt auf einem Platz an. Der Fahrer wies mit der Hand in Richtung einer Gasse, die auf der Ostseite begann, und quasselte munter drauflos, so als wäre Polnisch eine Weltsprache, die alle beherrschten. Laura verstand von dem ganzen Erguß kein Wort, vermutete aber, daß man nicht bis zu dem Haus fahren durfte.

Als Laura bezahlt hatte, ließ sie ihren Blick über den von alten Häusern umgebenen Platz schweifen, an dessen Rand die Sonnenschirme der Straßenrestaurants bunte Farbtupfer bildeten. Sie holte den Stadtplan aus ihrer Handtasche und ging zum nächsten Straßenschild – Szeroka-Straße. Das Büro von Jerzy Milewics befand sich laut Karte ganz in der Nähe. Bis zu ihrer Verabredung um elf Uhr war noch über eine Stunde Zeit, also beschloß Laura, ein wenig spazierenzugehen, vielleicht würde das beruhigend wirken. Ihre Gedanken landeten, ob sie wollte oder nicht, immer wieder bei Milewics.

Kazimierz, der jüdische Stadtteil von Kraków, sah genauso aus, wie Laura ihn sich vorgestellt hatte: mittelalterlich, heruntergekommen und schön. Sie lief gemächlich durch die Gassen und betrachtete die Häuser, die im Laufe der Zeit Patina angesetzt hatten. Über vielen Haustüren strahlte der Davidstern, und hier und da kamen unter der abgeblätterten Farbe der Häuser Buchstaben unterschiedlicher Größe zum Vorschein. Jiddisch oder Hebräisch, überlegte Laura. Die Häuserwände waren mit kleinen Löchern übersät, es dauerte eine Weile, bevor ihr klar wurde, daß es sich um Überbleibsel des Krieges handelte. Die gab es auch in Helsinki. Laura hatte Angst. Gleich würde sie dem Mann begegnen, der dafür gesorgt hatte, daß Sami im Gefängnis, sie in Kraków und Dietmar Berninger im Reich der Toten gelandet war. Das nahm Laura zumindest an. Sie versuchte sich einzureden, daß nach dem Treffen der ganze Alptraum vorbei sein würde, so gelang es ihr schließlich, die Anspannung ein wenig zu verringern.

Trotz der Hitze streiften Hunderte Touristen durch das Labyrinth der jüdischen Viertel. Die Gassen von Kazimierz waren eng und verwinkelt, man mußte sich vorsehen, daß einem niemand in die Hacken trat. Schließlich hatte es Laura satt, sich durch die Menschenmenge zu schlängeln, und kehrte auf den Platz zurück, um dort zu warten.

In den Straßenrestaurants gab es freie Tische, die Frühstückszeit näherte sich anscheinend ihrem Ende. Laura entschied sich für das Restaurant »Ariel«, setzte sich auf einen Korbstuhl unter den Zweigen eines Laubbaumes und bestellte bei einem wortkargen, aber höflichen Kellner einen Kaffee. Sie bereute die Bestellung, als ihr einfiel, daß ihr Herz durch den Kaffee noch heftiger schlagen würde.

Zwanzig nach zehn machte sich Laura auf den Weg in die Jósefa-Straße, zu diesem Treffen durfte man nicht zu spät kommen. Die Hälfte des Kaffees ließ sie stehen. Laura überquerte den Platz, und ihr Blick fiel auf ein offiziell wirkendes rotes Schild, das an der Wand eines dunklen Hauses angeschraubt war: *Komisariat Policji, Krakov, Stare Miasto*. Ein Polizeikommissariat. Dahin würde sie rennen, wenn etwas schiefging.

Sie schaute auf den Stadtplan, ging an einer Synagoge aus roten Ziegeln vorbei und erreichte die Jósefa-Straße, aber die war mit einem Schlagbaum abgesperrt. Knapp zwanzig Meter entfernt sah man neben einem Wohnhaus, das neu errichtet wurde, die Hausnummer 40. Aus den Schildern mit Pfeilen schloß Laura, daß sie von der anderen Seite zum Kontor von Milewics gelangte, also das ganze Quartier umgehen mußte. Sie kehrte um, bog in die Ciemna-Straße und kurz danach in die Jakuba-Straße ab.

Das Stahlgerüst an dem Neubau in der Jósefa-Straße

reichte bis zum Dachfirst, auf den federnden Brettern lief etwa ein Dutzend Bauarbeiter hin und her, dazwischen lagen mehrere wacklige Ziegelstapel. Am Rand der Baustelle hatte man ein Schutzdach errichtet. Darunter kreischte eine Kreissäge mit ohrenbetäubendem Lärm und zerlegte ein Brett in kurze Stücke. Die Gasse war so schmal, daß die Passanten der Säge wohl oder übel sehr nahe kamen. Die dürfte aber nicht hier stehen, dachte Laura, hielt sich die Ohren zu und ging vorsichtig an der Kreissäge vorbei.

Nach dem Nadelöhr wurde die Straße wieder breiter, endete aber an einer tiefen Baugrube, aus deren Boden lange Stahldorne emporragten. Zur Jósefa-Straße 40 kam man nur auf einem schmalen Steg aus Brettern, der über die Baugrube führte. Plötzlich rief hinter Laura jemand etwas, sie drehte sich um und begriff, daß sie einem Bauarbeiter, der einen Zinkeimer schleppte, den Weg versperrte. Als Laura zur Seite trat und den Mann auf die Bretterbrücke gehen ließ, fiel ihr das Kabel auf, das einem Bauarbeiter mit gelbem Helm auf der anderen Seite der Baugrube aus dem Ohr hing. Der Mann hockte da, starrte sie an und schien mit sich selbst zu sprechen. Irgend etwas stimmte hier nicht.

Laura betrat die Brücke, aber jemand packte sie von hinten so heftig an der Schulter, daß es schmerzte, und riß sie zurück. Sie wurde zu Boden geworfen, und im selben Augenblick krachte es, und der Asphalt erbebte. Ihre Trommelfelle knackten, sie schmeckte Ziegelstaub, und all ihre Sinne waren geschärft. Instinktiv wandte sie den Kopf in Richtung des Lärms. Was war geschehen? Die Bretterbrücke war verschwunden, überall lagen Ziegel herum, und von dem Bauarbeiter mit dem Zinkeimer war weit und breit nichts zu sehen.

Laura drehte sich um, sie wollte ihren Retter sehen. Der Blick des Mannes mit dem Bürstenhaarschnitt und der Bomberjacke verriet, daß die Gefahr noch nicht vorbei war.

»Ich bringe dich in Sicherheit«, sagte Wim de Lange auf englisch. Er half Laura aufzustehen und zog sie am Arm in Richtung Marktplatz. Am Rand der Grube standen Dutzende Bauarbeiter und beklagten entsetzt das Schicksal ihres Kollegen, der von den Stahldornen aufgespießt worden war.

Schon nach einigen Schritten wurde de Lange und Laura der Weg von vier schwarzhaarigen Männern versperrt, die ihre Waffen unter den Popelinemänteln hervorzogen. De Lange blieb stehen, drückte Laura hinter sich auf den Boden, murmelte etwas und holte blitzschnell ein kurzläufiges Gewehr unter seiner Jacke hervor. Wie aus dem Nichts tauchten von allen Seiten Männer mit Bürstenhaarschnitt und Bomberjacke auf. Die Männer mit dunklem Teint waren umzingelt.

Angst strömte durch Lauras Adern. Sie hob das Gesicht vom Pflaster, um die Angreifer zu sehen, und hörte, wie einer von ihnen etwas zu seinen Kumpanen sagte. Die Sprache konnte sie nicht mit Sicherheit identifizieren, aber es hörte sich wie Arabisch an. Auf dem Handrücken des Mannes sah sie eine große türkisfarbene Tätowierung. Im selben Augenblick brach die Hölle los, die Araber eröffneten das Feuer, und die Männer mit dem Bürstenhaarschnitt schossen zurück. Laura preßte sich noch dichter auf das Pflaster, ihr stockte der Atem, und das Herz wollte ihr fast aus der Brust springen. Neben ihr schrie jemand wie ein Tier, einer ihrer Beschützer faßte sich ans Bein, zwischen seinen Fingern spritzte Blut hervor. Der Mann, der Laura schützend festhielt, ließ sie los und stürzte zu seinem Kameraden, um ihm zu helfen. Aus Richtung der Polizeistation heulten die Sirenen auf.

Vor Entsetzen war Laura starr, aber der Instinkt befahl ihr zu fliehen. Sie sprang auf, zwang sich loszulaufen und kümmerte sich nicht um die Rufe, die sie hinter sich hörte. Das Polizeikommissariat war ganz in der Nähe, bis dorthin mußte sie es schaffen, vielleicht gelang es ihr, die Araber zu umgehen. Laura rannte los, sie kam nicht einmal auf den Gedanken, erst noch den Stadtplan zu studieren. Ein Absatz der Pumps blieb an einem Pflasterstein hängen. Sie brach den Absatz des anderen Schuhs auch ab und wollte in Richtung Polizeiwache abbiegen, sah aber zu ihrer Überraschung vor sich einen Fluß. Wohin zum Teufel waren der Platz und das Kommissariat verschwunden?

Laura rannte die Straße am Ufer der Wisla entlang, sie durfte nicht stehenbleiben, obwohl das Stechen in der Lunge und die Schmerzen in den Beinen schlimmer wurden. Wo fand sie einen Polizisten? Sie überquerte eine Brücke und sah, wie ein endloser Strom von Menschen den Hügel herunterflutete. Touristen ... Sehenswürdigkeiten ... Händler ... Polizisten ... Ihr wurde klar, daß Hilfe schon ganz nah sein konnte, und das gab ihr die Kraft weiterzurennen. Auf dem nahe gelegenen großen Hügel sah sie eine gewaltige Burg. Wer waren die Mörder?

Zwischen den hohen Mauern wurde der Weg zum Burgberg hinauf immer steiler. Laura blieb fast die Luft weg, lange würde sie nicht mehr durchhalten. Sie lief an einem runden Wachturm vorbei, bog scharf nach rechts ab und sah, daß der Anstieg glücklicherweise zu Ende war. Die Touristen bewunderten an der äußeren Mauer die Aussicht auf die Landschaft, jemand drehte sich um und betrachtete verblüfft die junge Frau mit dem blutbespritzten weißen T-Shirt, die hastig Luft in ihre Lungen pumpte.

Ein schwarzes Auto bahnte sich seinen Weg mitten durch die Menschenmenge. Als Laura zurückblickte, sah sie, daß der Fahrer die Fußgänger etwas fragte und ein großgewachsener junger Kerl in ihre Richtung zeigte. Laura erhöhte ihr Tempo, und die Menschen traten vor ihr zur Seite. Der Motor des schwarzen Wagens brummte ganz in der Nähe. Sie hatte das Gefühl, daß es ihr die Lungen zerriß.

Laura sah vor sich ein breites Tor: Auf dem Burghof wimmelte es von Menschen, Polizisten waren aber nicht zu sehen. Laura folgte einer spontanen Eingebung und stürzte sich nicht in das Menschenmeer, dort würden die Araber sie zuerst suchen. Statt dessen rannte sie am Haupttor vorbei, lief um einen Wachturm herum, der neben dem Tor in den Himmel ragte, und raste an der Mauer weiter. Sie hörte, wie das Auto näher kam. Der Schweiß brannte ihr in den Augen.

Laura hetzte ganz dicht an der Mauer entlang, bis ihr die Beine den Dienst versagten. Keuchend blieb sie stehen und starrte auf die Löcher in der Mauer – Schießscharten vermutlich. Da paßte niemand hinein. Außer ihr. Sie kletterte in die nächstgelegene Öffnung, zwängte sich ganz in das Versteck und versuchte ruhiger zu atmen, aber ihr Herz raste und hämmerte und ließ sich nicht zähmen. Dann hörte sie jemanden rennen. Die Schritte kamen näher, wurden immer leiser und verstummten schließlich. Die Stille brannte wie schmelzender Stahl. Würde sie jetzt sterben?

Laura schrie auf, als ein Gesicht vor ihr auftauchte und der Araber den Pistolenlauf an ihre Stirn drückte. Sie roch das Pulver und das Metall, und der Killer starrte durch sie hindurch. Die schwarze Angst wurde zur weißen Gefühllosigkeit, und sie spürte nur noch Leere im Kopf, als ihr klar wurde, daß sie sterben würde. Dann hörte Laura ein Zischen und sah, wie der Araber seine braunen Augen verdrehte. Den Betäubungspfeil, der im Hinterkopf des bewaffneten Mannes steckte, sah sie nicht.

»Du bist in Sicherheit«, sagte Wim de Lange, der wie aus dem Nichts aufgetaucht war; er half Laura aus der Schießscharte heraus. Der Mann mit dem Bürstenhaarschnitt hatte ihr schon zum zweitenmal das Leben gerettet, sie vertraute ihm. Zu zweit rannten sie zu dem Audi, der vor dem Haupttor stand, einige Touristen schauten ihnen verdutzt hinterher.

»Wir versuchen dich in das Büro von Milewics zu bringen«, sagte de Lange, als das Auto aufheulte und losfuhr. Laura schaute ihren Lebensretter mit angstgeweiteten Augen an.

»Wir haben den Mann nicht getötet. Das war ein Pneu-Dart-Betäubungspfeil mit dem Chemikaliencocktail Hellabrun«, antwortete de Lange auf die unausgesprochene Frage.

Laura glaubte den Verstand zu verlieren. Alles erschien ihr unwirklich: der Tod Berningers, die Inszenierung, die Sami zum Mörder machte, der Mordversuch eben, die unbekannten Retter, die arabischen Mörder, der polnische Kriminelle ... Man zerrte sie in einer fremden Welt hin und her. Verglichen damit erschien selbst Kafkas »Prozeß« logisch. Am liebsten wäre sie vor all dem geflohen, aber ihr war klar, daß sie das nicht tun konnte. Wenn sie zur Polizei ginge, müßte Sami seine besten Jahre im Gefängnis verbringen. Sie war gezwungen weiterzumachen.

11

Arto Ratamo goß Wasser auf den elektrischen Saunaofen, und die schwarze Orgel spielte ihre heiße Melodie. Die in Alufolie eingewickelten Grillwürste lagen auf den glühenden Steinen und zischten; es roch nach Fett. Eine tolle Mittsommersauna ist das, dachte er und fluchte vor sich hin. Ratamo kam sich äußerst bedauernswert vor, weil er während der Mittagspause im Keller seines Wohnhauses in einer Sauna, kaum größer als ein Kleiderschrank, hocken mußte. Er war erst gegen Mitternacht von der Arbeit nach Hause gekommen, ins Bett gefallen und sofort eingeschlafen. Also mußte er sein Mittsommersaunabad heute, am Sonntag, nachholen. Einmal mehr verfluchte er Wrede und wünschte ihn an einen Ort, an dem die Sonne niemals schien.

Der Kater vom Sonnabend lebte immer noch. Ratamo fiel ein, daß die nordamerikanischen Prärieindianer, die den Schnaps nicht gewöhnt waren, Alkohol seinerzeit nicht etwa tranken, um betrunken zu werden, sondern um einen Kater zu bekommen. Den hielten die Rothäute für einen heiligen Zustand, in dem der Geist glasklar wurde und alles Irdische abfiel. Das sprach Ratamos Sinn für Humor an. Er schwappte noch mehr Wasser auf die Steine, und die Hitze ließ die Schweißperlen auf den Schultern groß wie Moosbeeren werden, bevor sie der Schwerkraft nachgaben und hinabrollten.

Aus dem moralischen Kater war Verärgerung geworden. Die Sauftouren am Mittsommertag in Naantali und schon während der letzten Wochen durch die Kneipen Helsinkis erschienen ihm jetzt kindisch. Und die Vorstellung, mit Lapa Väisälä von einer Bar zur anderen zu ziehen und ständig seine krankhaften Frauengeschichten zu hören, fand er nun so reizvoll wie eine Darmspülung. Es war auch völlig sinnlos, Riitta nachzutrauern, schließlich endeten alle Beziehungen irgendwann unglücklich – entweder mit einer Trennung oder mit dem Tod. Ratamo wußte aus Erfahrung, daß ein Rendezvous mit einer Frau das beste Mittel war, um eine andere Frau zu vergessen, also hatte er sich für diesen Abend mit seiner ehemaligen Kollegin Maija verabredet. Man konnte nur hoffen, daß dieses Treffen etwas beschaulicher verlief als sein erstes Date nach Riittas Abreise.

Er bereute es immer noch, daß er sich mit Elina eingelassen hatte. Riittas Freundin, die Fluglotsin, hatte Ratamo um ein Treffen gebeten, als Riitta gerade erst ein paar Tage vorher nach Holland umgezogen war. Elina hatte behauptet, sie wolle ihn über die Hintergründe der Entscheidung Riittas aufklären, aber im Laufe des Abends stellte sich heraus, daß sie noch weniger wußte als Ratamo. Sie wollte ihn einfach in ihr Bett locken, was ihr dann auch ohne große Probleme gelang. Überraschenderweise erwies es sich dann jedoch als viel größeres Problem, sie wieder loszuwerden: Die Frau schickte ihm eine SMS nach der anderen, rief immer wieder an und machte ständig irgendwelche Vorschläge. Ratamo hätte ihr am liebsten empfohlen, sich einer Therapie zu unterziehen. Doch er versuchte sich wie ein Gentleman zu benehmen und verwies ein ums andere Mal darauf, daß er ihr gleich am Anfang gesagt habe, er wolle sich nicht so schnell auf eine neue Beziehung einlassen. Wäre es jetzt besser, wenn er vor seiner nächsten Flugreise überprüfte, ob Elina im Turm der Flugleitzentrale saß?

Am meisten ärgerte ihn, daß sie Riitta von ihrer gemeinsam verbrachten Nacht erzählt hatte. Seine ehemalige Lebensgefährtin hatte ihn daraufhin wutentbrannt angerufen und als Weiberhelden und Wüstling der allerschlimmsten Sorte beschimpft. Danach war von Riitta nichts mehr zu hören gewesen.

Ratamo nahm eine kalte Dusche, zog seinen ausgeblichenen Bademantel über und holte sich aus dem Kühlschrank ein Bier. Auf dem Fensterbrett in der Küche vertrocknete ein Dutzend von Riittas Kräutertöpfen, aus irgendeinem Grund brachte er es einfach nicht fertig, sie in den Müll zu werfen.

Kurz darauf dröhnte aus den Lautsprechern der Stereoanlage »Deep Dark Dungeon« von J. J. Cale. Ratamo ließ sich in den Schaukelstuhl fallen und suchte eine möglichst bequeme Sitzposition. Die Grillwürste, die man unter einem Berg von Senf kaum sah, verschwanden im Handumdrehen genau wie der Inhalt der Bierflasche, dann schnappte der Deckel der Kautabakdose auf, und seine Oberlippe schwoll an. Der Wohlstandsspeck am Bauch zwängte sich über den Hosenbund der Boxershorts und erinnerte ihn an all die

Kilometer und Runden, die er in der letzten Zeit nicht gelaufen war.

Plötzlich bemerkte er, daß die rote Leuchte an seinem Anrufbeantworter blinkte. Nur Nelli und Marketta riefen ihn auf dem Festnetz an. Elina hatte doch nicht etwa ihre Angriffstaktik ausgebaut? Er drückte auf den Knopf und hörte die Stimme seines Vaters. Die Nachricht endete mit den Worten: »... vielleicht könnten wir uns nächste Woche treffen.«

Aus irgendeinem Grund machte ihm das Auftauchen seines Vaters in Helsinki genauso zu schaffen wie die Abreise Riittas. Er fürchtete, der Alte könnte sentimental werden oder über Vergangenes reden wollen, und beide Alternativen waren ihm zuwider. Andererseits sagte ihm ein hartnäkkiger Gedanke im Hinterkopf, daß er über kurz oder lang gezwungen sein würde, seinen Vater zu treffen. Doch wann immer das auch sein würde, für ihn war es in jedem Falle zu früh.

Ratamo fand, daß er seine Sorgen nun lange genug wiedergekäut hatte. Jetzt mußte er sich auf den Fall Berninger konzentrieren, als Leiter der Ermittlungen konnte er sich seinen Verpflichtungen nicht entziehen. Seine Gedanken wanderten zum Bericht des kriminaltechnischen Labors. Im Aufzug des »Forum« hatte man Sami Rossis Fingerabdrücke und Schweiß gefunden, aber auch das bewies noch nicht, daß er Berningers Mörder war. Auf der Haut des Deutschen ließen sich nicht einmal latente Fingerspuren nachweisen, weil der Mörder Handschuhe benutzt hatte. Ratamo erinnerte sich, gelesen zu haben, daß man fieberhaft versuchte, die Herkunft der Fasern am Hals Berningers zu klären.

Unvermittelt fiel ihm Saara Lukkaris Zusammenfassung der Projekte dieser Tochterfirma von H & S Pharma ein. Es war schwierig, zu begreifen, was die Zukunft alles mit sich bringen würde: das Klonen von Menschen, die Kreuzung verschiedener Arten von Lebewesen, Kinder auf Bestellung … Ihm schauderte schon allein bei dem Gedanken, daß man mit Hilfe der Gentechnologie bald Waffen entwickeln könnte, die die Kriegsführung umwälzen würden.

Sein Handy klingelte, und Nellis Name tauchte auf dem Display auf. Sie rief mit ihrem brandneuen Handy immer mal wieder an, obwohl Ratamo gepredigt hatte, die Rechnung dürfe dreißig Euro nicht um einen Cent überschreiten. Seiner Meinung nach brauchte ein neunjähriges Mädchen kein Handy, aber in dem Durcheinander nach der Abreise Riittas hatte er sich dazu hinreißen lassen, das Telefon zu kaufen und sein Kind damit zu bestechen.

»Hallo, Vati. Unser Mittsommer war echt toll. Jussi ist gestern aus dem Boot gefallen, als er die Reuse …« Nelli lachte lauthals. »Und was hast du so gemacht?«

Ratamo erzählte ihr gerade eine kindgerechte Version seiner Mittsommererlebnisse, als er hörte, wie Jussi Ketonen mürrisch irgend etwas murmelte. »Rufst du aus dem Auto an?« fragte Ratamo und erfuhr, daß die drei in ein paar Minuten bei ihm ankommen würden.

Ratamo erschrak. »Wolltet ihr nicht erst morgen in die Stadt zurückkommen?«

»Jussi hat zu tun. Irgend etwas Geheimes. Er sagt es nicht«, flüsterte Nelli.

Ratamo beendete das Gespräch, jetzt war Eile geboten. Er fegte durch die Zimmer, das war die einzige Arbeit im Haushalt, die er gern machte, aber nach Riittas Abreise hatte er nicht einmal das getan. Hastig las er überall die Kleidungsstücke vom Fußboden auf, sammelte die leeren Bierflaschen und Fastfoodverpackungen ein und stapelte das schmutzige Geschirr in der Spüle. Dann ging er schnell ins Bad, putzte sich die Zähne und fuhr sich durch seine kurzen schwarzen Haare, bis sie die gewohnte Form annahmen. Sein Gesicht sah nach dem Waschen noch genauso mitgenommen aus wie vorher.

Als Ratamo die Jeans anzog, klingelte es. Er schlüpfte ins T-Shirt und wäre im Flur beinahe gegen die zwei Meter hohe Wanduhr gerannt, weil er versuchte, im Gehen eine Socke anzuziehen.

»Ist alles in Ordnung?« fragte Jussi Ketonen auf der Schwelle. Nellis Sommerkleid flatterte, als sie ihrem Vater um den Hals fiel, und Marketta betrachtete ihren ehemaligen Schwiegersohn, als würde sie nach Anzeichen des Verfalls suchen. Musti, die helle Labradorhündin des SUPO-Chefs, schnüffelte in aller Ruhe an Ratamos Socken. Der alten Hundedame gefiel offensichtlich, was sie da gefunden hatte.

Ratamo hätte Ketonen am liebsten damit aufgezogen, was dem am nächsten Tag bevorstand, aber er durfte die Überraschung nicht verraten. »Wrede hat mich am Mittsommertag in die Ratakatu beordert«, schimpfte er, als sich alle ins Wohnzimmer begaben.

»Du solltest zufrieden sein. Der Mord an Berninger ist als erste eigene Ermittlung gleich eine große Sache«, sagte Ketonen, um ihm Mut zu machen. Dann betrachtete er die Büste von Sigmund Freud, die auf dem Fensterbrett zwischen Lenin und Elvis vor sich hin starrte, und überlegte, ob er sie schon vorher da gesehen hatte.

»Die habe ich vor einem Monat im Antiquitätengeschäft ›Fasan‹ gekauft. Der Weihnachtsmann steht jetzt in der Ferienhütte, dort sieht er besser aus«, erklärte Ratamo.

»Und wie sieht es bei den Ermittlungen aus?« Ketonen bückte sich und kraulte Musti.

Das Verhör Sami Rossis am Morgen sei Zeitverschwendung gewesen, berichtete Ratamo verärgert. Sie hätten nichts Neues aus Rossi herausbekommen. Dabei hatte er ihn vor dem Verhör beim Haftrichter antreten lassen. Doch seine Hoffnung, Rossi würde durch den Schreck über seine Verhaftung gesprächiger werden, hatte sich nicht erfüllt. Auch die Techniker hätten keinen Hebel gefunden, den man ansetzen könnte, um die Wahrheit aus dem Mann herauszuholen, meinte Ratamo verdrossen. Allerdings sei er im Laufe des Verhörs zu der Überzeugung gelangt, daß Rossi in seinem ganzen Leben nichts anderes getötet hatte als seine Gehirnzellen. Nur ein Genie wäre fähig, den Unschuldigen so überzeugend zu spielen, und ein Genie sei Sami Rossi ganz gewiß nicht.

»Am Nachmittag wird der Wachmann aus dem ›Forum‹ befragt, und wir schauen uns Berningers Telefonverbindungsdaten an. Auch der Obduktionsbefund müßte fertig sein … Aber du weißt ja, wie so eine Ermittlung abläuft.« Ratamo war plötzlich klargeworden, daß es der Chef der SUPO war, dem er gerade einen Vortrag hielt.

Ketonen wirkte nachdenklich und Marketta ungeduldig. Ratamos Ex-Schwiegermutter tadelte die Männer: »Könnt ihr denn nicht wenigstens zu Mittsommer die Arbeit mal beiseite lassen?«

Nelli zog ihren Vater am Hosenbund in die Küche, sie wollte ihm vom Mittsommerfeuer am Pusulanjärvi-See erzählen. Ratamo war das nur recht, allerdings vermutete er, daß sich im Ferienhaus Markettas nichts auch nur annähernd so Aufregendes ereignet hatte wie in der Gegend von Rymättylä. Zum Glück. Seit Nelli wieder zu Hause war, hatte Ratamo bessere Laune, er beschloß also, seine Mittagspause noch um eine Viertelstunde zu verlängern, und ging schnurstracks zum Kühlschrank, um seiner Tochter ein Eis zu holen.

Marketta Julin und Jussi Ketonen verabschiedeten sich auf der fast leeren Straße voneinander und gaben sich einen Kuß auf die Wange. Ketonen wollte nicht noch mit dem

Auto nach Kruununhaka gebracht werden, er behauptete, nach der Völlerei am Mittsommerwochenende brauche er Bewegung. Die Hosenträger waren über seinem vorgewölbten Bauch straff gespannt, man hätte auf ihnen wie auf einem Kontrabaß spielen können. Marketta bekam noch einen zweiten Kuß, dann verschwanden Mann und Hund in Richtung Vuorimiehenkatu.

Die brütende Mittagshitze und das zügige Tempo führten dazu, daß Musti hechelte und Ketonen schnaufte. Es tat ihm trotzdem nicht leid, daß er es abgelehnt hatte mitzufahren. In Markettas Auto setzte sich Ketonen nur, wenn es sein mußte. Sonst war Marketta so gelassen und beherrscht wie keine andere Frau auf der Welt, aber am Steuer ihres Micra wurde sie zu Attila, dem Hunnenkönig: Sie hatte einen Bleifuß, überholte nur in Kurven und benutzte ihre Hupe öfter als die Blinklichter.

Am Olympia-Terminal im Hafen rieb sich Musti an den Hosenbeinen ihres Herrchens, als wollte sie sagen, daß ihr die Lauferei bei der Hitze langsam reichte. Ketonen zog den widerstrebenden Hund beiseite und holte die Tüte mit den Leckerbissen aus seinem Beutel. Einen Schokoladenkeks gab er dem Hund, den anderen stopfte er sich selbst in den Mund. Nur einen Augenblick im Mund, aber auf den Hüften für immer – Markettas nur allzu oft wiederholte Mahnung fiel ihm ein.

Nach der verdienten Stärkung gingen sie weiter. Ketonen fühlte sich in der Form seines Lebens. Er hatte sich entschlossen, seine Zukunft mit Marketta zu teilen und im nächsten Sommer in Rente zu gehen. Schon seit über einem Jahr rauchte er nicht mehr, und auch die Bandscheibe ärgerte ihn nur noch selten, dafür sorgten die Yoga-Übungen. Jetzt schmerzte der Rücken allerdings, vermutlich hatte er sich einen Muskel gezerrt, als er aus dem Boot gefallen war. Als nächste Etappe in seiner Entwicklung würde eine Diät auf dem Plan stehen, und außerdem müßte er aufhören zu wetten. Aus unerfindlichen Gründen hielt Marketta Glücksspiele für blödsinnig, ihrer Meinung nach lohnte es sich nur, Geld zu setzen, wenn es sich um solche sicheren Wetten handelte wie: »Auf Regen folgt Sonnenschein.«

Auch der Tag seines Umzugs rückte näher. Ketonen war es recht, daß er in Markettas Wohnung in Ullanlinna einziehen würde. Sein eigenes Zuhause war vollgestopft mit Erinnerungen an eine fast vierzigjährige Ehe. Und von Markettas Wohnung bis zu Ratamo und ihrer Enkelin waren es nur ein paar Minuten. In Ketonens Leben fand neben Marketta nichts anderes Platz als Musti und die SUPO. Die SUPO müßte er bald gegen sein Dasein als Rentner eintauschen, und auch Musti würde nicht ewig leben.

Das Duo lief am Makasiini-Terminal und an der Alten Kaufhalle vorbei und bog an der Ecke des Marktes in Richtung Katajanokka ab. Im Licht der Abendsonne kam das Gelb des Präsidentenschlosses gut zur Geltung. Die Möwen kreischten, obgleich die Fischhändler und ihre Leckerbissen längst verschwunden waren. Ketonen versuchte sich zu erinnern, welche Mitarbeiter der SUPO dieses Jahr das Mittsommerwochenende als Sicherheitsleute bei der Präsidentin in Kultaranta verbrachten, aber ihm fielen die Namen nicht ein.

Er landete mit seinen Gedanken wieder bei der Arbeit und überlegte, warum er seit ihrer ersten Begegnung das Bedürfnis hatte, Ratamo zu helfen. Es war sein Verdienst, daß Ratamo die Berninger-Ermittlungen leiten konnte. Ketonen hatte Wrede im Laufe des Frühjahrs angedeutet, daß sein Säbelrasseln Ratamo gegenüber ein Ende haben mußte, wenn der Schotte Chef der SUPO werden wollte. Wrede verfügte nicht gerade über glänzende Fähigkeiten im Umgang mit Menschen, aber in jeder anderen Beziehung war der Schotte allen sonstigen Bewerbern um den Posten als Chef der SUPO haushoch überlegen. Das müßte Ketonen in diesen Tagen der Präsidentin berichten, da die Entscheidung über seinen Nachfolger in der nächsten Woche fiel.

Am Ständehaus blieb Ketonen stehen. Jetzt wußte er, warum bei ihm die Alarmglocken geläutet hatten, als der Firmenname H & S Pharma fiel. Für die auf Gentechnik spezialisierte Tochterfirma des Unternehmens war nach Beginn des Krieges gegen den Terrorismus eine Sonderüberwachung angeordnet worden. Und auf diese Liste gelangten nur Unternehmen, die Verbindungen zum Nahen Osten oder zu Terrororganisationen besaßen.

12

Eine dunkel gekleidete, großgewachsene Gestalt schloß vorsichtig die Eingangstür des Kunstmuseums Villa Gyllenberg auf, tastete an der Wand nach dem Lichtschalter, stieß gegen irgend etwas und fluchte. Das Licht im Flur ging an, der Mann fing den umfallenden Kleiderständer in letzter Sekunde auf und rannte ins Foyer. Jetzt war Eile geboten, die Alarmanlage mußte in einer halben Minute ausgeschaltet sein, sonst würde die Sirene losheulen, außerdem wurde dann automatisch bei der Polizei Einbruchsalarm ausgelöst. Er holte einen zerknitterten Zettel aus der Tasche, bückte sich vor der Anlage, las den Code und tippte die Ziffern 497643 mit dem kleinen Finger vorsichtig ein. Ein einziger Fehler, und schon würde die Polizei alarmiert.

Der Mann seufzte tief, als die Zahlenkombination akzeptiert wurde und das Rotlicht nicht mehr blinkte. Am Mittsommerwochenende war das Museum geschlossen, der Zeitpunkt eignete sich also perfekt, um der weltgrößten ständigen Ausstellung der Werke von Helene Schjerfbeck in aller Ruhe einen überraschenden Besuch abzustatten. Der Wert der Sammlung wurde in Millionen Euro berechnet.

Eero Ojala lief zielstrebig durch die Gänge des Gebäudes, er kannte sich hier aus, das Museum war seine Arbeitsstelle. Wenig später betrat er den modernen Ausstellungssaal, tätschelte den Scheitel der Büste von Aleksis Kivi wie immer, wenn er in dem Saal war, und blieb vor seinem Lieblingsgemälde stehen. Eine elegante Dame schaute ihn verführerisch an. Die Unfehlbarkeit der Farben und die Komposition, der verfeinerte Japonismus des Gemäldes und seine geheimnisvolle unterschwellige Spannung faszinierten Ojala jedesmal aufs neue. Was mochte Dora Estlander, die als Modell posiert hatte, gedacht haben, als sie den langen Hals und die schrägen Augen der Frau auf dem Gemälde sah? Die »Elegante Frau« war immer noch Ojalas Lieblingsbild, obwohl er immerhin zwei Gemälde Ellis für das Museum angeschafft hatte: den »Zigeuner« und das »Junge Mädchen unter Birken«.

Für Ojala war Helene Schjerfbeck Elli, so wie seinerzeit für die Freunde der Künstlerin. Er hatte sich schon als junger Mann in Elli verliebt. Und er wußte auch, warum: Sie ähnelten sich menschlich, beide lebten zurückgezogen und galten seit ihrer Kindheit als Außenseiter, waren übermäßig gewissenhaft und sensibel, aber dennoch entschlossen. Sie hatten sich auch beide jeweils einmal verliebt und wieder getrennt. Ojala verstand Elli, die nach einer großen Enttäuschung nie wieder eine Bindung eingegangen war. Auch er würde Karoliina nie vergessen, obwohl er sich dann doch für die Malerei und gegen die Liebe entschieden hatte. Kunstwerke warfen ihm nicht vor, er sei leblos und freudlos, jedenfalls konnten sie ihm ihre Anschuldigungen nicht mitten ins Gesicht sagen so wie Karoliina. Ojala war in gewisser Weise stolz darauf, daß er noch früher als Elli zum Einsiedler geworden war.

Jedes einzelne Gemälde Ellis im Museum genoß er eine Weile, obwohl sie sich ihm in den sechs Jahren, die er in der Villa Gyllenberg arbeitete, längst tief eingeprägt hatten. Einmal mehr stellte er sich vor, wie großartig die »Stiefmütterchen in einer japanischen Vase« an der Wand seines Schlafzimmers aussehen würden. Sein größter Traum war es, ein Werk von Helene Schjerfbeck in seiner Wohnung zu haben. Ein anderer seiner Träume würde im August wahr werden, wenn er endlich zu einem Thema der Kunstgeschichte promovieren würde und Doktor der Philosophie wäre. Danach könnte er eine Stelle als Forscher oder ein Lektorat in einem Institut für Kunstwissenschaften an irgendeiner Universität erhalten.

Er würde nicht mehr an seiner Dissertation herumfeilen, sein Hang zum Perfektionismus war schuld daran, daß die Arbeit ohnehin schon allzu viel Zeit gekostet hatte. Doch wenn man über Elli schrieb, durfte man nicht oberflächlich sein. Niemand durfte das. Allerdings müßte er noch ein paar unvergängliche Sätze hervorzaubern, die Ellis Kunst knapp und prägnant beschrieben. Wenn es ihm doch nur gelänge, so eine schöne Formulierung zu finden wie einst Johannes Öhquist: »Der Unterton ihrer Kunst ist ein sich fügender Pessimismus, der sogar das Glück in den zarten Schleier der Wehmut einhüllt.«

Ojala verabschiedete sich von den Gemälden Ellis, schlängelte sich zwischen Flügel und Harfe hindurch zu dem großen Panoramafenster und öffnete die schneeweißen Gardinen einen Spalt. Von seinem Sockel im Innenhof starrte ihn Sibelius an, und hinter dem Denkmal sah man in der Laajalahti-Bucht die Kanus, die auf dem Wasser schaukelten und im Sonnenlicht glitzerten.

Bei einem kurzen Abstecher in den alten Teil des Museums begrüßte er Tizians »Porträt eines Mannes«, dann aktivierte er im Foyer die Alarmanlage und verließ wehmütig die Villa Gyllenberg. Unter seinen Füßen knirschte der Sand, als er einen Blick auf das zweite Aleksis-Kivi-Denkmal des Museums warf, das im Hof vor dem Gebäude stand. Gutgelaunt grüßte er den Hausmeister Kalle, der mit seinem Rottweiler aus dem Häuschen auf den Hof gepoltert kam. Ojala überlegte, wie er im Sommer seine Zeit verbringen sollte. Den Urlaub genießen – das war eine Fähigkeit, die er nicht besaß. Die Zeit eines Einsiedlers verging am besten bei der Arbeit.

Gemächlich lief er die Kuusisaarenpolku entlang, die von Laubbäumen und prächtigen Eigenheimen gesäumt wurde, und fragte sich amüsiert, ob der Besitz eines Kleinwagens in dieser Straße verboten war. Der Seewind strich warm über sein Gesicht, auf dem Kopf indes, unter den kurzgeschnittenen, zwei Millimeter langen Haaren fühlte sich die Brise kühl an. Zum Auftakt seines Urlaubs hatte sich Ojala in die große Schar finnischer Männer eingereiht, die kahle Stellen vertuschten, indem sie ihre Haare auf ein paar Millimeter kürzten.

Als Ojala die Haltestelle an der Kuusisaarentie erreichte, kam der 194er Bus und nahm ihn mit. Der einzige Fahrgast außer ihm war ein langhaariger junger Mann, der mit seinem Gitarrenkoffer ganz hinten hockte. Auf den staufreien Straßen dauerte die Fahrt nicht lange. In Tapiola stieg Ojala um.

Das Zentrum Helsinkis und der Bahnhof wirkten am Mittsommersonntag gespenstisch leer, sogar die Musikanten im Metrotunnel hatten sich einen freien Tag genommen. Ojala fuhr mit der U-Bahn in Richtung Osten, stieg in Herttoniemi aus und beschloß, den reichlichen Kilometer bis nach Hause zu Fuß zu gehen. Er verabscheute Spaziergänge und überhaupt Bewegung an der frischen Luft, aber die friedliche Atmosphäre des Weges bis zu seiner Wohnung wirkte beruhigend.

Durch die Wohnungstür hörte Ojala sein Telefon klingeln. Hastig holte er den Schlüssel aus der Tasche und stocherte am Abloy-Schloß herum, dabei fiel ihm das Schlüsselbund herunter. Wie lange hatte das Telefon schon geklingelt? Als die Tür endlich aufgeschlossen war, stürzte er mit soviel Schwung hinein, daß er im Flur über den Teppich stolperte und geräuschvoll auf dem Bauch landete. Im Liegen griff er nach dem Telefon auf dem kleinen Flurtisch, nahm den Hörer ab und sagte keuchend seinen Namen.

Doktor Alfredo Cavanna stellte sich als Besitzer einer Kunstgalerie in Verona vor. Ojala wunderte sich über den englischen Dialekt, den der Mann sprach, das hörte sich anders an als bei den Italienern, mit denen er beruflich zu tun hatte.

»Soviel ich weiß, verfügen Sie über genaue Kenntnisse der Werke von Helene Schjerfbeck?« fragte Cavanna.

»Das kann man so sagen. Worum handelt es sich?«

»Einer meiner Kunden beabsichtigt, das Ölgemälde ›Mädchen auf dem Sofa‹ von Helene Schjerfbeck zu verkaufen.«

Für einen Augenblick fürchtete Ojala, daß sich jemand auf seine Kosten einen Scherz erlaubte. Er hatte sich schon als Teenager in dieses Jugendwerk Ellis verliebt. »Schjerfbeck malte das ›Mädchen auf dem Sofa‹ im Jahre 1885, das war eine Periode, in der sie in Finnland viele bezaubernde Kinderdarstellungen schuf: ›Die kleine Riikka‹, ›Das Weidenkätzchenmädchen‹, ›Das betende Mädchen‹ und ›Das blumenpflückende Mädchen‹.« Damit deutete Ojala an, daß er ein Schjerfbeck-Kenner war. »Kann ich irgendwie … helfen?« Er vermochte nur mit Mühe seine Neugier zu beherrschen.

»Wir möchten, daß Sie die Echtheit des Gemäldes bestätigen, obwohl der hiesige Konservator das Alter des Gemäldes sowie die verwendeten Farben und Materialien schon bestimmt hat. Es hat sich dabei nichts Überraschendes ergeben. Vielleicht könnten Sie uns sogar helfen, einen Käufer für das Werk zu finden. So würde mein Klient das Aufsehen in der Öffentlichkeit bei einer Versteigerung vermeiden. Auf Wunsch des Verkäufers sollen möglichst wenige Menschen erfahren, daß er auf seine Schjerfbeck verzichten muß.«

Ojala ließ sich auf den Rattan-Stuhl im Flur fallen. Er konnte nicht glauben, was er da gehört hatte, und wollte noch mehr Informationen aus dem Telefonhörer herausholen, hätte aber beinahe selbst kein Wort herausgebracht. »Natürlich ... Ohne weiteres ... Wo ist das Gemälde?« stammelte er und erfuhr, daß Cavanna das Werk gerade in seiner Galerie in Verona bewunderte.

Dutzende Fragen schossen Ojala durch den Kopf, und als die Ladehemmung erst einmal beseitigt war, konnte er sich nicht mehr beherrschen und fragte unablässig. Der italienische Galerist erzählte geduldig alles, was der Finne wissen wollte.

Einen Augenblick überlegte Ojala, wie er die wichtigste Frage formulieren sollte. »Bestünde ... für mich ... die Möglichkeit, das Gemälde zu kaufen?«

»Möglich ist alles«, antwortete Cavanna, und die Männer unterhielten sich über die Schwierigkeiten, die es bereitete, den Wert des Gemäldes zu bestimmen, und über die Zahlungsbedingungen, die akzeptabel wären. Am Ende des Gesprächs gab Cavanna dem Finnen seine Kontaktdaten und erklärte ihm, wie er am besten nach Verona kam.

Zufrieden beendete Konrad Forster das Gespräch in der Jósefa-Straße in Kraków. Seine Alfredo-Cavanna-Imitation war perfekt gelungen.

Ojalas Hände zitterten vor Begeisterung, als er den Namen und die Adresse, die er auf einen Zettel gekritzelt hatte, wie das Weihnachtsevangelium las: Dr. Alfredo Cavanna, Galeria Dello Scudo, Via Scudo di Francia 2,

Verona. Er stürzte zum Bücherregal und stieß sich dabei die große Zehe am Türrahmen. Der Schmerz zog bis zum Scheitel, aber er hatte nicht einmal Zeit zu fluchen. Jetzt mußte er alle Bücher heraussuchen, in denen sich Bilder des »Mädchens auf dem Sofa« befanden.

Noch vor einem Monat hätte er sich nicht einmal vorzustellen gewagt, daß auch sein zweiter Traum irgendwann in Erfüllung gehen würde, und jetzt bot ihm Fortuna die Möglichkeit, ein Gemälde Ellis zu kaufen. Wenn in Verona tatsächlich das »Mädchen auf dem Sofa« wartete, dann würde er es kaufen, um jeden Preis.

13

Wim de Lange und seine Männer geleiteten Laura Rossi durch die Hintertür in den Treppenflur der Jósefa-Straße 40. Vom Kommando Oberst Agrons war weit und breit nichts zu sehen. De Lange überraschte das nicht. Einer der Angreifer würde dank des Betäubungspfeils noch einige Stunden in tiefem Schlummer liegen und ein zweiter würde kaum gehen können, nachdem ihn ein Gummigeschoß am Oberschenkel getroffen hatte. Wenn die vierköpfige Gruppe Agrons über keine zusätzlichen Kräfte in Kraków verfügte, war sie klug beraten, diese Runde des Kampfes aufzugeben.

Laura lief mechanisch neben dem Mann mit dem Bürstenhaarschnitt her. Ihrem bleichen Gesicht sah man die Angst an, bei jedem Geräusch zuckte sie zusammen. Die Rastalocken hatten sich verheddert und sahen nun wie eine zottelige Mähne aus. Am liebsten wäre sie weggerannt, um vor all dem zu fliehen, aber möglicherweise wartete nur ein paar Stockwerke weiter oben Samis Freiheit. Sie durfte nicht schwach werden. Über die absurden Ereignisse des Tages konnte sie dann nachdenken, wenn sie die Beweise für Samis Unschuld in der Hand hatte und dieser Alptraum ein Ende nahm. Sie fürchtete, die Araber könnten hinter der nächsten Ecke wieder auftauchen. Ohne die Männer mit dem Bürstenhaarschnitt hätte sie es nicht gewagt, zu dem Treffen zu gehen, auch ihr Mut hatte seine Grenzen. Warum nur weigerte sich der Chef ihrer Beschützer, zu sagen, wer er war oder was er über die Angreifer wußte?

Im Hausflur schaute Laura auf die Tafel mit dem Verzeichnis der Bewohner, fand aber den Namen Milewics nicht. Sie stiegen rasch die Treppe hinauf bis in die zweite Etage. An der Wohnung Nummer 34 stand Jaszewski.

De Lange drückte auf den Klingelknopf. »Geh von hier direkt ins Hotel zurück, wir sichern dich unterwegs ab«, flüsterte er und verschwand im Treppenflur.

Konrad Forster hörte, daß es klingelte. Er strich sich die schütteren dunklen Haare nach hinten, legte die Pfeife, die noch rauchte, auf den Rand des Aschenbechers und seufzte erleichtert. Endlich kam Laura Rossi. Er hatte mittlerweile schon befürchtet, der Frau könnte bei dem Zwischenfall auf der Baustelle nebenan etwas zugestoßen sein. Forster holte ein paarmal tief Luft, jetzt mußte er wie ein eiskalter Geschäftsmann wirken. Es war Zeit, in die Rolle des Jerzy Milewics zu schlüpfen.

Die Angst strömte heiß durch Lauras Adern, als sich die Wohnungstür in dem Krakówer Mietshaus öffnete. Ein hagerer Mann, auf dessen Stirn eine dicke Ader verlief, lächelte freundlich, stellte sich als Jerzy Milewics vor und bat Laura einzutreten. Steckte dieses Schwein hinter allem, überlegte Laura und spürte, wie die Wut in ihr hochstieg. Dann tauchte im Flur ein jüngerer Mann auf, der seinen Jackensaum hinter den Griff der Pistole geschoben hatte, die im Gürtel seiner Hose steckte.

»Es tut mir leid, daß wir gezwungen sind, Sie zu kontrollieren«, sagte Forster alias Milewics, während sein schweigsamer Assistent schon Lauras Arme anhob.

Milewics sprach ein eigenartiges Englisch, das der polnischen Stewardessen und des Taxifahrers hatte anders geklungen, slawischer. Der Sicherheitsmann fuhr mit einem Gerät, das aussah wie ein kleiner Staubsauger, an Lauras Körper entlang. An der Stelle, wo sich das Schlüsselbund in ihrer Schultertasche abzeichnete, piepte das Gerät. Der Mann tastete die Tasche ab, fühlte die Schlüssel und nickte seinem Chef zu.

Der führte Laura in ein spärlich eingerichtetes Arbeitszimmer und stellte auch den zweiten Mann nicht vor, der ebenfalls einen Anzug trug und stumm in der dunkelsten Ecke des Zimmers saß. Um die Atmosphäre etwas aufzulockern, erkundigte sich der Gastgeber, wie ihr Flug gewesen sei.

Für einen Smalltalk war Laura zu nervös. Es roch nach Pfeifentabak, und in ihrem Kopf wogten die Fragen auf und ab. Sie beschloß, daß jetzt sie an der Reihe war. »Warum haben Sie vorgetäuscht, Sami wäre schuld? Wer hat versucht mich zu ermorden? Was, um Himmels willen, soll das alles …?«

Forsters Gesichtsausdruck wirkte jetzt angespannt. »Was haben Sie da gesagt? Hat man versucht, Sie umzubringen? Erzählen Sie mir alles«, fauchte er.

Laura begann ihren Bericht mit der Ankunft des Taxis auf dem Platz an der Szeroka-Straße. Als sie vom Tod des Bauarbeiters, von dem blutüberströmten Bein des Mannes mit dem Bürstenhaarschnitt und dem Pistolenlauf des Arabers erzählte, versagte ihr die Stimme.

»Haben die Männer, die Sie beschützten, gesagt, wer sie sind … oder aus welchem Land … oder irgend etwas?« Forsters Selbstsicherheit war wie weggeblasen.

Nachdem Laura sowohl die Angreifer als auch die Männer mit dem Bürstenhaarschnitt beschrieben hatte, sprang

Forster auf, verließ den Raum und holte sein Handy aus der Brusttasche. Jetzt würden die Fähigkeiten der kriminellen Organisation »Debniki« aus Kraków, die ihn unterstützte, einer noch härteren Prüfung unterzogen werden als in Helsinki.

Nach dem ersten Ruf antwortete eine tiefe Männerstimme. Forster kam sofort zur Sache und gab zunächst die Neuigkeiten weiter, die er von Laura Rossi gehört hatte. »Schick deine Männer los, sie sollen Eero Ojala schützen, es kann sein, daß man auch ihn zu ermorden versucht. Ihr begleitet Ojala in Helsinki unauffällig zum Flugzeug, und eine zweite Gruppe nimmt ihn in Verona auf dem Flugplatz in Empfang«, befahl Forster dem Chef von »Debniki« und beendete das Gespräch. Er hoffte, daß er noch rechtzeitig gehandelt hatte, und zwang sich, die Sorge um Anna in einen entfernten Winkel seines Gehirns zu schieben. Viele Fragen schwirrten ihm durch den Kopf, aber jetzt mußte er sich um Laura Rossi kümmern. Forster atmete tief durch, um sich zu beruhigen.

Laura schaute sich um und prägte sich ein, was sie sah: Das Zimmer wirkte unbewohnt, auf dem Fußboden lagen keine Teppiche, an den Wänden hing kein einziges Bild oder Foto, und es roch nach Reinigungsmittel. Milewics dürfte kaum hier wohnen, schloß Laura und konnte am Ringfinger der linken Hand ein kleines Stück Nagel abknabbern.

»Kommen wir zur Sache«, sagte Forster in der Tür mit einem steifen Lächeln. »Sie haben doch die Aktien mitgebracht, wie wir es vereinbart hatten?« fragte er und erhielt ein Nicken als Antwort.

In Lauras Kopf drehte sich alles. Plötzlich fiel ihr etwas ein. »Sie wissen ja wahrscheinlich, daß ich meine Aktien nur an Verwandte verkaufen darf. Bei meinen Aktien gibt es so eine Bestimmung oder einen … Paragraphen.«

»Ja. Die Gründer von H & S Pharma wollten so absichern, daß die Firma im Besitz der Familie verbleibt«, erklärte Milewics. »Aber es dürften sich Mittel finden, um auch diese Klausel zu umgehen. Doch die gesetzestechnischen Finessen sollten Sie mir überlassen.« Forster zog dünne Baumwollhandschuhe an, legte eine CD in den Computer ein und klickte die gespeicherten Bilder an.

Auf dem Monitor sah Laura, was im Aufzug des »Forum« geschehen war. Dietmar Berninger griff sich an die Brust … sank zu Boden … öffnete seine Tasche … zeigte Sami das Geld. Lieber Gott, laß Sami den Mann nicht umbringen, betete Laura. Die Tür des Aufzugs öffnete sich, und Sami ging hinaus auf den Kukontori. Ihr Puls beschleunigte sich noch mehr. Würde sie auch den Mord sehen? Den richtigen Mord. Ein maskierter Mann in Shorts und Pikeehemd tauchte auf dem Bildschirm auf, Körperbau und Größe des Mannes verrieten Laura sofort, daß es nicht Sami war. Warum trug er eine George-W.-Bush-Maske? Der Mann holte mit der Faust zum Schlag aus, er hatte schwarze Handschuhe an. Der zweite Schlag traf Berninger am Hals. Als der Mörder nach dem Genick des Diplomaten griff, verzog Laura das Gesicht, sie hatte genug gesehen und hob die Hand vor ihre Augen.

»Wie Sie sehen, beweist die Aufzeichnung lückenlos, daß Ihr Mann Dietmar Berninger nicht getötet hat. Sie bekommen die CD, wenn Sie diese Papiere unterzeichnen. Mehr wollen wir nicht.« Forster schob die Papiere auf dem Tisch zu Laura hin. »Ihr Mann hat Ihnen vermutlich nicht erzählt, daß er illegal zweihunderttausend Euro Schulden bei einer Organisation hat. Das ist verständlich, wer wäre schon stolz auf seine Spiel- und Drogenschulden.«

»Drogen …«, entfuhr es Laura, während Milewics sie mit einer ungeduldigen Geste aufforderte, die Unterlagen zu lesen.

Laura las das erste Dokument langsam und verstand mit ihrem eingerosteten Gymnasialdeutsch, daß es eine Art Kaufvertrag war, der besagte, daß sie für einen Kaufpreis von zweihunderttausend Euro auf ihre fünf Aktien von H & S Pharma Inc. verzichtete ... Als Laura den Namen des Käufers sah, schloß sie die Augen. Ja, natürlich – Anna Halberstam. Die Wut brach wie eine Sturzflut über sie herein. Tante Anna war der letzte Mensch, nach dessen Pfeife sie tanzen wollte. Hatte denn dieses Weib ihrer Familie nicht schon genug Leid zugefügt!

»Da Anna das alles unternommen hat, braucht sie diese Aktien anscheinend wirklich dringend«, sagte Laura wie zu sich selbst. Sie erstickte ihren Haß, das hatte sie gelernt.

Forster antwortete nicht. Er beugte sich über den Tisch, klopfte mit seinem Stift auf den Papierstapel und wies in Richtung der beiden Männer im Anzug. »Meine Kollegen fungieren als ... Zeugen unseres Geschäfts.«

Jetzt verstand Laura einen Teil des Puzzles. »Anna will also die H&S-Pharma-Aktien, die ich von ihrem Mann Werner geerbt habe?«

»Wir wollen Ihre Aktien kaufen. Ganz legal. Mit diesem Vertrag verkaufen Sie die Aktien und bestätigen den Empfang von zweihunderttausend Euro in Bargeld. Und mit diesem Papier quittiere ich, daß der Kredit Ihres Ehemannes in Höhe von zweihunderttausend Euro abgezahlt ist.« Forster schwenkte ein Blatt Papier in seiner Hand. »Ich bitte Sie, dabei zu bedenken, daß Ihre Verhandlungsposition schlecht ist.« Forster zog die CD aus dem Computer.

Laura dachte fieberhaft nach. Die gespeicherten Bilder würden Sami von jedem Verdacht befreien, aber vermutlich waren die Aktien ein Vielfaches der Schulden Samis wert. Wollte sie ihrem Mann ein Preisschild umhängen? War das Geschäft überhaupt legal? Vielleicht könnte sie später beweisen, daß sie erpreßt worden war. Es gab keine Alternativen, und es widerte sie an, jetzt an Geld zu denken. Apathisch griff Laura schließlich nach dem Stift, der auf dem Tisch lag, und unterschrieb die drei Vertragsexemplare, Milewics blätterte die Seiten um. Zum Schluß unterzeichnete sie die Übertragungsvermerke der Aktien, die sie gerade verkauft hatte.

Es fehlte nicht viel, und Forster hätte vor Erleichterung geseufzt. Jetzt war Anna dem rettenden Medikament einen Schritt näher gekommen. Für einen Augenblick hatte er befürchtet, Laura würde den Vertrag doch nicht unterzeichnen, als sie erfuhr, daß ihre Tante hinter allem steckte. Forster wußte, daß die Tante in Lauras Augen ein Teufel war.

Lächelnd erhob sich Forster und reichte Laura die Quittung. Sein ganzes Wesen verriet das überschäumende Gefühl des Triumphs. »Niemand wird beweisen können, daß wir Sie … unter Druck gesetzt haben, das werden Sie sicher verstehen.« Er schob die CD in eine Hülle, reichte sie seinem Gast und zog die Handschuhe aus. »Das ist alles. Unsere Transaktionen sind abgeschlossen, Sie werden sicher Verständnis dafür haben, wenn ich Sie nun nicht einlade, unseren Geschäftsabschluß mit einem Glas Sekt zu feiern«, sagte er und lachte hölzern. »Sollten Sie von dem, was geschehen ist, etwas ausplaudern, wird Ihnen ein schmerzliches Unglück widerfahren. Wenn Sie hingegen Ihren Mund halten, sind Sie in Sicherheit. Wir haben von Ihnen schon alles bekommen, was wir haben wollten.« Forster gab Laura nicht die Hand, er ordnete nur an, daß die Männer im Anzug seinen Gast bis zur Tür begleiteten.

Forster bemerkte, daß der Motor in seinem Kopf mit einer überhöhten Drehzahl lief, vielleicht würde ihn eine Pfeife beruhigen. Seine Gedanken kehrten wieder in geordnete Bahnen zurück, als er die Cordial-Mischung von Cornell & Diehl in den Pfeifenkopf stopfte, anzündete und die ersten Züge einatmete. Irgend jemand wußte also doch von seinem Plan. Genauer gesagt, sogar zwei – derjenige, der Laura Rossi ermorden wollte, und der andere, der sie schützte. Wer zum Teufel …? Und er hatte doch soviel Aufwand betrieben und die Treffen mit Laura Rossi und Eero Ojala in Kraków und Verona organisiert, damit kein Außenstehender dahinterkam.

Für eine Änderung des Planes war es zu spät, der morgige Tag würde also alles entscheiden. Um die Entscheidungsgewalt über H & S Pharma und Genefab zu erhalten, brauchte Anna die Aktien sowohl von Laura Rossi als auch von Eero Ojala. Zum Glück erwies sich Ojala als leichter Fall: Der Mann war besessen von der Leidenschaft für Helene Schjerfbeck. Forster hatte wochenlang mit der schwedischen Erbengemeinschaft über den Kauf des »Mädchens auf dem Sofa« verhandeln müssen. Natürlich hatte er die Echtheit des Gemäldes schon prüfen lassen, er brauchte von Ojala etwas ganz anderes als Fachkenntnisse auf dem Gebiet der Malerei.

»Räumen wir das Büro sofort aus?« fragte der ältere seiner Assistenten von der Organisation »Debniki« und erhielt die leise gemurmelte Genehmigung.

Dichter bläulicher Pfeifenrauch umgab Forsters Gesicht. Wer hatte versucht Laura Rossi umzubringen? War auch Eero Ojala in Gefahr? Irgend jemand wollte Annas Bestrebungen durchkreuzen. Forster verdächtigte Future Ltd., das Unternehmen, das kürzlich fast die Hälfte der Aktien von H & S Pharma gekauft hatte. Aber wer, zum Teufel, hatte dann Laura vor den Mördern gerettet? Wer war der dritte Mann in diesem Spiel?

Mit ein paar kräftigen Zügen fachte Forster die fast erloschene Glut in seiner Pfeife wieder an. Über kurz oder lang müßte er Anna anrufen, obwohl er sie vor schlechten Nachrichten bewahren wollte. Annas psychische Belastungsfähigkeit näherte sich dem Punkt, an dem sie völlig zusammenbrechen würde. Streß führte dazu, daß sie in Depressionen versank, die Tag für Tag schlimmer wurden. Forster wagte gar nicht daran zu denken, was geschehen würde, wenn sein Plan mißlang, er konnte sich ein Leben ohne Anna nicht vorstellen. Sie mußte noch ein paar Tage durchhalten, hoffte Forster und ließ seine Gedanken in eine glückliche Vergangenheit abschweifen. In eine Zeit, in der Anna ihm ganz gehört hatte.

14

Oberst Saul Agron stand am Panoramafenster seines Büros im fünfzigsten Stockwerk des Frankfurter Main-Towers, schaute versunken auf die weißen Touristenschiffe, die über den Main glitten, und streichelte seine dichtbehaarten Unterarme wie einen Schoßhund. Die Khakihosen des kleinen Mannes hatten schnurgerade Bügelfalten, und sein Haarschnitt entsprach der Dienstvorschrift der israelischen Armee. Agrons Nacken war so kurz geraten, daß es aussah, als säße sein Hinterkopf direkt zwischen den Schultern.

Der Oberst hatte seinen Sohn Ehud und dessen Vertrauten Dr. Klaus Müllemann zu einem Gespräch über die Zukunft der Firma Genefab geladen. »Ihr habt sicher kein Mittel gefunden, um an alle Forschungsergebnisse heranzukommen?« fragte Agron seinen Sohn.

»Die Lage wird sich da in keiner Hinsicht ändern«, erwiderte Ehud Agron ungeduldig und legte seine Unterlagen auf dem Verhandlungstisch zurecht.

Der ältere Agron fluchte. Er würde die Genkarten von Genefab nur bekommen, wenn er das Mutterunternehmen H & S Pharma an sich brachte. Ein bewaffneter Überfall war ausgeschlossen, da die Daten auf absolut sicheren Computern aufbewahrt wurden. Industriespionage wiederum würde zu lange dauern: Das Schicksal der Firma Genefab und der Genkarten würde sich innerhalb der nächsten Tage entscheiden. Wenn auch Eero Ojala seine H&S-Pharma-Aktien Anna Halberstam übergab, hätte die Frau den Wettlauf gewonnen.

Oberst Agron wollte immer noch nicht wahrhaben, was er für ein unglaubliches Pech hatte: Werner Halberstam war im absolut falschen Augenblick abgekratzt. Genefab hatte seit 1996 die genetische Struktur sowohl der aus Mittel- und Osteuropa stammenden Aschkenasim als auch der aus dem Mittelmeerraum und den arabischen Ländern kommenden sephardischen Juden erforscht. Im Laufe dieses Sommers sollte Werner Halberstam ihm alle Forschungsergebnisse übergeben.

»Geht die Besprechung nun weiter?« Unwirsch unterbrach Ehud die Gedankengänge seines Vaters. Er strich sich über die dunklen Bartstoppeln, die innerhalb weniger Stunden gewachsen waren, und stopfte den Saum seines scharlachroten T-Shirts unter den Gürtel der Jeans.

Saul Agron spürte, wie ihn eine warme Welle durchströmte, als er seinen Sohn betrachtete, den Mann, der den Namen Agron weiterführen würde. Ehud, der seit fast vier Jahren bei Genefab als Genetiker arbeitete, würde Chef der Firma werden, sobald sie das Unternehmen unter ihre Kontrolle gebracht hatten. Agrons Vorhaben mußte also unbedingt gelingen, auch weil es um die Zukunft seines Sohnes ging. »Beginnen wir damit, wie wir uns als neuer Haupteigentümer von Genefab in der Öffentlichkeit darstellen sollten«, schlug der Oberst vor.

Ehuds Gesicht hellte sich auf. »Ganz konservativ. Wir teilen mit, daß wir auch künftig erforschen werden, wie sich das Erbgut der Juden von dem anderer ethnischer Gruppen unterscheidet und warum die Tay-Sachs-Krankheit, Brust- und Eierstockkrebs, die zystische Fibrose, die Gaucher-

Krankheit und die Canavan-Krankheit gerade unter Juden so häufig auftreten«, sagte Ehud aus dem Stand. »Außerdem informieren wir über unsere Suche nach den genetischen Ursachen von Krankheiten und nach neuen Medikamenten. Das spricht ein großes Publikum und Investoren an.«

Eine weiße Haarlocke glitt auf Dr. Müllemanns Stirn, als er nervös auf seinem Stuhl hin und her rutschte. »Aber in Wirklichkeit wird das Hauptgewicht der Forschung bei Genefab künftig auf der kommerziellen Rassenveredlung des Menschen liegen. Wir intensivieren die Embryo- und Genforschung, bis wir den Konsumenten die Möglichkeit bieten können, Eigenschaften ihrer Kinder auszuwählen: Größe, Gewicht, Augen- und Haarfarbe ... Genefab wird bei der Manipulierung des Erbgutes menschlicher Embryos Pionierarbeit leisten.«

Das Gespräch war bei Ehuds Lieblingsthema angelangt. Voller Begeisterung malte er die Zukunftsaussichten der Gentechnik aus: In einigen Jahren würden keine kranken Kinder mehr geboren, und Kurzsichtigkeit, Fettleibigkeit, Farbblindheit, Linkshändigkeit und Zwergenwuchs wären Geschichte. Danach würde man zur genetischen Kosmetik, zur Manipulierung des Äußeren und der Leistungsfähigkeit des Menschen übergehen, und am Ende würden die Verbraucher bei Genefab auf Bestellung maßgeschneiderte Kinder kaufen können.

Oberst Agron sah zufrieden aus. Ehud hatte den Verstand von ihm geerbt. Zum Glück, denn äußerlich kam der Junge ganz nach der Mutter. Und mit seiner Kleidung und den langen, wehenden Haaren erinnerte er an einen Zeitreisenden aus Woodstock. Der Sohn rebellierte immer noch gegen seinen Vater. »Bist du überzeugt, daß die Massen es wagen, diese ... neuen Möglichkeiten zu nutzen?« fragte der Oberst unsicher. Die Zukunft der Gentechnik interessierte Oberst Agron nur aus einem einzigen Grunde: Er bekäme einen Anteil von zwanzig Prozent an Genefab, wenn es ihm gelänge, H & S Pharma zu erobern.

»Die Kunden werden die Modifizierung der Gene schnell akzeptieren, trotz der Risiken«, versicherte Ehud selbstbewußt. »Die Menschen manipulieren ihren Körper und ihre Psyche ja jetzt schon mit allen zur Verfügung stehenden Mitteln, auch ohne die absolute Gewißheit, daß diese Mittel sicher sind: Lifting, Fettabsaugen, Tätowierungen, Perforierungen, Hormone, Medikamente gegen Depressionen und zur Anregung, Viagra, Drogen ... Die Spitzensportler stopfen Mittel in sich hinein, von denen sie wissen, daß sie lebensgefährlich sind. Nur ganz wenige weigern sich, Mittel einzusetzen, die ihnen Nutzen bringen. Das gehört zum Wesen des Menschen«, predigte Ehud und gestikulierte so heftig, daß seine Haare flatterten.

Sein älterer Kollege Müllemann bemerkte, daß sich Ehud zu sehr ereiferte. »In einigen Ländern sind vier Fünftel der Eltern schon jetzt bereit, die Genmanipulation einzusetzen, um die physischen und geistigen Fähigkeiten ihrer Kinder zu verbessern. Die Manipulierung des Erbguts wird in der Medizin unausweichlich zum Alltag werden. Über kurz oder lang wird man in der DNS des Menschen Eigenschaften einspeichern wie Software-Updates in Computern«, erzählte Müllemann dem Oberst in aller Ruhe.

Ehuds Begeisterung hatte noch nicht nachgelassen. »Kannst du mir auch nur eine Erfindung nennen, auf die die Menschheit verzichtet hätte, weil sie gefährlich oder ethisch nicht akzeptabel war?« fragte Agron junior seinen konzentriert zuhörenden Vater.

»Das ist also der sicherste Weg, um mit Genefab Geld zu machen?« sagte der Oberst wie bei der Befehlsausgabe.

»Die Biotechnologieindustrie wird schon bald ein explosionsartiges Wachstum erleben«, versicherte Ehud. »Auf dem Gebiet sind schon jetzt Tausende Unternehmen aktiv, in die Investoren und Pharmaunternehmen Milliarden Dollar stecken. Als Eigentümer von Genefab wird Future Ltd. im Geld schwimmen«, versprach Ehud und äußerte die Vermutung, der nächste globale Großkonzern an der Seite von Microsoft und Nokia werde ein Unternehmen entweder der Bio- oder der Gentechnologie sein.

Der Oberst entschuldigte sich für die Unterbrechung, als sein Handy klingelte und der Name von Rafi Ben-Ami, dem Chef des Kommandos in Kraków, auf dem Display erschien. Er ging einige Schritte zur Seite und kam sofort zur Sache. »Wart ihr erfolgreich?«

»Bei den Vorbereitungen ja, aber die Inszenierung des Unfalls ist fehlgeschlagen, obwohl wir es geschafft hatten, daß die Frau an der richtigen Stelle war und die Ziegel herunterfielen. Du hattest vergessen zu erwähnen, daß die Finnin eine Armee von Leibwächtern hat, die sie schützt. Auch unsere Versuche, sie zu exekutieren, sind gescheitert. Laura Rossi hat vor kurzem Konrad Forster ihre Aktien übergeben«, berichtete Ben-Ami wütend.

»Was sagst du da, verdammt? Wiederhole das!« schnauzte der Oberst ihn an.

Ben-Ami unterrichtete ihn genauer über die Ereignisse des Vormittages, und je weiter er in seinem Bericht kam, um so heftiger wurden die Flüche Oberst Agrons. Die Wissenschaftler schauten neugierig zu ihm hin.

»Konrad Forster hat keine Leibwächter für die Finnin engagiert, das weiß ich«, sagte Oberst Agron, nachdem er ein paar Sekunden gebraucht hatte, um Ben-Amis Bericht zu verdauen. »Besorge für Verona sofort Verstärkung, mindestens zehn Mann. Eero Ojala muß sterben. Wenn du in Verona scheiterst, dann hilft dir keine Ausrede. Hast du mich verstanden?« zischte der Oberst.

Ben-Ami versicherte gleich mehrfach, er habe sehr wohl

verstanden. »Und die Frau? Soll ich sie beschatten oder umbringen?«

»Weder noch. Laura Rossi ist jetzt unwichtig«, sagte der Oberst und beendete das Gespräch abrupt. Er massierte seine Schläfen, so konnte er sich besser konzentrieren. Dabei zog er schmerzhaft an den Härchen, die zwischen Augenbrauen und Haaransatz wuchsen. Durch das Panoramafenster sah er, wie ein Hubschrauber über dem Wolkenkratzer der Commerzbank-Zentrale aufstieg und an Höhe gewann.

Diese Nachrichten bedeuteten, daß es zum offenen Krieg um H&S Pharma und Genefab kam. Jemand hatte für die finnische Frau kompetente Leibwächter engagiert. Den Oberst beschäftigte die Frage, wer die Männer mit den kurzen Haaren waren und warum sie ihre Gegner nicht umbringen wollten, sondern Gummigeschosse und Betäubungspfeile verwendeten. Allerdings hatten auch die ihren Zweck erfüllt. Würde Eero Ojala in Verona auch so geschützt werden?

Oberst Agron beendete die Besprechung und reagierte gekränkt, als Ehud ging, ohne sich zu verabschieden. Es machte ihn zornig, daß der Sohn die Arbeit seines Vaters nicht schätzte. Und es ärgerte ihn auch, daß er nicht den Mut fand, Ehud zu sagen, was das wichtigste Motiv für die Eroberung von H&S Pharma war. Oberst Agrons Auftraggeber, der Eigentümer von Future Ltd., erwartete von der Zukunft noch mehr als Ehud. Deshalb wurde in Genefab auch das Erbgut der arabischen Völker erforscht, und deshalb plante man in Israel die wirksamste Massenvernichtungswaffe aller Zeiten.

Rafi Ben-Ami, der Chef des Kommandos, das für Oberst Agron arbeitete, strich über die türkisfarbene Fünf, die auf seinem Handrücken eintätowiert war. Jetzt bereute er, daß er sie während des Mordversuchs an Laura Rossi nicht verdeckt hatte.

Ben-Ami saß auf der Terrasse eines Cafés im Herzen von Stare Miasto, der Krakówer Altstadt, auf dem Rydek Glówny und studierte das Menschengewimmel auf dem großen mittelalterlichen Markt, die bunten Sträuße der Blumenhändler und die Tauben, die zu Hunderten auf den Pflastersteinen herumstolzierten. Irgend etwas an Kraków faszinierte Ben-Ami, das lag wahrscheinlich an den polnischen Wurzeln seiner Familie.

Aus den Tuchhallen strömten unablässig Touristen, die allerlei Krempel gekauft hatten, auf den Marktplatz. Ben-Amin betrachtete die grinsenden Köpfe der Skulpturen an der Fassade der langgestreckten Markthalle. Von der Terrasse aus sah man den Turm des Rathauses und auch die gotische Marienkirche. Plötzlich wurde das Panorama verdeckt, ein magerer Pantomimekünstler brachte sich vor ihm in Position und lehnte sich an eine unsichtbare Wand. Mit einer heftigen Handbewegung verscheuchte Ben-Ami den Artisten, der es auf Münzen abgesehen hatte.

Ein junger Kellner kam und nahm Ben-Amis Bestellung eines Eistees entgegen, in dem Moment erklang von irgendwoher melancholisches Trompetenspiel. Die Turmuhr schlug einmal. Die Touristen blieben stehen und spähten zu den ungleichen Türmen der Marienkirche hinauf, und einer von ihnen entdeckte den Trompetenbläser auf dem spitzen Turm der Kuppel. Der Trompeter blies die Melodie viermal und brach jedesmal mittendrin ab. Ben-Ami hatte als Kind die Geschichte dieses Signals von seiner Großmutter gehört und erinnerte sich immer noch daran. Die Melodie wurde in gekürzter Form gespielt, seit die Tataren bei ihrem Überfall auf die Stadt im dreizehnten Jahrhundert dem Trompeter, der das Alarmsignal blies, einen Pfeil mitten in den Hals geschossen hatten.

Ben-Amis Gedanken wanderten zu Agron und ins Frühjahr 1973, als der Oberst ein Kommandounternehmen der israelischen Spezialeinheiten geführt hatte, das zu den tollkühnsten aller Zeiten gehörte. Die Gruppe Agrons war mit Schlauchbooten in Beirut am Ufer abgesetzt worden und von dort mit Geländewagen, die Mossad-Agenten an ihren Landeplatz gebracht hatten, an den Rand des Zentrums von Beirut gefahren, in die Nähe eines Wohnhauses, in dem hundert palästinensische Kämpfer untergebracht waren. Agron schickte in Zivil gekleidete Aufklärer los, die zwei palästinensische Wächter vor dem Haus sahen, dummerweise das Feuer eröffneten und verwundet wurden. Die Palästinenser stürzten an die Fenster des Hauses und schossen, aber Agron zog sich trotz der überwältigenden Übermacht nicht zurück. Er befahl zwei Männern, in den Eingangsbereich des Wohnhauses vorzudringen, sie sollten die palästinensischen Soldaten umbringen, die das Haus verlassen wollten. Die anderen Mitglieder des Kommandos mußten die aus den Fenstern heraus schießenden Palästinenser unter Beschuß nehmen. Dann fuhr er einen mit Sprengstoff beladenen Jeep neben das Haus und stellte den Zeitzünder der Sprengladung ein.

Agrons Männer trugen ihre verletzten Kameraden ans Ufer, um sie zu retten, während das Wohnhaus und die Palästinenser hinter ihnen in die Luft flogen.

Rafi Ben-Ami war einer der beiden Verwundeten. Nach der Aktion im Libanon trennten sich ihre Wege, aber Ben-Ami wußte, daß sich Agron auch im Jom-Kippur-Krieg und während der Kriegszüge in den Libanon 1978 und 1982 hervorgetan hatte. Nach dem Verlust seiner Tochter bei einem Terroranschlag 1996 hatte der Oberst genug von der vorsichtigen Haltung der israelischen Führung und trat vom Posten des Kommandeurs der Elitefallschirmjägereinheit »Sayeret Tzanhanim« zurück.

Amis Erinnerungen wurden jäh unterbrochen, als ein Kind auf dem Marktplatz eine aufgeblasene Papiertüte knallen ließ und zahllose Tauben aufscheuchte, die sich in die Luft erhoben wie ein fliegender Teppich. Sie waren genausowenig Friedenstauben wie Oberst Agron, dachte Ben-Ami.

15

»Wie gefällt es dir bei der SUPO?« fragte Ratamo die gutgelaunte und energiegeladene Saara Lukkari und nahm einen Schluck aus dem Kaffeepott, den er von Nelli zum Vatertag bekommen hatte. Die beiden saßen im Beratungsraum der SUPO in der ersten Etage der Ratakatu 12 und gönnten sich eine Kaffeepause.

»Ausgezeichnet«, erwiderte seine junge Kollegin strahlend und behauptete, sie habe bei der SUPO in wenigen Monaten mehr gelernt als in den Jahren auf der Polizeischule.

»Und das Gehalt?« erkundigte sich Ratamo neugierig.

Sie zuckte die Achseln. »Das Gehalt eines Beamten kommt einmal im Monat und hält eine Woche vor, genau wie die Regel.« Ratamos gestrigen Kommentar zu ihrer Unerfahrenheit hatte sie schon vergessen, inzwischen kamen die beiden glänzend miteinander aus.

Ein Gewitter war im Gange, der Donner dröhnte, und die Fensterscheiben klirrten. Ratamo hatte das Gefühl, daß er die Ermittlungen voll im Griff hatte, an die Rolle des Leiters könnte man sich sogar gewöhnen. In Kürze würden sie die Informationen zusammenfassen, die sie beide, Loponen, Sotamaa, die Abteilung für Informationsmanagement und die Spezialisten im Laufe des Tages gesammelt hatten, und danach sollte Tero Söderholm, der Wachmann aus dem »Forum«, befragt werden.

»Was ist als nächstes dran?« Saara Lukkari wollte mit der Arbeit beginnen und bekam als Antwort ein Brummen, das von einem Kratzen begleitet wurde, weil sich Ratamo über seinen Dreitagebart strich.

»Gibt es eigentlich an der Volkshochschule einen Kurs zum Thema ›Die häufigsten Arten des Brummens und die non-verbale Kommunikation des finnischen Mannes‹?« fragte sie.

Ein Keks verschwand in Ratamos Mund und auch der letzte Schluck Kaffee. Jetzt fühlte er sich besser, denn seine verrückten Mittsommerabenteuer waren nun dort begraben, wo alle Dummheiten hingehörten. Er warf einen Blick auf die junge Frau, die ihre Unterlagen studierte, und stellte einmal mehr fest, daß sie überraschend gut aussah. Er hatte seinen Kollegen Pekka Sotamaa gefragt und sich vergewissert, daß Saara Lukkaris durchtrainierter Körper das Ergebnis ihres Fitneßtrainings war und nicht von Aerobic-Übungen, wie er gestern angenommen hatte. Ihm fiel sein abendliches Rendezvous mit Maija ein, und er fragte sich, was es wohl bringen würde. Blieb nur zu hoffen, daß er in der Hektik der Ermittlungen überhaupt dazu kam, sich mit Maija zu treffen.

Es war Zeit, an die Arbeit zu gehen. »Ich habe auf Ketonens Bitte hin geklärt, warum Genefab auf der Überwachungsliste der westlichen Nachrichtendienste steht«, sagte Ratamo, und auf seiner Stirn erschienen Falten. »Genefab untersucht, wie sich das Erbgut der jüdischen und das der arabischen Völker voneinander unterscheiden.« Laut BND wurden die Forschungen für medizinische Zwecke vorgenommen, aber wenn die Informationen in die falschen Hände gelangten, könnten sie gefährlich werden. Deutschland, die USA, die Briten und Rußland hätten die Bedrohungen durch die Gentechnologie schon vor Jahren erkannt, fügte Ratamo mit ernster Miene hinzu. Saara Lukkari äußerte sich nicht zu dem Thema, aber er sah, daß die Nachricht seine Kollegin sorgenvoll stimmte.

»Hast du alles geschafft, was wir heute früh vereinbart hatten?« murmelte Ratamo, während er sich einen Priem unter die Oberlippe stopfte.

Saara Lukkari berichtete, sie habe Dietmar Berningers Telefonverbindungsdaten überprüft und dabei gleich ins Schwarze getroffen: Berninger hatte fast täglich Anna Halberstam, die Witwe des ehemaligen Haupteigentümers von H&S Pharma, angerufen. »Es kann also sehr wohl einen Zusammenhang zwischen dem Pharmaunternehmen und dem Mord an Berninger geben.«

»Hast du etwas über das Unternehmen herausgefunden, das kürzlich Aktien von H&S Pharma gekauft hat? Wie hieß es doch gleich?« Ratamo wühlte in seinem Gedächtnis.

»Future Ltd. ist in Liberia registriert. Ich mußte die Unterlagen der Firma über Interpol bestellen, weil die Behörden in Liberia nicht sehr kooperationsfähig sind. Oder jedenfalls nicht kooperationswillig. Das gilt auch für den deutschen Juristen, der Future Ltd. vertritt, er verweigert jede Aussage über seinen Mandanten.«

Ratamo nickte. »Es sieht so aus, als würden wir erst vorankommen, wenn die Arbeitswoche beginnt. Morgen früh erhalten wir die Firmensatzung und das Aktionärsverzeichnis von H&S Pharma, vielleicht geht daraus hervor, wie der Tod von Werner Halberstam die Eigentumsverhältnisse in der Firma verändert hat.«

Saara Lukkari goß sich Kaffee in ihre Tasse und warf ihrem Vorgesetzten einen fragenden Blick zu.

Ratamo tippte als Zeichen der Ablehnung auf seine Oberlippe mit dem Kautabak. »Ich versuche auch zu klären, ob Halberstams Witwe, diese …«

»Anna Halberstam«, beeilte sich seine Kollegin zu ergänzen.

»... wirklich keine Rolle in H & S Pharma spielt, obwohl sie immerhin fast die Hälfte des Unternehmens besitzt.«

Saara Lukkari machte gewissenhaft Notizen, blätterte dann in ihren Unterlagen und ergriff das Wort. Der Obduktionsbefund für Berninger sei fertig, enthalte aber nichts, was helfen würde, den Mörder zu finden. Der Gerichtsmediziner habe in seinem Befund allerdings festgestellt, daß Berninger eine große Dosis Betablocker genommen hatte, bevor er den Fahrstuhl betrat.

»Auch das noch«, seufzte Ratamo verärgert. »Ich werde bei der deutschen Botschaft anfragen, ob Berninger wegen irgendeiner Krankheit Medikamente erhielt. Eine große Dosis Betablocker kann Reaktionen hervorrufen, die an die Symptome eines Herzinfarktes erinnern: Schwindelgefühl, Blässe ... Was zum Teufel steckt hinter alldem ...«

Die Tür ging auf, und der Ermittler Ossi Loponen betrat den Raum.

»Tero Söderholm ist langsam reif. Er steht seit einer Viertelstunde im Wartezimmer von Verhörraum I.« Es war bei der SUPO üblich, Verdächtige, die zum Verhör kamen, erst einmal im Warteraum stehen zu lassen, in dem sich außer einer Überwachungskamera nichts befand.

»Hat er einen Rechtsanwalt dabei?« fragte Ratamo.

»Kein Anwalt«, rief Loponen schon an der Tür, er wünschte ihnen mit dem hochgehaltenen Daumen Glück und verschwand auf dem Flur.

»Dann wollen wir den Mann mal ein bißchen ausquetschen und die Wahrheit aus ihm herausholen.« Ratamo versuchte seine junge Kollegin in die richtige Stimmung zu bringen und hoffte, er könne Söderholms Widerstand mit den Informationen brechen, die sie am Vormittag gefunden hatte.

Die beiden Ermittler nahmen ihre Unterlagen, gingen

zum Aufzug und fuhren ins erste Kellergeschoß hinunter. Ratamo rief sich gerade in Erinnerung, was er auf der Polizeifachhochschule in Psychologie gelernt hatte, da öffnete sich die Tür des Fahrstuhls, und zu seiner Überraschung sah er Jussi Ketonen. Der stand in einer etwas merkwürdigen Haltung im Foyer, den Rücken gegen die Wand gelehnt. Anscheinend hatte er wieder Probleme mit seiner Bandscheibe.

»Ich dachte, ich könnte ein wenig zuhören«, sagte Ketonen ganz locker.

Ratamo nickte, wunderte sich jedoch, warum sich der Chef der SUPO für den Wachmann des »Forum« interessierte. Am liebsten hätte er gefragt, ob Ketonen seine Fähigkeiten beim Führen eines Verhörs prüfen wollte, aber er verkniff sich die Bemerkung. Sein Handy klingelte, er sah die Nummer von Elina, fluchte und schaltete ab. Dann betraten die Mitarbeiter der SUPO hintereinander den Verhörraum und gaben Tero Söderholm die Hand.

»Können wir das Ganze auf Video aufnehmen?« fragte Ratamo und schaltete das Videogerät ein, als Söderholm nickte. Dann sagte er das Datum, die Uhrzeit, die Namen der Anwesenden und den Grund des Verhörs ins Mikrofon. Nur eine der Leuchtstoffröhren an der Decke brannte. In dem karg eingerichteten Raum mit seinen nackten Betonwänden war es stickig und duster.

Saara Lukkari breitete ihre Unterlagen auf dem Tisch aus, und Ratamo betrachtete Söderholm. Der etwa zwanzig Jahre alte Wachmann stützte seine Hände trotzig in die Hüften, und sein Blick wanderte unsicher von einem Mitarbeiter der SUPO zum anderen. Ratamo stellte sich vor, wie Söderholm in seiner Wachmannuniform mit geschwellter Brust durch das »Forum« patrouillierte.

»Du bist hier, weil du eines Verbrechens verdächtigt wirst. Wir untersuchen den Tod im Aufzug des ›Forum‹ als

Mord, und du wirst dabei der Mithilfe verdächtigt. Es ist dir doch recht, wenn ich dich duze?«

Das Schweigen lastete bleischwer in dem Raum, als Ratamo Söderholms Datenprofil las: zehn Jahre allgemeinbildende Schule, Berufsschule, eine halbjährige Visite bei der Armee, haufenweise Hilfsarbeiten, ein Kurs von vierundsechzig Stunden für Wachmänner ... Söderholms Gehalt war nicht gerade fürstlich, und seine Lebensgefährtin hatte zu Hause zwei kleine Kinder zu versorgen. Da war es klar, daß der Mann dringend einen Zusatzverdienst brauchte.

»Hast du die Bilder vom Mord auf dem Computer versehentlich oder absichtlich gelöscht?«

»Ich habe schon den anderen Bullen gesagt, daß ich nichts gelöscht habe. Nicht aus Absicht und nicht aus Versehen.« Söderholm strich sich über das Kinn und zupfte an seinem Ohrläppchen. Ratamo erinnerte sich an die Psychologie: Die Gesten waren ein Zeichen dafür, daß jemand log. Söderholm versuchte unbewußt die Lüge, die aus seinem Mund kam, mit der Hand zu verdecken.

»Wer Beihilfe leistet, erhält das gleiche Urteil wie der Straftäter«, sagte Ratamo etwas zugespitzt. »Und für einen Mord bekommt man im schlimmsten Fall lebenslänglich.« Er schaute Söderholm unverwandt an und sah, wie das Gesicht des jungen Mannes erstarrte.

Ratamo schaltete alle Leuchtstoffröhren an der Decke ein. Die Wärme, die das Lampenmeer ausstrahlte, und das Licht würden Söderholm noch mehr unter Druck setzen. Der junge Wachmann hatte die Bilder des Geschehens im Aufzug absichtlich auf dem Computer gelöscht, da war sich Ratamo sicher.

Söderholm überlegte lange, was er sagen sollte. »Ihr könnt mir überhaupt nichts nachweisen. Weil nichts passiert ist«, er hob die Hand und rutschte unsicher auf dem Stuhl hin und her.

Das waren wieder Zeichen dafür, daß er log, erkannte Ratamo. »Woher hast du am 10. Juli das Geld bekommen?« fragte er und sah für den Bruchteil einer Sekunde auf Söderholms Gesicht eine Mikromimik, die Verzweiflung verriet und ein Schuldgefühl andeutete. Ketonens Augenwinkel zuckten, daraus schloß Ratamo, daß auch der Chef Söderholms Maske durchschaut hatte.

»Ich habe nicht …«, begann Söderholm mit angstvoller Stimme, doch Ratamo unterbrach ihn.

»Du hast vor zwei Wochen ein Auto gekauft. Wieviel hat es gekostet?«

»Das weiß ich nicht mehr genau. Zehntausend oder etwas darüber.«

Ratamo hob seine Stimme. »Du hast einen Volvo für dreizehntausend Euro gekauft und bar bezahlt. Woher hast du das Geld?«

Söderholm antwortete nicht. Ratamo sah, daß der Mann schon unschlüssig war, und legte sofort nach: »Dein Konto hat in den letzten zwei Jahren nur am Gehaltstag die Grenze von eintausend Euro überschritten. Du hast das Geld für das Auto ganz sicher nicht gespart.«

Ratamo sah, wie die Reste von Söderholms Selbstsicherheit schwanden. »Denke jetzt scharf nach, und ziehe in Betracht, daß es viele Arten gibt, wie man dir auf die Schliche kommen kann. Du hast auf Befehl oder auf die Bitte von irgend jemand die Mordbilder auf dem Computer gelöscht, gegen ein Honorar. Diese Person kann dich denunzieren. Wußtest du, daß Sami Rossi denunziert wurde? Lebenslänglich, Tero. Das ist eine lange Zeit«, Ratamo zog die Schraube weiter an.

Ein verzweifeltes Grinsen erschien auf Söderholms Gesicht, und seine Haltung änderte sich, er fiel in sich zusammen. »Ich habe nur versprochen, eine Kopie vom Besuch eines Deutschen im ›Forum‹ zu machen und die Aufnahmen dann im Zentralcomputer zu löschen. Ich wußte nichts von einem Mord und auch sonst von nichts.«

Jetzt kam das Verhör in Fahrt. Ratamo und Lukkari bombardierten Söderholm mit Fragen. Es stellte sich heraus, daß sein Auftraggeber ein Ausländer gewesen war, ein englischsprechender, korrekt gekleideter Mann um die Vierzig, der nach Pfeifentabak roch. Aber seinen Namen kannte Söderholm nicht. Er behauptete, den Ausländer nur zweimal getroffen zu haben.

»Du kannst noch in einem Fotoalbum blättern«, sagte Ratamo zum Abschluß des Verhörs und rief Loponen, der Söderholm abholen und in die Zelle bringen sollte. Der Mann mußte sofort verhaftet werden. Die Juristen hatten dann zu entscheiden, wofür man Söderholm zu gegebener Zeit anklagen würde.

»Gut, mein Junge, das lief sehr schön, obwohl diesem Typ natürlich das Wort ›schuldig‹ mit Filzstift auf der Stirn geschrieben stand«, sagte Ketonen.

Ratamo ärgerte sich, den Ausdruck »mein Junge« konnte er nicht leiden. Doch schon morgen würde er sich rächen, dann würde Ketonen seinen Sinn für Humor mehr denn je brauchen.

16

Die Putzfrau saß in ihrem Raum und fluchte, als die Zimmerklingel läutete. Der mußte sie gehorchen. Hastig nahm sie noch ein paar tiefe Züge, drückte die Zigarette aus und eilte in Richtung Küche. Der Möhrensaft stand im Kühlschrank, und die Rilutek-Tabletten lagen im Arzneischrank.

Die Eichendielen im Salon knarrten unter ihren Füßen, sie blieb auf dem Perserteppich stehen, der vollkommen von antiken Möbeln eingekreist war. Konrad Forster würde schimpfen, wenn er die verdorrten Blumen und den Staub auf den Glasvögeln bemerkte. Der Alte fand immer etwas zu meckern, obwohl sie den ganzen Palast jeden zweiten Tag saubermachte. Aus welchem Grund vergötterte er Frau Anna wie eine Heilige?

Die Putzfrau traf schnaufend im zweiten Stock der Villa Siesmayer ein und stieß im hintersten Winkel des dunklen Fernsehraums auf die Hausherrin, die sie noch ängstlicher als sonst anschaute. Die dunkelblauen Gardinen waren wie immer zugezogen.

»Danke, daß du gekommen bist. Ich wollte dir keine Umstände machen, aber ich wäre fast in Ohnmacht gefallen. Ich …« Anna Halberstams schwache Stimme versagte, heute schien sie das Sprechen besonders anzustrengen. Tag für Tag fühlte sich Anna zerbrechlicher und lustloser, die Müdigkeit und das Schwächegefühl verschlimmerten sich stetig, weil sie keinen Appetit hatte und nicht schlafen konnte. Dennoch hatte sie sich auch heute das festliche rote Kleid anziehen lassen.

Als die Putzfrau der Hausherrin den Möhrensaft eingeflößt hatte, nahm sie den größten Glasvogel in diesem Raum, die »Martinsgans«, polierte ihn sorgfältig und konnte hören, wie sich die Hausherrin leise, aber klar verständlich tausendfach bedankte.

Anna sammelte von Oiva Toikka entworfene Glasvögel, in jedem Raum der Villa stand einer. Ihr Liebling war eine Sperbereule, die wie ein Phallus geformt war und von zwei großen Augen dominiert wurde. Die Glasvögel leisteten ihr Gesellschaft, wenn sie eine Pause brauchte, manchmal waren ihr Eos und Tithonus zu anstrengend. Trotz ihrer Intelligenz verhielten sich die Kakadus wie Kinder im Vorschulalter, sie wollten pausenlos beachtet werden.

Die Verbitterung und die Verzweiflung lagen schwer auf Annas Lidern und drückten sie zu. Die Krankheit ALS hatte sie in diesem Mausoleum eingesperrt und ihr zehn

Jahre ihres Lebens geraubt. Die bestmöglichen Medikamente und Behandlungen hielten sie am Leben, aber sie kam nicht einmal beim Anziehen und Waschen allein zurecht. Konrad Forster organisierte alles im Haus und kümmerte sich um sie wie um ein hilfloses Kind.

Die Putzfrau legte ihr die Tablette auf die Zunge und flößte ihr den restlichen Saft ein, dabei erzählte sie ausführlich, was sie an diesem Tag alles getan hatte. Das mochte die Hausherrin.

Eine Minute vor Beginn des »Tatorts« schaltete die Putzfrau den Fernseher ein und verließ das Zimmer, als hätten sie ein stillschweigendes Übereinkommen. Anna stellte auf der Fernbedienung am Rollstuhl den Ton lauter. Zum Fernsehen brauchte man keine Kraft. Sie verfolgte meistens im Studio aufgezeichnete Fernsehserien, Talkshows und Programme zu aktuellen Themen, weil in denen nicht zuviel Natur gezeigt wurde. Sie konnte nicht einmal mehr Sendungen über Vögel ertragen.

Als die Erkennungsmelodie des Krimis verklang, schrillte das Telefon. Möglicherweise rief Konrad an, sie konnte es also nicht einfach klingeln lassen, obwohl sie das gern getan hätte. Sie hob den Hörer ab, hörte die Stimme ihres Assistenten und sagte: »Ich wollte mir gerade den ›Tatort‹ anschauen. Ich bin nicht …«

»Ich glaube, es wird dich interessieren, was ich zu berichten habe.« Forster klang müde. »Jemand kennt unseren Plan.«

»Ich habe es gewußt!« rief Anna und bat dann Konrad sogleich fortzufahren. Sie spürte eine brennende Neugier.

»Wir haben einen Gegenspieler. Irgend jemand hat in Kraków versucht, Laura Rossi zu ermorden. Ich habe die Aktien aber bekommen«, beeilte sich Forster zu versichern.

»Hat versucht zu ermorden … Was ist dort geschehen?«

Durch das Adrenalin wurde Annas Stimme ein wenig kräftiger.

»Das ist das allermerkwürdigste dabei. Jemand hat den Versuch, Laura Rossi zu ermorden, zweimal verhindert, erst ganz in der Nähe meines Büros und das zweitemal vor dem Königsschloß.«

Anna dachte über das nach, was sie erfahren hatte, und die Angst trieb sie noch näher an den Abgrund, an dessen Rand sie immer zu schwanken glaubte. »Was willst du tun? Du kannst doch wohl trotzdem alles zu Ende führen?«

Forster hörte die Angst in Annas Stimme. »Ja ... Der Plan geht auf, wenn Eero Ojala mir morgen seine Aktien gibt«, sagte er leise, obgleich er fürchtete, zuviel zu versprechen. Doch er wollte Anna nicht noch mehr schockieren.

»Gut. Ob ich am Leben bleibe, hängt von diesen Aktien ab. Und von dir.« Anna hörte sich verzweifelt an.

Forster spürte die schwere Last der Verantwortung. Der Streß ließ die Ader auf seiner Stirn anschwellen. Mit ihrem depressiven Gemüt würde die Hausherrin einen Mißerfolg nicht ertragen. Forster tat sein Bestes, um Anna Mut zuzusprechen, und verabschiedete sich von ihr so warmherzig, wie er konnte.

Anna hatte Angst. Die Schuld an Dietmar Berningers Schicksal nagte unaufhörlich an ihrer Seele, sie würde es nicht aushalten, auch nur einen einzigen weiteren Toten auf dem Gewissen zu haben. Fragen schossen ihr durch den Kopf. Wer wußte von dem Plan? Konrad hatte ihr Vorhaben sicherlich nicht unbesonnen ausgeplaudert. Anna vertraute ihm – vielleicht zu sehr.

Als Anna merkte, daß sie bei dem Krimi den Faden verloren hatte, schaltete sie den Fernseher aus. Sie mußte die Entscheidungsgewalt im Unternehmen bekommen, nur so wäre gesichert, daß ein Medikament gegen ALS gefunden wurde und ihr Leben weitergehen konnte. Jacob Rosenberg, den Werner von der Johns-Hopkins-Universität geholt hatte, eine absolute Spitzenkraft, war nach zehnjähriger Forschungsarbeit dem Durchbruch schon sehr nahe: Er hatte bei ALS-Patienten einen Gendefekt gefunden, der mit der Krankheit zusammenhing, und suchte fieberhaft nach weiteren Genmutationen.

Anna spürte die lähmende Wirkung der Verzweiflung und zwang sich dazu, an ihre Träume zu denken und an jenen Satz von Dr. Klatz: »Wenn du in zehn Jahren noch lebst, kann es sein, daß du ewig leben wirst.« Sobald ein Medikament gegen ALS gefunden wäre, würde Anna festlegen, daß sich Genefab einzig und allein auf die Erforschung der Verlängerung des Lebensalters konzentrierte. Wo mochte sich das Geheimnis des ewigen Lebens befinden, überlegte sie. Vielleicht im Methusalem-Gen, im Gen Nanog oder im Gen Klutho? Oder würden die Stammzellenforschung und das Klonen von Zellen dazu führen, daß der Gralskelch entdeckt wurde? Möglicherweise war aber auch die von den Telomeren der Gene gesteuerte »Uhr« des Alterns der Schlüssel zur Ewigkeit, vielleicht würden es die Wissenschaftler lernen, die Uhr anzuhalten oder sogar die Zeiger mit den Mitteln der Gentechnik zurückzudrehen.

Die Menschen hatten über Jahrtausende in allen Winkeln der Erde vom ewigen Leben geträumt und die phantasievollsten Mittel zur Verlängerung ihres Lebens eingesetzt. Im Laufe der letzten zweihundert Jahre war es in den westlichen Ländern gelungen, das Lebensalter des Menschen um über fünfzig Jahre zu verlängern, doch erst jetzt stand man an dem Tor, hinter dem der Traum wahr wurde. Am Tor zum ewigen Leben.

Anna griff nach den Armlehnen des Rollstuhls und biß die Zähne zusammen, als sie einen Krampf im Oberschenkel spürte. Ihr Pessimismus kehrte im Handumdrehen zurück. Wenn Konrads Plan fehlschlug, wäre ihr Kampf zu

Ende. Alles wäre zu Ende. Sie würde nicht auf den Tod warten. Der Schmerz überfiel Anna unerwartet mit solcher Wucht, daß sie beschloß, eine medizinische Droge zu rauchen. Sie holte aus ihrer Handtasche einen Tabakbeutel, stopfte eine Prise Thai-Stick-Marihuana in eine Pfeife und zündete sie an. Vorsichtig zog sie an der Pfeife, der Stoff wirkte erst in fünf oder zehn Minuten auf das Bewußtsein.

Annas Blick wanderte über die Portraits an der Wand, die düster vor sich hin starrten. Landschaftsbilder wollte sie in ihrem Zuhause nicht haben. Sie zwang sich, wieder in die Welt ihrer Träume zurückzukehren. Die Zukunft würde wunderbar werden. Am Anfang der Zeit hatte die Evolution die Zellen der Organismen so programmiert, daß sie sterben mußten, damit sich die Arten an die Veränderungen der Umwelt anpassen konnten. Doch bald wäre der Tod für die Anpassung nicht mehr nötig. Der Mensch würde die Evolution mit Hilfe der Gentechnologie verdrängen, die Krankheiten besiegen, das ewige Leben finden und allmächtig werden. Wenn sie doch nur den Tag erleben könnte, an dem der Mensch imstande wäre, Fähigkeiten anderer Arten zu übernehmen: Das Ultraviolett- und Infrarotsehen von den Spinnen und Schlangen, die Wahrnehmung des Magnetismus von den Vögeln und das Echolot von den Fledermäusen. Die Grenzen zwischen den Arten würden die Gentechnik nicht aufhalten.

Das Marihuana begann zu wirken. Anna fühlte sich stärker und schrak zusammen, als sich einer der Glasvögel zu bewegen schien. Plötzlich tauchten Bilder aus der Zeit auf, als alles noch in Ordnung zu sein schien. In Oberstdorf waren sie und Werner abends spazierengegangen, um zu beobachten, wie die Kühe hinter einem Hirten von der Weide ins Dorf trotteten, an der richtigen Stelle von allein die Herde verließen und in ihre Ställe liefen. Die Erinnerung ließ ihr Herz noch immer höher schlagen.

Das Thai Stick wirkte in Annas kleinem und zierlichem Körper sehr intensiv, sie spürte die Welle der Euphorie so stark wie den ersten Kuß. Nun beobachtete sie sich von außen, ihr Bewußtsein weitete sich, sie mußte lächeln, all das konnte sie ohne diese medizinische Droge nicht mehr erleben. An dem Tag, an dem sie H & S Pharma unter ihre Kontrolle gebracht hatte, würde sie ihrem Gefängnis entfliehen und mit Konrad in den Park, in den Palmengarten, fahren und sich die tropischen Vögel anschauen.

Anna empfand große Dankbarkeit für Konrad und zugleich Schuldgefühl und Mitleid. Vor langer Zeit waren sie und Konrad ein Paar gewesen. Dann hatte sie Werner getroffen und sich verliebt. Der arme Konrad war über dreißig Jahre in ihrer Nähe geblieben. Warum? Wie, um alles in der Welt, hatte der Mann es geschafft, ihr in all den Jahren so treu und zuverlässig zu dienen? Geschah das aus Liebe, fragte sich Anna. Viele Züge Konrads beschäftigten sie schon seit Jahren. Wohin fuhr der Mann abends mit seinem Motorrad? Mit wem traf er sich, und warum hatte er den Kakadus die Namen Eos und Tithonus gegeben? Es war schlimm, daß sie Konrads Loyalität in Frage stellte, das Marihuana ließ sie anscheinend paranoid werden. Oder doch nicht?

17

Die CD-Hülle drückte gegen ihre Rippen, Laura preßte die Handtasche an sich wie einen Säugling, denn sie enthielt Samis Fahrkarte in die Freiheit. Sie saß irgendwo in den verwinkelten Gassen von Kazimierz in einem Café, das einem verliebten jungen Pärchen gehörte, und versuchte die Zeit totzuschlagen, während zwei Männer mit Bürstenhaarschnitt zu ihrem Schutz draußen auf der Straße warteten. Eine Umbuchung des Rückflugs vom nächsten Morgen auf diesen Tag war nicht möglich gewesen, und im Hotelzimmer fiel ihr die Decke auf den Kopf. Laura fuhr mit der Hand durch ihre Rastalocken und wurde noch nervöser, als sie in den verfitzten Haaren hängenblieb. Der Druck im Kopf ließ nur langsam nach. Nicht einmal die melancholische jüdische Musik konnte sie beruhigen. Vor ihrem geistigen Auge tauchten immer wieder schlimme Bilder auf: der Mord an Berninger, das blutüberströmte Bein des Mannes mit dem Bürstenhaarschnitt und der Pistolenlauf auf ihrer Stirn.

Neid kam in ihr auf, als sie sah, daß sich die beiden Cafébesitzer hinter dem Tresen an der Hand hielten. Manche Menschen führten ein Leben, in dem alles in Ordnung war. Vermutlich hatte das Pärchen sein Café erst vor kurzem eröffnet, denn als Kasse diente eine verbeulte Blechbüchse, und das Geschirr sah so aus, als hätte man es aus den hintersten Winkeln der Küchenschränke in der Nachbarschaft hervorgesucht. Die Einrichtung ließ den Gast an Großmutters Zeiten denken: Der Lack der schönen alten Holzmöbel blätterte ab, doch die Spitzentischdecken waren strahlend weiß und unbefleckt. Das Café erinnerte sie an Isaac Bashevis Singers Beschreibung seiner Kindheit in einem Warschauer Judenviertel.

Viele Fragen jagten Laura durch den Kopf. Warum hatten die Araber versucht sie zu töten? Wer hatte sie gerettet, und warum? Auf der Fahrt vom Schloßberg nach Kazimierz hatte sie vergeblich versucht, von ihrem Retter Antworten zu erhalten. Hing das alles mit den Aktien von H & S Pharma zusammen? Sie wunderte sich auch, warum Anna Halberstam zur Erpressung griff, um lächerliche fünf Aktien zu bekommen, wo doch der Alten fast die Hälfte des Unternehmens gehörte.

Ob Anna ihrer Mutter ähnlich sah? Laura hatte ihre ganze Kindheit hindurch von ihrer Mutter immer wieder dasselbe über Anna gehört, ohne daß sie die Tante nach dem Strampelalter je zu Gesicht bekommen hätte. Anna hatte den Mann ihrer Schwester verführt und so Lauras Familie zerstört. Dann war sie nach Deutschland verschwunden. Für Lauras Mutter trug sie die Schuld an der Scheidung, an ihrer Verbitterung und der selbstzerstörerischen Trunksucht des Vaters. In ihren Erzählungen erschien die Tante stets als Hexe. Wenn die Mutter wütend wurde, hatte sie manchmal behauptet, Laura sei Anna ähnlich. Laura kannte die Frau überhaupt nicht, haßte sie aber trotzdem. In ihren Augen war die Tante ohnehin für immer böse, auch ohne die Schrecken der letzten Tage.

Als Laura spürte, wie sie sich durch den Weißwein entspannte, wurde ihr klar, daß sie seit der Verhaftung Samis extrem unter Druck gestanden hatte. In aller Ruhe schaute sie sich um. Die alten Tapeten der Wände waren fast gänzlich mit gerahmten, vergilbten Schwarzweißfotos bedeckt. Nach den Pferdekutschen und den Hüten der Frauen zu urteilen, erzählten sie vom Leben in Kazimierz irgendwann Anfang des vergangenen Jahrhunderts.

Laura stand auf und ging zur Toilette, die von einer Kerze und einer alten Stehlampe beleuchtet wurde. Am großen cremefarbenen Stoffschirm der Lampe hingen gelbe Fransen. Die Farbe an den Wänden blätterte ab, das erinnerte Laura an die Renovierung ihrer Wohnung, und sofort war die Verzweiflung wieder da.

Schwermütige, schöne Musik, gespielt von Geige, Harmonika und Baß, empfing Laura, als sie zurückkam. Sie bestellte bei der lächelnden Wirtin ein zweites Glas trockenen Weißwein und setzte sich wieder an ihren Tisch.

»Das ist der Stolz von Kraków, die Klezmer-Gruppe Kroke. Die Jungs haben sogar in einem Film von Spielberg musiziert«, erzählte die Wirtin in ihrem schlechten Englisch, als sie Laura das Weinglas reichte und deren konzentrierten Gesichtsausdruck bemerkte. Laura stellte aus Höflichkeit eine Frage, aber die Unterhaltung stockte und endete schließlich ganz, weil die Wirtin Hemmungen hatte, englisch zu sprechen, und Laura nichts über Klezmer wußte.

Laura bereute es, daß sie Sami nichts von ihrem Erbe erzählt hatte. Das war das eine ihrer Geheimnisse. Ihre Beziehung würde sicherlich einen Riß bekommen, wenn Sami hörte, daß er freigekauft worden war. Möglicherweise würde sie es Sami auch nicht erzählen, vielleicht wäre das dann ihr drittes Geheimnis. Doch sie begriff sofort, daß Sami ja wohl oder übel den Grund seiner Freilassung erfahren würde.

Eine Sorge löste die andere ab: Was durfte sie der finnischen Polizei erzählen? Laura kaute in Gedanken am Nagel ihres Zeigefingers. Milewics hatte ihr verboten, von der Erpressung zu sprechen, aber sie mußte doch irgendwie erklären, wie sie zu der CD gekommen war. Sollte sie von Samis Schulden erzählen? Laura war so müde, daß sie nicht klar denken konnte. Eines jedoch wußte sie genau: Für sie war die Sache damit nicht erledigt. Sie würde sich ihr Leben nicht von Anna zerstören lassen.

Eine junge Mutter schob ihren Kinderwagen durch die offene Tür ins Café, band einen lebhaften Dalmatiner mit der Leine an ein Stuhlbein und setzte sich für einen Augenblick in den Schatten. Die Hitze drang von der Straße herein. In kurzer Zeit hatte der Hund seine Leine um die Räder des Kinderwagens und die Stuhlbeine gezogen und saß fest. Stuhl und Tisch schwankten so, daß die Glastür und die Spiegel in Gefahr gerieten, aber die Mutter wiegte ihr Kind in den Schlaf und bemerkte nichts. Laura streichelte den Hund, griff nach seinem Halsband und legte die Leine frei.

Plötzlich fiel ihr ein, daß Milewics gesagt hatte, Sami

habe sich während der Zeit in Mitteleuropa wegen Drogen und beim Glücksspiel verschuldet. Eine unsinnige Behauptung. Oder schämte sich Sami seiner Vergangenheit zu sehr, als daß er darüber sprechen konnte? Laura wußte selbst ganz genau, wie schwierig es war, jemandem seine Geheimnisse zu offenbaren. Doch Drogen hatte Sami nie genommen, da war sich Laura sicher. Warum log Milewics?

Sie mußte stark bleiben, bis sich alles geklärt hatte. Sami saß immer noch in Haft, und Laura hatte nur Milewics' Versicherung, sie selbst sei in Sicherheit. Sie fürchtete, daß noch nicht alles vorbei war, nie war alles vorbei.

18

Masilo Magadla saß in Mac Gowan's Pub im Frankfurter Nordosten. Er liebte das Guinness und die Atmosphäre der irischen Pubs, sie hatten die ganze Welt erobert, und das vermittelte einem irgendwie ein Gefühl der Sicherheit. Außerdem regnete es, deswegen waren die Biergärten Frankfurts gähnend leer.

Sein Telefon klingelte. *»Ulale kakuhle«,* sagte Magadla lächelnd auf Xhosa, wechselte aber sofort ins Englische, als er die Stimme Wim de Langes hörte.

Laura Rossi sei endlich in ihrem Hotel angelangt. De Lange hatte sich vergewissert, daß Oberst Agrons Killer der Frau nicht gefolgt seien, und deswegen gewagt, die Finnin im Hotel »Cracovia Orbis« zu lassen. Er versicherte ihm, daß seine Männer Laura Rossi weiter bewachten.

Magadla gab ihm neue Anweisungen. Die Sicherungsgruppe sollte für den Fall nach Verona fliegen, daß Eero Ojala, auch nachdem er von Anna Halberstams Plan erfahren hatte, trotzdem in die italienische Stadt reisen würde. Das war äußerst unwahrscheinlich, aber möglich.

Magadla wünschte ihm viel Glück, beendete das Gespräch, schlürfte sein Bier und wischte den Schaumschnurrbart mit dem Handrücken ab. Jetzt behandelte ihn de Lange wie einen ebenbürtigen Menschen, er hatte jedoch den Verdacht, daß sich nur die Umstände geändert hatten, nicht der Mann selbst. De Langes Sicherungsgruppe war in Kraków sehr erfolgreich gewesen. Magadla erschien es merkwürdig, daß er nun einem Mann vertraute, der all das vertrat, was er seit seiner Kindheit haßte. Er wußte alles über den Killer.

Wim de Lange hatte seine Laufbahn in den siebziger Jahren bei BOSS, dem Sicherheitsdienst Südafrikas, begonnen und erbarmungslos sowohl schwarze als auch weiße Gegner der Apartheid ermordet. 1983 beging er eine Dummheit und beteiligte sich an einem von Oberst Michael Hoare eingefädelten Versuch, die Regierung Südafrikas zu stürzen. Natürlich wurden sie gefaßt. De Lange kam jedoch dank seiner Verbindungen zum Netzwerk der Buren davon, erhielt eine Stelle bei der Sicherheitspolizei und wurde Mitglied der Gruppe »Vlakplaas«, eines der vielen Killerkommandos der Sicherheitspolizei.

Der lauter werdende Fernsehkommentator übertönte das Stimmengewirr in der Kneipe. Auf dem riesigen Projektionsbildschirm wurden am laufenden Band Galopprennen übertragen, obwohl anscheinend niemand hinschaute. Magadla konzentrierte sich auf die nächste Operation. Morgen würde die zweite Phase von Nelsons Plan zur Eroberung der H&S Pharma beginnen. Eero Ojalas Aktien durfte Anna Halberstam auf keinen Fall bekommen, sie brächten ihr die Entscheidungsgewalt in dem Unternehmen. Magadla hatte kein Mitleid mit der Frau, die besiegt werden mußte. Ihre Gier nach einer Verlängerung des menschlichen Lebens stand im Widerspruch zu den Naturgesetzen. Und ihr Egoismus widerte ihn an, das Weib wollte zweihundert Jahre alt werden, während die Menschen in manchen Ländern Afrikas glücklich sein konnten, wenn sie ihren vierzigsten Geburtstag erlebten.

So wie Nelson wollte auch Oberst Agron verhindern, daß Ojala seine Aktien Anna Halberstam überließ. Doch Agron wollte Ojala umbringen, Nelson hingegen hatte Magadla befohlen, Ojala zu verraten, daß er in Lebensgefahr schwebte, wenn er versuchte, der Frau seine Aktien zu übergeben. Nelson nahm vermutlich an, daß dem Finnen letztlich sein Leben wichtiger war als irgendein Gemälde.

Oberst Agron und Nelson vertraten gegensätzliche Ideen: die Gewalt und die friedliche Veränderung. Nelson akzeptierte Gewalt nur im äußersten Notfall. Deswegen durfte de Langes Gruppe niemanden töten.

Magadla beschloß, noch ein Bier zu trinken, bevor er Ojala anrief, obwohl sich die HIV-Medikamente und der Alkohol nicht miteinander vertrugen. Seine Gedanken schweiften wieder einmal ab und landeten bei Nelson. Wer war der Mann? Sie sprachen immer Englisch, aber das war nicht Nelsons Muttersprache. War er ein Deutscher? Magadla schreckte auf, als er den Lärm einer Gruppe Betrunkener hörte. Ein etwa zwanzigjähriger Mann mit Pferdeschwanz, der eine mit Nieten geschmückte Lederweste trug, kam drohend auf ihn zu. Seinen Kopf bedeckte ein straff gebundenes schwarz-weißes Tuch.

Er setzte sich auf einen Barhocker und starrte auf Magadlas Finger, die auf den Tisch trommelten. »Rufst du zu Hause in Afrika an?« sagte der Mann grinsend. »Geht jemand in der Buschrepublik Kongo ran?«

Magadla musterte ihn kurz mit einem abschätzenden Blick. »Dies hier sind Finger«, sagte er wie zu einem kleinen Kind und hob die Hand. Dann holte er sein Handy aus der Brusttasche und zeigte es dem Störenfried. »Das wiederum ist ein Telefon«, erklärte er, nahm einen Schluck Bier und wartete ein paar Sekunden. »Verstehst du jetzt, wie sich Finger und Telefon voneinander unterscheiden?« fragte Magadla das verblüffte Großmaul. »Vielleicht ist es am besten, wenn wir das Ganze noch einmal wiederholen.« Magadla genoß es, zu beobachten, wie der Gesichtsausdruck des Mannes immer angespannter wurde. »Finger, Telefon, Finger, Telefon ...«, sagte er und hielt ihm abwechselnd seinen Mittelfinger und sein Handy direkt vor die gerötete Visage.

Der Mann wollte Magadla mit dem Bierglas ins Gesicht schlagen, aber die schwarze Hand packte ihn am Handgelenk und hielt den Arm fest. Die Linke preßte Magadla ihm auf die Luftröhre. Das Bierglas fiel herunter, als der Mann nach der Hand an seinem Hals griff. Im selben Augenblick spürte Magadla, wie in seinem Kopf der Schmerz explodierte und Blut über seine Kopfhaut floß.

Das Foltern mit Farben war also auch in Polen erlaubt, dachte Wim de Lange, als er seinen Blick über die an Preiselbeerbrei erinnernde Farbe der Wände, den dunkelbraunen Fußboden und das abblätternde Orange der Decke seines Zimmers im Hotel »Żaczek« wandern ließ. Er setzte sich auf das Bett, dessen Federn knarrten. Dann zog er den Knopfhörer aus dem Ohr, nahm das über dem Schlüsselbein festgeklebte Mikrofon ab und legte sich hin.

De Lange brauchte vor dem Flug nach Verona ein paar Stunden Schlaf. Von der Kraft und Ausdauer der Jugend war dem fünfzigjährigen Mann nur noch die stolze Erinnerung geblieben. Zum Glück brachte das Alter immerhin die Erfahrung mit sich. Manche nannten das Klugheit, aber Wim de Lange nicht. Er wußte, daß er auch heute einen Fehler gemacht hatte, als er auf der Józefa-Straße Laura Rossi losließ, um dem verwundeten Piet zu helfen. Sein Fehler hätte die finnische Frau fast das Leben gekostet.

Bei diesem Auftrag war manches merkwürdig. Warum durfte die Sicherungsgruppe niemanden töten? Es war nicht einfach, sich mit Gummigeschossen zu verteidigen, denn sie betäubten die Opfer nicht, und es erwies sich als schwierig, Treffer am Kopf, die tödlich waren, zu vermeiden. De Lange erinnerte sich an seine eigene Geschichte der Schmerzen. Im August 1990 hatte ihn in Soweto ein Gummigeschoß, ein Irrläufer der Polizei, in den Oberschenkel getroffen und zur Jahrtausendwende in Kinshasa eine Metallkugel in den Arm. Das Gummigeschoß bereitete größere Schmerzen, weil in der Zone des Geschoßaufschlags mehr Nervenenden lagen. Oder vielleicht konzentrierte man sich nur mehr auf den Schmerz, weil die Todesangst fehlte.

Der laufende Auftrag stellte jedoch eine willkommene Abwechslung dar. Zur Überraschung de Langes war es genauso anstrengend, einen Menschen zu schützen, wie jemanden umzubringen. In gewisser Weise wurde von einem Leibwächter sogar mehr verlangt als von einem Mörder, der ja den Zeitpunkt, den Ort, die Waffen – kurz, alles selbst bestimmen konnte. De Lange kannte beide Seiten der Medaille.

Er schraubte sich hoch und zog die nach Zigarettenrauch stinkenden, dunkelgrünen Gardinen zu. Ihn plagte Heimweh, das geschah nicht oft. Zwanzig Jahre lang hatte er Kinder, Frauen, Männer und manchmal auch Soldaten umgebracht, Südafrika aber dann rechtzeitig, bevor Nelson Mandela Präsident wurde, den Rücken gekehrt. Seitdem bot er seine Dienste überall in der Welt auf dem freien Markt zum Kauf an. Seine Entscheidung hielt er immer noch für richtig, obwohl nicht viele seiner ehemaligen Kollegen, die in der Heimat geblieben waren, für ihre Taten zur Verantwortung gezogen wurden. Selbst die dümmsten Mörder hatten begriffen, daß sie der Wahrheitskommission einfach ihre Sünden gestehen mußten, um für ihre Verbrechen aus der Apartheid-Zeit begnadigt zu werden. De Lange glaubte an die Stärke, er würde nie verstehen können, warum die Schwarzen die Mörder ihrer eigenen Leute mit der bloßen Bitte um Verzeihung davonkommen ließen.

Jetzt war alles anders, de Lange arbeitete für einen Schwarzen. Er schämte sich eigentlich nicht dafür, Geld hatte immer den gleichen Geruch, egal, wer es zahlte. Aber seine Tochter würde er Magadla trotzdem nicht vorstellen. Der Mann erwies sich in vieler Hinsicht als guter Auftraggeber: Er war logisch, ruhig und ohne Haß, der vielen Radikalen den Kopf vernebelte. Auf seine Weise schätzte de Lange den beharrlichen Kampf des Xhosa-Mannes für seine Grundsätze. Einmal hatte er sogar vorgehabt, sich Magadla anzuvertrauen und ihm zu erzählen, was er von Oberst Agron wußte. Vielleicht morgen, überlegte de Lange kurz vor dem Einschlafen.

Magadla wachte auf und versuchte im düsteren Licht der Nachttischlampe nach dem Knüppel des Gefängniswärters zu greifen. Ruckartig richtete er sich auf und brauchte eine Weile, bis er begriff, daß er diesmal, um das Gefängnis von Grootvlei zu verlassen, einfach nur wach werden mußte. Die Folterszene in seinem Alptraum hatte ihm den Schweiß auf die Stirn getrieben, er strich über seinen Kopf und spürte die kahlgeschorene Haut. Und die Stiche. Dreiundzwanzig zählte Magadla, dann drückte er den Notrufknopf am Metallgestell des Bettes. In seinem Kopf hämmerte es so stark, daß die Augen feucht wurden.

Das Warten schien eine Ewigkeit zu dauern. Der Schmerz strömte in die Augenhöhlen und die Gesichtsmuskeln und ließ ihn am Rande der Bewußtlosigkeit schweben. Es war ein schwacher Trost, daß er jetzt wegen seiner eigenen Dummheit und nicht wegen eines sadistischen Systems leiden mußte.

Die Tür wurde geöffnet. »Was ist los?« fragte die Schwester mit müder Stimme.

»Geben Sie mir ein Schmerzmittel. Etwas, das sofort wirkt. Und viel. Wo bin ich?«

Während die Schwester eine Spritze vorbereitete, erfuhr Magadla, daß er im Bürgerhospital in Frankfurt lag.

Das intravenös gespritzte Schmerzmittel wirkte rasch, und Magadlas Gehirn war wieder bereit zu arbeiten. Die Schwester entfernte sich, nachdem sie gesehen hatte, daß der Patient sich entspannte.

Es war sieben Uhr früh, Magadla sah die blutroten Ziffern der Digitaluhr. In Finnland also acht Uhr. Eero Ojala reiste gerade nach Verona, er würde den Mann erst in Italien telefonisch erreichen. Wütend schlug Magadla mit der Faust auf den Nachttisch, er spürte den schneidenden Schmerz in seinem Kopf, der bis ins Rückgrat ausstrahlte, und versuchte sich zu beruhigen. Er mußte Wim de Lange anrufen, ihm von der veränderten Lage berichten und befehlen, mit seinen Männern nach Verona zu fliegen und Ojala zu schützen. Etwas anderes konnte er nicht tun.

Diesmal würde es die Gruppe nicht so leicht haben wie in Kraków, weil Oberst Agrons Leute nun wußten, daß der Finne geschützt wurde. Der Oberst würde bestimmt mindestens ein Dutzend ehemaliger israelischer Soldaten nach Verona schicken. Plötzlich hatte Magadla eine glänzende Idee: Er würde de Lange den Befehl erteilen, sich Ojala schon auf dem Flughafen von Verona zu schnappen.

19

Die Schlange an der Kasse des Supermarktes im Bahnhofstunnel kroch nur langsam vorwärts, wie immer abends. Es war kurz vor neun Uhr. Ratamo ärgerte sich, daß er tagsüber keine Zeit gehabt hatte einzukaufen. Und es regte ihn auf, daß nur zwei Kassen geöffnet waren, obwohl in dem Markt ein Andrang herrschte, als wäre es der einzige »Alko«-Laden im Umkreis von hundert Kilometern. Die Leute kehrten vom Mittsommerwochenende zurück. In den nächsten Tagen würde Ratamo bei den Ermittlungen so eingespannt sein, daß er nicht dazu käme, ordentliches Essen zu kochen, deshalb befanden sich im Einkaufswagen mehr Kalorien als im ganzen Tschad: Fleischpiroggen, Kartoffelchips, Limonade und Bier. Nelli schwenkte ihren Geigenkasten wie eine Gitarre und summte irgendeinen Popsong.

Ratamo hatte sie gerade aus Kulosaari von einem kleinen Konzert abgeholt und dabei ein Erlebnis gehabt, das ihn noch beschäftigte. Die Mutter von Nellis Freundin Liisa hatte Ratamo enthusiastisch einen Vortrag über die glanzvolle Zukunft ihrer Jüngsten gehalten. Demnach würde Liisa ab August die Schule in Roihuvuori, eine Grundschule mit Musikausrichtung, besuchen und dort jeden Tag Musikunterricht erhalten. Zudem lernte die außergewöhnlich begabte Liisa an der Musikschule von Osthelsinki, erhielt Privatunterricht von einer pensionierten Lektorin der Sibelius-Akademie und entwickelte ihre Konzentrationsfähigkeit und Selbstbeherrschung beim Bogenschießen. Ihre Eltern lasen alles, was über die Erziehung begabter Kinder geschrieben worden war, und bereiteten sich so darauf vor, daß ihre Tochter die Welt eroberte.

Ratamo wußte nicht, wen er mehr bemitleiden sollte, das Wunderkind Liisa, das seine Karriere schon mit vier Jahren begonnen hatte, oder die Eltern des kleinen Mädchens wegen ihres Weltbildes. Ähnliche Geschichten hörte er einfach zu oft. Das Leben war zu einem einzigen großen Wettbewerb geworden. Die Leistungen der Kinder, die Höhe des Gehalts, der Preis des Autos, die Größe der Wohnung – alles wurde wie beim Skispringen gemessen. Ratamo begriff nicht, was die Menschen zu diesem Wettbewerb um den höchsten Lebensstandard trieb, den man nie gewinnen konnte. Es fand sich immer jemand, der ein größeres Ferienhaus hatte. Vor lauter Wettbewerb kamen die Menschen nicht mehr zum Leben.

Was würde mit dem Wettbewerbstrieb des Menschen künftig geschehen, überlegte Ratamo, wenn Biotechnologieunternehmen wie Genefab die Richtung diktierten. Würde die Entwicklung der Gentechnologie zur Manipulierung menschlicher Embryos führen, und gäbe es dann einen Wettlauf der Eltern beim Kauf nützlicher Eigenschaften für ihre Kinder? Entstünde in den westlichen Ländern ein neues Kastensystem, in dem jene, die es sich leisten konnten, also die mit den »reichen Genen«, sich allmählich zu einer eigenen Rasse entwickelten und die anderen Menschen, die »natürlichen«, zurechtkommen mußten, so gut sie konnten? Würde im Personalausweis jedes Menschen seine genetische Struktur gespeichert, die dann darüber entschied, wo die Person studieren konnte, welche Arbeit sie bekam und ob ihr eine Lebensversicherung gewährt wurde? Vielleicht würden die Menschen über kurz oder lang auch ihren Lebensgefährten auf der Grundlage der genetischen Eigenschaften auswählen. Und alle, die zu psychischen Erkrankungen, Übergewicht oder Herzkrankheiten neigten, würden schon allein wegen ihres Erbgutes aus dem Paarungsspiel herausfallen, noch bevor es begonnen hatte.

Ratamo stopfte sich einen Priem unter die Oberlippe und richtete seine Aufmerksamkeit auf eine sympathische Oma, die gerade ihren Einkaufswagen in der Mitte der zehn Meter langen Schlange andockte. Hoffentlich war das keine »Gabel-Oma«, dachte Ratamo erschrocken.

Nur einen Augenblick später stellte sich eine andere Oma, als wäre das die normalste Sache der Welt, hinter die Vorkämpferin, die sich mitten in der Schlange verankert hatte. Und schon gabelte sich die Schlange. Es war also tatsächlich eine klassische »Gabel-Oma«, stellte Ratamo fest. Er wußte, was nun geschehen würde, sollte er versuchen, zur Kasse vorzurücken, wenn er eigentlich an der Reihe wäre. Die giftigen Blicke der alten Frauen, die eine neue Schlange gebildet hatten, brannten schon im voraus in seinem Gesicht. Die Omas waren Meister der psychologischen Kriegsführung.

Ratamos Handy klingelte und unterbrach seine verärgerten Überlegungen. Der Anrufer war sein Vater. Ratamo beschloß, die Nummer einzuspeichern, damit er künftig den Anruf nicht anzunehmen brauchte, wenn der Alte ihn zu erreichen versuchte.

»Wie geht's dir?« fragte Tapani Ratamo ganz ruhig und erhielt als Antwort ein undeutliches Murmeln.

»Ich dachte, wir könnten uns endlich mal treffen. Ich bin immerhin schon über zwei Monate in Helsinki.«

»Auf Arbeit … äh, gibt es ziemlich viel zu tun. Ich habe meinen ersten eigenen Fall bekommen … Vielleicht Ende der Woche«, stotterte Ratamo und nahm an, sein Vater würde bemerken, daß er einem Treffen auswich. Und das sollte er auch. Das Gespräch endete mit einer unverbindlichen Vereinbarung, demnächst auf das Thema zurückzukommen.

Nachdem Ratamo und Nelli zehn Minuten angestanden, bezahlt und ihre Einkäufe hastig eingepackt hatten, konnten sie den Supermarkt endlich verlassen.

In der Videothek »Nach meinem Geschmack« fanden sich alle Teile des »Herrn der Ringe«. Die und eine Tüte mit vierhundert Gramm Bonbons würden ausreichen, um Nelli zu unterhalten, während ihr Vater sein Rendezvous hatte.

Im U-Bahn-Tunnel warf Ratamo ein paar Euro in den Hut eines Mannes, der mit einem kleinen Mädchen zusammen auf der Ziehharmonika Evergreens spielte. Als er die müden und gelangweilten Gesichter der beiden Musikanten sah, erschrak er und dachte: Einen schönen Gruß an die kleine Liisa.

Neugierig musterte Ratamo seine ehemalige Kollegin Maija. Sie saßen im Restaurant Belge, in der Nähe des Bartresens. Er hätte den späten, aber noch sehr hellen Abend lieber im Freien, in einem Straßenrestaurant, genossen, aber Maija haßte Mücken. Rundum unterhielten sich elegant gekleidete Städter kultiviert, und nur ein paar Blicke, müder als sonst, verrieten, daß dieses Mittsommerwochenende zu Ende ging. Wenn Ratamo in einem der Restaurants in der City saß, in die man vor allem ging, um gesehen zu werden, litt er heutzutage nicht mehr unter allergischen Symptomen. Das lag daran, daß er sie selten genug besuchte. Es tat gut, Maija zu sehen.

Ratamo und Maija wirkten ein wenig gehemmt. Ihre Freundschaft war allmählich erloschen, nachdem Ratamo vor etwa drei Jahren seine Stelle als Wissenschaftler am Institut für Veterinärmedizin und Lebensmittelforschung aufgegeben hatte. Anfangs war er Maija ausgewichen, um seine Nabelschnur zur Vergangenheit zu kappen, und später hatte seine Beziehung zu Riitta Kuurma zwischen ihnen gestanden.

Als Ratamo den Kellner mit einer appetitlich aussehenden Portion Fisch vorbeigehen sah, beschloß er, das bedrückende Schweigen zu brechen. »Hast du jemals Espenhecht gegessen?« fragte er. »Das ist das einzige gute Hechtgericht.«

»Nein, bestimmt nicht«, sagte Maija und schaute Ratamo erwartungsvoll an. Sie kannte die mimische Galerie Ratamos genau: Hob er die linke Augenbraue, dann bedeutete das Flirt, spannten sich die Wangenmuskeln an, dann wurde er wütend, brach er den Blickkontakt ab und machte gleichzeitig einen Schmollmund, dann fand er das Gespräch langweilig. Jetzt schaute er sie mit ernster Miene und gehobenen Augenbrauen an: Das kündigte einen Witz an.

»Also. Erst wird der Hecht filetiert, nur das absolut beste Stück eignet sich. Dann wird das Filet mit Holzdübeln auf einem Brett aus Espenholz befestigt, das man mit viel Geduld auf kleiner Flamme garen läßt, bis der Hecht richtig durch ist. Dann schmeißt man das Hechtfilet weg und ißt das Brett. Das ist das Beste von einem Hecht.«

Maija lachte. Es war angenehm, Arto zu sehen, obwohl er gestreßt aussah. Die Ursache würde sie durch Fragen nicht erfahren, denn Ratamo gab nur in Nebensätzen oder aus Versehen etwas über sein Innerstes preis. »Willst du wirklich nichts essen?«

»Nein. Ich achte auf die Linie. Allerdings nicht auf meine eigene«, witzelte Ratamo.

Die ehemaligen Kollegen unterhielten sich über das, was sie in den letzten Monaten getan hatten, da gab es genug zu besprechen. Es stellte sich heraus, daß sich nach Ratamos Weggang vieles im Institut geändert hatte. Die Hysterie um den Rinderwahnsinn, die Skrapie-Krankheit und der Fall mit dem Botulinum-Gift hatten bei den Mitarbeitern des Instituts in bisher nicht gekanntem Maße für Arbeit gesorgt, zudem mußten sie neuerdings auch ständig ihre Kenntnisse über biowaffenfähige Viren und Bakterien aktualisieren. Auch SARS war ein Gesprächsthema.

Ratamo lenkte das Gespräch auf die Biotechnologie, und über die Genkarte des Menschen kamen sie auf den ersten genetisch manipulierten Affen und andere genmanipulierte Tiere zu sprechen.

Maija wechselte schließlich das Thema: »Und wie ist deine Arbeit so? Sicherheitspolizei, das hört sich interessant an.« Ratamo erzählte, daß ihm seine Arbeit gefiel, weil sie Phantasie verlangte und viele Herausforderungen bot.

Manchmal war man allerdings auch bei der SUPO mit Routinearbeiten eingedeckt, und zuweilen geriet man in allzu schwierige Situationen.

Maija war von Ratamos Offenheit überrascht. »Und die Chefs? Mit wem gerätst du heutzutage aneinander?«

Ratamo erinnerte sich an eine delikate Auseinandersetzung mit Eero Manneraho, dem Leiter der Virologie im Institut. Er schaute Maija mit leuchtenden Augen an. »Der Chef der SUPO, Jussi Ketonen, ist ein Supertyp. Aber mein direkter Vorgesetzter ist trocken und steif wie ein Pharaonenschw…«

Ratamo wurde jäh unterbrochen, Elina schlug ihm mit der Hand auf die Schulter, baute sich vor ihm auf und stemmte die Arme aggressiv in die Hüften. Ratamo wollte etwas sagen, aber als er Elinas Augen sah, die vor Wut Funken sprühten, wurde ihm klar, daß er nichts mehr tun konnte. Ihr Blick erinnerte an eine hungrige Hyäne, und ihr tiefes Einatmen verriet die Lautstärke des Kommentars, der gleich kommen würde. »Du verdammter Mistkerl. Du willst dich ja noch nicht in einer neuen Beziehung binden. Dann nimm das hier, vielleicht bringt es ein bißchen Erleichterung«, brüllte Elina und schüttete ihr Glas über Ratamos Kopf aus.

Ein paar Leute, die in der Nähe standen, brachen in Gelächter aus, andere beobachteten den Zwischenfall peinlich berührt. Ratamo wischte sich das Bier aus den Haaren und überlegte, ob ein Fluch über ihm lag, oder warum regnete es in seinem Leben Scheiße, ohne daß er sie bestellt hätte?

Im gleichen Augenblick bemerkte er, wie Lapa Väisälä um die Ecke kam, an den Bartresen ging und eine gutaussehende Frau ansprach, die dort allein saß. »Gibst du mir einen Drink aus, wenn ich das Taxi zu mir nach Hause bezahle?« sagte Väisäla und vertrieb damit die Schöne von ihrem Barhocker.

MONTAG

20

Eero Ojala bekam gerade das Tablett mit dem Frühstück und gähnte herzhaft, als die MD-80 der Finnair plötzlich absackte. Das Flugzeug fiel wie ein Amboß, rundum waren Schreie und angstvolle Rufe zu hören. Dann bebte die Maschine, vibrierte und flog schließlich weiter, als wäre nichts geschehen. Ojala zitterten die Hände, kalter Schweiß trat ihm auf die Stirn, und sein Mund war trocken. Die Panik packte ihn an der Schulter. Nach einigen Minuten ruhigen Flugs hörte man wieder das übliche Stimmengewirr, obwohl Ojala um sich herum immer noch ängstliche Blicke bemerkte.

Deutlich sah er das »Mädchen auf dem Sofa« vor sich, er hatte den ganzen Abend in seinen Büchern Bilder des Kunstwerks studiert. Das »Mädchen auf dem Sofa« erinnerte ihn an Karoliina, dieser Gedanke beruhigte ihn. Das Gemälde sollte seine Entscheidung symbolisieren, die Kunst über die menschlichen Beziehungen zu stellen. Das hatte Elli auch getan.

Urplötzlich fiel die MD-80 wieder in Richtung Erde. Die Maschine zitterte und hüpfte, die Passagiere schrien vor Angst, und im Frachtraum polterte es. Mit weißen Knöcheln umklammerte Ojala die Armlehne, sein Gesicht war von der Angst gelähmt, starr blickte er vor sich hin. Man konnte die Panik riechen. Ojala atmete nicht, Bilder aus den Nachrichten schwirrten ihm durch den Kopf: Maschinen, die als Feuersäulen abstürzten, zertrümmerte Flugzeugwracks und verkohlte Leichen ... Das Motorengeräusch wurde lauter und klang nun wie ein Brüllen, dann schien die Maschine gegen irgend etwas zu stoßen und über einen Kartoffelacker zu holpern. Nach Sekunden, so lang wie eine Ewigkeit, wurde der Flug wieder ruhiger. Die Stewards und Stewardessen schoben ihre Wagen zurück in die Küche, obwohl die Hälfte der Passagiere noch auf ihr Frühstück wartete. Ojala blieb fast das Herz stehen, als er bemerkte, daß sich auch das Personal anschnallte.

Hatte die Maschine einen technischen Defekt? Ojala sah angstgeweitete Augen und hier und da ein unsicheres Lächeln. Die Männer versuchten sich nichts anmerken zu lassen, die Kinder weinten, und niemand rührte sein Essen an. Alle warteten darauf, was nun kommen würde. Ojala hätte am liebsten laut geschrien und den Gurt aufgerissen, um irgendwohin zu rennen, aber er durfte sich nicht gehenlassen. Er würde beweisen, daß sein männlicher Vorname nicht das einzig Maskuline an ihm war, wie Karoliina seinerzeit behauptet hatte.

»Hier spricht der Kapitän der Maschine ...« Eine Ruhe ausstrahlende Männerstimme bat um Entschuldigung und erklärte in drei Sprachen, daß sie soeben durch ein Gebiet ungewöhnlich starker Turbulenzen geflogen waren. Die Durchsage ließ manchen erleichtert lächeln, und auch eine witzige Bemerkung war zu hören, die aber aufgesetzt wirkte.

Ojala war der Appetit vergangen, seine Hände zitterten, als er den Deckel des Frühstückstabletts zudrückte, und sein Herz schlug immer noch wie ein Specht im Rausch. Er schwor sich, nie wieder einen Fuß in ein Flugzeug zu setzen.

Zum Glück hatte er schon alle Orte besucht, in denen Elli gewesen war: Paris, die Bretagne, Pont-Aven, St. Ives in England, Genf, Rom, Florenz, Mailand, Turin, Petersburg, Wien und auch Saltsjöbaden, den Sterbeort Ellis in der

Nähe von Stockholm. Für Ojala waren das keine Urlaubsreisen gewesen, sondern eher Pilgerfahrten. Er dachte wieder an das »Mädchen auf dem Sofa« und versuchte sich so zu beruhigen. Im Glanz der Mädchenaugen lag etwas Zauberhaftes, eine Empfindsamkeit, die nur Elli auf die Leinwand übertragen konnte.

Unvermittelt kam ihm der Gedanke, wie wohl seine Schwester ihr Erbe verwenden würde. Für Laura besaß Geld keinen so sehr hohen Stellenwert. Die Geschwister hatten nur selten Kontakt zueinander, weil er in seiner Studienzeit die Nabelschnur zur Schwester gekappt hatte, um zu lernen, wie man allein zurechtkam. Während des größten Teils seiner Kindheit war Laura für ihn eine Art Elternersatz gewesen, vor seiner Mutter hatte Ojala Angst gehabt. Laura war nur zwei Jahre älter als er, aber die Mutter hatte ihre Tochter schon als Kind wie eine Erwachsene behandelt.

Ojalas Gedanken wanderten wieder zu den Aktien der H & S Pharma, die er von Werner Halberstam geerbt hatte, und zu Dr. Alfredo Cavanna. Das erstemal in seinem Leben war er seiner Tante Anna dankbar, die er seit der Kindheit haßte. Weil sie einst eine gute Partie gemacht hatte, erhielt er nun die Möglichkeit, das »Mädchen auf dem Sofa« zu kaufen. Der größte Glücksfall war freilich Alfredo Cavannas Zusage, seinen Vorschlag, das Gemälde gegen die Aktien des Pharmaunternehmens einzutauschen, in Erwägung zu ziehen. Ojala begriff immer noch nicht, wie die Glücksgöttin ihn plötzlich gefunden hatte. Cavanna wollte doch nicht etwa seine ethischen Grundsätze testen? Er nahm sich vor, die Echtheit und den Wert des Gemäldes nach bestem Wissen und Gewissen objektiv und ehrlich zu beurteilen.

Ojala wartete den ganzen weiteren Flug angeschnallt auf Luftlöcher. Seine Nachbarn warfen ihm besorgte Blicke zu, und der Steward kam und fragte, ob ihm nicht gut sei. Der

Augenblick, als die Reifen des Fahrwerks den Asphalt der Landebahn auf dem Flughafen Malpensa berührten, erschien ihm heilig.

Nach dem Verlassen der Maschine setzte sich Ojala auf die erstbeste Bank, die er im Flughafengebäude von Mailand entdeckte, und genoß für einen Moment die unerschütterliche Sicherheit des auf dem Fußboden festgeschraubten Sitzes und ausnahmsweise sogar die Anwesenheit vieler Menschen um ihn herum.

Als er sich beruhigt hatte, packte er seinen Laptop aus, holte das Handy aus der Brusttasche seines Sakkos und nahm eine drahtlose Verbindung ins Internet auf. Es war kurz vor elf, er könnte bis um eins auch mit dem Zug in Verona sein. Fliegen kam für ihn jedenfalls nicht mehr in Frage.

Ojala rief die Seiten von *Trenitalia* auf und suchte den Fahrplan Mailand-Verona. Er seufzte vor Erleichterung, als er bemerkte, daß die Züge sehr oft verkehrten und mit dem schnellsten die Fahrt nur fünfundsiebzig Minuten dauerte. Dann würde er nur eine halbe Stunde später als mit dem Flugzeug in Verona sein und käme zu dem Treffen um eins nur ein paar Minuten zu spät. Es war ja wohl egal, wie er nach Verona reiste, ihn erwartete sowieso niemand auf dem Flughafen.

21

Die rot-weiß karierten Tischdecken und die italienische Dekoration des Restaurants »Nerone« in Punavuori weckten in Ratamo Erinnerungen an eine Touristenreise nach Marsala auf Sizilien in seiner Studienzeit. Er und Himoaalto hatten in einer bei den Einheimischen beliebten Trattoria gerade ein festliches Abendessen verspeist, als eine Tarantella erklang. Die Italiener fingen voller Begeisterung an zu tanzen. Die beiden Studenten mußten sich, ob sie wollten oder nicht, mit einreihen und tanzten stillschweigend im Rhythmus der Musik aus dem Restaurant hinaus, ohne zu bezahlen. Für arme Studenten war es eine Menge Geld, das sie so gespart hatten. Heute war Ratamo Polizist.

Nelli und Ratamo warteten in der Eckloge auf ihre Pizza. Ratamo hatte eine *Alla susu* bestellt und seine Tochter eine *Vegetariana*. Das Mädchen aß immer noch gern pflanzliche Kost, obwohl sie nicht mehr von der Vegetarierin Riitta beeinflußt wurde. Die Gaststätte war nicht bis auf den letzten Platz besetzt wie sonst zur Mittagszeit. Ratamo vermutete, daß viele Stammgäste direkt nach dem Mittsommerwochenende ihren Jahresurlaub angetreten hatten.

In der Ratakatu warteten die Ermittlungen auf ihn, bei denen höchste Eile geboten war. Er hatte sich den ganzen Vormittag mit H&S Pharma und dem Tochterunternehmen Genefab beschäftigt. Ihr Mittagessen kostete zwar reichlich wertvolle Arbeitszeit, aber er hatte Nelli versprochen, mit ihr ins »Nerone« zu gehen, und Versprechen mußte man halten. Anstrengend wirkten die Verpflichtungen eines Alleinerziehenden nur dann, wenn man mit Arbeit eingedeckt war.

Ratamo hatte sich längst noch nicht von der Demütigung am Vorabend erholt. Wenn es nach ihm ginge, dürften die Frauen künftig ohne ihn auskommen. Elina wollte er nie wieder sehen, und die Vorstellung, Riitta oder Maija zu treffen, fand er auch nicht sonderlich reizvoll. Dann fiel ihm ein, daß er seinem Vater genauso auswich, und er fragte sich, wovor, zum Teufel, er eigentlich auf der Flucht war.

Ratamos Blick blieb an einem Briefträger mit großer Nase hängen, der die Folgen seines Mittsommerrausches mit einem Bier behandelte und so rot aussah wie eine Cocktailkirsche. Wenigstens diese Leiden waren ihm dank Wrede erspart geblieben. Zu seinem Erstaunen bemerkte Ratamo, daß er an dem Schotten etwas Gutes gefunden hatte.

Dann plagte ihn sein schlechtes Gewissen, er ließ Nelli derzeit einfach zu viel fettiges Fastfood essen. Vielleicht taugte er nicht als Elternteil, dachte Ratamo, und erinnerte sich plötzlich an die gestrige Brandrede der Mutter von Nellis Freundin über das Intensivtraining der kleinen Liisa. »Ist diese Veera eine gute Geigenlehrerin?« fragte Ratamo seine Tochter.

»Die ist ganz nett.«

»Und wenn du nun mehr Stunden nehmen würdest? Wie wäre es, wenn du ab jetzt richtig ernsthaft übst?« Er wollte testen, was Nelli darüber dachte.

»Blödmann. Das ist doch nur ein Hobby. Man muß auch Zeit haben, seine Freunde zu treffen.«

Ratamo grinste, als ihm klar wurde, daß er Nellis Intelligenz einmal mehr unterschätzt hatte. Das Mädchen entwickelte sich in einem solchen Tempo, daß es schwierig war, auf dem laufenden zu bleiben. Ratamo entdeckte bei seiner Tochter viele seiner eigenen Charakterzüge: Auch Nelli beobachtete das Leben anscheinend mit den Augen eines Außenstehenden und zog sich oft in ihre eigene Gedankenwelt zurück. War das als Alternative zur Oberflächlichkeit besser, oder müßte das Mädchen lernen, das Leben etwas lockerer zu nehmen als ihr Vater?

Eine stark geschminkte ausländische Kellnerin brachte die dampfenden und köstlich duftenden Pizzen. Nelli machte sich über ihre Portion her, und Ratamo griff nach den Gewürzen. Ein Werftarbeiter im Overall, der am Nachbartisch auf sein Mittagessen wartete, schaute immer verblüffter drein, je mehr Senf und Ketchup Ratamo auf seine Pizza spritzte. Als er dann noch genauso hemmungslos Knoblauch, Tabasco und Oregano auf seine *Alla susu* schüttete, konnte der Mann seine Zunge nicht mehr im Zaum halten. »Und das willst du jetzt essen?« fragte er. »Ich kriege schon vom Zusehen Sodbrennen.«

»Ich komme nicht oft dazu, in einem Restaurant Mittag zu essen«, sagte Ratamo zu seiner Verteidigung, so als wäre die Eile eine Erklärung dafür, daß er gewürzsüchtig war. Der erste Bissen beendete das Gespräch. Ratamo hatte zuletzt am frühen Morgen etwas gegessen.

Ausgerechnet jetzt klingelte sein Handy, ohne daß auf dem Display eine Nummer auftauchte. Er wollte es schon ausschalten, doch dann wurde ihm klar, daß möglicherweise jemand von der SUPO anrief. Tabasco stieg ihm in die Nase und brannte, als er sich meldete.

»Du hast gesagt, ich soll anrufen, wenn etwas passiert.« Saara Lukkari kam mit Feuereifer sofort zur Sache. »Die Frau von diesem Sami Rossi hat angerufen. Sie behauptet, sie könne beweisen, daß ihr Mann Dietmar Berninger nicht ermordet hat, und gestern abend in Kraków habe jemand versucht, sie umzubringen. Ich ...«

»Ich komme sofort«, zischte Ratamo und bemerkte zu seiner Überraschung, daß ihn die Ausweitung der Ermittlungen freute. Allerdings ärgerte es ihn, daß er Nelli wieder einmal eine Enttäuschung bereiten mußte, denn jetzt blieb keine Zeit mehr, die Pizza zu essen.

Nelli ahnte, was ihr Vater sagen wollte. »Jetzt kommt wieder mal der Trick mit dem Verschwinden. Du bist'n Mistkerl!« kreischte das Mädchen und knallte Messer und Gabel auf den Teller, daß es klirrte.

Ratamo war schockiert. Reihte sich Nelli jetzt auch schon in die Front der Frauen ein, die ihn beschimpften? Sie waren doch hoffentlich nicht auf dem Weg in getrennte Lager, die sich feindlich gegenüberstanden? Ratamo nahm mit seiner Serviette ein Käseklümpchen weg, das auf Nellis Hemd gefallen war, und überlegte fieberhaft, wie er die verfahrene Situation retten könnte.

Dann hatte er eine Idee: »Es gibt eine kleine Programmänderung. Dein Vati zeigt dir seine Arbeitsstelle, du kannst einen Besuch bei der Sicherheitspolizei machen und dort deine Pizza weiteressen.« Er bat die Kellnerin, ihr Mittag einzupacken.

Nellis Augen glänzten vor Begeisterung.

In der Ratakatu brachte Ratamo sie in sein Arbeitszimmer, holte zur kalt gewordenen Pizza aus der Kochnische eine Flasche Limonade und überließ Nelli sich selbst. Außenstehende wurden in der SUPO ohne Anlaß nicht geduldet, aber schließlich war Nelli seine Tochter und erst neun Jahre alt.

Nelli fand es spannend, allein im Arbeitszimmer ihres Vaters zu sein. Sie wußte, daß in der Sicherheitspolizei irgend etwas Geheimes getan wurde und daß ihr Vater wichtig war, wahrscheinlich so eine Art Detektiv. Nelli setzte sich auf den Schreibtischsessel und wagte es nicht, die Seiten zu berühren, die auf dem übervollen Tisch lagen und bedeutungsvoll aussahen. Sie kaute ein paar Bissen ihrer Pizza und dachte dabei, daß bei ihrem Vater hier genauso ein Durcheinander herrschte wie zu Hause. Plötzlich fiel ihr ein Stück Käse herunter, genau auf die oberste Seite.

Nelli wischte das Papier mit dem Ärmel ab. Jetzt würde ihr Vater böse werden. Was stand denn eigentlich auf dem Blatt, das jetzt einen Fettfleck hatte? Nelli las langsam die Überschrift und die nächsten Zeilen. »Deutsche Botschaft in Helsinki. Betrifft: Antwort auf Ihre Anfrage – Dietmar Bern…inger. Botschafts…rat Berninger befand sich in einer für sein Alter hervorragenden physischen Verfassung. Er litt nicht unter Bluthochdruck oder Herzproblemen, und ihm sind keine … Betablocker verschrieben worden.« So eine offizielle Mitteilung bedeutete bestimmt etwas Spannendes, aber was?

Nelli folgte einer Eingebung, faltete das Blatt zweimal zusammen und steckte es in ihre Tasche. Vielleicht würde ihr Vater jetzt bemerken, daß es sie gab.

Saara Lukkari trank aus einer Plastikflasche, als Ratamo ganz außer Atem in den Beratungsraum gestürmt kam. »Hast du irgend etwas Neues über die Frau von Rossi herausbekommen?« fragte Ratamo schnaufend, noch bevor er sich hingesetzt hatte.

»Ich habe nichts gefunden, was man dem Personenprofil der Kriminalpolizei hinzufügen könnte. Außer, daß die Frau hin und wieder an Demonstrationen teilnimmt, zuletzt gegen das fünfte Kernkraftwerk und den Irak-Kriegszug der USA. Standardware also, aber rate mal, wer Laura Rossis Mutter ist?« Seine Kollegin schaute Ratamo triumphierend an.

»Na sag schon!«

»Anna Halberstams Schwester. Diese Großeigentümerin von H & S Pharma ist eine Finnin!«

Ratamos Mund verzog sich zu einem Lächeln, als ihm klar wurde, daß der Zusammenhang zwischen der deutschen Firma, Sami Rossi und dem Mord an Dietmar Berninger endlich gefunden war. Seine Ermittlungen machten Fortschritte.

»Und das ist noch nicht alles. Laura Rossi hat Mitte der neunziger Jahre für einige Zeit eine Beziehung mit Juha Hautala gehabt. Er ist …«

»Ich weiß, wer Juha Hautala ist«, Ratamo unterbrach seine Kollegin. Er hatte während seines Studiums die Abenteuer des Mannes genau wie Millionen andere Finnen über die Massenmedien verfolgt. Juha Hautala war eine der Ikonen der wirtschaftlichen Euphorie Ende der achtziger Jahre. Der junge Ökonom hatte in diesen verrückten Jahren von den Banken Dutzende Millionen Finnmark für Projekte ergaunert, bei denen nur die Kreditaufnahme realisiert wurde. Erst das Oberste Gericht konnte den Betrüger nach jahrelangen Prozessen hinter Gitter bringen. Bis dahin war es Hautala längst gelungen, seine Millionen in irgendeiner Steueroase weit weg von Finnland zu verstecken.

»Laura Rossi hat Hautala nicht erwähnt, als sie von der Kriminalpolizei verhört wurde«, erinnerte sich Ratamo. »Das könnte etwas zu bedeuten haben …«, sagte er, in Gedanken versunken.

»Du möchtest sicher den Anruf von Laura Rossi hören«, murmelte Saara Lukkari und schaltete den Rekorder ein.

Eine ängstliche Frauenstimme erklang im Beratungsraum und berichtete über einen Angriff von Arabern und über Beschützer mit Bürstenhaarschnitt, über den Polen Jerzy Milewics, die Aktien von H&S Pharma, eine CD und den Mord an Berninger. Ratamo war wie elektrisiert, vor allem als er von den arabischen Angreifern hörte. Der Gedanke an die von Genefab erarbeiteten Genkarten der jüdischen und arabischen Völker schoß ihm durch den Kopf. Es gab anscheinend einen Zusammenhang zwischen diesem ganzen Problemknäuel und Dingen, die wesentlich gewichtiger waren als nur ein Taschenraub.

»Warum hat die Rossi das alles nicht der Polizei in Kraków erzählt?« überlegte Ratamo laut.

»Milewics hat Laura bedroht. Außerdem wollte sie natürlich sofort nach Finnland kommen, um ihren Mann zu befreien«, erklärte Saara Lukkari. »Sie behauptet, sie habe erst gewagt, uns anzurufen, nachdem sie sich von dem Schock erholt und alles reiflich überlegt hatte.«

Sie berichtete weiter, daß sie vom Zentralen Ermittlungsbüro der polnischen Polizei CIB einen Bericht über die Ereignisse des gestrigen Tages erhalten hatte. Demnach war die Schießerei in der Jósefa-Straße ein Zusammenstoß krimineller Organisationen. Vom Blut des Mannes mit dem Bürstenhaarschnitt, der in Kazimierz verwundet worden war, erstellte man zur Zeit eine DNS-Analyse. Die Gummigeschosse und Patronenhülsen wurden untersucht, und die von den Beteiligten benutzten Autos hatte man in der Nähe des Krakówer Flughafens gefunden. Wegen der Verbindung zu Arabern interessiere sich auch der polnische Sicherheitsdienst ABW für den Zwischenfall, sagte Saara Lukkari. Vom vielen Reden war ihr der Mund trocken geworden, sie griff zu ihrer Plastikflasche und fuhr dann fort: »Sagt dir eine tätowierte türkisfarbene Fünf auf dem Handrücken etwas? Die Rossi hat sie bei einem der Mörder gesehen.«

Ratamo schüttelte den Kopf. »Wir lassen davon eine Farbzeichnung anfertigen, wenn Laura Rossi nach Helsinki kommt. Für wann habt ihr ein Treffen vereinbart?« fragte Ratamo und wunderte sich, warum Saara Lukkari hin und wieder einen Schluck von diesem gelben Getränk nahm.

»Die Maschine landet um halb zwei. Ich habe ihr gesagt, sie soll sofort hierherkommen.«

Ratamo bat seine Kollegin, Verbindung zum BKA aufzunehmen und ihnen vorzuschlagen, sich bei nächster Gelegenheit mit Anna Halberstam zu unterhalten. Es mußte einen Zusammenhang zwischen ihr und den Ereignissen in Kraków geben. Jerzy Milewics würde die Aktien von H&S Pharma wohl kaum als Überraschungsgeschenk für sie kaufen. »Gibt es sonst noch etwas?«

»Ja.« Tero Söderholm hatte in dem Tausende Gesichtsfotos umfassenden Archiv der Bilderkennungsabteilung von Interpol den Mann identifiziert, mit dem er vereinbart hatte, die Ereignisse im Aufzug auf eine CD zu kopieren und auf der Festplatte des Zentralcomputers zu löschen. »Der Mann ist Pole …« Saara Lukkari blätterte in ihren Unterlagen. »… Lech Słowik.« Laut CIB arbeite Słowik für die Krakówer Organisation »Debniki«. Die größte und gefährlichste kriminelle Organisation Polens beschäftige sich mit dem Diebstahl westlicher Autos, mit Raubüberfällen, Drogenhandel und Auftragsmorden.

»Gibt es auch in Polen große Organisationen?« fragte Ratamo verwundert.

»Polen ist Europas schlafender Riese, unter den vierzig

Millionen Einwohnern finden sich auch ziemlich viele Kriminelle.« Saara Lukkari sagte, sie habe von dem Osteuropa-Experten der SUPO eine Zusammenfassung über Polen erhalten. Der zufolge trieben in dem Land neben »Debniki« noch andere Organisationen ihr Unwesen: Wołomin, Pruszków und Krakowiak.

Ein hübsches Weib, und noch dazu effektiv und nett, dachte Ratamo, vermied es aber, das laut zu sagen, weil er befürchtete, sie könnte sein Lob falsch interpretieren. Er hatte am eigenen Leib erfahren, daß ein Flirt am Arbeitsplatz über kurz oder lang stets zu Problemen führte. Ratamo schob sich gerade einen Priem unter die Lippe, als Ossi Loponen hereinpolterte, wie üblich ohne anzuklopfen. »Das kriminaltechnische Labor hat angerufen, daß alle am Hals Berningers gefundenen Fasern untersucht worden sind. Der Mörder hat ausländische Handschuhe benutzt. Keine einzige finnische Fabrik färbt Leder mit solchen Chemikalien.«

Ratamo hob die Hand zum Dank, und Loponen verschwand auf dem Flur. Die Information brachte keinen Nutzen, weil es in Finnland sicher Millionen im Ausland hergestellte Handschuhe gab. Er sah, wie seine Kollegin aus ihrer Flasche trank, und konnte sich die Frage nicht mehr verkneifen: »Was ist in dieser Pulle?«

»Ich baue meine Kräfte mit Dexal wieder auf. In der Mittagspause habe ich hart trainiert.«

Saara Lukkari könnte gutes Geld verdienen, wenn sie ihre Energie auf dem Strommarkt verkaufen würde, überlegte Ratamo. »Das dürfte nun alles gewesen sein?« Er schaute seine Kollegin an und erhielt ein Nicken als Antwort. Dann fiel ihm doch noch eine Frage ein: »Und was ist mit Future Ltd.?«

»Die liberianische Polizei prüft die Sache immer noch. Also meine Bitte um Informationen über das Unternehmen. Hoffen wir, daß Interpol mehr Druck auf die Liberianer ausüben kann als ich.«

Ratamo stand auf und reckte sich. »Ich versuche die Zusammenfassung über H&S Pharma heute fertigzubekommen. Die Firma spielt bei der Entwicklung von Aids- und Malariamedikamenten die Rolle eines Vorreiters. Für ein wirksames Medikament gegen Malaria gibt es in jedem Fall einen großen Bedarf, kaum eine Krankheit ist so qualvoll und hartnäckig«, klärte Ratamo seine Kollegin auf. Als er sein Medizinstudium für ein Jahr unterbrochen hatte, war er bei der Wanderung durch Südostasien an Malaria erkrankt.

Plötzlich entfuhr Ratamo eine ganze Flut von Flüchen – er hatte Nelli ganz vergessen. Rasch erklärte er Saara, worum es ging, rannte zu seinem Zimmer und riß die Tür auf.

Der Anblick, der sich ihm bot, war verblüffend. Jussi Ketonens Kugelbauch wackelte vor Lachen, weil Nelli versuchte, Musti beizubringen, wie man jemandem die Pfote gab. Als das Spiel zu Ende war, schaute Nelli ihren Vater irgendwie seltsam triumphierend an.

22

Der Schnellzug raste an der Station Sirmione vorbei, und dann bot sich Eero Ojala der Blick auf den Gardasee. Die Segelboote, Kanus, Schlauchboote und Surfbretter der Urlauber zerpflügten die Wasseroberfläche, die in der brütenden Mittagshitze glitzerte. Kurz darauf glitt eine weit in das blaue Meer hineinragende lange Halbinsel in sein Blickfeld. Auf ihrer Spitze konnte man das Dorf Sirmione erkennen. Weder dort noch in Verona war Elli auf ihren Italien-Reisen 1890 und 1894 gewesen. Elli mochte Italien nicht, weil hier alles zu leicht und zu vollkommen war, es blieb kein Raum für die Sehnsucht. Die italienische Kunst hingegen hatte Elli geliebt, vor allem die Werke von Filippino Lippi und Fra Angelico.

Nicht einmal beim wunderbaren Anblick der schönen norditalienischen Weingüter oder der schneebedeckten Dolomiten, deren Gipfel sich am Horizont stolz in den Himmel reckten, entspannte sich Ojala. Er dachte die ganze Zeit an das »Mädchen auf dem Sofa« und konnte sich auf nichts anderes konzentrieren. Immer noch grübelte er, warum Dr. Alfredo Cavanna so schnell einverstanden gewesen war, den Tausch des Gemäldes gegen die Aktien von H & S Pharma in Erwägung zu ziehen. Nur wenige anständige Galeristen hätten sich so einen Vorschlag überhaupt angehört. Cavanna wollte ihm doch nicht etwa eine Fälschung verkaufen? Ojala schreckte auf, als ihm klar wurde, welchen Verdacht er da hegte, anscheinend hatte er Angst, daß noch im letzten Moment irgend etwas schiefging. Cavanna hatte ihm doch erklärt, daß der Verkäufer des Gemäldes fürchtete, die Öffentlichkeit könne von seinen wirtschaftlichen Schwierigkeiten erfahren, wenn das »Mädchen auf dem Sofa« versteigert würde.

Die sechs Reisenden in dem vollbesetzten Abteil litten unter der stickigen Hitze, weil eine resolute schwarzgekleidete Nonne gleich am Anfang einen jungen Italiener barsch angefahren hatte, als der das Fenster einen Spaltbreit öffnen wollte. Einen zweiten Versuch hatte keiner gewagt. Ojala beklagte sich nicht, er würde lieber auf den Spitzen einer Mistgabel mitten in glühender Lava sitzen als im Flugzeug. Schweißtropfen rannen aus den kurzgeschnittenen Haaren ins Genick, sein Hemdkragen war schon ganz feucht.

Ein delikater Duft von Salami und Käse zog durch das Abteil, als ein italienisches Mädchen am Fenster ein belegtes Panino auswickelte. Ojala knurrte der Magen, er hatte seit dem Frühstück um sechs nicht einen Krümel gegessen.

Müßte er Anna Halberstam dankbar sein, wenn es ihm gelänge, das »Mädchen auf dem Sofa« zu kaufen? Jedenfalls würde er Laura alles erzählen. Seine Schwester hatte wegen Anna am allermeisten gelitten. In all den Jahren hatte die Mutter ihren Haß an Laura ausgelassen. Es erschien unbegreiflich, daß Anna, die sein Zuhause zerstört hatte, nun möglicherweise seine Wohltäterin wurde. Ohne Anna hätte er die Aktien des Pharmaunternehmens nicht von Werner Halberstam geerbt, und ohne sein Erbe könnte er das Gemälde nicht kaufen. Aber würden die Aktien reichen? Ojala dachte an die Gemälde Ellis, die in den letzten Jahren verkauft worden waren: »Die gerissene Saite«, »Der Alarm«, »Das störrische Mädchen«, »Hjördis«, »Meine Mutter«, das Selbstbildnis »Licht und Schatten«, der Entwurf der »Ballschuhe«, »Karin«, »Das Mädchen mit dem blauen Band« und »Die Geschwister« ... Wie viele hunderttausend Euro würde der Eigentümer für das »Mädchen auf dem Sofa« verlangen?

Der Zug hielt mit quietschenden Bremsen auf dem Bahnhof Porta Nuova in Verona. Ojala folgte den Schildern, die den Weg zum Ausgang wiesen, er ging durch einen Tunnel mit Geschäften und Cafés, stieg die Treppen hinauf und sah vor dem Haupteingang des Bahnhofs eine Reihe Taxis, die auf Kunden warteten. Dem Fahrer des ersten Taxis streckte er einen zerknitterten Zettel hin, auf dem die Adresse der Galleria dello Scudo stand.

»Via Scudo di Francia. Grazie«, sagte der nach Zigaretten und Knoblauch stinkende Fahrer, und dann durfte sich Ojala einen von energischen Gesten begleiteten Redeschwall anhören. Der Mann verlangsamte sein Sprechtempo auch dann nicht nennenswert, als Ojala in englisch darauf hinwies, daß er kein Italienisch verstand.

Das Taxi fuhr zunächst eine breite Straße entlang, tauchte dann durch ein Tor in der Stadtmauer ins Zentrum und raste viel zu schnell unter dem großen Gewölbebogen hindurch ins Herz von Verona. Das schöne Amphitheater Arena sah wie ein Modell des Kolosseums in Rom aus. Der Fahrer bog nach links und kurz darauf nach rechts ab. Auf einem Straßenschild las Ojala den Namen Corso Cavour, links war der Fluß Adige zu sehen und kurz danach ein prächtiges frühmittelalterliches Schloß mit seinen Wallgräben. Die Straße führte nach links zu einer Brücke, aber der Fahrer lenkte seine Karre nach rechts, schlängelte sich ein paar hundert Meter durch eine enge Gasse und hielt schließlich an.

»Numero due …«, sagte der Taxifahrer und wies in Richtung der Gasse.

Die roten Ziffern des Taxameters zeigten sieben Euro achtzig an. Ojala hielt dem Fahrer einen Zehn-Euro-Schein hin, ließ ihn aber vor Aufregung zwischen die Sitze fallen. Das Geld fand sich schließlich, begleitet von giftigen Kommentaren des Italieners. Ojala wartete nicht auf das Wechselgeld, sondern zerrte hastig an allem, was an der Tür herausragte, bis er endlich die Klinke fand. Gleich würde er das »Mädchen auf dem Sofa« sehen!

Die Via Scudo di Francia war eine schmale, von alten Gebäuden gesäumte Gasse mit glatt geschliffenem Kopfsteinpflaster. Ojala warf einen Blick auf sein Spiegelbild im Schaufenster eines Bekleidungsgeschäftes und überlegte, ob er wirklich immer so aussah, als hätte man sein Lieblingsmeerschweinchen gerade erhängt. Das hatte zumindest Karoliina vor langer Zeit einmal behauptet.

Ojala hielt Ausschau nach den Hausnummern, sah vor sich die Nummer 8 und ging zögernd weiter. Das nächste Haus war die 6, die Richtung stimmte also. Vor der Hausnummer 4 sah er ein Schild der Galleria dello Scudo und spürte, wie sein Herz hämmerte. Er blieb stehen und atmete tief durch. Dr. Cavanna hatte einen Schjerfbeck-Fachmann zu sich gebeten, keinen vor Aufregung zitternden Käufer, er mußte sich professionell verhalten. Einen Tausch des »Mädchens auf dem Sofa« gegen die Aktien würde er erst ansprechen, wenn er die Echtheit des Gemäldes geprüft und eine ehrliche Schätzung des Preises abgegeben hatte.

Ein paar Meter vor dem Eingang der Galerie hörte Ojala ganz in seiner Nähe einen Pfiff. Dann erklang ein Ruf in einer ihm unbekannten Sprache, und plötzlich tauchten etliche Männer mit Bürstenhaarschnitt in grünen Bomberjacken vor ihm auf. Was, um Himmels willen, sollte das bedeuten? Die Blicke der Männer waren auf etwas gerichtet, das sich hinter ihm befand. Er drehte sich um und sah in zehn Metern Entfernung eine Gruppe arabisch aussehender Männer in langen Popelinemänteln. Jeder von ihnen hielt eine Waffe in der Hand. War er mitten in einen Zusammenstoß von Kriminellen geraten? Angst ergriff ihn. Im selben Augenblick erschütterte ein höllischer Lärm seine Trommelfelle, überall ringsum heulten die Alarmanlagen der Autos.

Ojala begriff, daß er genau in der Feuerlinie zwischen zwei bewaffneten Banden stand, er machte einen Schritt zum Eingang der Galerie und zerrte an der Klinke. Geschlossen. Das Blut schoß ihm in den Kopf, und er spürte seinen Herzschlag in der Mundhöhle. In seiner Angst drückte er auf alle Klingelknöpfe, wandte den Kopf und sah, wie einer der Männer in grüner Bomberjacke auf ihn zu rannte. Ein Schuß krachte. Der Schmerz traf ihn an der Schulter wie ein Bajonett, Ojala schrie auf. Die Angst wurde zur Panik, als nun mit etlichen Waffen geschossen wurde, ein Konzert, das sich mit dem Heulen der Alarmanlagen vermischte.

Er fiel auf die Knie und begriff, daß er blutete, im gleichen Moment sank der Mann in der grünen Bomberjacke auf ihn nieder. Schüsse knallten, und Kugeln prasselten an die Hauswände. Vor Entsetzen entfuhr Ojala ein schriller

Schrei, dann ging ihm die Luft aus. Die Schulter brannte wie Feuer, er tastete mit der Hand nach der schmerzenden Stelle und spürte das warme Blut. Die Angst lähmte den Atem, und er zitterte.

Die tätowierte Fünf auf dem Handrücken des Mannes, der ganz in der Nähe feuerte, prägte sich Ojala ein. Dann drehte er den Kopf, sah den Mann mit dem Bürstenhaarschnitt, der kein Gesicht mehr hatte, und übergab sich. In dem Moment traf ihn etwas am Kopf, der Schmerz durchschnitt seinen Körper wie das Sägeblatt einer Kreissäge, und der Lärm verstummte allmählich.

23

Homer Simpsons Augen glänzten vor Gier nach einem Riesendonut, mit den mechanischen Greifwerkzeugen schob er den Brezelring gerade in den Kern des Atomreaktors, als Masilo Magadla den Fernseher ausschaltete. Er hielt sich die Schläfen, schlurfte in das kleine Badezimmer, tauchte ein Handtuch kurz in eiskaltes Wasser, legte es auf seine Stirn und ging mühsam zurück ins Bett. Am Morgen hatte er gegen den Willen des Arztes das Bürgerhospital verlassen und wohnte nun im Motel »Die zwölf Apostel« in der Frankfurter Innenstadt.

Sein Kopf schmerzte, die Stiche juckten, und Nelsons Strafpredigt eben am Telefon klang ihm noch in den Ohren. Er hatte einen mächtigen Anpfiff bekommen, obwohl die Schuld an Eero Ojalas Verwundung in Verona bei Wim de Langes Sicherungsgruppe lag. Magadla selbst machte de Lange jedoch keine Vorwürfe: Wer zum Teufel konnte ahnen, daß der Finne sich plötzlich entschied, mit dem Zug und nicht mit dem Flugzeug nach Verona zu reisen. Immerhin hatte die Sicherungsgruppe begriffen, daß sie blitzschnell zur Galleria dello Scudo fahren mußte, als Ojala nicht aus der Maschine auftauchte. Es war eine pfiffige Idee gewesen, die Alarmanlagen aller Autos in der Umgebung mit einem elektronischen Signal auszulösen, dadurch traf die Polizei rascher als gewöhnlich ein.

Magadla fand es auch verwunderlich, daß Nelson die Operation nicht abblasen wollte, obgleich einer der Männer de Langes in Verona umgekommen war. Noch vor einem Monat hatte Nelson verkündet, er sei fest entschlossen, nur ein Todesopfer zu akzeptieren, Dietmar Berninger. Eero Ojalas Verwundung machte die Situation komplizierter, nun würde das Spiel ganz anders verlaufen. Ojala lag im Krankenhaus wie ein Soldat im Niemandsland, zwischen zwei Frontlinien. Oberst Agrons Kommando und de Langes Sicherungsgruppe mußten nun im Stellungskrieg verharren.

Als energisch an die Tür geklopft wurde, warf Magadla sein HIV-Medikament rasch in die Schublade des Nachttischs, deckte sich zu und sagte auf englisch: »Herein.«

»Wie geht es Ihnen?« rief die Wirtin der »Zwölf Apostel« schon an der Tür fröhlich. Als sie den kahlgeschorenen und genähten Scheitel ihres Gastes sah, redete sie noch schneller und aufgeregter. Magadla lächelte unsicher, er hatte nicht die geringste Ahnung, was ihm die deutsche Frau da erzählte. Aus irgendeinem Grund behandelte ihn die äußerst vitale Wirtin wie einen Staatsgast und besuchte ihn dann und wann auf ein Schwätzchen. Die gemütliche Atmosphäre des Motels gefiel Magadla. Das einzige Problem war die etwas einseitige Speisekarte: Sauerkraut mit Kaßler, Sauerkraut mit Bratwurst, Sauerkraut mit Schäufelchen, Sauerkraut mit Haspel …

Die Wirtin rückte das verrutschte Handtuch auf Magadlas schwarzer Stirn zurecht und wollte das Tablett mit dem duftenden Mittagessen nehmen, das auf dem Nachttisch stand, doch ihr fiel plötzlich noch etwas ein. Sie ging zum

Fenster und zog die Gardinen auf. Das Sonnenlicht überflutete das Zimmer. Dann entfernte sich die Wirtin mit dem Tablett und murmelte dabei bedauernd etwas vor sich hin.

Der gestrige Zwischenfall in der Bar ärgerte Magadla noch mehr, als er sah, was für ein schöner Sommertag das war. Er zwang sich, wieder an Nelsons Plan zu denken. Die Sache mußte in Ordnung gebracht werden, bevor Ojala zu Bewußtsein kam. Er würde Kontakt zu Laura Rossi aufnehmen. Sie mußte ihren Bruder dazu überreden, daß er sich weigerte, die Aktien an Anna Halberstam zu verkaufen. Seiner Schwester würde Ojala glauben, weil Laura Rossi schon wußte, zu welcher Brutalität Anna fähig war. Einem wildfremden Südafrikaner würde Ojala vielleicht nicht vertrauen.

Magadla drehte das warm gewordene Handtuch um und fluchte, weil er sich so mies fühlte. Die Verantwortung lastete schwer auf ihm. Wenn die Eroberung von H&S Pharma und die Beschaffung der Aids- und Malariamedikamente mißlangen, dann glaubte möglicherweise der radikale Flügel von »African Power«, seine Gelegenheit sei gekommen. Die Radikalen wollten nicht nur die Medikamente, die Entschuldung der Entwicklungsländer und die Erhöhung der von den westlichen Ländern gewährten Entwicklungshilfe. Sie wollten sich an den Industriestaaten für die jahrhundertelange Ausbeutung Afrikas rächen. Um ihre Ziele zu erreichen, war den Radikalen jedes Mittel recht, und Magadla fürchtete, daß sich ihr Haß über kurz oder lang in sinnloser Gewalt entladen würde. Die letzten Jahre hatten gezeigt, wozu extreme Kräfte fähig waren, die jahrelang unter der Unterdrückung gelitten hatten und blind an die Berechtigung ihrer Sache glaubten.

Der gemäßigte Flügel von »African Power«, den Nelson und Magadla vertraten, wollte friedlich vorankommen, Schritt für Schritt. Gerechtfertigte Forderungen würden mit der Zeit erfüllt werden, das Beispiel großer Männer wie Mandela hatte das bewiesen. Laura Rossi könnte, ohne es zu wissen, gegen den Terrorismus kämpfen, überlegte Magadla und griff zum Telefon.

Laura war gerade aus Kraków zurückgekehrt und saß im Taxi, das die Tuusulanväylä entlangfuhr. Statt an ihren Nägeln knabberte sie an einem Schokoriegel, und dabei hörte sie sich die Radionachrichten an. Ihr Telefon klingelte. Sie schwenkte ihre Rastalocken aus dem Gesicht, drückte das Handy gegen ihr Ohr und hörte eine ruhige Männerstimme.

»Ich bin ein Freund, dank meiner Hilfe wurde in Kraków Ihr Leben gerettet. Können Sie sprechen?«

Angst durchfuhr sie. War dieser Alptraum immer noch nicht zu Ende? »Wer sind Sie? Wer hat versucht mich …«, stammelte Laura.

»Bitte hören Sie mir zu. Ihr Bruder ist in Lebensgefahr. Wir brauchen Ihre Hilfe«, sagte Magadla in eindringlichem Ton.

Es dauerte eine Weile, ehe Laura begriff, was sie da gehört hatte. »Das kann doch nicht wahr sein. Mir wird das jetzt zuviel. Ist auch Eero beteiligt? Ich will wissen …« Laura bemerkte die neugierigen Blicke des Taxifahrers im Rückspiegel.

»Ihr Bruder hat heute eine oberflächliche Schußwunde und eine schwere Gehirnerschütterung erlitten. Er liegt bewußtlos in einem Krankenhaus in Verona.« Magadla wartete auf eine Reaktion Lauras, hörte sie aber nur schwer atmen.

Er berichtete Laura in geraffter Form von Anna Halberstams Plan zur Beschaffung der Aktienmehrheit in H&S Pharma sowie von der Krankheit der Frau und ihren Phantasien zur Verlängerung der Lebensdauer. Laura hörte schweigend zu.

»Ihr Bruder befindet sich in akuter Lebensgefahr, solange er in der Lage ist, Anna Halberstam seine Aktien zu übergeben, aber wir können Ihrem Bruder helfen. Wenn er sich von seinen Aktien trennt, ist niemand mehr daran interessiert, ihn umzubringen.« Magadlas Juristen hatten eine Idee gehabt, wie Eero seine Aktien jemand anderem als seinen einzigen Verwandten Anna oder Laura überlassen könnte. Es mußte eine unwiderrufliche Schenkungsurkunde mit einer Gültigkeit von beispielsweise fünf Jahren aufgesetzt werden, in der sich Eero verpflichtete, die Aktien seinem leiblichen künftigen Kind zu schenken. Wenn innerhalb von fünf Jahren kein Kind geboren wurde, wäre die Schenkungsurkunde hinfällig.

Jetzt kam Leben in Laura, sie wollte sich vergewissern, daß sie Magadlas Erklärung verstanden hatte, und stellte schnell eine ganze Reihe von Fragen. Die Wohnhäuser von Käpylä huschten vorbei, als das Taxi die Mäkelänkatu entlangraste.

Magadla antwortete auf alles, bis die Flut ihrer Fragen versiegte. »Sie müssen nach Verona fliegen und vor Ort sein. Wenn es Ihnen nicht gelingt, Ihren Bruder zu überzeugen, wird er umgebracht, sobald er das Krankenhaus verläßt.«

Laura war immer noch völlig überrascht und verwirrt. Sie dachte nach, so gut das in diesem Zustand ging. »Ich verstehe das nicht. Wenn Sie Eero schützen wollen, wer versucht dann ihn umzubringen? Und wer wollte mich in Kraków töten?« Jetzt drehte der Taxifahrer den Kopf und schaute nach hinten zu Laura.

»Das kann ich Ihnen nicht sagen. Je weniger Sie wissen, um so mehr sind Sie in Sicherheit.«

»Welchen Nutzen bringt Ihnen das? Wer sind Sie?« fragte Laura nach. Das alles schien keinen Sinn zu geben.

»Ich bin dein Freund. Die Motive für mein Handeln sind positiv, ich will von H&S Pharma nur die Rechte an den HIV-, Aids- und Malariamedikamenten. Sie werden Hunderttausende, vielleicht sogar Millionen Menschenleben retten«, sagte Magadla ganz ruhig. Dann gab er Laura Anweisungen für die Reise nach Verona und beendete das Gespräch.

Laura wurde von Skepsis erfaßt. Als das Taxi am Schwimmzentrum von Mäkelänrinne vorbeifuhr, schloß sie die Augen und stellte sich vor, in absolute Stille und Sicherheit einzutauchen. Das beruhigte sie wie die Novellen von Torgny Lindgren. Gerade als sie geglaubt hatte, der Alptraum sei vorbei, begann er von neuem. Nun schwebte Eero in höchster Gefahr. Aids, Malaria, Sami, Eero, Anna Halberstam ... Worum ging es bei alldem? Die Freude über Samis bevorstehende Freilassung wurde durch die Sorge um Eero getrübt.

Ihr kleiner Bruder war schon in jungen Jahren introvertiert und empfindsam gewesen, deswegen hatte die Mutter von ihr verlangt, daß sie auf den Bruder aufpaßte. Plötzlich tauchte aus ihrem Gedächtnis das Bild von Eero auf, der vor einem Wutanfall der Mutter unter den Küchentisch floh, und sie erinnerte sich, wie sie den Haß der Mutter aufgefangen hatte, um ihren Bruder zu schützen. Ihn hatte die Mutter nie geschlagen.

Laura und Eero waren als Kinder unzertrennlich gewesen, aber in den Teenagerjahren auseinandergedriftet. Dann verließen sie beide ihr Zuhause, und der Kontakt brach fast völlig ab, als Eero sich zurückzog. Heutzutage war der Bruder ein Einsiedler, der für die Kunst lebte und zu niemandem Verbindung hielt. Laura hatte Sehnsucht nach ihm.

Der Haß, der sich für eine Weile versteckt gehalten hatte, loderte wieder auf. Anna hatte Berninger ermorden lassen und die Tat so inszeniert, daß Sami als Mörder galt, und um ein Haar hätte sie auch Laura und Eero auf dem Gewissen gehabt. Glaubte Anna wirklich, sie könne all das ohne Folgen überstehen?

Als das Taxi schon auf die Sörnäisten rantatie einbog, fiel Laura ein, wohin sie eigentlich fuhr. Sie mußte sich schnell entscheiden, was sie der Sicherheitspolizei erzählen sollte. Die Qual hatte noch kein Ende. Nur eine Sache war im Lot – bald würde sie Sami treffen.

24

»... und der Befehl lautet schlicht und einfach: Bringt diesen Ojala um, egal wie!« brüllte Oberst Agron wutentbrannt und knallte den Hörer hin. Er saß im Main-Tower in Frankfurt und hatte soeben vom Chef seines Kommandos erfahren, daß die Aktion in Verona mißlungen war.

In der Toilette seines Arbeitszimmers beugte sich der Oberst über das Waschbecken, ließ kaltes Wasser über sein Gesicht laufen und versuchte sich zu beruhigen. Er durfte jetzt nichts überstürzen. Das Kommando könnte verhindern, daß Konrad Forster und seine polnischen Helfer Eero Ojala in dem Veroneser Krankenhaus besuchten. Ojala durfte seine Aktien nicht verkaufen, er durfte nur sterben.

Der Oberst zog mit dem Kamm den Scheitel seiner Militärfrisur schnurgerade und trocknete die pitschnassen Haare auf seinen Unterarmen am Handtuch ab. Die Eroberung von H&S Pharma durfte auf keinen Fall mißlingen. Er wollte die Firma seinem Sohn Ehud als verspätetes Hochzeitsgeschenk überreichen, danach müßte der die Arbeit seines Vaters wenigstens ein bißchen mehr schätzen. Vielleicht würde Ehud endlich aufhören, gegen ihn zu rebellieren, und ihr Verhältnis käme wieder in Ordnung.

Es war Zeit, Dan Goldstein anzurufen.

Das Wasser im Whirlpool klatschte im Rhythmus der zwei nackten Körper, deren Bewegungen immer heftiger wurden, bis sich Shari Jacobson aufbäumte und das Plätschern des Wassers vom genußvollen Stöhnen übertönt wurde. Shari begrub Dan Goldsteins Kopf zwischen ihren Brüsten, atmete schwer und rollte sich dann lachend von ihm herunter.

Die Morgensonne schien auf die große Terrasse der Penthousewohnung in der sechsten Etage. Goldstein war nicht in romantischer Stimmung, er beklagte seiner Freundin gegenüber, daß der Verkehrslärm, der von der Francis-Scott-Key-Brücke herüberdrang, die perfekte Atmosphäre des Uferboulevards im vornehmen Washingtoner Stadtviertel Georgetown verdarb. Goldstein hatte das Haus am Ufer des Potomac-Flusses bauen lassen und nutzte die oberste Etage selbst, weil er den Blick auf das Wasser liebte.

Washington mochte er nicht, er hatte ständig Sehnsucht nach seinem Zuhause, nach Tel Aviv. Ende der siebziger Jahre war er von Israel in die USA gezogen, nur um in das Herz der Weltpolitik zu gelangen, an den Ort, wo das Schicksal Israels letztendlich entschieden wurde. Mit geliehenem Geld kaufte er in Washington, D.C., und Umgebung Grundstücke und Immobilien in schlechtem Zustand, ließ darauf billige Industrie-, Lager- und Wohngebäude errichten und verkaufte die dann mit irren Gewinnen. Nachdem er in einem Jahrzehnt ein gewaltiges Vermögen angehäuft hatte, verschaffte er sich Zugang zum Kern der Weltmacht, indem er freigebig in die Wahlkassen der Republikaner spendete. Heute spielte er Golf mit dem Präsidenten, ging mit dem Außenminister fischen und lieh dem Verteidigungsminister oft eines seiner Segelboote aus. Auf der Forbes-Liste der reichsten Menschen der Welt nahm Dan Goldstein Platz 86 ein. Shari Jacobson, die Haupteigentümerin eines riesigen New Yorker Medienunternehmens, rangierte in der Liste der reichsten Frauen auf Platz 9.

Neben dem Whirlpool klingelte das Telefon. Goldstein nahm ab und hörte Saul Agrons kräftige Stimme. Der

Oberst gab Goldstein einen kurzen, aber genauen Bericht über den Fehlschlag in Verona und seine vorgesehenen weiteren Maßnahmen.

Goldstein wußte nicht, ob er den Oberst ermutigen oder beschimpfen sollte. »Du weißt, was zu tun ist«, sagte er schließlich und beendete das Gespräch. Agrons Mißerfolge verwunderten ihn, aber er vertraute seinem ehemaligen Waffengefährten immer noch. Niemand war für die Eroberung von H&S Pharma besser geeignet als der israelische Kriegsheld, dessen Sohn bei Genefab arbeitete. Goldstein glaubte den Oberst ausreichend motiviert zu haben, er hatte Agron versprochen, ihn mit einem beträchtlichen Anteil an den Aktien von Genefab und seinen Sohn mit dem Posten des Geschäftsführers zu belohnen.

»Schlechte Nachrichten?« Shari Jacobson drehte träge ihren Kopf.

»Werner Halberstams Tod hat alles durcheinandergebracht«, knurrte Goldstein. »Wenn Werner noch leben würde, genügte eine Bitte, und schon bekäme ich die Genkarten.« Und das war so gemeint, wie er es gesagt hatte. Goldstein hatte Werner Halberstam angeworben, als er Mitte der siebziger Jahre beim israelischen Nachrichtendienst Mossad arbeitete.

Goldstein fand, daß er nun lange genug im Wasser gelegen hatte. Er stieg aus dem Pool, wand sich ein Handtuch um die Hüften und ging in das weiträumige Schlafzimmer. Es wurde von einem drei Meter breiten Bett und einem Marmorkamin beherrscht, auf dessen Rand ein siebenarmiger Kerzenständer stand – die Menora der Familie Goldsteins, ein Erbstück. Die dominierende Farbe in dem Raum war Weiß, die Farbe der reinen Gedanken.

Das Handtuch fiel zu Boden, und Goldstein betrachtete im Spiegel seine schwarzen Locken und seinen guterhaltenen Körper. Man könnte ihn auch für einunddreißig halten, dachte er stolz. Mit seinen einundfünfzig Jahren sah er immer noch prächtig aus und war in einer glänzenden Verfassung, allerdings nicht ganz in der Form wie 1973 auf dem Kriegszug in den Libanon unter der Führung von Saul Agron. Jetzt waren die Rollen anders verteilt, nun gab er Agron die Befehle. Goldstein holte aus dem eingebauten Kleiderschrank frische Sachen, in denen er so elegant wirkte wie immer, und kehrte ins Wohnzimmer zurück.

Er setzte sich hin und wartete auf Shari. Seine Gedanken kreisten ständig um Genefab und den Plan, was auch zu erwarten war, denn man lebte wieder in der Zeit einer Krise, die Israels Existenz bedrohte.

Goldstein wußte, daß Israel, das mit Krieg entstanden und größer geworden war, auch durch Krieg bestehenbleiben oder untergehen würde. Viele in Israel hatten genug davon, daß die israelischen Politiker angesichts des Terrors der Palästinenser und arabischer Organisationen mit Samthandschuhen vorgingen. Seit über fünfzig Jahren lebten die Israelis jeden einzelnen Tag in Angst. Tausende Menschen waren bei Bombenanschlägen, Terrorakten und in den Kriegen gestorben. Die Israelis erhielten Gasmasken und Impfungen gegen Nervengase und Biowaffen, während die Entscheidungsträger zur gleichen Zeit den Palästinensern noch mehr vom Gelobten Land überließen. Goldstein stand an der Spitze jener, die alles ändern wollten.

Shari tauchte in ihrem dünnen Seidenbademantel so leise im Wohnzimmer auf, daß Goldstein zusammenfuhr, als sie plötzlich vor ihm stand. »Einen Drink?«

»Wie immer«, antwortete Shari und setzte sich in einen schneeweißen Sessel, der als Barhocker diente. Goldstein ging in die Ecke des Wohnzimmers hinter einen flachen schwarzen Bartresen aus Marmor. Die Panoramafenster, die sich selbst reinigten, glänzten tadellos sauber und klar, und die naturweiße Auslegware betonte das Licht, das durch die schleierartigen Gardinen gefiltert wurde.

Goldstein reichte Shari einen Dubonnet mit Wasser. Er vermochte sich nicht zu entspannen, da ihm die Situation im Nahen Osten ständig durch den Kopf ging. »Warum zum Teufel glauben die Kriegsstrategen der alten Generation in Israel immer noch an die Abschreckung mit Kernwaffen?« fragte Goldstein, obgleich er wußte, was Shari darüber dachte.

Das Thema brachte sie sofort auf die Palme. »Das ist lächerlich. Wird Israel dann auf eigenem Boden eine Kernwaffe zünden? Soll Israel etwa den Tempel und Jerusalem vernichten? Wohl kaum.«

»Nur die Abschreckung mit Kernwaffen schützt Israel«, tönte Goldstein. »Und was geschieht, wenn der Iran in zwei, drei Jahren seine eigene Bombe fertig hat? Israels Abschreckung wird dann wertlos. Und Syrien entwickelt auch eine Kernwaffe. Nach den Demütigungen im Sechs-Tage-Krieg und im Jom-Kippur-Krieg ist das Land zu allem bereit. Syrien hat geschworen, die Juden im Nahen Osten zu vernichten.«

Goldstein setzte sein Gedankenspiel fort: »Wenn der Iran und Syrien Kernwaffenstaaten werden, ist es für Israel zu spät, seine Strategie zu ändern. Und es ist nicht in der Lage, sich gegen das Raketenarsenal Syriens und einen massiven Bodenangriff der arabischen Länder zu verteidigen. Die Armeen der Nachbarstaaten Israels sind um ein Vielfaches größer. Der Weg nach Jerusalem wird für sie zu einem Spaziergang wie durch einen öffentlichen Park.«

Shari nippte an ihrem Drink. »Das schlimmste ist, daß Präsident Bashar al-Assad vollständig am Gängelband seiner erfahrenen Generale liegt«, stellte sie fest. Ihr Bademantel hatte sich geöffnet, Shari bemerkte es am Blick ihres Geliebten.

Goldstein antwortete nicht. Er kannte die Situation in Syrien nicht so genau, wie er es sich gewünscht hätte, denn die Aufklärungsberichte der höchsten Geheimhaltungsstufe bekam er vom Mossad nicht mehr. Allerdings wußte er, daß Syriens junger Präsident Israel als rassistische Gesellschaft charakterisiert hatte. Obwohl das syrische Volk hungerte, steckte Diktator Bashar al-Assad viel Geld in die Verteidigung, pro Jahr betrugen die Verteidigungsausgaben eine Milliarde Dollar. Goldstein wußte, warum. »Die Idealisten, die dem Frieden nachweinen, kapieren nicht, daß Israel nur überlebt, wenn es stärker ist als die arabischen Staaten zusammen«, verkündete er zum Schluß laut und entschlossen.

Shari vertrat absolut die gleiche Meinung. Das durfte man auch erwarten, denn der lose Zusammenschluß von Dan Goldstein, Shari Jacobson und fünf anderen einflußreichen amerikanischen Juden wollte im Nahen Osten eine endgültige Lösung erreichen. Sie hatten die populistische Diskussion, das Töten unschuldiger Israelis und die unfähigen Politiker satt. Über Jahre hatten sie die amerikanischen Republikaner unterstützt, die eine Militärpolitik der harten Linie verfolgten. Aber alles war vergeblich gewesen. Durch die Terrorakte während der zweiten Intifada der Palästinenser und das ständige Anwachsen des Judenhasses waren sie schließlich zu der Überzeugung gelangt, daß etwas getan werden mußte, und zwar bald. Unter dem Zwang der Umstände beschlossen sie, selbst die Initiative zu ergreifen.

Shari stand auf, dehnte und streckte sich, ließ den Bademantel zu Boden gleiten und setzte sich mit gespreizten Beinen auf Goldsteins Schoß. Sie drückte ihre Brüste in sein Gesicht, doch als der Mann keine Reaktion zeigte, schnaufte sie unwillig und kehrte zu ihrem Sessel zurück.

Goldstein versuchte sich zu beruhigen, um ein Haar hätte er Shari zuviel verraten. Nur wenige vermochten die Genialität seines Plans zu verstehen, und deshalb erfuhren nur einige sehr genau Auserwählte vor dem kritischen Augenblick von der Waffe. Und dieser Augenblick rückte näher: Der stellvertretende Leiter des Biowaffenforschungsinstitutes Ness Ziona der israelischen Armee würde übermorgen in Washington eintreffen.

Goldstein brauchte von Genefab die Genkarten der Juden und der Araber. Dank dieser Karten könnten sie eine Waffe herstellen, mit der die seit über fünfzig Jahren anhaltende Krise im Nahen Osten beendet werden würde. Endgültig.

25

Die Reifen quietschten, als der weiße Citroën C5 ein paar Zentimeter vor Laura stoppte, die Hupe heulte so laut, daß ihr fast das Herz stehengeblieben wäre. Der Verkehr auf dem Bulevardi kam zum Stillstand. Laura war zu Fuß auf dem Weg in die Ratakatu, weil sie hoffte, an der frischen Luft klarer denken zu können. Ihr Kopf glich einem Druckkessel, so eine ständige, quälende Anspannung hatte sie seit ihrer Kindheit nicht mehr erlebt. Der Wind wirbelte den trockenen Staub auf, sie spürte den Geschmack von Sand im Mund.

Das Telefongespräch im Taxi ging Laura immer noch durch den Kopf. Das alles war jetzt einfach zuviel für sie. Erst Sami, nun Eero. Sie mußte dafür sorgen, daß Sami freigelassen wurde, bevor sie sich darauf konzentrieren konnte, Eero zu helfen. Zweifel beschlichen sie. Was war, wenn der Anrufer, der sich als »Freund« bezeichnete, sie belog? Woher sollte sie wissen, wessen Interessen er vertrat? Laura hatte keine Ahnung, wem sie vertrauen sollte, aber zumindest war ihr klar, daß irgend jemand auf ihrer Seite stand. Jemand, der ihr in Kraków das Leben gerettet hatte.

Auf der sonnenüberfluteten Iso Roobertinkatu wimmelte es von Menschen, und die Straßencafés waren schon nachmittags um vier bis auf den letzten Platz besetzt. Laura begriff, daß sie nicht allein aus diesem Labyrinth des Entsetzens hinausfinden würde. Sie brauchte trotz aller Drohungen jemanden, der ihr half. Deshalb beschloß sie, der Sicherheitspolizei alles zu erzählen. Erpressungen, Mordversuche und Pläne zur Eroberung eines Großunternehmens gehörten nicht in ihre Welt. Vielleicht würde die SUPO ihr auch helfen, Eero zu retten.

Im Beratungsraum A 310 wartete Arto Ratamo ungeduldig auf Laura Rossi. Er hatte den brennenden Wunsch, zu erfahren, was in Kraków geschehen war. Gerade als er überlegte, wo Saara Lukkari denn bloß steckte, kam sie hereingestürmt.

»Wieder eine neue Wende. Die italienische Kriminalpolizei, die DCPC, hat das geschickt.« Sie reichte ihrem Vorgesetzten ein Blatt Papier.

Ratamo las den zusammenfassenden Bericht über den Mordversuch an Eero Ojala in Verona und sagte verblüfft: »Das ist ja dasselbe Muster wie in Kraków – Angreifer und Beschützer. Gibt es einen Zusammenhang mit den Ermittlungen im Fall Berninger-Rossi?«

»Ich habe über Ojala eine vorläufige Mappe angelegt.« Saara Lukkari warf die Unterlagen stolz auf den Tisch.

Ratamo hatte die erste Seite bis zur Hälfte gelesen, als er am Namen von Ojalas Schwester hängenblieb – Laura Rossi!

»Verdammt. Die ganze Sippe ist ja beteiligt, Anna Halberstam, Laura Rossi, Eero Ojala und …«

Es klopfte. Der Ermittler Pekka Sotamaa steckte seinen Kopf herein und teilte mit, Laura Rossi sei eingetroffen. Ratamo winkte die Frau zu sich und beobachtete ihre ersten Reaktionen genau. Laura Rossi wirkte schockiert, hatte aber ihre Nerven trotz der schrecklichen Erlebnisse gut unter Kontrolle.

»Wir haben einiges zu besprechen, also fangen wir am besten gleich an. Ich bin Arto Ratamo, der Leiter dieser Ermittlungen, und mit der Ermittlerin Saara Lukkari haben Sie ja schon telefoniert.« Ratamo bedeutete Laura Rossi, Platz zu nehmen, und betrachtete die Rastalocken der Frau, ihre nachlässige Kleidung und das ungeschminkte Gesicht. Das war genau der Frauentyp, in den er sich immer verknallte, überlegte Ratamo und begriff, daß seine Gedanken abschweiften. »Es stört Sie doch nicht, wenn wir das Gespräch aufzeichnen?« sagte er und schaltete den Rekorder ein, da Laura Rossi nichts einzuwenden hatte.

»Was haben Sie in Kraków gemacht?« begann Ratamo.

Die Polizisten stellten Fragen, und Laura erzählte von den aufgezeichneten Bildern und dem Mordversuch, von ihren Beschützern und Jerzy Milewics, von den H&S-Pharma-Aktien und Anna Halberstam. Sie spürte, wie der Druck in ihrem Kopf allmählich nachließ. Es war ein wunderbares Gefühl, das alles zwei Menschen erzählen zu können, die zuverlässig wirkten, finnisch sprachen und helfen wollten. Die beiden SUPO-Mitarbeiter machten einen professionellen Eindruck, sie waren bestimmt in der Lage, alles zu klären. »Milewics hat übrigens mit seinem Helfer englisch gesprochen, obwohl der Polnisch konnte. Das kam mir seltsam vor«, sagte Laura zum Schluß.

Rasch schrieb Saara Lukkari irgend etwas in ihr Notizbuch und fragte dann: »Warum hat Ihre Tante Sie nicht einfach gebeten, ihr die Aktien zu verkaufen?«

Laura schnaufte. »Das ist eine lange Geschichte. Sagen wir mal so: Anna weiß, daß ich nicht einmal bereit wäre, mit ihr zu reden.« Laura starrte auf ihre Schuhspitzen.

»Die Geschichte müssen Sie uns nun aber doch erzählen«, sagte Ratamo, und so erfuhren die beiden Ermittler von der Familientragödie, die Anna Halberstam vor langer Zeit verursacht hatte.

Saara Lukkari sah, daß es Ratamo unangenehm war, als die Frau ihre schlimmen Erinnerungen hervorholte, deswegen wechselte sie das Thema, sobald Laura fertig war: »Sie haben also die CD von diesem ... Milewics erhalten?«

Laura holte die CD schnell aus ihrer Handtasche, und Saara Lukkari schob sie in den Computer, der in einer Ecke des Raumes vor sich hin surrte.

Die drei setzten sich vor den Bildschirm und verfolgten konzentriert die Ereignisse in dem Aufzug. Keiner sagte ein Wort, aber alle erstarrten, als sie sahen, wie Dietmar Berningers Leben endete.

»Sami wird doch wohl nun freigelassen?« fragte Laura sofort nach dem Ende der Aufzeichnung.

»Die CD muß analysiert werden, wer weiß, vielleicht ist sie getürkt. Wenn die aufgezeichneten Bilder echt sind, kann Ihr Mann zumindest nicht für den Tod Berningers angeklagt werden«, sagte Ratamo und sah das erstemal bei Laura Rossi ein Lächeln. Es war so ansteckend wie ein Gähnen.

»Möglicherweise weiß ich, was mit alldem beabsichtigt wird.« Laura erzählte von dem Anruf des »Freundes« vor einer Stunde, von den Aids- und Malariamedikamenten, von Annas Plan und der Lebensgefahr, in der Eero schwebte, und dem Vorschlag des »Freundes«.

»Wir wissen, daß Ihr Bruder verletzt ist. Die italienische Polizei wartet darauf, daß er wieder zu Bewußtsein kommt«, sagte Ratamo. Dann bombardierten die beiden SUPO-Mitarbeiter Laura Rossi mit detaillierten Fragen, aber zu ihrer Überraschung wußte die Frau nicht viel, so daß die Flut der Fragen schnell versiegte.

Es herrschte Schweigen, das jedoch von Laura schon bald durchbrochen wurde. »Ich will verhindern, daß Eero seine Aktien übergibt. Den Flug morgen früh über Mailand nach

Verona habe ich schon gebucht, vielleicht bin ich rechtzeitig dort, bevor mein Bruder wieder zu Bewußtsein kommt.« Laura kaute am Nagel ihres kleinen Fingers.

»Am klügsten wäre es wohl, wenn Sie sich das noch einmal überlegen. Es ist besser, derartige Dinge der Polizei zu überlassen, das werden Sie ja sicher schon bemerkt haben. Gehen Sie nach Hause, und kommen Sie zur Ruhe. Wir melden uns heute später noch einmal bei Ihnen«, sagte Ratamo, um den leidgeprüften Gast zu beruhigen.

»Wir besprechen diese Sache hier und rufen Sie dann an«, fügte Saara Lukkari sofort hinzu. Danach fiel ihr aber noch etwas ein. »Ich vergaß, Sie zu fragen, ob Sie noch mit Juha Hautala zu tun haben.«

Laura war überrascht. »Haben Sie auch mein Vorleben überprüft?« Sie wartete einen Augenblick auf eine Antwort, die allerdings ausblieb. »Das letztemal habe ich vor Jahren mit diesem Arschloch gesprochen. Frauen konnte der noch besser übers Ohr hauen als Unternehmen.«

Die SUPO-Mitarbeiter schienen sich mit der Antwort zufriedenzugeben, also stand Laura auf, um zu gehen.

»Vielleicht könnten Sie diesen Jerzy Milewics und die anderen Männer, die Sie in Kraków gesehen haben, noch für ein Phantombild beschreiben. Der Ermittler Sotamaa wird Sie begleiten ...«, sagte Ratamo. Er gab Laura die Hand und blieb stehen, um ihr hinterherzuschauen, als sie das Zimmer verließ.

Die beiden SUPO-Mitarbeiter analysierten äußerst gründlich alles, was sie von Laura Rossi gehört hatten, bis Ratamo schließlich konstatierte: »Es könnte sehr wohl sein, daß es sich bei alldem um einen Machtkampf handelt.« Er las aus seinen Notizen vor, daß Werner Halberstam seiner Nichte Sabine Halberstam sowie Eero Ojala und Laura Rossi in seinem Testament jeweils fünf Aktien vererbt hatte. Diese Aktien waren jetzt das Zünglein an der Waage: Niemand konnte ohne sie die Aktienmehrheit und die Entscheidungsgewalt in dem Unternehmen erlangen.

»Der panamesische Aktionärsvertrag und die Gesellschaftssatzung von H&S Pharma sind so abgefaßt, daß man mit einer Aktienmehrheit von über fünfzig Prozent die Entscheidungen über alle das Unternehmen betreffenden Angelegenheiten allein treffen darf.« Ratamo reichte seiner Kollegin eine Liste der Aktienbesitzer von H&S Pharma:

Anna Halberstam	4991	Aktien
Future Ltd.	4994	Aktien
Laura Rossi	5	Aktien
Eero Ojala	5	Aktien
Sabine Halberstam	5	Aktien
Insgesamt	10000	Aktien

Laut Ratamo benötigten sowohl Future Ltd. als auch Anna Halberstam die Aktien von zwei Kleinaktionären, um die Entscheidungsgewalt im Unternehmen zu erhalten. Future Ltd. konnte jedoch keine zusätzlichen Aktien erwerben, weil Laura, Eero und Sabine Halberstam ihre Aktien nur an Verwandte verkaufen durften.

Ratamo legte eine kleine Pause ein, um den nächsten Satz zu betonen. »Nur Anna Halberstam kann die Entscheidungsgewalt in H&S Pharma erlangen, indem sie die Aktien sowohl von Laura als auch von Eero kauft. Werners Nichte Sabine wird Anna ihre Aktien kaum verkaufen, man weiß, daß sie die von Anna betriebenen Forschungsprojekte ablehnt«, sagte Ratamo triumphierend.

Saara Lukkari verdaute die Nachricht langsam, beim angestrengten Nachdenken waren ihre Wangenmuskeln gespannt. Schließlich schrak sie zusammen und schaute Ratamo an wie ein Schulmädchen, das im Unterricht eingenickt war.

»Na? Wo warst du gerade?« fragte Ratamo und brachte

seine Kollegin zum Lächeln. Dann spielte er ihr den Ball zu: »Was gibt es Neues von Future Ltd.?«

»Nichts. Die liberianischen Behörden sind stumm wie Fische.«

»Und die Ermittlungen in Polen?«

Enttäuscht berichtete Saara Lukkari, daß die Polen den von Tero Söderholm identifizierten Mann nicht erwischt hatten. Die in Kazimierz gefundenen Patronenhülsen amerikanischer Herkunft brachten die Ermittlungen nicht weiter. Und die Verhöre der »Debniki«-Chefs seien auch ergebnislos verlaufen. Die polnische Polizei könne jedoch bestätigen, daß die eintätowierte Fünf von keiner der dortigen Organisationen als Kennzeichen verwendet werde, las Lukkari aus ihren Unterlagen vor.

Ratamo dachte über die Situation nach. Der Mord an Berninger, die versuchten Morde an Laura Rossi und Eero Ojala, die Killer und Beschützer, eine eventuelle Unternehmensübernahme, eine Gentechnologiefirma der Spitzenklasse, Malaria- und HIV-Medikamente ... Er mußte zugeben, daß die Ermittlungen ein Ausmaß annahmen, das die Möglichkeiten von zwei Beamten überstieg, selbst wenn sie umfangreiche Hilfe von anderen Mitarbeitern erhielten. Die Verbindung zu Arabern geisterte ihm durch den Kopf, genau wie die von Genefab angefertigten Genkarten der jüdischen und arabischen Völker. Er mußte mit jemand sprechen, der mehr Erfahrungen hatte. Der Gedanke, Wrede zu fragen, war jedoch nicht gerade verlockend, also beschloß er, Ketonen zu konsultieren.

Saara Lukkari war anscheinend immer noch mit Feuereifer bei der Sache, obwohl das Arbeitspensum ständig zunahm. »Auf den Bericht über den Gesundheitszustand von Berninger warten wir übrigens nach wie vor«, merkte sie an.

Ratamo erinnerte sich, daß die Botschaft versprochen

hatte, den Bericht am Vormittag zu schicken. Er mußte in seinem Zimmer kramen, vielleicht fand sich das Fax in dem Papiermeer auf seinem Schreibtisch.

Das Zimmer des Chefs der SUPO sah man von der Tür des Beratungsraumes A 310 aus. Ratamo bemerkte, daß Ketonen da war, und marschierte direkt hinein. Musti hatte sich auf dem Boden ausgestreckt, Jussi Ketonen bürstete den Hund und begrüßte Ratamo ganz locker. Vor dem Kachelofen lag ein Haufen gelblich grauer Haarknäuel. Ratamo konnte sich nicht erinnern, wann er den Polizeirat zuletzt so entspannt und gutgelaunt gesehen hatte.

»Hat die Polizei einen Rat für einen Ermittlungsleiter, der noch grün ist?« sagte Ratamo.

»Red keinen Unsinn, Junge«, erwiderte Ketonen grinsend und fragte, was Ratamo auf dem Herzen hatte.

Der Gesichtsausdruck des Chefs wurde immer erstaunter, je mehr er von seinem Ermittler erfuhr. Schließlich stand er auf und hielt sich dabei den Rücken. »Warum bittest du Wrede nicht um zusätzliche Kräfte?«

Ratamo wirkte verlegen.

»Ich lasse Wrede herkommen. Ihr müßt doch imstande sein zusammenzuarbeiten«, entschied Ketonen.

Die beiden warteten schweigend auf ihren Kollegen, bis Ketonen bemerkte, daß Musti auf dem Rand der finnischen Flagge kaute, die an einer Stange hing. Eine Papierkugel traf den Hund am Maul. Musti warf ihrem Herrchen einen säuerlichen Blick zu und rollte sich auf dem Teppich neben der Yuccapalme zusammen.

Eine halbe Minute später traf Wrede in seinem blauen Westover ein, strotzend vor Selbstsicherheit.

Ratamo befürchtete, daß die Frage des Nachfolgers offenbar schon entschieden war. Er berichtete Wrede von den neuesten Wendungen bei den Ermittlungen und sagte, er brauche mehr Leute. Es ging ihm gegen die Ehre, Wrede um Hilfe zu bitten. Rasch holte er die Kautabakdose aus der Tasche, nur um den Schotten zu ärgern.

Wrede sah nachdenklich aus. »Sollte man nicht anfangen, diesen Fall ernsthaft zu untersuchen? Also die Ermittlungen zu intensivieren?« Er warf Ratamo einen Blick zu und schaute dann schnell zu Ketonen. »Ich wette, daß die Wurzeln dieses Falls in Deutschland zu finden sind, H & S Pharma verbindet alle Ereignisse miteinander. Mit wem seid ihr in Kontakt, mit dem BKA oder dem BND?« Nun schaute er wieder Ratamo an.

»Mit dem BKA. Sie sind anscheinend nicht so sehr begeistert davon, Anna Halberstam zu verhören.«

»In dem Falle nehme ich Verbindung zum BND auf. Dort wird man schon Interesse zeigen, wenn ich die Araber, die Juden und die Genkarten des Biotechnologieunternehmens im selben Fall miteinander in Verbindung bringe.« Wrede trat so auf, als würde sich nun alles binnen kurzem klären, weil er jetzt den Taktstock schwang. »Ich werde auch versuchen, Laura Rossi zur Vernunft zu bringen, aber wir können sie nicht daran hindern, nach Verona zu reisen. Dies ist ein freies Land, es liegt kein Verdacht gegen sie vor, und anscheinend ist sie selbst nicht mehr in Gefahr, da sie ihre Aktien übergeben hat.«

Ketonen haute mit der Faust auf den Tisch. »Erik, du leitest die Ermittlungen. Erweitere das Team, wie du es für notwendig hältst. Arto, packe mal sicherheitshalber schon deinen Koffer. Wenn Laura Rossi ihre Meinung nicht ändert, darfst du zu ihrem Schutz mit nach Verona fahren.«

26

Anna zitterte am ganzen Leibe. Sie war nicht fähig, in ihre Traumwelt zu entfliehen und die schwarze Leere in ihrem Kopf zu überwinden; diese hatte von ihr Besitz ergriffen, sie wußte, daß sie sterben würde. Ihr war jetzt klar, daß Konrads Plan nie gelingen würde. Sie hatte herausbekommen, was die Namen Eos und Tithonus bedeuteten, und so die Lösung für viele Rätsel gefunden. Konrad war nicht in ihrer Nähe geblieben, weil er sie anbetete, sondern weil er sich rächen wollte. Anna überlegte, ob Konrad seine Verbitterung schon seit jenen Tagen gehegt und gepflegt hatte, als sie sich vor dreißig Jahren für Werner und nicht für ihn entschieden hatte.

Die kreideweißen Goldhaubenkakadus Eos und Tithonus saßen auf dem Arm ihrer Herrin, der von dunkelblauer Seide bedeckt war. Sie kreischten laut und energisch, breiteten ihre Flügel aus und bettelten um Aufmerksamkeit, dabei legten sie immer nur für kurze Momente eine Pause ein. Wegen seiner Reisen nach Kraków und Verona hatte Konrad das Vogelzimmer anderthalb Tage nicht gesäubert, es roch schon nach Kot. Anna wartete auf einen Anruf Konrads aus Verona.

Sie nahm ein Blatt Papier vom Tisch und las die Geschichte aus der Antike mindestens zum zehntenmal. Sie mußte wissen, wovon sie sprach, wenn sie Konrad als Verräter entlarven wollte. Eos war in der griechischen Mythologie die Göttin der Morgenröte, die sich in einen Menschen verliebte, in den sterblichen Tithonus. Im Rausch der Liebe bat Eos den Obergott Zeus, er möge Tithonus das ewige Leben schenken, versäumte es aber, um die ewige Jugend für ihren Geliebten zu bitten. Zeus gab, worum Eos gebeten hatte: Tithonus erhielt das ewige Leben, alterte jedoch wie ein Sterblicher. Als sich der alte und gebrechliche

Tithonus nicht mehr bewegen konnte und unablässig vor sich hin plapperte, wurde Eos seiner überdrüssig, sperrte ihren ehemaligen Geliebten ein und verwandelte ihn schließlich in eine Heuschrecke.

Anna betrachtete sich in der Spiegeltür zur Terrasse des Vogelzimmers und schrak zusammen. Sie war Tithonus, die in ihrem Zuhause eingesperrte Alte, die nur noch jammern konnte, und oft nicht einmal mehr das. Konrad war ihr Feind, Eos, der sie töten wollte. Anna schauderte, als ihr klar wurde, daß sie eine Schlange an ihrem Busen genährt hatte.

»Konrad! Ich, ich, ich …«, riefen Eos und Tithonus immer wieder, als das Telefon klingelte.

»Danke, daß du anrufst. Wie geht es mit dem Plan voran?« sagte Anna so, als wäre alles in Ordnung. Die Wut auf Konrad stärkte ihre Stimme, die klar und deutlich klang.

Forster hörte sich verzweifelt an. »Er ist mißlungen. Auf Eero Ojala wurde geschossen. Der Mann lebt, liegt aber bewußtlos im Krankenhaus. Ich weiß noch nicht, wie ich die Aktien von ihm bekomme.«

Anna dachte nach, so gut das in ihrer Verzweiflung ging, und erkannte, daß sich ihr schlimmster Verdacht bewahrheitete. Konrad wollte sich an ihr rächen. »Verwandelst du mich jetzt in eine Heuschrecke, willst du mich umbringen?« Annas von der Krankheit geschwächte Gesichtsmuskeln zuckten unkontrolliert.

Forsters Rücken wurde noch krummer. »Ich verstehe nicht …«

»Und ich begreife nun alles. Du hältst dich selbst für Eos, für die Göttin, da du versuchst, mir das ewige Leben zu verschaffen. Und ich bin deine ehemalige Geliebte Tithonus, jetzt nur noch eine jammernde Gefangene. Dein Mißerfolg in Verona war Absicht, weil du dich an mir dafür rächen willst, daß ich mich für Werner und nicht für dich entschieden habe.«

Jetzt wurde Forster klar, daß Anna ihm vorwarf, er sei ein Verräter. Die Zukunftsphantasien und Selbstvorwürfe, die Depression und der Streß hatten die kranke Frau am Ende verwirrt und der Wirklichkeit entfremdet. Warum mußte das auf diese Weise geschehen, er war doch schließlich der einzige, der nur das Beste für Anna wollte. Diese Wendung erschütterte ihn. Forster hatte niemand anders als Anna, und sie hielt ihn nun für einen Abtrünnigen.

»Nein, Anna. Der Grund für meinen Mißerfolg ist, daß Eero Ojala mit dem Zug nach Verona kam und nicht mit dem Flugzeug, wie es vorgesehen war«, erklärte Forster ganz ruhig. Anna durfte keinesfalls noch mehr schockiert werden.

»Mein Leben hängt von den Aktien meines Neffen ab«, flüsterte Anna. »Tue mir einen letzten Gefallen, und sage offen heraus, ob du mich verraten willst.«

»Liebe Anna, die Namen der Vögel bedeuten nichts. Du weißt doch genau, daß die antike Mythologie mein Steckenpferd ist. Ich habe den Kakadus die Namen Eos und Tithonus ohne jeden Hintergedanken gegeben.« Forster versuchte Anna zu beruhigen, so gut er konnte. Der Streß ließ die dicke Ader auf seiner Stirn anschwellen, als er ihr versicherte, alles werde in Ordnung gebracht. Er fürchtete, Anna könnte vollkommen den Verstand verlieren.

So viele Dinge hätte sie anders machen müssen, überlegte Anna, während Konrads Lügen aus dem Hörer strömten. Sie und Werner hatten vor langer Zeit beschlossen, in ihren Testamenten Laura und Eero, die Kinder ihrer Schwester Kirsti, zu bedenken, Anna war freilich nie auf den Gedanken gekommen, daß Werner vor ihr sterben könnte.

Anna spürte die alte Trauer wie einen stechenden Schmerz, als sie an ihre verstorbene Schwester dachte. Es waren schon über dreißig Jahre vergangen, seit Kirsti ihr vorgeworfen hatte, sie habe ihren Mann verführt und die

Familie zerstört. Ihre Schwester hatte jede Verbindung abgebrochen und ihr keine Gelegenheit gegeben, sich zu verteidigen. Auch Kirstis Kinder wurden zum Haß gegen sie erzogen. Als Laura und Eero klein waren, hatte Anna ihnen Geschenke geschickt, aber dann einem Brief Kirstis entnehmen müssen, daß nie auch nur ein einziges bei den Kindern angekommen war.

Anna bereute viele Dinge in ihrem Leben, manche ihrer Taten schienen unverzeihlich zu sein. Müßte sie den Schmerz, den sie Konrad zugefügt hatte, und den Mord an Dietmar Berninger mit ihrem Leben büßen? Anna brach das Gespräch mitten in einem Satz Konrads ab und ließ sich von der Flut der Selbstvorwürfe überrollen.

Forster warf das Telefon aufs Bett und ging ans Fenster seiner Suite im Hotel »Due Torri«. Er zündete seine Pfeife an, nahm ein paar Züge, atmete den Rauch genußvoll ein und sah im Spiegel, wie die Glut seine Nase rot färbte. Von der Piazza di Sant'Anastasia drang der Lärm der Scooter herein. Die Schönheit der Landschaft, die von den Ziegeldächern der Altstadt rötlich gefärbt wurde, stimmte Forster noch niedergeschlagener.

Anna war kranker als je zuvor, nur die Träume von einem ALS-Medikament und vom ewigen Leben hielten sie am Leben. Forster wußte, daß diese Träume nicht sterben durften. Er mußte die Angelegenheit in Ordnung bringen, bevor jede Hilfe für Anna zu spät kam.

Anna mußte die Mehrheit der Aktien des Unternehmens bekommen, sonst wäre der Eigentümer von Future Ltd. in der Lage, Annas Bestrebungen im Unternehmen immer dann zu vereiteln, wenn er Eero Ojala und Sabine Halberstam auf seiner Seite hatte. Forster nahm an, daß genau der Fall ziemlich oft eintreten würde, denn Sabine lehnte die für Anna lebenswichtigen Forschungsprojekte ab, und Eero Ojala würde sich kaum jemals mit seiner verhaßten Tante verbünden. Gemeinsam könnten Future Ltd., Sabine und Eero dafür sorgen, daß die Untersuchungen zur Verlängerung der Lebensdauer und das ALS-Forschungsprogramm eingestellt wurden. Ein derartiges Risiko konnte er nicht akzeptieren, es würde bedeuten, daß er Anna verlor.

Die Kirchenglocken dröhnten, und die Menschen strömten aus der Kirche Sant'Anastasia ins Freie. Forster beobachtete, wie entspannt und locker die Italiener über den Platz schlenderten, keiner schien es eilig zu haben. Er fluchte leise. Der Erfolg war so nahe gewesen: Ohne die Schießerei hätte Ojala seine Aktien gegen das Gemälde von Schjerfbeck eingetauscht. Zu seiner Überraschung bemerkte Forster, daß er sich auch ärgerte, nicht mehr in die Rolle des Alfredo Cavanna schlüpfen zu können.

Das Brodeln im Pfeifenkopf verriet, daß er den Tabak vor Wut im Eiltempo geraucht hatte. Er legte die Safferling-Pfeife auf den Rand des Aschenbechers. Es war Zeit, auf den Plan B zurückzugreifen. Der »Debniki«-Mann in Finnland hatte berichtet, daß Laura bei der Sicherheitspolizei gewesen war. Forster vermutete, daß sie den Behörden erzählt hatte, was sie wußte, und auch ihrem Bruder schon bald alles verraten würde. Wenn Eero Ojala hörte, was Anna mit Berninger, Sami Rossi und Laura gemacht hatte, würde der Kunsthistoriker Anna seine Aktien ganz gewiß nicht verkaufen. Deswegen lohnte sich der Versuch nicht mehr, Ojala die Aktien durch Betrug abzunehmen. Jetzt half nur noch Erpressung. Es war Glück im Unglück, daß der Mann bewußtlos im Krankenhaus lag. Dort könnten ihn die Gangster von »Debniki« schützen, bis er, Forster, die Dinge geregelt hatte.

Forster war überzeugt, daß hinter den Versuchen, Laura und Eero zu beseitigen, der Eigentümer von Future Ltd. steckte, der so verhindern wollte, daß Anna die Aktien bekam. Aber wer zum Teufel schützte die beiden Finnen?

Sein Blick fiel auf einen Mann mit Baskenmütze, der, gestützt auf einen Spazierstock, über den Platz ging. Forster hatte das Gefühl, daß er irgend etwas nicht verstand, was er hätte begreifen müssen.

27

Ratamo stieg in der Ratakatu 12 die Treppe hinauf in den vierten Stock, dabei schweiften seine Gedanken ab zu der bevorstehenden Feier am Abend. Er müßte sich allerdings zurückhalten, weil er am nächsten Morgen mit Laura Rossi nach Verona flog. Ob Laura auch Reggae-Musik mochte? Ihre Rastalocken deuteten jedenfalls darauf hin. Ratamo warf einen Blick auf seine Uhr und erhöhte das Tempo, als er bemerkte, daß er zur letzten Besprechung des Abends schon zehn Minuten zu spät war.

Saara Lukkari und Erik Wrede warteten im Raum A 310. Der Schotte sah zornig aus.

Ratamo kramte in seinem Vorrat an Ausreden. »Ich konnte das Telefongespräch einfach nicht …«

»Laß es«, sagte Wrede und beherrschte sich diesmal anscheinend. Er hatte seine Anzughosen gegen schwarze Jeans eingetauscht und trug unter dem Westover ein T-Shirt.

»Bald geht's los. Das wird ein toller Abend«, sagte Saara Lukkari, die es vor Begeisterung kaum noch erwarten konnte.

»Jetzt wollen wir erst mal diese Besprechung hinter uns bringen. Beginnen wir gleich mit der Situation in Polen. Schieß los!« Wrede zeigte mit dem Finger auf Ratamo.

Ratamo begann mit seinem Anruf beim Anwalt Hans Degerman. »Der Jurist weiß alles mögliche.« Falls man Laura Rossi erpreßt hatte, dann waren die Täter äußerst geschickt vorgegangen. Sie hatte für ihre Aktien eine angemessene

Entschädigung erhalten, und der Kaufvertrag war ordnungsgemäß ausgefertigt. Wenn die Helfer von Jerzy Milewics bezeugten, daß Laura Rossi den Kaufvertrag freiwillig unterschrieben hatte, und wenn sie außerdem leugneten, etwas von einer CD zu wissen, würde man eine Erpressung wahrscheinlich nie beweisen können. Dann stünde Aussage gegen Aussage, die von Laura gegen die von Milewics und seinen Zeugen, las Ratamo aus seinen Notizen vor.

»Im kriminaltechnischen Labor wurden auf der CD nur Laura Rossis Fingerabdrücke gefunden«, sagte Saara Lukkari und bestätigte damit Ratamos Bewertung.

Ratamo beobachtete seine Kollegin, als sie aufstand und vom anderen Ende des Tisches eine Flasche Mineralwasser holte. Ihr ebenmäßiger Körper zeichnete sich bis in die Einzelheiten unter dem enganliegenden T-Shirt und den Jeans ab. Er nahm sich vor, sofort nach dem Abschluß dieser Ermittlungen mit dem Training zu beginnen.

»Und Verona, was gibt es Neues aus Italien?« Wrede starrte Ratamo an.

»Vielleicht kann ich zuerst die Zusammenfassung von Eero Ojalas Personenprofil vorlesen. Es ist eines der kürzesten, das ich je gesehen habe«, schlug Saara Lukkari vor und faßte für ihre Kollegen innerhalb einer Minute die Eckpfeiler von Ojalas einsamem Leben zusammen. »Wirklich ein ödes Leben, oder?« fragte sie Ratamo.

Ratamo antwortete nicht, im Moment sehnte er sich selbst gerade nach Ruhe und Einsamkeit. Er bereute es, daß er sich bei Ketonen über zu wenig Leute beklagt und so dafür gesorgt hatte, daß Wrede Leiter der Ermittlungen wurde. Die Lockerheit war dahin. Er stopfte sich einen Priem unter die Lippe und sah zu seiner Freude, wie Wrede die Nase rümpfte.

Vom Blut des im Gesicht getroffenen Mannes würde man eine DNS-Probe erhalten, berichtete Ratamo. Augenzeugen der Schießerei gebe es nicht, also vermutete die Polizei von Verona, daß es sich um eine interne Auseinandersetzung der Mafia handelte. Die Italiener teilten mit, daß sie im Krankenhaus vor dem Zimmer des Finnen sicherheitshalber einen Wachposten aufgestellt hatten. Zum Schluß las Ratamo vor, Ojala sei immer noch bewußtlos.

»Und jetzt nach Deutschland«, rief Wrede. »Der deutsche Nachrichtendienst hat sich sehr für eine eventuelle Verbindung zu Arabern interessiert. Die Leute vom BND haben versprochen, morgen mit Anna Halberstam, mit dem Anwalt, der Future Ltd. vertritt, und mit Sabine Halberstam zu sprechen.« Der Schotte schien mit sich zufrieden zu sein.

»Wissen wir schon etwas über Future Ltd.?« fragte er. Bevor jemand antworten konnte, hörte die Klimaanlage auf zu surren und knatterte eigenartig. Der Schotte öffnete die Tür zum Gang, denn der schallisolierte Raum A 310 war dicht wie eine Muschel, und in der Ratakatu 12 herrschte eine brütende Hitze.

»Nach wie vor leider nur, daß die Firma in Liberia registriert ist«, antwortete Saara Lukkari. »Ich habe über Interpol schon dreimal Informationen angefordert. Nach Ansicht der dortigen Kollegen werden wir die kaum bekommen, oder es wird zumindest lange dauern. Angeblich wäre die Situation eine andere, wenn man Future Ltd. beschuldigen würde, irgendein Verbrechen begangen zu haben.«

Wrede schnaufte verärgert. »Ein Unternehmen kann man nicht beschuldigen. Wir müßten wissen, wem der Laden gehört.« Seine Stimme wurde lauter.

»Deswegen brauchst du mich nicht anzuschreien«, erwiderte Saara Lukkari.

»Diese verdammten Araber machen mir Sorgen«, sagte Wrede, um seine Gereiztheit zu rechtfertigen. »Die Gentechnologie kann auch für den Terrorismus verwendet werden. Aber wir haben ja einen Experten hier. Um welche Risiken handelt es sich im schlimmsten Fall?« fragte der Schotte und schaute Ratamo durchdringend an.

Ratamo sah, daß auch Saara Lukkari auf seine Antwort wartete. »Für einen fähigen Molekularbiologen ist die genetische Manipulierung tödlicher Bakterien und Viren so einfach, daß man sich selbst bei lebhafter Phantasie nur schwer vorstellen kann, wozu die Planer von Biowaffen künftig imstande sein werden.« Ratamo beschloß, ein Beispiel anzuführen, und erzählte von dem durch australische Forscher entwickelten Mittel zur Sterilisierung von Mäusen, als dessen Träger Mäusepockenviren verwendet wurden. Wenn man in die Viren ein zusätzliches Gen einfügte, dann passierte es: Der genmanipulierte Pockenvirus zerstörte das Immunsystem der Mäuse. Die Tiere starben, auch die Individuen, die gegen die Mäusepocken resistent waren, und ebenso über die Hälfte der gegen den Virus geimpften Versuchstiere. Abschließend faßte Ratamo zusammen: »Durch eine ähnliche Veränderung an einem für den Menschen tödlichen Virus könnte eine Superwaffe entstehen, die sich leicht ausbreiten würde und gegen die Impfungen nicht wirken. Leider ist die Manipulierung von Viren heutzutage in der Gentechnologie etwas Alltägliches, sie wird jeden Tag in Hunderten Labors vorgenommen.«

»Existieren solche Waffen schon?« fragte Saara Lukkari verwirrt.

Ratamo hob die Arme. »Die Russen haben einige genmanipulierte Bakterien- und Virusstämme, und auch die Institute der US-Armee haben solche Stämme entwickelt.«

»Fallen dir noch andere Szenarien ein?« Wrede schien echt neugierig zu sein.

»Jede Menge. Der Tarnkappen-Virus zum Beispiel, eine Genkombination, die am Erbgut des Opfers andockt und später mit einem Signal ausgelöst werden kann. Oder eine ethnische Massenvernichtungswaffe, die Rassen beziehungsweise Volksgruppen erkennt …«

Ratamo wurde mitten im Satz unterbrochen, als der Ermittler Loponen mit wehendem Hawaiihemd hereinplatzte. Erbost drehte sich Wrede um und befahl ihm, endlich zu lernen, wie man anklopft. Loponen verteilte Blätter an seine Kollegen. »Sami Rossi wurde aus der Untersuchungshaft entlassen. Die Jungs vom kriminaltechnischen Labor sagen, daß die aufgezeichneten Bilder auf der CD echt sind.«

»Ist das seiner Frau mitgeteilt worden?« fragte der Schotte Loponen.

»Ach, Laura Rossi?«

Wrede verlor langsam die Geduld. »Hallo, Loponen. Wie viele Ehefrauen hat dieser Rossi?«

Loponen murmelte etwas und verschwand, ohne weitere Befehle abzuwarten.

Der Schotte warf einen Blick auf die Uhr. »So … Na dann wollen wir mal feiern gehen.«

»Love me tender, love me sweet …« Ein Mann in einem mit Fransen, Nieten und Pailletten geschmückten Elvis-Anzug sorgte in der Karaoke-Ecke des Restaurants »Kantis« für Stimmung. Der Bauch des Imitators wölbte sich schlimmer als beim echten Elvis 1976 in Las Vegas. Der untersetzte Mann hielt sich dann und wann den Rücken und wischte sich den Schweiß aus dem Gesicht, das von der dichten schwarzen Perücke, der riesigen Sonnenbrille mit Metallgestell und den Koteletten, die so dick wie ein griechischer Hirtenteppich waren, halb verdeckt wurde.

Jussi Ketonen wippte am Mikrofon im Takt der Musik, nie zuvor hatte er sich so sehr geschämt. Nur eins tröstete ihn: Niemand wußte, wer er war. Der Hüftschwung gelang ihm nicht, weil sein Rücken so verdammt schmerzte.

Der Auftritt endete mit gewaltigem Applaus, allerdings galt der nicht Jussi Ketonens Stimme. Seine Kleidung und seine Interpretation hatten die Männer und Frauen vom Fach beeindruckt.

Die mit Sternnieten verzierten Hosenbeine Ketonens, die so groß wie Focksegel waren, schlackerten, als er zum Bartresen eilte, nach dem Bierglas griff, das ihm Pekka Sotamaa reichte, und einen Wodka mit Wasser bestellte. Es war wirklich nicht alles in Ordnung.

»Die besten Elvis-Imitatoren verdienen bei den Yankees angeblich Millionen. Ein ziemlich guter Nebenverdienst für einen Rentner, oder?« spottete Ratamo. Der Blick seines Chefs brannte trotz der Sonnenbrille wie Feuer.

Ketonen fluchte im stillen. Warum nur war er mitgegangen, als Ratamo ihn abgeholt hatte? Ihm hätte doch klar sein müssen, weshalb es bei ihm sechs Tage vor seiner Hochzeit nachts um halb elf klingelte. Er fürchtete, ein Fotograf einer Abendzeitung könnte auftauchen. Das war garantiert das erstemal in der Geschichte, daß ein Chef der finnischen Sicherheitspolizei seinen Polterabend als Elvis verkleidet in einer Kneipe verbrachte. Ketonen trank seinen Wodka aus und entnahm den getrübten Blicken seiner Mitarbeiter, daß er hier nicht mehr gebraucht wurde. Er sagte Ratamo Bescheid, daß er gehen wollte, und bestellte ein Taxi.

»Elvis has left the building«, rief Ratamo ihm nach, und zwar so laut, daß Ketonen es ganz bestimmt hörte. Ein gutgelaunter und wohlbeleibter Stammgast setzte sich neben Ratamo auf den vorgewärmten Barhocker.

Ratamo schaute sich suchend nach seinen Kollegen um: Loponen und Sotamaa spielten am Automaten Poker, Saara Lukkari unterhielt sich neben dem Kamin mit irgend jemandem, und Mikko Piirala langweilte mit seinen Geschichten die tollste Frau im Lokal. Ratamo hätte am liebsten mit jemandem gewettet, wie lange die Schöne Piiralas Redeflut, die sich wie ein Wasserfall über sie ergoß, aushalten würde, aber in der Nähe saß niemand außer Wrede. Der Schotte stützte sich mit aggressiver Miene auf den Bartresen und schien, nach der Anzahl der leeren Schnapsgläser zu urteilen, ins Nirwana einziehen zu wollen. Plötzlich blieb ein langer Kerl, der aussah wie ein Gewichtheber, neben Wrede stehen und bat ihn um Feuer. Der Schotte hielt seine rauchende Zigarette vor den Mund und blies auf die Glut, daß die Funken sprühten. Es kam zu einem Wortgefecht.

Ratamo wandte sich seinem Nebenmann zu. »Hast du jemals vom Darwin-Preis gehört?« fragte er. Der Schluckspecht schüttelte den Kopf. »Ein irakischer Terrorist hat ihn erhalten, als er zu wenig Marken auf eine Briefbombe klebte, das Paket zurückerhielt, öffnete und sich selbst in die Luft sprengte.« Ratamo schaffte es, daß sein neuer Bekannter lächelte.

»Der Darwin-Preis wird an jemanden vergeben, der den Genpool der Menschheit verbessert, indem er seine eigenen Gene daraus entfernt«, fuhr Ratamo fort. »Der Mann da mit den roten Haaren ist nur einen Schlag von dieser Ehre entfernt«, sagte Ratamo, als der Zweimetermann Wrede am Westover packte.

28

Sami war verschwunden, und Laura konnte nichts tun. Ihr Gesicht glühte, die Wangen kribbelten – das war die Angst. Sie wurde sich dessen mehr und mehr bewußt, bis ihr das Blut in den Kopf schoß und sie glaubte, vor Sorge zu versinken. Laura schob sich ein zweites Kissen unter den Kopf und starrte auf die hellgelbe Decke des Wohnzimmers.

Fürchtete sie sich jetzt mehr als in Kraków? Dort mußte sie um ihr Leben kämpfen, das Adrenalin hatte sie vorwärtsgetrieben und die Panik verdrängt. Jetzt spürte sie eine nicht genau faßbare Atmosphäre der Bedrohung, die ihr durch Mark und Bein ging, wie bei der Lektüre der Krimis von Sven Westerberg, und ihre Kräfte reichten gerade mal, um den jeweiligen Augenblick zu überstehen. Zu Hause brauchte sie wenigstens nicht so zu tun, als sei sie stahlhart und eiskalt.

Laura hatte sofort im Untersuchungsgefängnis in Vantaa angerufen, als die SUPO ihr vor etwa zwei Stunden Samis Entlassung mitgeteilt hatte, erfuhr dort aber nur, daß ihr Mann mit dem Taxi nach Hause gefahren war. Nun dauerte die fünfzehn Kilometer lange Fahrt schon zwei Stunden. Mit Kaffee und Schokoriegeln kämpfte Laura die zweite Nacht hintereinander darum, wach zu bleiben, erst jetzt, kurz vor Mitternacht, spürte sie die Müdigkeit. Wenn der neue Tag begann, würde sie Arto Ratamo anrufen. Der Mann hatte bei ihr einen kompetenten und sympathischen Eindruck hinterlassen.

Laura stand auf und lief in ihrer Dreizimmerwohnung langsam von einem Raum in den anderen. Sie durfte nicht einschlafen. Auch der Küchentisch – die Renovierungsutensilien hatte sie fast alle weggeräumt – wartete darauf, daß Sami nach Hause kam: Beim Anblick des romantischen Dinnergedecks für zwei Personen mußte Laura schlucken. Die Kerze war heruntergebrannt, und die Blumen ließen schon die Köpfe hängen.

Sie ging in den Flur, an der Tür stand ihr kleiner Koffer fertig gepackt, und die Farbdosen stanken. Warum mußte gerade sie so etwas ertragen? Warum verlief in ihrem Leben nie etwas so, wie es sollte? Warum waren sie und Sami in dieses krankhafte Durcheinander verwickelt worden, obwohl keiner von ihnen beiden etwas getan hatte, womit er die Fahrt auf dieser Achterbahn der Angst verdient hätte? Wie war es möglich, daß sich Anna so wenig um die Gefühle anderer Menschen scherte? Die Abscheu gegen Anna weckte in ihr die Lust auf Rache. Auch das machte ihr Sorgen.

Als das Telefon klingelte, explodierte in ihrem Gehirn die Panik. War mit Sami alles in Ordnung? Sie riß den Hörer ans Ohr und krächzte »Hallo«.

»Endlich. Ich habe heute tagsüber schon etliche Male angerufen«, knurrte Eeva. »Ich habe …«

Die Enttäuschung trübte Lauras Denken. Sie war jetzt nicht imstande, alles zu erzählen. Eeva könnte ihr ohnehin nicht helfen. »Du, ich muß gerade los, ich melde mich später. Entschuldige, ich kann jetzt nicht …«, sie beendete das Gespräch mitten im Satz und sank auf den Stuhl neben dem Küchentisch.

Laura hätte alles getan, um Sami zu sehen, bevor sie zum Flughafen fuhr. Irgend etwas Positives mußte geschehen. Sie brauchte einen Halt, der ihr Kraft gab. Etwas Alltägliches, Normales …

Sie stieß den Becher voller Pinsel um, der auf dem Küchentisch stand, und schaute zu, wie die Holzoberfläche den indigoblauen Fleck aufsaugte. Ihr kamen die Tränen. Sie wischte sich die Augen mit dem Saum ihres Marimekko-T-Shirts ab, ging durch die Wohnung und versuchte sich zusammenzureißen. Im Schlafzimmer blieb ihr Blick am Bild Muhammed Alis in großspuriger Pose hängen. Am liebsten hätte sie das Poster mit dem Boxhelden heruntergerissen. Der Wimpel der finnischen Eishockey-Nationalmannschaft, Samis Videosammlung und die Boxschuhe auf dem Fußboden ließen sie fast in Tränen ausbrechen. Laura besaß die Fähigkeit, Samis männliche Angeberei zu durchschauen und den Romantiker zu erkennen, der Liebesfilme und Dinner bei Kerzenlicht mochte.

Lag Sami jetzt auch im Krankenhaus so wie Eero? Beide wirkten auf ihre Weise hilflos: Sami war stark und gesellig, aber leicht zu beeinflussen, Eero hingegen war intelligent, kam aber nicht mit anderen Menschen zurecht. Wem von beiden würde sie helfen, wenn auch Sami etwas zugestoßen war? Warum gerieten alle Männer in ihrem Leben über kurz oder lang in Schwierigkeiten? Vielleicht lag es ja an ihr, da es in ihren Beziehungen letztlich immer dazu kam, daß sie sich um ihre Männer kümmern mußte. Ihr fiel ein, wie der flachsblonde Eero in der Pause zu ihr gerannt kam und Schutz suchte, wenn ihn seine Klassenkameraden hänselten. Nie würde sie das scheue Lächeln des kleinen Bruders vergessen.

Das Telefon klingelte, Laura stürzte in die Küche und meldete sich.

»Laura. Ich bin aus dem Gefängnis entlassen worden …« Samis Stimme klang gedämpft, die Verbindung war schlecht, es knatterte und knisterte.

Laura drückte das Telefon so fest ans Ohr, daß es weh tat. »Wo bist du? Ich warte …«

»Hör zu. Ich bin betäubt worden, und man hat mich irgendwohin geflogen. Ich weiß nicht, wo ich bin. Sie haben mir gesagt, ich soll dir mitteilen, daß du deinen Bruder dazu bringen mußt, Anna Halberstam die Aktien zu verkaufen. Jemand wird dich anrufen und dir genauere Anweisungen geben, gehorche dem Mann. Wenn du der Polizei etwas davon sagst, bringen sie mich um. Das soll ich dir so sagen. Hilf mir Laura! Nur du kannst …«

Das Tuten hallte in Lauras Ohr wider. Sie sank zu Boden und vergrub ihr Gesicht in den dunklen Locken. Auch die letzten Kräfte schwanden, in ihrem Kopf herrschte absolute Leere, und sie war kurz davor, das Bewußtsein zu verlieren.

Als Laura schließlich wieder auf den Boden der Realität zurückkehrte, zeichnete sich die neueste Wende im Geschehen deutlich vor ihr ab. Nur zu gut erinnerte sie sich an das, was der »Freund« gesagt hatte: Eero wäre in Lebensgefahr, wenn er versuchte, Anna seine Aktien zu übergeben. Laura mußte sich zwischen ihrem Mann und ihrem Bruder entscheiden. Um unbeschadet durch diese Hölle zu gelangen, war sie gezwungen, sich auf ihren Instinkt zu verlassen, und der befahl ihr, Sami zu wählen … Aber wie könnte sie Eero dazu überreden, Anna seine Aktien zu verkaufen, wo doch Ratamo, ihr Reisegefährte von der SUPO, genau das Gegenteil von ihr erwartete?

DIENSTAG

29

»Juchhu, drei Punkte!« jubelte Nelli, als das Lakritzebonbon an die Stirn der Gipsbüste Sigmund Freuds klatschte, die auf dem Fensterbrett stand. Für Elvis und Lenin bekam man nur einen Punkt. Auf einem Tablett zu ihren Füßen lagen die Reste des Frühstücks. Ratamo hatte Nelli den ganzen Vormittag verwöhnt, um sein Gewissen zu beruhigen, denn er wollte sie abermals zu Marketta bringen.

Ratamo strich eine strohblonde Haarsträhne aus Nellis Gesicht. »Du hast wieder gewonnen.« Er warf einen Blick auf die Uhr, es war höchste Zeit einzupacken.

Ratamo holte aus dem Schrank im Flur eine Tasche, die unter den Sitz im Flugzeug paßte, und hantierte eine Weile geräuschvoll an den Schlafzimmerschränken. Zum Schluß legte er auf seine Sachen und den Kulturbeutel einen Stapel wissenschaftlicher Zeitschriften und Zeitungsartikel zum Thema Bio- und Gentechnologie, in der Hoffnung, daß er zwischendurch Zeit haben würde, seine Kenntnisse aufzufrischen. Er mußte auch noch Saara Lukkari anrufen, denn er hatte vergessen zu klären, ob Laura Rossi und der betrügerische Geschäftsmann Juha Hautala immer noch Kontakt zueinander hielten.

»Und ich bleibe wieder alleine«, sagte Nelli in der Tür zum Schlafzimmer und starrte ihren Vater traurig an, der die Sauberkeit eines Sockenpaares prüfte.

»Allein bleibst du nicht, mein Schatz. Du bist ja bei Marketta. Ihr habt doch immer viel Spaß miteinander, und

Marketta hat versprochen, daß sie mit dir in den Vergnügungspark Linnanmäki geht.«

»Aber wir beide machen überhaupt nichts mehr zusammen.«

Der Vorwurf war nicht zu überhören. Vor zwei Wochen waren sie noch die besten Kumpels gewesen, jetzt murrte und quengelte Nelli ständig, und das zu Recht. In der letzten Zeit hatte sie mehr bei Marketta gewohnt als zu Hause. Wegen Riittas Umzug nach Holland war alles durcheinandergeraten. »Vergiß nicht, mein Schatz, daß dein Vati in etwa zwei Wochen Urlaub hat. Dann fahren wir ins Ferienhaus und schalten alle Telefone ab. Keine Macht der Welt kann unseren Urlaub stören.«

»Warum ist Riitta ins Ausland gezogen?« fragte Nelli ganz unvermittelt in mißmutigem Ton.

Die Frage kam so direkt, daß Ratamo vollkommen verblüfft war. Er wußte es ja wirklich nicht. Die Frauen waren für ihn ein genauso großes Mysterium wie der Urknall. »Das kann ich nicht sagen ... Das sind so diese Dinge unter Erwachsenen. Riitta wollte die Arbeitsstelle wechseln.« Ihm schoß der Gedanke durch den Kopf, daß er Riitta vielleicht anrufen und ihr erklären sollte, was mit Elina geschehen war, aber sein Stolz siegte. Schließlich war sie es ja, die sich ins Ausland abgesetzt hatte.

Ratamo zog den Reißverschluß zu, stellte die Tasche auf den Fußboden und überlegte, ob er das Bett machen sollte. Aber wozu eigentlich. Als das Handy an seinem Oberschenkel vibrierte, schrak er zusammen. Er holte es aus der Tasche und sah auf dem Display den Namen Elina West. »East of Eden and West from hell«, murmelte Ratamo und steckte das Gerät wieder ein.

»Essen wir noch ein Karamel-Lakritze-Eis, bevor wir losgehen?« schlug Ratamo vor, um seine Tochter zu besänftigen.

Nelli schwieg demonstrativ und ging in ihr Zimmer. Mit einem Blick durch das Schlüsselloch vergewisserte sie sich, daß der Vater ihr nicht folgte, und holte dann das Blatt Papier unter ihrem Kopfkissen hervor, das sie in seinem Arbeitszimmer stibitzt hatte. Warum merkte er nicht, daß es verschwunden war? überlegte sie verärgert. Sie fürchtete, ihr Vater könnte deswegen Probleme bekommen. Ob sie das Blatt unauffällig in seine Tasche stecken sollte?

»Wir gehen in einer Viertelstunde los!« rief Ratamo. Im selben Augenblick klingelte es an der Tür. Hoffentlich kam Marketta nicht, um Nelli abzuholen. Ratamo wollte Ketonen sehen und ihn aushorchen, wer sein Nachfolger werden würde.

Er öffnete die Tür und konnte seine Verärgerung nicht verbergen, als er seinen Vater im Treppenhaus sah. Die Zeiger der Standuhr im Flur näherten sich der Sieben, er müßte bald zum Flughafen fahren. Ratamo bat seinen Vater nicht einmal herein. »Das ist jetzt wirklich ein ziemlich ungünstiger Zeitpunkt. Ich bin gerade im Begriff zu gehen, eine Dienstreise. Warum hast du nicht vorher angerufen?«

»Mit dir läßt sich einfach kein Treffen vereinbaren. Ich habe es zwei Monate lang versucht. Es dauert nicht lange«, entgegnete Tapani Ratamo, schob die Tür auf und trat herein.

Ratamo überlegte, ob er Kaffee kochen sollte, rechnete dann aber aus, daß dafür keine Zeit blieb. Er folgte seinem Vater in die Küche und setzte sich ihm gegenüber an den alten Bauerntisch.

Tapani Ratamo lächelte verlegen, als Nelli in der Tür auftauchte.

»Das ist dein Opa. Ihr habt euch vor anderthalb Jahren bei der Beerdigung der Uroma gesehen. Erinnerst du dich?« fragte Ratamo.

Nelli schaute befangen zu Boden. Sie bekam von ihrem

Großvater eine Tafel Schokolade und verschwand in ihrem Zimmer.

Ratamo senior brach das peinliche Schweigen. »Machst du derzeit auch noch etwas anderes als arbeiten? Hast du überhaupt irgendwelche Hobbys?«

»Steherrennen«,* erwiderte Ratamo, aber anscheinend verstand sein Vater den Witz nicht. »Du warst doch früher so felsenfest davon überzeugt, daß du nie nach Finnland zurückkehren wirst. Es sei ein kaltes und teures Land, hast du gesagt.«

Tapani Ratamo lächelte. »Meine Meinung hat sich möglicherweise geändert, nicht aber die Tatsache, daß ich recht habe. Ich habe meine Villa in Spanien verkauft und wohne jetzt in Töölö zur Miete.«

Ratamo konnte sich nicht erinnern, wann er das letztemal erlebt hatte, daß sein Vater lächelte, geschweige denn eine witzige Bemerkung machte.

Der ältere Ratamo sah in der Ecke einen mit leeren Bierflaschen vollgestopften Plastikbeutel und warf einen kurzen Blick auf die vor Müdigkeit geröteten Augen seines Sohnes. »Du hast doch nicht etwa Alkoholprobleme?«

»Nein. Die Hälfte des Kühlschranks ist mit Bier gefüllt.« Ratamo hatte keine Lust zu erklären, daß er stets vergaß, die Flaschen wegzubringen. »Warum bist du nach Finnland zurückgekommen?« fragte er.

»Wir müßten über die Vergangenheit reden«, sagte Tapani Ratamo. Er wirkte verlegen, trommelte mit den Fingern auf den Tisch und schaute verstohlen zu einer Taube hin, die plötzlich auf dem Fensterbrett aufgetaucht war. »Ich will hier nichts lang und breit erklären. Also sage ich mal nur, daß mein Verhalten damals nicht allein am Tod deiner Mutter lag. Ich bin nämlich ...« Tapani Ratamo fiel es sichtlich schwer auszusprechen, was er sagen wollte.

* Wortwitz: fi. *Ratamo*ottoripyöräily – dt. Steherrennen

Ratamo erwartete, daß sein Besucher jetzt von einer Krankheit erzählen würde, hoffentlich brach er hier nicht zusammen.

»Ja also. Ich bin eigentlich nicht dein Vater«, murmelte Ratamo senior.

Ratamo schaute seinen Vater entgeistert an. Die Behauptung war so absurd, daß er ungewollt lächeln mußte. Warum, um Himmels willen, hatte sich der Alte so eine Geschichte ausgedacht? War er jetzt völlig verwirrt, oder versuchte er den Komiker zu spielen? »Du nimmst doch nicht ernsthaft an, daß ich das glaube?«

»So ungewöhnlich ist das nun auch nicht. Deine Mutter war schwanger, als wir uns das erstemal trafen. Und wir hatten beschlossen, es dir zu erzählen, wenn du zwölf wirst. Diese Last mußte ich dann allein tragen, als deine Mutter starb.«

Ratamo wußte nicht, was er sagen sollte. Der Vater schaute ihn erwartungsvoll an, und Ratamo hoffte, der Alte würde in Gelächter ausbrechen. Das mußte ein Scherz sein. »Ist es dir recht, wenn wir dieses Gespräch ein andermal zu einem günstigeren Zeitpunkt fortsetzen? Vorausgesetzt, daß du das ernst meinst. Meine Maschine startet in einer reichlichen Stunde, und ich muß Nelli noch wegbringen. Marketta Julin beteiligt sich aktiv an Nellis Erziehung«, sagte Ratamo sarkastisch und bereute seine Worte sofort.

»Die Vaterschaft kann mit einem DNS-Test leicht überprüft werden, wie du sehr wohl weißt. Ist es nicht so, daß auch die Polizei diese Tests nutzt?« Tapani Ratamo zahlte den Spott seines Sohnes mit gleicher Münze zurück. »Du bist doch heutzutage Ermittler, richtig bei der staatlichen Polizei.« Er konnte nicht verbergen, daß er Ratamos neuen Beruf mißbilligte.

»Es ist die Sicherheitspolizei.«

»Ruf an, wenn du einen Test machen lassen willst«, sagte Tapani Ratamo schon auf dem Weg zur Tür.

Nelli tauchte in der Küche auf, gerade als Ratamo seinen Vater hinausbegleiten wollte. »Gib mir ein paar Euro, damit ich abends zum Kiosk gehen kann. Marketta kauft nie Bonbons«, sagte das Mädchen und zog einen Schmollmund.

Ratamo holte Geld aus der Tasche, gab Nelli einen Fünf-Euro-Schein und ging in den Flur, wo er freilich nur noch hörte, wie die Tür geschlossen wurde. Er kehrte in die Küche zurück und ließ sich auf einen Stuhl fallen. Manchmal geschah im Leben so viel auf einmal, daß man gar nichts anderes tun konnte, als alles zu akzeptieren und so weiterzumachen wie vorher. Welches Naturgesetz sorgte denn dafür, daß manchen Menschen alles mögliche passierte und anderen nichts?

Verblüfft bemerkte Ratamo, daß er die Behauptung seines Vaters glaubte. Der Alte wäre ja wohl kaum nach Jahrzehnten des Schweigens in Ratamos Wohnung eingedrungen, um ihm Märchen zu erzählen. Ratamo erinnerte sich dunkel, gehört zu haben, daß sich seine Eltern vor ihrer Hochzeit nicht lange gekannt hatten.

Sollte er die Behauptung seines Vaters überprüfen? Hätte das Ergebnis irgendeine Bedeutung? Über all das müßte er in Ruhe nachdenken. Irgendwann.

30

Die Augenlider öffneten sich ein paar Millimeter, wenn er all seine Kräfte sammelte, aber sie blieben immer nur für einen Moment offen. Eero Ojala roch das Desinfektionsmittel und begriff, daß er im Krankenhaus lag. Aus irgendeinem Grund sah er Ellis Selbstbildnis »Die Frau mit dem schwarzen Mund« vor sich, obwohl das Ölgemälde nicht zu seinen Lieblingsbildern gehörte. Es war das Ergebnis einer Selbstprüfung, das den Geruch des Todes trug und Anzeichen für das Ende von Ellis Laufbahn und Leben erkennen ließ. Die einstige Selbstsicherheit und Entschlossenheit schwanden bei der Fünfundsiebzigjährigen.

Was war vor der Galleria dello Scudo geschehen? Ojala dachte angestrengt nach und erinnerte sich an die Männer mit dem Bürstenhaarschnitt, die dunkelhaarigen Angreifer und den Einschlag der Kugel in seiner Schulter. War er in eine Auseinandersetzung zwischen verschiedenen Mafiagruppen geraten?

Wußte Dr. Cavanna, was ihm passiert war? Ojala erschrak. Er konnte es einfach nicht glauben, daß er so ein Pech hatte. Während er hilflos im Krankenhausbett lag, entglitt ihm die einzigartige Gelegenheit, ein Gemälde Ellis zu erwerben. Er mußte Cavanna unbedingt anrufen. Wie schwer war seine Verwundung? Kopf und Schulter schmerzten ein wenig, und von der Kanüle, die in der Ellenbogenbeuge steckte, führte ein Plastikschlauch irgendwohin.

Es gelang ihm, die Hand auszustrecken, sie traf auf irgend etwas, und dann splitterte Glas auf dem Fußboden. Alles, was er anfaßte, zerfiel. Plötzlich tauchte die »Frau mit dem schwarzen Mund« wieder vor ihm auf, und er versank erneut in seinem Traumschauspiel.

Beim Zusammenstoß eines LKWs und eines Busses, der Kinder ins Ferienlager bringen sollte, hatte es viele Verletzte gegeben. Sie wurden in die Notaufnahme des Ospedale Civile Maggiore hineingetragen. An der Eingangstür wimmelte es von Krankenhauspersonal, Ambulanzfahrern und weinenden Angehörigen. Es war heiß in Verona, und der Gestank der Abgase hing in der Luft.

Rafi Ben-Ami, der Chef von Oberst Agrons Kommando, strich zufrieden über das Pflaster auf seinem Handrücken.

Er ging vom Minipark Piazzale Aristide Stefani, einer kleinen Insel mitten im Verkehr, zum Parkplatz des Krankenhauses und sah einen ununterbrochenen Strom von Fahrzeugen. Die aufgeregtesten Angehörigen ließen ihr Auto stehen, wo es gerade war, und eilten mit angstvollem Gesichtsausdruck zum Haupteingang. Auch an der Information müßte ein großes Gedränge herrschen, wahrscheinlich telefonierten die Angehörigen so viel, daß alle Telefonleitungen überlastet waren, und im Krankenhaus selbst liefen sicher überall verängstigte Eltern herum. Eine solche Gelegenheit war ein Geschenk des Himmels, das sich Rafi Ben-Ami nicht entgehen lassen wollte.

Er steuerte auf den Haupteingang zu. Auf keinen Fall würde er sagen, daß er zu Eero Ojala wollte, denn alle Besucher des Finnen würden sofort dem Polizisten gemeldet werden, der an seinem Zimmer Wache hielt. Ben-Ami zog seine Anzugjacke aus und steckte die Pistole unter seinem Hemd in den Gürtel. Er zerwühlte seine Haare ein wenig, warf die Jacke über die Schulter und versuchte besorgt auszusehen.

Durch die Haupteingangstür gelangte man in ein großes Foyer, dabei mußte aber jeder an dem verglasten Informationsschalter vorbeigehen. Ben-Ami hastete in Richtung Foyer, als ihn eine schrille Frauenstimme stoppte. *»Scusi! Signore. Aspetta!«*

Ben-Ami blieb stehen, lächelte die Angestellte in der Information verlegen an und sagte auf englisch, er wolle in die zweite Etage, um Claudia Lucarelli zu besuchen, den Weg kenne er.

Die gestreßte Frau tippte kurz auf ihrer Tastatur, im selben Augenblick klingelten zwei Telefone gleichzeitig. Sie winkte hastig und rief: *»Va bene.«*

Ben-Ami betrat das Foyer und seufzte. Jetzt mußte er die Aufzüge finden. Eine Frau im weißen Kittel erklärte einer

Menschenmenge etwas, die sich um sie herum versammelt hatte, ab und an wurde sie von Fragen in erregtem Tonfall unterbrochen. Das waren bestimmt Angehörige der Unfallopfer, dachte Ben-Ami und erblickte die Aufzüge.

Er wartete auf den Fahrstuhl. In seiner Tasche fühlte er das Stilett. Sollte er den Finnen mit dem Messer oder mit einem Stahlseil umbringen? Wenn es die Situation zuließ, würde er ihn mit dem Kissen oder der Bettdecke ersticken, möglicherweise fiel das Personal darauf herein und nahm zumindest eine Weile an, der Patient sei eines natürlichen Todes gestorben.

Ein Pfleger, der ein Krankenbett schob, kam um die Ecke und parkte das Bett vorsichtig neben Ben-Ami. Der Mann lächelte freundlich. Auf dem am Kopfende des Bettes befestigten Medikamententablett lagen eine Injektionsspritze, eine Ampulle und Zubehör, das Ben-Ami nicht kannte.

Der Aufzug traf ein, und Ben-Ami war schon im Begriff hineinzugehen, als ihn jemand an der Schulter festhielt, irgend etwas auf italienisch erklärte und erst auf eine hinter ihm stehende Gruppe von Ärzten und dann auf den Aufzug zeigte.

»Non parlo italiano«, stammelte Ben-Ami und hoffte, daß die Frau ihn verstand. Er hatte für alle Fälle ein paar Worte gelernt. Die Ärzte, die sich laut unterhielten, zwängten sich in den Personenaufzug und fuhren davon.

Der Krankenpfleger bewegte das Bett, als die Klingel des Lastenaufzugs erklang und die Tür sich öffnete. Ben-Ami zögerte, aber das freundliche Lächeln des Pflegers schien zu besagen, daß er schon noch in den Aufzug hineinpassen würde. Der Bruder ganz in Weiß schob das Krankenbett hinter ihm in den Aufzug. »Giuliano Costa«, las Ben-Ami auf dem Namensschild des Pflegers, der in seine Unterlagen schaute.

Die Tür des Aufzugs schloß sich. Ben-Ami schaute verwundert zu, wie der Weißkittel die Injektionsspritze aus der Ampulle füllte und anschließend zweimal kurz drückte. Ein Tropfen glänzte an der Spitze der Nadel.

Ben-Ami erkannte den Angriff noch rechtzeitig, hob den Arm in Verteidigungsstellung und konnte im letzten Moment das Handgelenk des Angreifers aufhalten. Die Nadel der Injektionsspritze zitterte ein paar Zentimeter vor seinem linken Auge. Ben-Ami brachte den Pfleger mit dem Fuß aus dem Gleichgewicht, schlug ihm gegen das Brustbein und griff nach seiner Waffe. Der Spiegel zerbrach klirrend unter dem Gewicht des Pflegers, der Mann wurde durch die Wucht der Bewegung nach vorn geschleudert, drehte sich und stieß Ben-Ami den Ellenbogen in den Hals. Die beiden packten sich und fielen auf die Knie. Die Spiegelscherben bohrten sich in ihre Haut, Blut färbte die weißen Hosen des Krankenpflegers, und Flüche dröhnten dumpf durch den Aufzug. Ben-Ami griff so heftig nach einer großen Spiegelscherbe, daß Blut aus seinen Fingern spritzte. Als er sie zum Schlag erhob, jagte der Pfleger ihm die Spritze durch den Schuh hindurch in den Spann.

Ben-Ami spürte, wie er gelähmt wurde. Er sah seine Waffe auf dem Fußboden, aber seine Hände gehorchten ihm nicht mehr. Die Muskeln schliefen ein, und Wärme durchströmte seinen ganzen Körper. Der Pfleger hob ihn hoch und legte ihn auf das Bett. Ben-Ami verlor das Bewußtsein, kurz bevor sein Gesicht mit dem grünen Krankenhauslaken zugedeckt wurde. Über Sprechfunk teilte der Pfleger mit dem Bürstenhaarschnitt Wim de Lange mit, daß es Probleme gab.

31

Jussi Ketonen zog den Bauch so weit wie möglich ein, aber der Knopf der Frackhose war immer noch knapp zwei Zentimeter vom Knopfloch entfernt. Er blickte die Verkäuferin verlegen an und war einmal mehr von der Notwendigkeit einer strengen Diät überzeugt, wie bei jedem Besuch im Kleiderverleih »Juhla-Asu«. Hier lieh er auch immer seinen Frack für die Feier zum Unabhängigkeitstag aus. Im Moment hatte es allerdings keinen Sinn abzunehmen, denn die Hochzeit fand schon am nächsten Sonnabend statt.

»Wir haben vermutlich für einen … äh … Mann Ihrer Größe keine Hose, die … weiter geschnitten ist.« Die höfliche Verkäuferin wählte ihre Worte mit Bedacht. »Aber die wird bestimmt gut passen, wenn wir an den Nähten etwas herauslassen«, fügte sie eilig hinzu und reichte ihm den Frack zum Anprobieren. Wenigstens der saß ziemlich gut.

Ketonen wählte noch eine Weste und ein Frackhemd, Perlmuttknöpfe, eine Fliege und Lackschuhe aus; ein Taschentuch und Manschettenknöpfe hatte er selbst. Mit einem Seufzer der Erleichterung trat er auf die Fabianinkatu hinaus und nahm Mustis Leine vom Pfeiler der Markise. Der Beutel mit den Leckereien fand sich in seiner Jackentasche, und das alte Fräulein erhielt seine Belohnung. Dann überquerte das Paar die Straße vor dem massiven Gebäude des Generalstabs. Der warme Sommerwind wirbelte auf dem Kasarmitori den Staub auf und brachte Ketonens graue Haare durcheinander.

Die schlimmste Demütigung war schon überstanden, hoffte Ketonen, als ihm die Karaoke-Aktion vom Vortag einfiel. Der Abend war ein Leidensweg ohnegleichen für einen Mann gewesen, der nie in Kneipen saß, das letztemal auf der Frühlingsfeier in der Volksschule Ende der vierziger Jahre gesungen hatte und öffentliche Auftritte genausowenig mochte wie eine Zahnwurzelbehandlung. Er hatte schon im voraus befürchtet, daß sich die Kollegen irgend etwas ausdenken würden, aber eine solche Schikane hatte er dann doch nicht erwartet. Ketonen schätzte es jedoch, daß sie sich so viel Mühe gemacht hatten. Im Laufe der Jahre war eine gewisse Nähe zu seinen Mitarbeitern entstanden, obwohl er versuchte, ein wenig Distanz zu halten.

Es reizte Ketonen nicht besonders, bei einer Feier im Mittelpunkt zu stehen. Massenveranstaltungen waren ihm zuwider, aber Marketta wollte unbedingt eine traditionelle Kirchentrauung und die anschließende Feier mit zweihundert Gästen organisieren. Ketonen achtete die Traditionen zwar sehr, mied aber Stockfisch, Kantele-Musik und ähnliches, so gut es ging.

Der Rücken schmerzte beim Gehen, die Verrenkungen vom Vorabend hatten die Beschwerden noch verschlimmert. Die Hochzeit rückte näher, und es blieb keine Zeit mehr, den Rücken durch Yoga zu entspannen, da die Berninger-Ermittlungen ein immer bedrohlicheres Ausmaß annahmen. Irgend etwas mußte ihm einfallen, er durfte am Sonnabend in der Kirche schließlich nicht krumm gehen.

Ketonen goß sich in der Küche im vierten Stock Kaffee in den Holzbecher, warf in seinem Zimmer die Leine von Musti auf den Panzerschrank und brach an der uralten Yuccapalme ein vergilbtes Blatt ab. Dann breitete er die Zeitung, die »Helsingin Sanomat«, auf seinem Schreibtisch aus, die Besprechung würde erst in einer halben Stunde beginnen.

»Hör dir das mal an«, sagte Ketonen eine Weile später zu seinem Hund. »›Der junge Labrador Retriever Todd schwamm sechzehn Kilometer bis ans Ufer, nachdem er an der südenglischen Küste aus dem Boot gefallen war. Unterwegs gelang es ihm, den Autofähren, Containerschiffen und Yachten auszuweichen.‹ Musti, wir müssen Sport treiben.«

Ketonen beschloß, gleich mit dem Sport anzufangen – auf den Sportseiten. Bei den nächsten Spielen der Ersten Liga in Finnland oder den Hinweisen zu den Trabrennen könnte sich etwas Interessantes für eine Wette finden. Das war diesmal jedoch nicht der Fall. Nach der Lektüre fragte er sich nur verwundert, wie irgendein Idiot seinem Traber den Namen Galoppreitpferd Reima geben konnte.

Bei den Nachrichten aus der Welt der Wissenschaft fiel Ketonen die Überschrift »Ruhemaschine im Probebetrieb« ins Auge. In den Cockpits von Düsenjägern wurde ein Gerät getestet, hieß es in dem Artikel, das die unerwünschten Schallwellen neutralisierte. Wenn das für zivile Zwecke eingesetzt würde, könnte man in der Großstadt auch im allerschlimmsten Berufsverkehr inmitten völliger Stille spazierengehen. In der Welt der Ingenieure flogen selbst die Kühe, dachte Ketonen.

Der Summer auf seinem Arbeitstisch surrte, Ketonen rief: »Herein!« Er haßte diese Anlage.

Wrede trat ein, und Saara Lukkari folgte ihm auf den Fersen. »Der Mörder vom Forum ist identifiziert«, sagte der Schotte, der erregt wirkte und schnaufte.

Saara Lukkari berichtete, sie habe der polnischen Polizei eine Kopie von Laura Rossis CD geschickt, in der Hoffnung, daß die den Mörder von Berninger trotz der Maske identifizieren könnten.

Ketonen lehnte sich auf seinem Stuhl zurück und schob die Hände unter die Hosenträger. »Gut.« Er schaute auf die Uhr. »Wollen wir nicht jetzt gleich mit der Besprechung anfangen, da wir nun mal alle hier sind? Bitte, Erik.« Ketonen war seinen Kollegen dankbar, daß sie den gestrigen Abend nicht kommentierten.

Wrede berichtete, daß der polnische Sicherheitsdienst ABW den maskierten Mörder Berningers auf den Bildern erkannt hatte, weil der Mann ein Muttermal im

Genick und eine Narbe am linken Unterarm hatte. »Marek Kasprz… Kasprzck …« Der Schotte versuchte die Verbindung von sechs Konsonanten auszusprechen. »Also dieser Marek arbeitet für ›Debniki‹, er hat zweimal wegen schwerer Körperverletzung gesessen und ist schon etliche Male unter jedem möglichen Verdacht verhaftet worden. Nach Polen ist der Mann im Anschluß an seinen Besuch in Helsinki nicht zurückgekehrt. Wahrscheinlich hat man ihn im Ausland versteckt, bis Gras über die Sache gewachsen sein würde.«

»Eine Auftragsarbeit. Anna Halberstam läßt ›Debniki‹ wirklich für sich arbeiten, die Polen haben Berninger umgebracht, Tero Söderholm die Aufzeichnung der Überwachungskamera abgekauft und Jerzy Milewics gegeben.« Ketonen klang so, als wäre er sich ganz sicher. Er trank einen Schluck Kaffee aus seinem Holzbecher.

Jetzt war Saara Lukkari an der Reihe. »Ich habe aus Polen noch andere neue Informationen bekommen. Der Unfall auf der Baustelle in Kraków war kein Zufall, die Ziegel wurden hinuntergestoßen. Ein paar Bauarbeiter haben gestanden, daß sie eine zusätzliche Kaffeepause eingelegt haben, weil ihnen jemand zweihundert Złoty in die Hand gedrückt hatte. Nach ihrer Einschätzung war der Mann, der sie bestochen hat, ein Araber oder Südeuropäer.« Sie berichtete noch, daß im Archiv der polnischen Polizei kein Mann namens Jerzy Milewics und niemand mit den von Laura Rossi angegebenen Merkmalen zu finden war.

Ketonen sah, daß sie noch etwas zu sagen hatte. »Mach nur weiter.«

»Der Mann mit dem Bürstenhaarschnitt, der in Kraków verwundet wurde, ist Piet Vorster. Die Identifizierung haben wir über Interpol erhalten. Nach dem Machtwechsel 1994 wurde Vorster aus der Sicherheitspolizei Südafrikas ausgeschlossen und von der Wahrheitskommission begnadigt, obwohl die Liste seiner Verbrechen so lang ist wie das Titelverzeichnis der Iijoki-Reihe*.«

Ketonen zeigte lebhaftes Interesse für diese Informationen. »Der ›Freund‹, der Laura Rossi angerufen hat, sprach doch davon, daß Aids- und Malariamedikamente beschafft werden sollen. Vielleicht steckt hinter all dem irgendeine südafrikanische Organisation. Was Aids angeht, ist die Lage in dem Land ja katastrophal.«

Saara Lukkari wirkte unsicher. »Das ist eher nicht wahrscheinlich. In Südafrika gibt es tatsächlich zahlreiche gewaltbereite Organisationen, aber das sind alles Bewegungen, die nur einem Zweck dienen – der Wiederherstellung der weißen Vorherrschaft.« Die »Warriors of the Boer Nation« und »Boeremag« ließen in Pretoria und Soweto Bomben explodieren, las Lukkari aus ihren Notizen vor. Die »Afrikaaner Volksfront« und die »Oranier« hingegen kämpften für die Gründung einer unabhängigen Burenrepublik. Auf das Konto der AWB, der Widerstandsbewegung der Afrikaaner, gingen viele Bombenanschläge. Die Organisation »Boere Vryheids Aksie« hatte die Ermordung von Millionen Schwarzen geplant, sie wollte das Gift Tetranium in die Wasservorräte von Johannesburg schütten, und die »Freedom Front« …

»Danke, das reicht«, sagte Ketonen und unterbrach seine junge Mitarbeiterin. »Du hast gute Arbeit geleistet«, fügte er hinzu und sah, wie sich ihre Mundwinkel hoben. Im selben Moment drang von draußen das dumpfe Knattern eines Sportwagens herein. Ketonen trat ans Fenster, um nachzuschauen, was da auf der Ratakatu so einen Lärm machte. Ein glitzerndes Sportkabrio und ein junger eingebildeter Fahrer, berichtete er seinen Kollegen.

* Buchreihe des finnischen Erfolgsautors Kalle Päätalo, die mehr als fünfundzwanzig Romane umfaßt.

»Der Preis eines Autos ist nun mal umgekehrt proportional zum Selbstwertgefühl des Fahrers«, murmelte Saara Lukkari.

»Wer hat Kontakt zu den Italienern?« Ketonen gab das Tempo vor.

Der Schotte suchte ein Blatt Papier aus seinem Stapel heraus und sagte, der DNS-Fingerabdruck des Mannes mit der Gesichtsverletzung sei in keinem Register zu finden und man habe den Verwundeten auch in kein einziges italienisches Krankenhaus gebracht.

Ketonen schien in Gedanken versunken zu sein, deshalb wartete Wrede einen Augenblick, bevor er Neues vom Bundesnachrichtendienst berichtete. Der BND beabsichtige, die Verbindungen zu Arabern und Juden, die sich bei den Ermittlungen ergeben hatten, gründlich zu klären. Die Deutschen wollten heute die Aktienbesitzer von H&S Pharma und den Anwalt von Future Ltd. befragen.

Saara Lukkari rieb sich nervös die Schläfen. »Wenn das Motiv für all das die Aktien von H&S Pharma sind, dann versucht diese mysteriöse Future Ltd. vielleicht zu verhindern, daß Anna Halberstam die Aktienmehrheit des Unternehmens bekommt«, schlug sie vor, und ihre Kollegen nickten.

»Wer sind die Killer und wer die Beschützer?« fragte Ketonen sich selbst. »Wir wissen, daß die Beschützer die Aids- und Malariamedikamente des Pharmaunternehmens wollen und daß die Killer aus der Umgebung des Mittelmeeres stammen. Ist das alles? Hat die Polizei in keinem einzigen beteiligten Land irgendwelche Hinweise auf die Nationalität dieser ›Araber‹?«

»Nein. Außerdem sind die Angaben der Augenzeugen widersprüchlich. Manche beschrieben die Angreifer nur als braungebrannt oder als Menschen mit dunklem Teint.« Saara Lukkari ließ den Kronkorken einer Mineralwasserflasche knallen.

»Den Arabern wird heutzutage schon die Schuld selbst am schlechten Straßenzustand gegeben«, entgegnete Wrede.

»Allerdings nicht ganz ohne Grund«, erwiderte Lukkari und schnaufte.

»Ich glaube immer noch nicht, daß es bei alledem nur um die Aktienmehrheit des Pharmaunternehmens geht.« Ketonen hob seinen Holzbecher und verzog das Gesicht, als er merkte, wie säuerlich der kalte Kaffee schmeckte. Er fürchtete, auf seine alten Tage allmählich unter Wahnvorstellungen zu leiden, denn die Bedrohung durch die Bio- und Gentechnologie ging ihm ständig durch den Kopf. »Gibt es sonst noch etwas?« fragte er.

Wrede stand vom Ledersofa auf. »Ich rufe Ratamo an und sage ihm, daß seine Kontaktperson bei der Kriminalpolizei in Verona ein Mann namens Alessandro Mascari ist. Aus dem italienischen Titel des Mannes wird selbst der Teufel nicht schlau.«

Ketonen erzählte ihnen nicht, daß er vorhatte, die Präsidentin anzurufen. Er wußte jetzt, wen er als seinen Nachfolger empfehlen würde.

32

Jürgen Brauer, ein Ermittler des BND, schloß die massive Hofpforte der Villa Siesmayer. Mit raschen Schritten ging der großgewachsene Mann zu seinem Auto, stieg ein und schlug wütend auf das Lenkrad, das durch die Sonneneinstrahlung heiß geworden war. Anna Halberstam plante garantiert keine Unternehmensübernahmen und Morde, die Frau war sterbenskrank, fast bewegungsunfähig, und sie konnte kaum sprechen. Das Gespräch hatte ihn zweieinhalb Stunden gekostet, weil Anna Halberstam alles mögliche über das Programm des Unternehmens zur Erforschung der Krankheit ALS und über die Bemühungen zur Verlängerung der menschlichen Lebensdauer erzählt hatte und dabei ärgerlicherweise bis in die Einzelheiten gegangen war. Brauer hatte den Verdacht, daß sie sich einen Teil der phantasievollsten biotechnologischen Perspektiven selbst ausgedacht hatte. Das seelische Gleichgewicht der Frau schien gestört zu sein.

Dennoch hatte der Besuch einen Nutzen gebracht. Brauer glaubte jetzt, daß Anna Halberstam selbst in keiner Weise an der Regelung der Firmenangelegenheiten beteiligt war und daß Konrad Forster alles für die Witwe erledigte. Forsters Vorleben mußte genau unter die Lupe genommen werden, bevor er von seiner Geschäftsreise zurückkehrte und befragt wurde. Es war möglich, daß Forster, ohne Annas Wissen, sein Spiel mit dem Pharmaunternehmen trieb, jedenfalls paßte Forsters Foto genau zu der Beschreibung, die Laura Rossi von Jerzy Milewics abgegeben hatte.

Brauer strich den Schweiß aus seinem Schnurrbart. Dann holte er einen Stadtplan Frankfurts aus dem Handschuhfach und sah, daß Sabine Halberstam, die nächste Person, die er befragen mußte, nur einen Kilometer von der Villa Siesmayer entfernt wohnte. Geld kommt zu Geld, dachte Brauer, gab Gas und fuhr mit seinem BMW am Ostrand der Grünflächen des Palmengartens entlang in Richtung Grüneburg-Park.

Brauer hatte von seinen Vorgesetzten den Befehl erhalten, den Fall schnellstens aufzuklären: Eine Verbindung zwischen Arabern und einem Frankfurter Biotechnologieunternehmen war für den BND höchst brisant, weil Frankfurt als Finanzzentrum ohnehin schon ein erstrangiges Ziel der Terroristen in Deutschland darstellte. Man wußte, daß Al-Kaida Frankfurter Banken für den Zahlungsverkehr der Organisation genutzt und Anschläge mit Flugzeugen auf die Wolkenkratzer der Stadt geplant hatte.

Sabine Halberstam wohnte in der August-Siebert-Straße in einem dreigeschossigen Haus und belegte die ganze oberste Etage. Brauer vermutete, daß auch dieser Frau Halberstam über kurz oder lang das ganze Haus gehören würde, denn die Familie zog den Wohlstand wie die Schwerkraft unwiderstehlich an. Er klingelte zweimal und strich beim Warten über den Schnurrbart.

Eine ausgesprochen fit wirkende Frau um die Dreißig öffnete die Tür, und Brauer stellte sich vor. Die hochaufgeschossene Sabine Halberstam verzog den Mund zu einem verhaltenen Lächeln, die Konturen ihrer geschminkten Lippen waren verwischt, und aus dem Dutt im Nacken hingen einzelne Haare heraus. Aus irgendeinem Grund mußte Brauer an eine Wärterin der Sonderabteilung des Gefängnisses von Stuttgart-Stammheim denken, sie hatte kürzlich sein Gespräch mit einer Frau überwacht, die wegen terroristischer Aktivitäten verurteilt worden war.

»Für unser Treffen bin ich extra früher nach Hause gekommen. Ich kann mich nicht entsinnen, wann ich das letztemal vor sechs Uhr von der Arbeit heimgegangen bin«, sagte Sabine Halberstam, begrüßte den Ermittler und führte ihn ins Wohnzimmer. »Kann ich Ihnen etwas zu trinken anbieten, Kaffee, Tee …?« fragte sie höflich.

Brauer hob die Hand zum Zeichen der Ablehnung. »Sind Sie allein?«

»Mein Mann Ehud Agron ist ein noch schlimmerer Workaholic als ich …«

»Sie benutzen immer noch Ihren Mädchennamen?«

»Ja, der Name Halberstam hat im Pharmageschäft ein gewisses Gewicht. Vor allem hier in Frankfurt«, antwortete Sabine. Stolz war herauszuhören. Ihrer Ansicht nach sah der junge Brauer in seinem eleganten dunklen Anzug eher wie ein Geschäftsmann aus und nicht wie ein Ermittler.

Brauer schaute sich kurz in dem Raum um: teure, moderne Möbel, Edelholzparkett, wertvolle Kunstgegenstände – alles entsprach seinen Erwartungen.

»Nun sagen Sie endlich, was passiert ist«, forderte Halberstam mit Nachdruck. »Haben Sie den Verdacht, daß es um Industriespionage geht?«

»Wieso vermuten Sie das?«

Sabine Halberstam lachte kurz. »Na, es muß ja einen Grund dafür geben, daß Sie sich die Mühe machen, Hunderte Kilometer von Pullach bis hierher zu fahren.«

Brauer überlegte, ob viele Frauen wußten, wo die Schaltzentrale des BND lag. »Wie Sie vielleicht schon gehört haben, starb am letzten Freitag das ehemalige Vorstandsmitglied von H&S Pharma Dietmar Berninger … unter ungeklärten Umständen in Helsinki, in Finnland«, sagte Brauer. Sabine Halberstam reagierte überhaupt nicht auf diese Feststellung, sondern schien zu warten, daß der Polizist zur Sache kam.

»Kannten Sie Berninger gut?« fragte Brauer.

»Wir haben uns gelegentlich bei meinem Onkel zu Hause und auf Partys zufällig getroffen, aber ich weiß natürlich von dem Mord, der ist ja spaltenweise in der ›Allgemeinen‹, in der ›Neuen Presse‹ und der ›Rundschau‹ durchgehechelt worden.«

Brauer schrieb etwas in sein Notizbuch. »Ich möchte mit Ihnen über die Reorganisation reden, die in der letzten Zeit in Ihrem Unternehmen stattgefunden hat …«

»Ja?« Sabine Halberstam schlug ihre langen Beine übereinander, brachte ihren Haarknoten in Ordnung und schaute den Ermittler kühl an.

Brauer entschloß sich, sofort zum Wichtigsten zu kommen. »Streben Sie die Aktienmehrheit bei H&S Pharma an?« Er musterte die Schnitzereien, die auf dem Fensterbrett standen.

Sabine Halberstam entfuhr ein kurzes, trockenes Lachen.

»Die Mehrheit? Mir gehören armselige fünf Aktien, und auch die habe ich erst kürzlich von meinem Onkel Werner geerbt. Anna Halberstam besitzt fast fünftausend Aktien, genau wie Future Ltd.«

Brauer hatte allmählich das Gefühl, daß Sabine Halberstam das ganze Gespräch für einen Witz hielt. »Glauben Sie, daß Anna Halberstam oder Future Ltd. die Aktienmehrheit anstreben?«

»Das weiß ich nicht. Ich könnte mir vorstellen, daß beide ein paar Aktien mehr haben möchten, denn in diesem Unternehmen kann der Besitzer der Aktienmehrheit alle Entscheidungen allein treffen. Deswegen wurde das Unternehmen seinerzeit in Panama registriert.« Sabine stand vom Sofa auf und verschwand ohne Erklärung. Wenig später kehrte sie mit einem Glas Juice ins Wohnzimmer zurück.

Frustriert stellte Brauer fest, daß aus der Frau nichts herauszubekommen war. »Gibt es in der Leitung des Unternehmens ... Konflikte wegen der kürzlichen Änderungen der Besitzverhältnisse?«

»Bis jetzt nicht. Es wurde noch nicht einmal eine Hauptversammlung einberufen.«

Brauer überlegte genau, wie er die nächste Frage formulieren sollte. »Hat Anna Halberstam oder jemand ... in deren Auftrag erkundet, ob Sie bereit wären, Ihre Aktien zu verkaufen?«

Jetzt hielt Sabine Halberstam ihr Lachen nicht mehr zurück, es sprudelte laut aus ihr heraus und füllte das ganze geräumige Wohnzimmer. »Anna weiß, daß ich in andere Forschungsziele investieren will als sie. Unsere Beziehungen sind ... abgebrochen. Offen gesagt, Anna ist sehr krank. Zusätzlich zu ALS leidet sie unter Depressionen und hegt Zukunftsvisionen, die so phantasievoll sind, daß auch die Biotechnologie sie in den nächsten Jahrzehnten nicht verwirklichen kann.«

Die Antworten der Frau kamen fast zu schnell und flüssig, fand Brauer. »Was ist Ihr Verantwortungsbereich bei H & S Pharma?« fragte er schroff.

In Sabine Halberstams Augen leuchtete ein Funken der Begeisterung auf, als sie von der Erforschung der Kinderlosigkeit und den Behandlungsmethoden erzählte. Zum Schluß äußerte sie ihr Bedauern darüber, daß Genefab in den letzten Jahren gezwungen gewesen sei, in verschiedenen Teilen der Welt Forschungsinstitute und Schwesterunternehmen zu gründen, weil die Gesetze in Deutschland zur Embryoforschung so streng waren. Alle Forschungsdaten wurden jedoch am Stammsitz von Genefab in Frankfurt zusammengefaßt.

Brauer blätterte in seinem Notizbuch. »Kennen Sie Laura Rossi oder Eero Ojala?«

»Ich kenne sie nicht, aber ich weiß, daß Werner beiden jeweils fünf Aktien hinterlassen hat. Sie sind die Kinder von Anna Halberstams Schwester.«

»Sind Sie bestrebt, die Aktien von Rossi und Ojala zu bekommen?« fragte Brauer nach.

Auf Sabine Halberstams Stirn erschienen Falten. »Welchen Nutzen hätte das? Ich würde nur fünfzehn Aktien von zehntausend besitzen und wäre immer noch eine Kleinaktionärin. Außerdem können die beiden mir ihre Aktien gar nicht verkaufen, sie dürfen sie zu ihren Lebzeiten nur ihren Verwandten überlassen.«

Brauer stellte noch einige Fragen zu Einzelheiten und sagte dann, er sei fertig. Sabine Halberstam sprang auf und führte den Ermittler, der gedankenversunken über seinen Schnurrbart strich, auf den Perserteppichen bis in den Flur.

Irgend etwas beschäftigte Brauer noch. Er dachte angestrengt nach. Plötzlich fiel es ihm ein, er hatte das schon vor den heutigen Befragungen überprüfen wollen. »Hat Anna Halberstam außer Laura Rossi und Eero Ojala noch andere

Verwandte?« fragte er, als Sabine schon die Klinke der Wohnungstür in der Hand hielt.

Sabine schrak zusammen. »Meines Wissens nicht.«

33

Laura Rossi schloß die Tür ihres Zimmers im Hotel »Italia« hinter sich, ließ die Tasche fallen und griff nach der Fernbedienung des Fernsehers, um den Begrüßungstext und die Warenhausmusik auszuschalten. Sie drückte einige Knöpfe, und plötzlich erschien auf dem Bildschirm eine Pornoszene, die ihr ungewollt ein Lächeln entlockte. Die synchronisierten Seufzer auf dem Kinokanal verstummten, als der Bildschirm dunkel wurde. Laura warf sich aufs Bett. Die Reise nach Verona zusammen mit Ratamo hatte lange gedauert, es war jetzt kurz vor drei Uhr nachmittags. Die Stadt interessierte Laura nicht im geringsten, in ihrer Welt hatten nur zwei Dinge Platz: die unbegreiflichen Schrecken der letzten Tage und Sami. Die Sehnsucht schnürte ihr die Brust ein. Zum Glück würde sie in der Einsamkeit des Hotelzimmers ihren Akku eine Weile aufladen können.

Es war kein gutes Gefühl, Ratamo hinters Licht zu führen, aber sie wagte nicht, ihm von Samis Entführung zu erzählen, obwohl sie dem sympathischen Ermittler vertraute. Wenn Sami genausoviel Entschlußkraft hätte wie Ratamo, dann wäre all das vielleicht nie passiert. Sie bereute diesen Gedanken sofort, schließlich war Anna Halberstam das Ungeheuer, das ihr Leben zerstören wollte. Wie hatte man Sami aus Finnland herausgeschleust? War es überhaupt möglich, einen betäubten Menschen außer Landes zu bringen? Aber Anna hatte natürlich genug Geld, um Helfer und eine Privatmaschine zu bezahlen, überlegte Laura verbittert.

Das Telefon klingelte, und Laura bemerkte, daß dieses Geräusch ihr einen Schrecken einjagte, weil es in der letzten Zeit so oft schlechte Nachrichten angekündigt hatte. Warum, um Himmels willen, rief Ratamo jetzt schon an, oder versuchte der »Freund« immer noch, sie zu erreichen? Müde meldete sich Laura.

»Ich bin der Freund, der Ihr Leben gerettet hat«, sagte Masilo Magadla ganz ruhig. »Die Schenkungsurkunde, mit der Ihr Bruder auf seine Aktien verzichten kann, befindet sich im Schubfach des Schreibtischs in Ihrem Zimmer. Ich ...« Mehr konnte Magadla nicht sagen, das Gespräch wurde unterbrochen. Das war schon das zweitemal innerhalb einer Stunde. Nelsons Operation stand auf des Messers Schneide.

Man sollte niemanden unter Zwang vor die Wahl stellen: Bruder oder Ehemann. Laura wußte, mit Samis Tod auf dem Gewissen würde sie nicht leben können, und sie wollte nicht nach zwei Monaten Ehe Witwe werden. Auf diesen Empfindungen beruhte ihre Entscheidung. Ratamo würde sie nichts von der Entführung Samis sagen. Sie wollte Eero dazu bewegen, Anna seine Aktien zu verkaufen, obwohl sie damit das Leben ihres Bruders gefährdete. Laura hoffte, nie wieder in ihrem Leben so eine schwere Entscheidung treffen zu müssen.

Das Taxi raste an der Stadtmauer entlang, überquerte die Adige und bog sofort nach der San-Francesco-Brücke links ab. Der gutgelaunte Fahrer hielt auf der Straße Lungadige Galtarossa vor dem Polizeipräsidium von Verona, der Questura, und kassierte Ratamo ab.

Die brütende Hitze schlug Ratamo ins Gesicht, als er ausstieg. Er bestaunte für einen Augenblick die wunderbare Aussicht vom Uferhang auf den Fluß und die Stadt, drehte sich dann um und entdeckte auf dem Grundstück hinter der Questura Dutzende Grabkreuze. Ein schöner Anblick für Kriminelle, die hier zum Verhör eintrafen, dachte Ratamo. Er war auf dem Weg zum ersten Treffen mit Alessandro Mascari. Eero Ojala lag immer noch bewußtlos im Krankenhaus, und Laura ruhte sich im Hotel aus.

Ratamo brauchte eine Weile, bis er der diensthabenden Polizistin verständlich gemacht hatte, wer er war und wen er besuchen wollte. Man begleitete ihn auf der breiten, vom Zahn der Zeit und den Schuhen der Italiener abgenutzten Treppe in die erste Etage, in der sich Mascaris Zimmer befand.

Ratamo klopfte an und hörte einen Ruf. Er betrat das Zimmer, spürte, wie etwas gegen sein Fußgelenk knallte, und fluchte vor Schmerz. Ein Golfball. Mascari, ein Mann mittleren Alters in karierten Hosen und einem rosafarbenen Pikeehemd, erzählte etwas auf italienisch mit der Geschwindigkeit eines Ferraris.

Dann folgte ein Schwall von Entschuldigungen in englisch und schließlich ein kräftiger Händedruck. Mascari sagte, er sei der Chef der örtlichen Kriminalpolizei. Er stellte seinen Golfschläger an die Wand, goß Wasser in ein Glas, drückte es Ratamo, ohne zu fragen, in die Hand und kam zur Sache. Ein Mann namens Alfredo Cavanna hatte kürzlich eine Wohnung im Haus der Galleria dello Scudo gemietet. Die Polizei von Verona war noch auf der Suche nach Cavanna, obgleich man den Verdacht hatte, daß es sich um gefälschte Personalien handelte. Die Untersuchungen am Tatort führten anscheinend auch nicht zu einem Durchbruch, berichtete Mascari verärgert. Er versicherte, daß Eero Ojala gut bewacht würde. Die Polizei von Verona sah es als Ehrensache an, einen Mann zu schützen, für den sich sowohl die finnischen und polnischen als auch die deutschen Behörden interessierten.

Ratamo fragte nach Einzelheiten der Schießerei in Verona, aber von Mascari war auch nichts Neues zu erfahren. Die beiden konstatierten übereinstimmend, daß man bei den Ermittlungen so lange auf der Stelle treten würde, bis Eero Ojala wieder zu Bewußtsein kam. Zum Abschied versprach Mascari, er werde Ratamo in jeder möglichen Weise unterstützen und jetzt mit einem Streifenwagen ins Hotel bringen lassen.

Der junge Polizist fuhr seinen Lancia sicher, aber aggressiv. Ratamo genoß die millimetergenauen Überholmanöver und das Gefühl der Geschwindigkeit, begleitet wurde die Fahrt zuweilen von einem Hupen. Er dachte an seinen Vater oder vielmehr an Tapani Ratamo. Allmählich war er überzeugt, daß der Alte die Wahrheit sagte, er hatte sich so eine unglaubliche Behauptung kaum aus reiner Bosheit ausgedacht. Zumal man die Angelegenheit leicht mit DNS-Proben überprüfen konnte.

Aus den Tiefen seines Gedächtnisses holte er die Gesichtszüge seines Vaters hervor und fand keine Gemeinsamkeiten, sosehr er auch danach suchte. Hatte er die dunklen Haare von seinem richtigen Vater geerbt? Wer mochte das sein? Wenn es nach seinem eigenen Aussehen und Charakter ging, dann war es vielleicht irgendein Einsiedler mit hispanischem Temperament und Sinn für Humor, der sich zu viele Sorgen machte und die Frauen nicht verstand, vermutete Ratamo. Sollte er seinen richtigen Vater suchen? Was würde das ändern, er hatte ja nicht einmal zu seinem bisherigen Vater Kontakt. Zu seiner Überraschung empfand es Ratamo als befreiend, zu wissen, daß er nicht Tapani Ratamos Sohn war.

Der Lancia bremste mit quietschenden Reifen, und der Fahrer stieg aus, um Ratamo die Wagentür aufzuhalten, wie es sonst nur für Ehrengäste üblich war. Die getönten gläsernen Schiebetüren des Hotels »Italia« am schmalen Fußweg der Via Mamel öffneten sich. Ratamo meldete sich an, fuhr mit dem Aufzug in die zweite Etage und marschierte direkt zum Zimmer von Laura Rossi.

Es dauerte eine Weile, bis er sie überredet hatte, mit ihm Abendbrot essen zu gehen. Laura sagte, sie brauche noch einen Augenblick, um sich zurechtzumachen.

Ratamo fand im Barschrank seines Zimmers eine Flasche Nastro Azzurro und in seiner Tasche die Kautabakdose. Dann holte er die wissenschaftlichen Zeitschriften aus seiner Tasche, ließ sich aufs Bett fallen und versuchte sich zu bilden, aber seine Gedanken schweiften ab und landeten bei Riitta. Vor einiger Zeit hatten sie eine Reise ins süditalienische Amalfi geplant, in die Heimat ihrer italienischen Mutter, aber daraus würde nun wahrscheinlich nie etwas werden.

Nach einer halben Stunde hatte er nichts mehr zu trinken und zu lesen. Lauras Vorbereitungen dauerten anscheinend noch länger. Ratamo beschloß, ins Busineß-Center des Hotels zu gehen, vielleicht fand er im Internet eine Seite, auf der die Gaststätten in Verona beurteilt wurden. Die Touristenrestaurants um die Piazza Bra und die Piazza delle Erbe ließ er außer acht und markierte auf der Karte einige bei den Einheimischen beliebte Ristorantes und Osterias. Laura erschien im Foyer, als er auf dem Bildschirm einen Text über die Sehenswürdigkeiten von Verona las.

Die brütende Hitze hatte die Via Mamel aufgeheizt, nur wenige Menschen waren unterwegs. Ratamo betrachtete verstohlen seine Reisegefährtin, die müde und gestreßt aussah. Hoffentlich würde Laura nicht zusammenbrechen, die Frau hatte in den letzten Tagen Schweres durchgemacht: die Verhaftung ihres Mannes, den Mordversuch, die Verwundung des Bruders ... So viel Schlimmes widerfuhr den meisten Menschen in ihrem ganzen Leben nicht. Dennoch verwunderte Ratamo die Veränderung in Lauras Verhalten: Die willensstarke und selbstsichere Frau schien sich mit ihrem Schicksal abgefunden zu haben. Möglicherweise hatte einfach die Müdigkeit den Sieg davongetragen, vielleicht würde Laura am nächsten Morgen wieder ganz die alte sein.

An der Piazza delle Erbe erblickte Ratamo den Arco della Costa, der zur Piazza dei Signori führte. Er hatte eben im Internet gelesen, daß nach einer alten Legende der an der Decke des Bogens befestigte Walknochen auf den ersten gerechten Menschen herabfallen würde, der unter dem Bogen hindurchschritt. Im Laufe der Jahrhunderte waren viele große Männer, Könige und Päpste umsonst unter dem Walknochen hindurchgegangen. Er mußte es einfach versuchen. Ratamo lief, den Kopf im Nacken, durch den Arco della Costa, aber das einzige, was er abbekam, waren die neugierigen Blicke der japanischen Touristen.

Die Osteria »Tre Santi« fand sich in der Via San Alessio. In dem kleinen, sauberen Restaurant war kein einziger Tourist zu sehen, also gingen die beiden Finnen hinein. Ihr Gesicht erstarrte, als der Kellner herbeieilte. Die Augenbrauen des kahlköpfigen Mannes schienen mit Make-up auf der Haut aufgetragen zu sein. Er gestikulierte wie ein Kapellmeister und sprach kein Wort Englisch.

Ratamo bestellte *Tagliatelle colli Euganei* und einen einheimischen Wein, einen Valpolicella. Laura wollte eine *Pasticcio di Pesce*.

»Was tippst du?« fragte Ratamo Laura und nickte in Richtung des Kellners, der geschäftig am Kühlraum für den Wein hantierte.

»Ein Transvestit, eine Drag Queen oder ein Crossdresser«, erwiderte Laura, ohne lange zu überlegen, und kaute auf dem Nagel des Ringfingers.

Ratamo hatte keine Lust, zu fragen, was Crossdresser genau bedeutete. Er sah im Augenwinkel, wie ein gutgelaunter Italiener nebenan seinem Tischgefährten einen Blick zuwarf, sich am Ohrläppchen zupfte und lächelnd in Richtung des Kellners nickte. Weibisch – besagte diese Geste.

Riitta hatte Ratamo Dutzende Handzeichen beigebracht, die bei den Italienern beliebt waren.

Ratamo wollte zunächst das Dienstliche erledigen. »Zu den Ermittlungen nur soviel: Gestern in der SUPO warst du anscheinend nicht ganz ehrlich. Wir haben herausbekommen, daß du im Frühjahr mehrere Male mit Juha Hautala gesprochen hast.«

Lauras Gesichtsausdruck schwankte zwischen Verärgerung und Widerwillen. »Juha hat mich ein paarmal angerufen, aber das bedeutet nicht unbedingt, daß ich mit ihm gesprochen habe. Wenn du schon weißt, daß er angerufen hat, dann kennst du bestimmt auch die Gesprächsdauer. Ich habe den Hörer jedesmal fast sofort aufgelegt, wenn ich die Stimme dieses Idioten erkannt habe. Der Kerl hatte von meiner Hochzeit gehört und versuchte nun irgend etwas Erbärmliches zu säuseln.

Ratamo beschloß, später darauf zurückzukommen. Laura brauchte anscheinend wirklich Ruhe und eine Pause bei den Ermittlungen. In dem Moment brachte der Kellner, der anders als andere aussah, den Rotwein und goß Ratamo einen Tropfen zum Kosten ein. Der Valpolicella schmeckte mild und vollmundig, der Pflaumengeschmack war deutlich zu erkennen. Ratamo nickte dem Kellner zu.

»Was denkst du über H & S Pharma?« fragte Laura überraschend.

»Ein interessantes Unternehmen«, antwortete Ratamo, der bei dem Thema sofort Feuer fing. »Es wird mit seinen neuen Aids- und Malariamedikamenten Millionen machen. Diese Krankheiten bringen mehr Menschen um als Kriege. Das Tochterunternehmen Genefab ist allerdings noch interessanter. Wenn man etwas über die Zukunft der Biotechnik liest, weiß man heutzutage nicht mehr, ob man weinen oder lachen soll. Es scheint so, als würde der Mensch bald die Kontrolle über die Entwicklung verlieren.«

»Wieso?«

Ratamo erzählte von den Artikeln, die er im Hotel gelesen hatte. »Wenn der Bio- und Gentechnologie keinerlei Grenzen gesetzt werden, dann können die Wissenschaftler bald schreckliche Biowaffen entwickeln und die Tier- und Pflanzenwelt nach ihrem Willen manipulieren.« Er freute sich nicht gerade darauf, mit Wachstumshormonen des Stieres gezüchtete riesige Hühner oder eine Kreuzung von Schwein und Schaf zu sehen, die sowohl Schinken als auch Wolle lieferte. »Die Natur wird in den nächsten Jahrzehnten neu gebaut, und diesmal ist der Mensch der Ingenieur.«

»Die Biotechnologie hat doch wohl auch einen Nutzen?« entgegnete Laura, die aufzuleben schien.

»Aber natürlich. Für schwere Krankheiten werden neue Medikamente entwickelt, und die Behandlung der Kinderlosigkeit wird wesentlich erleichtert«, faßte Ratamo zusammen.

»Na also. Du kannst ja doch positiv denken, wenn dich jemand in die richtige Richtung schubst«, neckte ihn Laura.

Ratamo kümmerte sich nicht um die Spitze. »Auch positive Dinge haben ihre Gefahren. Ich fürchte, die Entwicklung bei der Behandlung der Kinderlosigkeit führt dazu, daß in Zukunft ein Kind wie ein Auto angeschafft wird. Eingelagerte Eizellen und Sperma werden auf der Grundlage der Eigenschaften des Erbgutes, das sie enthalten, verkauft. Dann leiht man die Gebärmutter irgendeiner Frau aus, die Geld braucht, oder das Kind wird in einer künstlichen Gebärmutter aus Glas aufgezogen. Auch das Klonen wird bald viele Umwälzungen auslösen.«

»Das habe ich auch gelesen«, sagte Laura voller Interesse. »Sowohl Aborte als auch Kindestötungen ließen sich vermeiden, wenn das Geschlecht des Kindes im voraus gewählt werden könnte. Dutzende Millionen neugeborene Mädchen sind in China während der letzten Jahrzehnte ermordet worden. Und wenn man Krankheiten schon vor der Geburt des Kindes herausfindet, dann würde das die Morde an krank geborenen Kindern verhindern.«

Ratamo war von Lauras Kenntnissen überrascht. Dann fiel ihm ein, daß die Frau Lehrerin war. »Ich fürchte nur, daß die genetische Manipulierung von menschlichen Embryos zu einem Wettrüsten auf dem Gebiet der erblichen Eigenschaften führen wird. In der Natur siegt auf lange Sicht derjenige, der am besten angepaßt ist, aber in der vom Menschen manipulierten Welt wird der Stärkste und Skrupelloseste gewinnen.«

Laura wollte noch etwas fragen, doch da erschien der Kellner. Ratamo stellte er eine mit Tomaten-Rotwein-Soße gefärbte Portion Pasta nach Art des Hauses mit Schweinefleisch und Champignons hin, und Laura bekam ihre dampfende Lasagne mit Meeresfrüchten.

Beim Essen fanden sich dann und wann ihre Blicke. Ratamo überlegte, ob in Lauras Augen irgendeine Botschaft zu lesen war. Unter anderen Umständen hätte es zwischen ihnen sicherlich gefunkt.

34

Jürgen Brauer fuhr die Kaiserstraße entlang und überlegte, ob der Wolkenkratzer direkt vor ihm der Eurotower, der Silver Tower oder vielleicht die Zentrale der Commerzbank war. Die Laubbäume am Rand der zweispurigen Straße sahen vor dem Hintergrund der gewaltigen Türme des Frankfurter Bankenviertels wie Zahnstocher aus. Brauer kam gerade von seinem Treffen mit Dr. Herbert Drumm, dem Anwalt der Future Ltd.

Der Jurist war in bezug auf Informationen so unnahbar gewesen wie die Jungfrau von Orleans. Drumm hatte nur erzählt, daß Future Ltd. kürzlich fast die Hälfte der Aktien von H&S Pharma gekauft hatte und daß die Firma einem geachteten Großfinanzier gehörte. Als es um die Nationalität des Mannes ging, hüllte sich Drumm in Schweigen, trotz Brauers direkter Nachfrage, ob er aus dem Nahen Osten kam. Auch die wiederholte Frage, aus welchem Grunde Future Ltd. die Aktien von H&S Pharma gekauft hatte, war vergeblich gewesen.

Brauer strich über seinen Schnurrbart und bog in die Adickesallee ein. Er hatte den Verdacht, daß Dr. Drumm mehr über H&S Pharma wußte als die Polizei von vier Ländern.

Plötzlich entdeckte er einen freien Parkplatz. Als er bremste und rückwärts in die Lücke fuhr, kreischte hinter seinem BMW die Hupe eines Volkswagens, der eine Notbremsung machen mußte. Er bat den VW-Fahrer mit einem Winken um Entschuldigung, warf die Parkerlaubnis auf das Armaturenbrett seines Wagens und lief zum Eingang des Frankfurter Polizeipräsidiums.

Der kleingewachsene, jugendlich wirkende Dr. Herbert Drumm trug Jeans von Armani und ein T-Shirt von Moschino und sah ganz und gar nicht aus wie ein eiskalter Geschäftsanwalt, der im Niemandsland zwischen legalen und illegalen Geschäften lavierte. Die modisch zerzauste Frisur ergänzte das auf nachlässig gestylte perfekte Outfit. Er saß im Eckzimmer der Anwaltskanzlei Drumm & Partner und griff zum Telefon. Vor zehn Minuten war der BND-Ermittler Jürgen Brauer nach ihrem Gespräch wieder gegangen.

Oberst Saul Agron meldete sich mit mürrischer Stimme, bat den Juristen, sofort zur Sache zu kommen, und drehte den Ton des Fernsehers ab. Er sah sich in seinem Arbeitszimmer im Main-Tower gerade eine Dokumentation der BBC über den letzten Irak-Krieg an.

»Der deutsche Nachrichtendienst hat eine Verbindung zwischen H & S Pharma und dem Mord an Berninger sowie den Ereignissen in Kraków und Verona hergestellt«, berichtete Drumm. »Der BND vermutet, daß Future Ltd. und Anna Halberstam einen Machtkampf um H & S Pharma führen. Das sieht aus unserer Sicht nicht gut aus.«

»Wenn die Polizei Beweise hätte, dann würde sie die entweder vorlegen oder jemanden verhaften.« Die Stimme des Obersts klang unfreundlich.

»Der Ermittler hat auch nach irgendeiner Tätowierung gefragt ... dabei handelt es sich um eine türkisfarbene Fünf«, sagte Drumm mehr aus Neugier, als um den Oberst zu informieren.

Agron verabschiedete sich kurz angebunden von Drumm. Der Anruf des deutschen Juristen bereitete ihm nicht die geringsten Sorgen, da die Polizei anscheinend nichts von Future Ltd. wußte und der Firmeneigentümer, der Milliardär Dan Goldstein, nichts Ungesetzliches getan hatte. Noch nicht.

Der Oberst strich über die dichte Behaarung seiner Unterarme und schaute sich aus einer Höhe von zweihundert Metern den Frankfurter Sonnenuntergang an. Seine Laune war allerdings alles andere als sonnig. Ben-Ami, den Chef des Kommandos, hatte man am Vormittag in dem Veroneser Krankenhaus betäubt, er war erst vor kurzem, noch benommen von dem Mittel, am Ufer der Adige aufgewacht. Und Eero Ojala lebte immer noch.

Der Oberst trat vor den Spiegel. Es wurmte ihn, daß er, der einst ein Mann der Tat gewesen war, nun in seinem gebügelten Hemd und den Khakihosen wie ein alter Stabsoffizier aussah. Er schaltete den Ton der BBC-Dokumentation wieder ein und sah sich das stolze Grinsen des Yankee-Generals Tommy Franks in der Zeit nach dem gewonnenen Irak-Krieg an. Oberst Agron mußte lächeln. Die überheblichen Amerikaner verstanden nicht, was es für ein Gefühl war, zu einem kleinen und bedrohten Volk zu gehören.

Die Operation zog sich hin. Das geschah oft, wenn man nicht mit voller Wucht zuschlagen durfte. Verschiebungen des Zeitplans und der Verlust des Überraschungsmoments brachten immer Schwierigkeiten mit sich. Wenn Saul Agron etwas nicht ausstehen konnte, dann war es der zögerliche Umgang mit der Macht in einem gerechtfertigten Krieg. Genau dieses Zaudern hatte ihn seinerzeit veranlaßt, den Armeedienst zu quittieren. Israel hätte die Palästinenser während des ersten Volksaufstands, der sechs Jahre dauerte, zerschlagen müssen, statt die Intifada durch das schändliche Friedensabkommen von 1993 mit der PLO zu beenden. Oberst Agron erinnerte sich genau, wie für ihn das Maß randvoll war, als Israel im darauffolgenden Jahr mit Jordanien Frieden schloß, und wie der 25. Februar 1996 das Faß schließlich zum Überlaufen brachte.

Seine Tochter Ilana gehörte zu den sechsundzwanzig Einwohnern Jerusalems, die in einem von der Hamas gesprengten Bus zerfetzt wurden. Im Kopf Agrons brannte der rotweiße Bus mit der Nummer 18 immer noch. Genau wie der Haß. Aber der Haß gab ihm die Kraft, mit der er seinen Sohn Ehud an die Spitze von Genefab bringen würde. Er war glücklich, daß Ehud und Sabine nichts von der Massenvernichtungswaffe wußten und demzufolge auch nicht in Gefahr waren. Nach dem Tod Ilanas war Ehud sein ein und alles.

Der Oberst setzte sich und betrachtete ein altes Foto. Er, Rafi Ben-Ami und Dan Goldstein sahen in ihrer Ausrüstung nach dem Kommandounternehmen in Beirut 1973 jung und toll aus. Im Augenblick der Ehre. Der Abschied aus der Armee hatte sich jedoch seiner Meinung nach als richtige Entscheidung erwiesen. Die verheerenden Auswirkungen der zweiten Intifada bewiesen das. Wenn der Staat

Israel nicht wagte, genügend Gewalt anzuwenden, dann mußte das eben jemand tun, der mutiger war – der geniale Geschäftsmann Dan Goldstein. Das Adrenalin schoß dem Oberst ins Blut, als er in der TV-Dokumentation die irakische Wüstenlandschaft sah und sich an die Zeit ihres Kampfes und Heldenmutes erinnerte.

Seine Aufgabe war es sicherzustellen, daß Dan Goldstein seinen Plan in Ruhe verwirklichen konnte und nicht mit den Aktionen des Kommandos in Verbindung gebracht wurde. Der Oberst machte die Drecksarbeit voller Stolz, weil er genug gesehen und gehört hatte, um zu wissen, daß er das »auserwählte Volk« verteidigte. Die zahllosen Wunder in den Kriegen Israels bewiesen das: die Siege gegen eine hundertfache Übermacht, die rettenden Stürme, die unerklärlichen Defekte feindlicher Panzer und Radaranlagen, die aus dem israelischen Luftraum verschwundenen und die nicht explodierten Raketen …

Oberst Agron legte sich auf den Fußboden, machte fünfzig Liegestütze und beschloß, dem Kommando neue Anweisungen zu erteilen. Es sollte nach gründlicher Vorbereitung in dem Veroneser Krankenhaus ohne Rücksicht auf Unbeteiligte zuschlagen. Nur der Tod Eero Ojalas würde dafür sorgen, daß die nächste Etappe in Dan Goldsteins Plan beginnen konnte.

MITTWOCH

35

Das aus den Dolomiten herabströmende Wasser der Adige glänzte in der Morgensonne hellgrün, aber die Aussicht auf die schöne Landschaft konnte Eero Ojala nicht beruhigen. Die Medikamente und der hämmernde Kopfschmerz beeinträchtigten sein Denken immer noch. Wenn er das schlechte Englisch des Arztes richtig verstanden hatte, dann würde die Schußwunde schnell heilen, und auch die Folgen der Gehirnerschütterung verschwänden durch viel Ruhe in Kürze. Möglicherweise konnte er das Krankenhaus schon morgen verlassen. Er hatte ständig einen trockenen Mund, das lag anscheinend an den Medikamenten.

Über den Fluß waren Stahlseile gespannt, an denen blaue und rote Holzstangen hingen, zwischen denen sich Wildwasserkanuten beim Slalom hindurchschlängelten. Ein junger Mann mit gelbem Helm war schon das drittemal von der Strecke abgetrieben worden, bemerkte Ojala. Aus irgendeinem Grund fühlte er sich einsam. Das geschah selten bei einem Menschen, der sich freiwillig von allem zurückgezogen hatte. Er hielt keinen Kontakt zu seinen Bekannten, und auch mit Laura sprach er nur ein-, zweimal im Jahr. Sicherlich kam er sich so verlassen vor, weil er im Krankenhaus lag, hier spürte man die Nähe des Todes, und diese Reise traten alle allein an. Hatte sich Elli so gefühlt, als sie wegen ihrer Hüftverletzung ins Krankenhaus mußte?

Die Ereignisse vor der Galleria dello Scudo fielen wieder über ihn her, obgleich er mit aller Macht versuchte sie zu verdrängen. Jetzt erinnerte er sich, wie die dunkelhaarigen

Männer ihre Waffen auf ihn richteten und wie der breitschultrige Mann mit dem Bürstenhaarschnitt zu ihm gerannt kam, als lebender Schild. Aber warum? Hatten sich die Schützen in der Person geirrt?

Ojala massierte seine Schläfen, als sich der Kopfschmerz in die Augen bohrte. Irgendeine Erklärung mußte sich doch für das Geschehen finden. In Italien wurden ja wohl Kunstfreunde nicht zum Vergnügen auf offener Straße niedergeschossen, obgleich das Land als Wiege der Mafia und Mekka der Kunst galt. Vielleicht war er doch nur zufällig zur falschen Zeit am falschen Ort gewesen. Was immer auch der Grund für den Zwischenfall sein mochte, er mußte Dr. Alfredo Cavanna finden. Es wunderte ihn, daß der Mann nicht auf seine Anrufe reagierte; unter der Nummer von Cavanna erreichte man niemanden. Er fürchtete schon, die einmalige Chance könnte ihm aus der Hand gleiten. Von ganzem Herzen hoffte er, daß das »Mädchen auf dem Sofa« immer noch zum Verkauf stand und daß er wach blieb, bis Laura eintraf. Was, um alles in der Welt, machte seine Schwester in Verona? Eilte Laura ihm wieder zu Hilfe, wie früher?

Laura Rossi faltete den Stadtplan zusammen und steckte ihn ein. »Das ist es«, rief sie Ratamo zu, mit seinem Orientierungssinn kam man nicht einmal durch eine Drehtür. Das Hotel »Italia« lag sehr günstig. Bis zum Krankenhaus waren es nur ein paar hundert Meter. Bald würde Laura ihren Bruder sehen.

Das Ospedale Civile Maggiore sah aus, als wäre es vom Zentralkomitee der Kommunistischen Partei der Sowjetunion erbaut worden, nur die Wachposten mit der Hammer-und-Sichel-Kokarde fehlten vor dem protzigen grauen Gebäude. Warme Windböen wirbelten den trockenen Staub auf.

Laura gingen die Ereignisse der letzten Stunden immer noch durch den Kopf. Ratamo hatte ihr beim Frühstück ein von der SUPO geschicktes Bild gezeigt; sie kannte den Mann, es war Jerzy Milewics aus Kraków. Von Ratamo erfuhr sie, daß es sich um Konrad Forster handelte, Anna Halberstams persönlichen Assistenten. Laura war es zuwider, Annas Anweisungen zu folgen und Ratamo Samis Entführung zu verschweigen, aber sie war gezwungen, zu tun, was die Entführer verlangten. Sami mußte gerettet werden, und deswegen war es ihr egal, was der »Freund« wollte, der es auf die Aids- und Malariamedikamente abgesehen hatte. Schon dreimal hatte sie ein Gespräch nach seinem Anruf unfreundlich mitten im Satz abgebrochen.

An der Information des Krankenhauses sagte Laura, daß sie Eero Ojala besuchen wollten. Die Diensthabende rief irgendwo an und erklärte ihnen, wie sie zu den Aufzügen und in die zweite Etage gelangten.

Auf dem Flur des Ospedale Civile Maggiore roch es nach Desinfektionsmitteln wie in allen anderen Krankenhäusern der Welt. Dieser stechende Geruch weckte sicher nur bei wenigen Menschen angenehme Erinnerungen.

Das Zimmer Ojalas wurde von einem jungen Mann in der repräsentativen Uniform der italienischen Polizei bewacht. Ratamo zeigte ihm seinen Dienstausweis. Der Italiener schrieb gerade die Namen der Besucher in ein Notizbuch, als urplötzlich Alessandro Mascari aus dem Zimmer kam.

Mascari begrüßte seinen finnischen Kollegen wie einen verloren geglaubten Bruder. Nur mit großer Mühe konnte Ratamo dem Kuß auf die Wange ausweichen. Alles hatte seine Grenzen. Mascari erzählte, daß er Ojala ein Telefon besorgt hatte. Dann wechselten die Polizisten ein paar Worte zum Stand der Ermittlungen, vereinbarten ein Treffen am späten Nachmittag, und Mascari verschwand auf dem Flur. Seine Golfhosen sorgten sogar bei dem Polizisten vor Ojalas Zimmertür für Heiterkeit.

»Was machst du denn hier?« fragte Ojala lächelnd, als Laura ihm um den Hals fiel. Er sah blaß und schwach aus.

Es dauerte eine Weile, bis die Geschwister ihre Gefühle wieder unter Kontrolle hatten. Schließlich drückte Laura ihrem Bruder einen Kuß auf die Stirn, und Ojala wirbelte kurz ihre Rastalocken durcheinander. Die Emotionen legten sich wieder, als Laura ihrem Bruder den Ermittler der Sicherheitspolizei vorstellte.

Nachdem Laura berichtet hatte, was ihr in den letzten Tagen alles widerfahren war, erzählte Ojala aufgeregt seine eigene Geschichte und das, was er soeben von Mascari erfahren hatte. Schließlich redeten beide Geschwister gleichzeitig und beschimpften ihre Tante Anna mit Worten, mit denen selbst ein Diktator selten bedacht wird.

Ratamo nahm das Steuer in die Hand und befragte Ojala systematisch nach den Einzelheiten der Schießerei. Ojala rekapitulierte die Ereignisse in der Via Scudo de Francia und berichtete stockend. In seinem Kopf herrschte noch ein wirres Durcheinander. Ratamo erfuhr nichts von entscheidender Bedeutung, egal, aus welchem Blickwinkel er auch fragte.

Eine halbe Stunde war verstrichen, man hatte alles Erzählte besprochen, aber Laura war immer noch nicht zum eigentlichen Anlaß ihres Besuchs vorgedrungen. Ratamo beschloß, das Gespräch in diese Richtung zu lenken. »Sollten wir deinem Bruder jetzt nicht sagen, daß er immer noch in Lebensgefahr schwebt?« Er schaute Laura fragend an.

»Ja. Vielleicht weißt du ja schon, daß du auf deine Aktien verzichten mußt, wenn du das Gemälde der Schjerfbeck haben willst«, sagte Laura zu ihrem Bruder, so als wäre es eine ganz belanglose Bemerkung, dabei zerknüllte sie jedoch vor Anspannung das Bettlaken.

Ratamos Gesichtsausdruck verriet, wie verblüfft er war. Was zum Teufel sollte das? Laura mußte doch etwas ganz anderes sagen, sie sollte ihren Bruder überreden, die Schenkungsurkunde zu unterschreiben und seine Aktien in einer Anwaltskanzlei zu hinterlegen. Wenn Laura nicht die Wahrheit sagt, überlegte er, dann mach ich es eben.

»Jemand hat deine Schwester angerufen und ihr erzählt, daß dein Leben in Gefahr ist, solange du deine Aktien besitzt oder Anna Halberstam übergeben willst.« Ratamo erklärte Ojala ausführlich alles, was er von Laura gehört hatte. Eero wirkte zunächst überrascht, dann verwirrt. Er schaute Laura an und wartete auf eine Erklärung.

»Kann ich einen Augenblick mit meinem Bruder unter vier Augen sprechen?« fragte Laura.

Ratamo sah die Bedrängnis und die Angst in Lauras unsicherem Lächeln. Warum hatte die Frau ihre Meinung geändert? Irgend etwas war passiert. Schon wieder. Ratamo überlegte, ob er es erzwingen konnte, in dem Zimmer zu bleiben. Er wollte es zumindest versuchen: »Vom Standpunkt der Ermittlungen wäre es besser, wenn ich bliebe.«

»In dem Fall rufe ich Eero vom Hotel aus an. Du kannst uns nicht daran hindern, unter vier Augen miteinander zu sprechen«, sagte Laura freundlich, aber entschlossen.

Ratamo verließ den Raum. Er konnte die Geschwister zu gar nichts zwingen, in Italien besaß er nicht einmal die Befugnis dazu. Was nur führte Laura im Schilde? Er ließ die Tür einen Spalt offen, lehnte sich an die Wand und versuchte die Geschwister zu belauschen, aber die Tür fiel krachend ins Schloß, so daß die Scheibe klirrte. Ratamo nickte einem lächelnden alten Mann zu, der einen Rollator vor sich herschob.

Laura setzte sich auf die Bettkante, ordnete einen Augenblick ihre Gedanken und beugte sich dann über ihren Bruder. »Es stimmt, was der Polizist sagt. Anna versucht H&S

Pharma zu erobern, und dabei ist ihr jedes Mittel recht. Ich bitte dich trotzdem, ihr deine Aktien zu übergeben. Sami ist gekidnappt worden, aber ich darf das der Polizei nicht sagen. Wenn du Anna deine Aktien nicht gibst, wird Sami umgebracht«, flüsterte Laura und war dem Zusammenbruch nahe, als sie sah, wie ihr Bruder sie voller Vertrauen anschaute. Sie hielt ihr Weinen zurück und versuchte das Bild des kleinen Eero, der vor den Jungen, die ihn hänselten, floh und bei ihr Schutz suchte, aus dem Gedächtnis zu verdrängen.

Ojala starrte seine Schwester fragend an, er schien auf irgendeine Bestätigung zu warten. Machte Laura einen Scherz? In was waren sie da hineingeraten? Der Erpressung durch Anna wollte er sich nicht beugen, aber Laura mußte er helfen, obwohl er ihren Mann nicht einmal richtig kannte. Er hatte Laura immer vertraut. Und vielleicht würde er als Zugabe noch Ellis Gemälde erhalten. Ojala faßte einen Entschluß.

Die Geschwister erörterten noch eine Weile alles, was geschehen war, und dachten über Annas Motive nach. Laura tat es in der Seele weh, daß sie Eero nicht alles verraten konnte.

Das Telefon klingelte. Ojala schossen Alfredo Cavanna und das »Mädchen auf dem Sofa« durch den Kopf. Laura hingegen hatte Angst vor der nächsten unangenehmen Überraschung. Die Geschwister blickten sich an, dann griff Laura nach dem Hörer auf dem Nachttisch.

»Ich vertrete Ihren Ehemann«, sagte Konrad Forster. Laura erkannte die Stimme. »Sie haben bestimmt schon die Zustimmung Ihres Bruders erhalten. Jetzt ist es Zeit für ein Treffen. Ihr Bruder kann seine Aktien um sechzehn Uhr im Garten Giardino Giusti übergeben, und wir übergeben Ihnen Ihren Mann. Leider kann ich nicht selbst vor Ort sein, aber mein Assistent nimmt die Aktien in Empfang. Kommen Sie auf die höchstgelegene Ebene des Gartens. Und kommen sie zu zweit.«

Siegesgewiß legte Konrad Forster in seinem Frankfurter Arbeitszimmer den Hörer auf. Vielleicht würde er Anna heute doch noch gute Nachrichten übermitteln können.

36

Ratamo ging die Via Cappello entlang und gestand sich verschämt ein, daß er einen Blick auf Julias Balkon werfen wollte. Die Stadtväter hatten den Marktwert der legendären Liebesgeschichte Shakespeares gewittert und einen der Balkone in den zahllosen Innenhöfen Veronas nach der Geliebten Romeos benannt. Das junge Fräulein hatte zwar seine Vorbilder in Verona, aber wie viele Touristen dachten wohl daran, daß Julia dennoch nur eine fiktive Figur war?

Ein heller Kleinwagen hielt neben ihm an, der Mann auf dem Beifahrersitz kurbelte das Fenster herunter und fragte etwas auf italienisch, seine Stimme ratterte wie ein Maschinengewehr. Seinem Gesichtsausdruck nach zu urteilen, hatten sie sich verfahren und wollten nun wissen, wie man am besten da- oder dorthin kam. Ratamo breitete die Arme aus und sagte auf englisch, er sei Tourist. Hielten ihn die Männer für einen Einheimischen? Sogleich fiel ihm wieder die absurde Neuigkeit ein, die ihm sein Vater an den Kopf geknallt hatte, und er überlegte einen Augenblick, ob in seinen Adern südeuropäisches Blut floß.

Ratamo blieb am Tor zum Innenhof der Familie Capulet stehen und sah ein graubraunes Haus, an dessen Wänden hier und da der Putz abbröckelte. Unter dem Balkon der zweiten Etage wimmelte es von Menschen. Die Gesichter der meisten Touristen, die zu Julias Balkon hinaufgafften, zeigten für einen Augenblick einen romantischen Ausdruck. Nicht so bei Ratamo. Er ging nicht einmal zu dem Denkmal Julias, um ihre rechte Brust zu betasten, die glänzte, denn zahllose Touristen hatten sie im Laufe der Jahre angefaßt, weil es Glück bringen sollte.

In anderthalb Stunden hatte Ratamo die berühmtesten Touristenmagneten Veronas besucht: den Duomo, das Amphitheater Arena, das Schloß Castelvecchio und die Sehenswürdigkeiten in der Nähe der Piazza delle Erbe und der Piazza dei Signori. Doch sein Gehirn war mit der Arbeit, mit den Ereignissen des Vormittags beschäftigt.

Was war mit Laura geschehen? Im Krankenhaus hatte sie sich seltsam verhalten. Plötzlich wollte sie anscheinend doch, daß ihr Bruder seine Aktien Anna Halberstam übergab, obwohl er dadurch erneut in Lebensgefahr geriet. Laura hatte sich nach dem Krankenhausbesuch geweigert, mit Ratamo zu sprechen, und nur behauptet, sie brauche etwas Ruhe. Ratamo wußte, daß der Organismus auf starken Streß oft mit Müdigkeit reagierte, doch hier ging es um etwas anderes. Er kam aber nicht darauf, was es sein könnte. Auch Laura stand nicht außerhalb jedes Verdachts, er mußte die Frau künftig dementsprechend behandeln.

Eine Gruppe fröhlicher deutschsprechender Touristen versperrte die ganze schmale Gasse. Ratamo fiel der gestrige Bericht des BND ein. Demnach trieb Anna Halberstam Genefab an, Mittel zu finden, mit denen die Lebensdauer des Menschen wesentlich verlängert werden könnte. Es fiel ihm schwer, das zu verstehen. Wer sollte so verrückt sein, zweihundert Jahre leben zu wollen? Fünfzig waren schon schwierig genug, dachte Ratamo, obwohl er ahnte, daß sich seine Meinung mit zunehmendem Alter ändern würde. Über seinen eigenen Tod hatte er bisher nur beim Begräbnis von Angehörigen und bei den drei Ermittlungen nachgedacht, in deren Verlauf er mit ihm konfrontiert worden war.

In der von einem Deckengewölbe überspannten Einkaufspassage neben dem Amphitheater fand sich das Restaurant »Brek«, das die Frau an der Rezeption des Hotels »Italia« so wortreich empfohlen hatte. Ratamo bekam Bedenken, als er die Pastagaststätte im Cafeteriastil sah, denn sie erinnerte an eine finnische Betriebskantine. Er öffnete die Glastür, ging hinein, nahm ein Prospekt für Touristen und las den Text über die verschiedenen Pastaarten: Rigatoni, Linguine, Ziti, Radiatore, Ruote, Mostaccioli, Penne, Fusilli, Orzo, Vermicelli, Fettuccine, Ditalini, Conchiglie, Farfalle, Manicotti, Capellini, Rotini ... Ihm lief das Wasser im Munde zusammen, als er entdeckte, daß es ein Selbstbedienungsrestaurant war.

Die Yuccapalme schwankte, als Musti an ihrem Lieblingsplatz unter den Fahnen Finnlands und der EU aufsprang und zu ihrem Herrchen rannte. Das Rascheln der Kekstüte wirkte bei Musti wie eine Hundepfeife.

Ketonen faßte in die Tüte und überlegte dabei, daß für ihn eine ausgewogene Diät bedeutete, in jeder Hand einen Schokoladenkeks zu halten. Er warf Musti einen halben Keks zu und steckte sich anderthalb in den Mund; sie aßen im Verhältnis zu ihrem Gewicht.

Ketonen dachte über den Bericht des BND zu Anna Halberstam nach. Die todkranke Frau träumte von der Verlängerung der Lebenszeit und vom ewigen Leben. Nach Auffassung des BND wäre sie nie und nimmer fähig gewesen, alle Ereignisse der letzten Tage zu organisieren. Deswegen glaubten die Deutschen, daß Konrad Forster die Operation geplant hatte.

Jussi Ketonen schluckte die Meinung der Deutschen nicht. Er wußte, wie sehr ein todkranker Mensch um sein Leben kämpfte, wenn das Ende näher rückte. In seinen alten Knochen spürte er, daß Anna Halberstam mehr wußte, als der BND glaubte. Vielleicht führte die Frau alle an der

Nase herum, möglicherweise war sie ein Genie wie ihr Schicksalsgefährte, der Physiker Stephen Hawking.

Am meisten Sorgen bereitete Ketonen jedoch Genefab. Er mußte ständig daran denken, daß die Firma die Unterschiede im Erbgut der arabischen und jüdischen Völker erforschte. Das weckte in ihm eine unbestimmte Angst.

Wrede kam mit Saara Lukkari zusammen hereingestürmt, ohne anzuklopfen. »Hier ist der neue Bericht des BND«, sagte der Schotte und reichte seinem Chef eine Kopie. Voller Konzentration lasen die drei Jürgen Brauers zweite Zusammenfassung.

Das Flugreservierungssystem lieferte die Bestätigung, daß Konrad Forster zum Zeitpunkt des Mordversuchs an Eero Ojala in Verona war. Das Vorleben des Mannes werde fieberhaft unter die Lupe genommen, hieß es in dem Bericht. Der BND wußte schon, daß Forster 1947 in Oberstdorf geboren worden war, an der Johann-Wolfgang-Goethe-Universität von 1967 bis 1974 Jura studiert und nach seinem Abschluß sofort bei H&S Pharma angefangen hatte. Forster war unverheiratet, beschäftigte sich in seiner Freizeit mit der Antike und fuhr Motorrad, und mit dem Gesetz war er nur beruflich in Kontakt getreten. Als Anna Halberstam krank wurde, beendete Forster seine Tätigkeit in dem Pharmaunternehmen und wurde ihr persönlicher Assistent. Den Namen des Eigentümers von Future Ltd. verriet auch dieser Bericht des BND nicht.

»Vielleicht nutzt Konrad Forster die kranke Witwe aus, um in dem Unternehmen die Macht zu erobern?« dachte Saara Lukkari laut nach, als sie den Bericht gelesen hatte.

Ketonen steckte ein Stück Würfelzucker in den Mund, schlürfte Kaffee aus seinem Holzbecher und überlegte einen Augenblick. »Der BND glaubt, daß ein Kampf um die Entscheidungsgewalt in H&S Pharma zwischen Konrad Forster und Future Ltd. im Gang ist.« Er stand auf, bewegte seine Hüften und verzog das Gesicht, als die Bandscheibe schmerzte.

Wrede strich nachdenklich über seine roten Haare. »Ich verstehe nicht, was all das diesem ›Freund‹, der es auf die Medikamente abgesehen hat, und Future Ltd. für einen Nutzen bringt? Die Kleinaktionäre haben nur fünfzehn Aktien von zehntausend und können sie ja außer ihren Verwandten niemandem verkaufen.«

Ein schüchternes Klopfen unterbrach die Besprechung, Ketonen brüllte: »Herein!«

»Järvinen von der Zentrale für Informationsmanagement«, sagte ein dünner junger Mann mit einem Werkzeugkasten.

»Na, dann müßtest du ja erst recht verstehen, warum da an der Tür eine rote Lampe leuchtet«, erwiderte Ketonen erbost.

»Ich sollte den Decoder installieren.«

»In einer Stunde«, sagte Ketonen und wies mit dem Finger auf die Tür. Mußte wegen eines einzigen jämmerlichen elektrischen Geräts jemand aus Rovaniemi in Lappland hierher geschickt werden, fluchte er lautlos. Und bei den Büroklammern wird dann gespart. Verdammt noch mal.

»Vielleicht könnte uns diese türkisfarbene Tätowierung weiterhelfen«, murmelte Ketonen vor sich hin, und dann fiel ihm etwas ein. »Hast du Ratamo über diesen neuen Bericht des BND informiert?« fragte er den Schotten.

»Der kann doch wohl von Verona aus nichts tun, wenn es um diese Dinge geht?«

Ketonen knurrte laut, Wrede war immer noch nicht zur Zusammenarbeit mit Ratamo fähig. Der Chef drückte den Lautsprecherknopf und tippte aus dem Gedächtnis die Handynummer von Ratamo ein.

Ein Schmatzen war zu hören. »Ratamo.«

Auf Ketonens Stirn erschienen Falten. »Ist alles in Ordnung?«

Ratamo berichtete von Laura Rossis plötzlicher Meinungsänderung.

»Arto, verdammt. Kläre sofort, was für ein Spiel die Frau treibt. Du sagst, daß du Ermittler der finnischen Sicherheitspolizei bist und daß dies kein Spiel ist. Anna Halberstam fehlen für die Aktienmehrheit in H&S Pharma genau die fünf Aktien, die Eero Ojala gehören. Um die ist ein Kampf im Gange, und der verläuft ganz bestimmt nicht nach den Regeln des olympischen Komitees. Ojala ist in Lebensgefahr.«

Ratamo nahm den Befehl entgegen und schaltete das Telefon ab. Er hatte beinahe vergessen, wie Ketonen Aufträge erledigt haben wollte – sofort. Die Hälfte der Pasta blieb auf dem Teller zurück.

37

Masilo Magadla ging im dichten Menschengedränge durch die spiralförmig ansteigende Einkaufspassage der Zeilgalerie. In Frankfurt nieselte es, und außerdem konnte er im Gehen am besten nachdenken. Eine Schirmmütze bedeckte seinen kahlgeschorenen Kopf und die Nähte. In ihm brodelte es, aber er versuchte die Wut im Zaum zu halten. Jetzt war ihm nicht nach Lächeln zumute.

Die Pläne mußten einmal mehr geändert werden, weil Nelson vor ein paar Minuten angerufen und mitgeteilt hatte, daß Eero Ojala seine Aktien nun doch den Helfern Konrad Forsters, den polnischen Gangstern, übergeben wollte. Magadla ballte die Fäuste. Wieder unterrichtete Nelson ihn viel zu spät über eine erneute Änderung im Ablauf. Warum bekam er die Informationen nur tröpfchenweise? Magadla empfand es als Beleidigung, daß Nelson ihm anscheinend nicht vertraute.

Er blieb vor dem Schaufenster eines Sportgeschäfts stehen, überlegte kurz, ob er sich eine bessere Mütze kaufen sollte, setzte dann aber seinen ziellosen Spaziergang fort. Warum klappte nichts so, wie es sollte? Wenn Ojala seine Aktien der Anwaltskanzlei übergeben hätte, dann würden Anna Halberstam und Oberst Agron gerade die Tränen ihrer Niederlage schlucken. Magadla hatte sogar die Schenkungsurkunde vorbereiten und Laura Rossi zukommen lassen. Jetzt reagierte die Frau nicht einmal mehr auf seine Anrufe.

Die Zeilgalerie sah aus, als hätte man sie gerade aus der Frischhaltefolie ausgepackt. Das Licht der Leuchtstoffröhren wurde von den Metallflächen, den Schaufenstern und Spiegeln reflektiert, und der geflieste Fußboden glänzte da, wo ihn noch keine nassen Schuhe betreten hatten. Die Menschen hasteten dahin, ihre Gesichter waren ausdruckslos, ernst oder vom Streß gezeichnet. Nur die Kinder betrachteten ihre Umgebung neugierig, so wie immer. In Deutschland, in ganz Europa ging es den Menschen zu gut, sie waren nicht mehr fähig, etwas zu genießen. Wurde er allmählich zum Pessimisten, weil er HIV-positiv war? Dieser Gedanke deprimierte ihn erst recht.

Magadla glaubte, daß die besten Eigenschaften des Menschen durch Schwierigkeiten hervorgebracht wurden. Seine schönsten Erinnerungen stammten aus der Zeit voller Entbehrungen und Unruhen im Sowetoer Stadtteil Enden. In den siebziger Jahren gehörten die Krawalle und die Zusammenstöße mit der Polizei zum Alltag, aber die Menschen halfen einander und besaßen ein ausgeprägtes Zusammengehörigkeitsgefühl. Es schien unfaßbar, daß sich die Lage in Soweto nach dem Machtwechsel verschlechtert hatte, heutzutage fürchteten sich die Menschen voreinander. Die Bewohner von Soweto benutzten ihre im Widerstand gegen die Apartheid eingesetzten Waffen nun gegen ihre Nachbarn, jetzt wurden mehr Morde, Raubüberfälle, Entführungen und Vergewaltigungen begangen als je zuvor. Allzu viele Bewohner von Soweto glaubten, die Lehre aus dem Untergang der Apartheid sei, daß man mit Gewalt Probleme lösen könnte.

Magadla betrat »Cicco's Cafébar« in der zweiten Etage des Einkaufszentrums, bestellte einen doppelten Espresso und setzte sich möglichst nah an das Gedränge. Er zwang sich, wieder an Nelsons Plan zu denken. Das Spiel wäre verloren, wenn Eero Ojala seine Aktien den Handlangern Anna Halberstams übergab. Da Laura Rossi nun mal nicht mehr mit ihm sprechen wollte, würde Magadla Ojala selbst anrufen und beten, daß es Wim de Lange gelang, das Leben der finnischen Geschwister zu schützen. Magadla vertraute de Lange noch mehr, seit seine Gruppe heute morgen in dem Veroneser Krankenhaus einen erneuten Mordanschlag gegen Ojala erfolgreich verhindert hatte.

Seltsam, daß der zuverlässigste Kooperationspartner eines schwarzen südafrikanischen Freiheitskämpfers der burische Mörder Wim de Lange war.

Die Ärztin stemmte die Hände in die Hüften, starrte Eero Ojala an, der mühsam den Krankenhausbademantel überzog, und nickte im Takt des italienischen Wortschwalls, den der schimpfende Polizist von sich gab.

Ojala fühlte sich schwach, die Nähte an der Schulter spannten, und der Kopf tat ihm weh, aber er zwang seinen Körper zu funktionieren. Das Temperament der Italiener war übergekocht, als Laura ihnen soeben eröffnet hatte, sie wolle den Patienten zum Kaffeetrinken in das Café führen, das sich im Erdgeschoß befand. Der Polizist hatte wohl Bedenken wegen der Sicherheit bei diesem Spaziergang, deswegen der Redeschwall.

Ojala wunderte sich, man konnte ja wohl niemanden zwingen, in seinem Zimmer zu bleiben. Aber woher sollte er das wissen, das war schließlich seine erste Krankenhauserfahrung. Jedenfalls mußte er den Raum verlassen, wenn sie die Absicht hatten, den Vertreter Konrad Forsters zu treffen. Laura wollte das, und Ojala vertraute seiner Schwester. Er steckte seine Aktien unauffällig in Lauras große Schultertasche und sagte, er sei soweit.

Als das Telefon klingelte, endete der italienische Wortschwall abrupt. *»Pronto!«* Die Ärztin hielt Ojala wütend den Hörer unter die Nase.

Masilo Magadla sagte, er sei der »Freund«, der Laura von Anna Halberstams Plan berichtet hatte. »Ich weiß von der Entführung Sami Rossis und verstehe sehr gut, daß Sie Ihren Schwager retten wollen, aber das Treffen im Park Giardino Giusti ist nicht der richtige Weg. Dabei würden Sie nur Ihr Leben verlieren. Sie müssen ...«

»Ich lege jetzt auf ...«, Ojala war schon im Begriff, den Hörer vom Ohr zu nehmen, als die Neugier doch siegte.

»Warten Sie! Falls Sie in den Park gehen, dann sollten Sie etwas wissen. Vielleicht erfahren Sie die Wahrheit, wenn Sie tun, was ich Ihnen sage.«

Ojala schrieb Magadlas Anweisungen auf und versuchte seine Verblüffung vor Laura zu verbergen.

»Wer war das?« erkundigte sich Laura neugierig, als das Gespräch zu Ende war.

»Der ›Freund‹ hat zur Abwechslung versucht, mich zu überreden. Er weiß von unserem Treffen«, sagte Ojala, beschloß jedoch, Magadlas Anweisungen für sich zu behalten.

Der italienische Polizist ging den Finnen energisch voran und führte sie zu den Aufzügen. Im Café bestellte Laura für sich einen Kräutertee und für ihren Bruder einen Espresso. Die Patienten saßen in ihren Morgenmänteln da und beobachteten neugierig, wie der Polizist um den Tisch der Finnen herum patrouillierte wie eine Entenmutter, die ihre Küken hütete. Laura war aufgeregt, eine derartige Situation kannte sie bisher nur aus Kriminalromanen. Sie warf Eero einen Blick zu und schämte sich, daß sie ihren Bruder angelogen hatte und benutzte. Laura nahm sich vor, Eero nicht eine Sekunde aus den Augen zu lassen, diesmal war es lebenswichtig, daß sie auf ihren Bruder aufpaßte. Ihre Zähne fanden ein Stück Nagel am kleinen Finger.

Die Geschwister nippten eine Weile an ihren Getränken und versuchten ganz locker und entspannt zu wirken. Dann sagte Laura dem Wachposten, sie müsse auf die Toilette, und ihr Bruder tat so, als hätte er das gleiche Bedürfnis. Der Polizist achtete nicht darauf, daß Ojala die Tasche seiner Schwester mitnahm, er folgte den Finnen ins Foyer und bezog mit entschlossener Miene seinen Posten zwischen den Türen der Damen- und Herrentoilette.

Der großgewachsene Ojala zog in der engen WC-Kabine ächzend seine Krankenhaussachen aus, holte Jeans und ein Hemd aus Lauras Tasche und stieß mit dem Knie gegen das Porzellan, als er die Hose anzog. Ein ekliger Gestank stieg ihm aus dem Toilettenbecken in die Nase. Er knallte den Deckel zu, spülte und zog sich weiter an. Warum hatte Laura für die italienische Hitze ein langärmliges Hemd gekauft? Sein Kopf schmerzte, am liebsten wäre er wieder ins Bett gegangen, aber Laura verließ sich auf ihn, und er durfte sie nicht enttäuschen, da er seiner Schwester endlich einmal helfen konnte.

Laura wartete in ihrer Kabine, sie hatte Eero zwei Minuten zum Umziehen gegeben. Es erschien absurd, aus dem Krankenhaus zu fliehen, um Killer zu treffen, aber was sonst hätte sie tun sollen – Sami mußte gerettet werden. Sie war gezwungen, irgendwo die Kraft zu finden, damit diese Hölle endlich aufhörte. Um die Warnungen ihres Verstands zu ersticken, ging sie ihren Fluchtweg noch einmal durch, den sie vorher abgelaufen war. Nach den zwei Minuten öffnete sie das kleine Fenster zum Hinterhof, kletterte hinaus und sprang auf den sonnenverbrannten Rasen, der unter ihren Schuhen knisterte.

Laura sah, wie ihr kräftig gebauter Bruder in der Fensteröffnung ächzte, er war mit den Schultern im Rahmen hängengeblieben. Laura flüsterte ihm Anweisungen zu und zerrte so heftig an seinem gesunden Arm, daß sie fürchtete, er könnte ausgerenkt werden. Schließlich knackte irgend etwas, Eero konnte sich hinausschieben und landete auf dem Rasen.

Sie eilten in Richtung Uferstraße, dann bis zur Brücke Ponte Catena und stellten sich an die nächste Taxihaltestelle.

Rafi Ben-Ami teilte seinem Kommando mit, daß er die Finnen an der Brücke Ponte Catena gesehen hatte, während sich zur gleichen Zeit Wim de Langes Sicherungsgruppe mit einem VW-Transporter dem Taxi der Finnen an die Fersen heftete.

38

In dem winzigen Büro des überdachten Innenhofes am Eingang zum Garten Giardino Giusti verkaufte ein freundlicher alter Herr Laura und Eero die Eintrittskarten. Der Parkwächter musterte das Touristenpärchen neugierig. Dem großen Mann, der sich die Schulter hielt, ging es anscheinend nicht gut, und die kleine Frau mit den Rastalocken sah blaß und ängstlich aus. »Der Garten wurde im sechzehnten Jahrhundert geschaffen. Mozart, Goethe und viele aus der Familie de Medici sind hiergewesen. Ich kann Ihnen noch mehr erzählen, wenn Sie möchten, daß ...«

Mit einem höflichen Lächeln und einer Handbewegung gab Laura zu verstehen, daß sie auf eine Führung verzichteten. Sie schaute über ihre Schulter und preßte ihre Handtasche an sich. Laura war auf alles vorbereitet, sie hatte sowohl Eeros Aktien als auch die Schenkungsurkunde des »Freundes« mit. Die Angst kroch ihr die Kehle hoch. Jetzt mußte sie so eiskalt sein wie noch nie, die Menschen, die sie liebte, waren in Gefahr.

Laura hätte nicht sagen können, was sie mehr fürchtete, einen erneuten Mordversuch oder daß Ratamo ihr folgen und das Treffen verhindern könnte. Laura hatte den Ermittler angelogen und gesagt, sie wolle Mittagsschlaf halten und in ihrem Zimmer bleiben. Doch woher wußte sie, ob Ratamo ihr geglaubt hatte? Vielleicht mußte das Hotelpersonal ihn informieren, wenn sie ihr Zimmer verließ. Laura hatte nicht die geringste Ahnung, welche Tricks ein Polizist in der Hinterhand hatte. Sie hoffte, daß der sympathische SUPO-Mitarbeiter wegen ihres Täuschungsmanövers keine Schwierigkeiten bekommen würde.

Die aufsteigende Angst ließ sich nicht unterdrücken, es half auch nicht, wenn sie schluckte. Aber Laura zwang sich, einen Fuß vor den anderen zu setzen. Irgendwo in dem riesigen Garten wartete Sami auf sie.

Ratamo ging auf der nördlichen Uferstraße an der Adige in Richtung Hotel »Italia« und betrachtete die idyllischen Landgüter und Weingärten und die Berggipfel am Horizont. Abends wurde die Hitze des Tages zur angenehmen Wärme. Jetzt bedauerte er, am »Brek« kein Taxi genommen zu haben, der Weg war länger als angenommen. Ratamo wußte schon, wie er die Wahrheit aus Laura herausbekäme. Ketonen hatte wie üblich recht, er mußte Laura im Stile eines richtigen Verhörs hart zusetzen und sie in die Enge treiben.

Das Parfüm einer Frau, die vorüberging, stieg ihm in die Nase, Ratamo erkannte den Dolce & Gabbana-Duft, den Riitta verwendete. Mit einem Schlag kam ihm ihr Umzug wieder zu Bewußtsein, und das machte ihn wütend. Die Ermittlungen im Fall Berninger mußten zu Ende geführt werden, danach stand der Urlaub an. Er würde sich mit Nelli für einen Monat in die Ferienhütte zurückziehen, und dort konnte er sich dann grämen. Alles andere mußte warten, bis er sein Leben einigermaßen in den Griff bekommen hatte.

Ratamo beschleunigte seine Schritte, als er das Hotel vor sich sah. Die Glastüren rauschten auf, und er stürmte ins Foyer, dessen rote Teppiche das Geräusch der schnellen Schritte dämpften. Er lief die Treppe hinauf bis in die zweite Etage und blieb vor Lauras Zimmertür stehen.

Die erste Klopfserie brachte kein Ergebnis, und auch sein lautes Hämmern half nichts. Ratamo legte das Ohr an die Tür; es war nichts zu hören, obwohl Laura geschworen hatte, in ihrem Zimmer zu bleiben. Ratamo schwante nichts Gutes, er rannte zurück ins Foyer und bat den Mann an der Rezeption, die Zimmernummer 356 anzurufen.

Der Angestellte ließ das Telefon eine halbe Minute lang klingeln – ohne Ergebnis.

»Haben Sie gesehen, ob meine Reisegefährtin das Hotel verlassen hat? Die kleine Frau mit den Rastalocken?« fragte Ratamo in strengem Ton.

Der Mann schüttelte den Kopf, aber seine Kollegin sagte, sie hätte für diesen Hotelgast ein Taxi bestellt.

»Rufen Sie die Taxizentrale an. Fragen Sie, von wem die Frau abgeholt und wohin sie gebracht wurde. Ich bin ein ausländischer Polizist.« Ratamo hielt ihr drohend seinen Dienstausweis hin, obgleich er wußte, daß der in Italien nicht einen Cent wert war.

Die Frau zögerte einen Augenblick. »Das ist nicht notwendig. Die junge Frau bat mich, ein Taxi ins Krankenhaus zu bestellen.«

Ratamo fühlte sich ein wenig erleichtert. Laura war nicht verschwunden, sondern besuchte ihren Bruder. Der Wachposten der Polizei garantierte die Sicherheit der Geschwister. Im selben Augenblick erinnerte sich die Frau noch an etwas anderes. »Sie wollte auch wissen, wo sich der Garten Giardino Giusti befindet. Ich habe es ihr auf dem Stadtplan gezeigt.«

Verdammt. Wäre es besser, ins Krankenhaus oder in den Garten zu gehen? Ratamo wußte nicht, was er tun sollte. Dann fiel ihm ein, wer helfen könnte; er holte die Handynummer von Alessandro Mascari aus der Hosentasche.

Es dauerte nervenaufreibend lange, bis sich Mascari endlich keuchend meldete. Im Hintergrund hörte man eilige Schritte und laute Durchsagen. »Deine Landsleute sind eben aus dem Krankenhaus verschwunden«, sagte Mascari und schnaufte.

»Sie sind im Giardino Giusti«, zischte Ratamo, er hörte noch Mascaris Versprechen, seine Männer in den Garten zu schicken, und beendete das Gespräch.

Laura Rossi spielte irgendein Spiel. Auf wessen Seite stand sie? Warum hatte sie ihre Meinung zu Eeros Aktien plötzlich geändert? Das und ihr Verschwinden aus dem Hotel und die Anrufe von Lauras kriminellem Ex-Freund Juha Hautala erhielten eine neue Bedeutung. Hatte Laura bei allem gelogen?

Ratamo warf einen Blick auf den Stadtplan von Verona und fluchte, als er sah, daß er vor einer Weile genau am Garten Giardino Giusti entlanggegangen war.

Die labyrinthartigen Hecken, die Wasserspiele und Marmorskulpturen der untersten Ebene des Gartens beeindruckten Laura nicht. Sie spähte an ihnen vorbei zu dem Hang am anderen Ende. Dort irgendwo mußte man auf die höher gelegenen Ebenen des Gartens gelangen. Die Angst beherrschte ihr Denken. Würden sie, Eero und Sami jemals wieder hier entlanggehen können, auch wenn Eero seine Aktien an Konrad Forsters Helfer übergab?

Die Geschwister stiegen die in den Hang eingebauten Stufen hinauf und durchquerten die zweite Ebene. Sie gelangten an einen Turm, kletterten dessen steile Treppe hinauf und standen plötzlich auf der obersten Ebene des Gartens. Über den roten Ziegeldächern Veronas bot sich ihnen die Aussicht auf die Landschaft. Laura ließ ihren Blick über das Panorama bis in die Mitte des schmalen, langgestreckten Gartens wandern. Dort sah sie den polnischen »Zeugen«, den sie aus Kraków kannte, drei bewaffnete Männer und Sami.

Laura stürzte los und rannte auf ihren Mann zu. Als sie sich ihm bis auf fünf Meter genähert hatte, hob der Pole die Hand zum Zeichen, daß sie stehenbleiben sollte, und der Mann, der Sami bewachte, richtete seine Maschinenpistole auf sie. »Ich schlage vor, daß wir erst das Geschäftliche erledigen. Sie haben noch Ihr ganzes restliches Leben Zeit für Ihren Mann«, sagte Forsters Helfer, der Mann von »Debniki«.

Mit langsamen und unsicheren Schritten ging Eero Ojala an Laura vorbei auf Sami Rossi zu, bis der Mann mit der MP wieder seine Waffe hob. Ojala schaute seinen Schwager neugierig an. Rossi schien keine Angst vor seinen Entführern zu haben, er war nicht gefesselt, und man sah auch keine Spuren von Mißhandlungen. »Ich habe Dinge über dich gehört, die unangenehm sind. Man behauptet, du wärest nicht aus deinem Hotelzimmer geflohen, obwohl es nicht bewacht wird?« sagte Ojala auf englisch zu seinem Schwager.

Sami Rossi schaute ihn verdutzt an, genau wie die Männer von »Debniki« und Laura. Alle warteten auf Rossis Antwort.

»Menschenskind, ich bin entführt worden. Ich werde doch gegen diese Gorillas nicht den Helden spielen«, sagte Sami Rossi und wies unsicher auf die Männer von »Debniki«.

Ojala überlegte, was der »Freund« ihm am Telefon diktiert hatte. »Du warst allein im Hotelrestaurant Mittag essen, und du hast ein Handy. Die Helfer eines … Bekannten von mir haben dich beobachtet.«

Die Farbe wich aus Sami Rossis Gesicht. Er wandte sich dem Chef der »Debniki«-Leute hilfesuchend zu und begriff, daß er einen Fehler begangen hatte. »Ich habe mich nicht … getraut. Was zum Teufel soll das? Ich bin doch …«

Lauras Verblüffung verwandelte sich in Wut, als sie verstand, was Eeros Fragen und Samis Reaktionen bedeuteten. Der arme Sami konnte nicht einmal richtig lügen. Verzweiflung erfaßte sie, als ihr klar wurde, daß sie ihr Leben für einen Verräter und Scheißkerl aufs Spiel gesetzt hatte. Laura trat drohend näher an ihren Mann heran. »Ich habe mich schon gewundert, wie man dich von Finnland nach Italien bringen konnte. Du bist doch …«

Plötzlich kam Ratamo aus dem Turm in den Garten gestürmt, und alle Blicke richteten sich auf ihn. Der »Debniki«-Mann, der ihm am nächsten stand, zielte mit seiner Waffe auf ihn und brüllte, er solle stehenbleiben. Im gleichen Augenblick war zweimal ein Zischen zu hören, und Eero Ojalas Hemd verfärbte sich auf der Brust rot.

Ein Feuersturm brach los. An beiden Enden des Gartens blitzte das Mündungsfeuer von Waffen auf, und in der Mitte schossen die Männer von »Debniki« alle zugleich in alle Richtungen. Eero Ojala zuckte am Boden unter der Wucht der Geschosse. Neben Sami Rossis Füßen wurde die Erde aufgewirbelt, dann schrie er auf und griff sich an die Hand.

Das Feuer wurde eingestellt, als ganz in der Nähe der Chor der Sirenen aufheulte. Der Chef der »Debniki«-Leute begriff, daß dies die Gelegenheit zur Flucht war. Die Polizei würde jeden Moment eintreffen, und Zeugen gab es zur Genüge. Er brüllte einen Befehl, und die Polen stürzten los in Richtung Turm.

Die totenbleiche Laura ging langsam zu ihrem blutüberströmten Bruder. Sie hatte das Gefühl, daß der Strom der Ereignisse plötzlich innehielt und dann nur noch mit halber Geschwindigkeit weiterfloß; sie hörte nichts mehr, die Zeit schien stillzustehen. In ihrem Bewußtsein gab es nur noch einen Gedanken: Das war alles ihre Schuld.

Ratamo raste zum Ort des Feuergefechts und sah, wie Laura den Kopf ihres röchelnden Bruders hielt. Am Hang knackten Zweige – jemand floh. Er rannte in die Richtung, aus der auf Ojala geschossen worden war, und sah am Boden einen dunkelhaarigen Mann, auf dessen Handrücken eine türkisfarbene Tätowierung leuchtete. Endlich würde die Polizei einen der Killer identifizieren können.

Die Beine trugen Ratamo durch das Gebüsch, an der geknickten Bodenvegetation konnte er erkennen, wo jemand entlanggelaufen war. Die oberste Ebene des Gartens endete an einem Maschendrahtzaun. Er sprang hoch und schwang sich hinüber. Die letzten Meter des Hügels waren so steil, daß man auf allen vieren hinaufklettern mußte. Er spürte das Hämmern seines Herzschlags im Zahnfleisch. Ratamo erreichte eine asphaltierte Straße, beschleunigte sein Tempo und sah, wie jemand etwa zwanzig Meter entfernt hinter der Kurve einer Mauer verschwand. Er setzte die Arme ein, um noch schneller zu werden.

Als die Kurve endete, sah Ratamo nur ein paar Meter vor sich einen Flüchtenden mit Bürstenhaarschnitt. Ein Beschützer. Plötzlich stoppte der Mann, drehte sich um und richtete seine Waffe auf ihn. Ratamo stürzte mit dem Kopf voran auf ihn zu, als ein Schuß krachte. Er fühlte nichts, bis er auf den Mann prallte und zu Boden geworfen wurde. Ratamo schlug dem Bürstenkopf auf den Hals und hob die Faust zu einem zweiten Schlag, als ihn in der Seite ein schneidender Schmerz durchfuhr. Ein zweiter Mann mit kurzen Haaren, der wie aus dem Nichts aufgetaucht war, hatte ihm in die Nieren getreten, der Schmerz zog durch den ganzen Körper.

Ratamo fiel auf die Seite und schnappte nach Luft, aber das Zwerchfell gehorchte ihm nicht. Der etwa fünfzigjährige Mann mit dem Bürstenhaarschnitt drückte den Pistolenlauf auf Ratamos Stirn. Sein Gesichtsausdruck wirkte sicher und gelassen. Ratamo atmete nicht, die Zeit blieb stehen. Er konnte gerade noch überlegen, daß mit einer Handfeuerwaffe keine Gummigeschosse abgefeuert wurden, und außerdem erinnerte er sich an den gleichen leeren Blick bei dem russischen Psychopathen, der nicht gezögert hatte zu töten. Dann nahm der Mann mit dem Bürstenhaarschnitt den Finger vom Abzug, schlug Ratamo mit aller Kraft in den Magen und führte seinen Gefährten weg. Irgendwo heulte der Motor eines Autos auf.

Ratamo war nahe daran, vor Wut zu schreien und sich gleichzeitig zu übergeben.

39

Alessandro Mascari trug gestreifte Hosen, Golfschuhe und eine Baskenmütze mit Schottenkaro. Die Spikes seiner Schuhe klopften metallisch auf den Fußboden, als er den Flur im Ospedale Civile Maggiore entlangging. Ratamo, Laura Rossi und ein stämmiger junger Polizist mit einem Notizblock folgten ihm auf den Fersen wie eine Schleppe. Sie eilten zum Bereitschaftsraum, in dem Eero Ojala auf die Operation vorbereitet wurde.

Laura hatte ihren Bruder im Krankenwagen in die Klinik begleitet, ihr gelbes T-Shirt und ihre nackten Unterarme waren blutbefleckt. Die Ereignisse in dem Garten hatten all ihre Empfindungen betäubt, sie spürte tief in sich den Druck der Gefühle, aber die mußten warten, bis sie wußte, daß Eero überlebt hatte. Samis Schußwunde interessierte sie nicht, die war nur oberflächlich, und außerdem hatte der verlogene Scheißkerl das verdient.

Ratamo warf einen Blick auf das bleiche Gesicht Lauras, die mechanisch neben ihm herlief. Sie hatte ihm und Mascari alles erzählt, was sie von der Entführung Samis wußte. Das war nicht viel, genügte aber, um ihr Vorgehen zu erklären. Ratamo hatte Verständnis für ihre Entscheidung, obgleich er sie für falsch hielt: Die italienische Polizei wäre sicher in der Lage gewesen, die Ereignisse im Giardino Giusti zu verhindern, wenn sie rechtzeitig von dem Treffen erfahren hätte. Voller Anteilnahme überlegte Ratamo, wie sich Laura jetzt wohl fühlte. Auch er selbst war etwas wacklig auf den Beinen und spürte immer noch den Pistolenlauf an seiner Schläfe.

Mascari knurrte etwas, und die Polizisten, die den Bereitschaftsraum bewachten, machten den Weg frei. Der Arzt jedoch, der vor der Tür stand und überlastet aussah, rührte sich nicht vom Fleck. Ein doppelter Redeschwall brach los, als er und Mascari aneinandergerieten. Ratamo hatte den Eindruck, daß jeden Moment einer von beiden dem anderen an die Gurgel gehen würde, doch zu seiner Überraschung nickte der Arzt plötzlich und trat zur Seite.

»Wir haben zwei Minuten Zeit bekommen«, sagte Mascari zu Ratamo und wandte sich Laura zu. »Ihr Bruder wird gleich operiert.«

Die Falten auf Lauras Stirn wurden tiefer, und sie preßte Ratamos Unterarm noch heftiger. Ihre Entscheidung kostete Eero möglicherweise das Leben. Ihre falsche Entscheidung. »Hat der Arzt gesagt, daß Eero durchkommen wird?«

Mascari zögerte einen Augenblick, sein Gesichtsausdruck war genauso trostlos wie die Diagnose des Arztes. »Die Wunde ist lebensgefährlich, und Ihr Bruder ist immer noch geschwächt durch den gestrigen ... Unfall. Wir können nur das Beste hoffen ...«

Die drei betraten den Raum, und Laura rannte zu ihrem Bruder, der an einen Infusionsschlauch und EKG-Kabel angeschlossen war. Den schwachen Ton des Pulses hörte man über Lautsprecher als Piepen. »Eero, versuche durchzuhalten. Das ist meine Schuld. Ich habe nicht gewußt ...«

Ratamo packte Laura unsanft an der Schulter und zog sie vom Bett weg, die Zeit war rationiert.

Ojalas Augenlider zuckten, als sich Ratamo über ihn beugte. Versuchte er die Augen zu öffnen, oder träumte er? »Eero. Hörst du mich? Verstehst du, was ich sage?« Doch Ojala reagierte nicht, er sah wie ein Gespenst aus. Die Krankenschwester schüttelte den Kopf. Im selben Moment wurde das Piepen im Lautsprecher schneller. Die Schwester eilte zum Bett, drückte den Knopf für das Notsignal und scheuchte die Besucher hinaus. Sie wären um ein Haar mit dem Arzt zusammengestoßen, der hereingestürzt kam.

Laura holte auf dem Flur ein paarmal tief Luft, sie mußte sich zusammenreißen. Hastig zog sie ein Bündel Unterlagen aus ihrer Handtasche. »Hier ist die Schenkungsurkunde, ich habe sie im Krankenwagen von Eero unterschreiben lassen. Die Kontrolle über die Aktien wird damit den Anwälten übertragen«, sagte sie Mascari auf englisch. »Die Urkunde muß in die Kanzlei des Studio Legale Dominelli e Venaglia geschickt und an alle Aktienbesitzer von H & S Pharma gefaxt werden.« Sie las die Anweisungen des »Freundes« von einem Zettel ab und reichte dem italienischen Polizisten die Unterlagen.

Laura setzte sich neben ein Mädchen mit eingegipster Hand. Es tröstete sie nicht im geringsten, daß Anna Halberstam Eeros Aktien nicht bekäme, denn Annas Niederlage würde Eeros Wunden nicht heilen. Sie wußte aber, daß der

Alptraum nun endgültig vorbei war, und nur das verschaffte ihr ein wenig Erleichterung.

Mascari berührte Ratamos Arm. »Wenn wir den toten Killer aus dem Giardino Giusti identifizieren können, kommen wir bei den Ermittlungen einen großen Schritt voran.« Mascari versprach, die Bilder des Toten nach Finnland, Polen und Deutschland zu schicken. Die DNS-Analyse und die Zahnkarte wären bald fertig, die Kleidung und die anderen Sachen des Mannes würden auf Spuren untersucht und die Tätowierung würde fotografiert.

Ratamo dankte seinem Kollegen und sagte, er wolle jetzt noch Sami Rossi einen Besuch abstatten. Mascari tippte mit dem Finger an seine Nase. Ratamo kannte das Zeichen, es bedeutete: Sei auf der Hut.

Im Foyer der ersten Etage saßen ein paar Patienten im Morgenmantel und schauten sich im Fernsehen eine Quizsendung an. Ratamo und Laura warteten darauf, daß eine Krankenschwester mit strenger Miene sie in Sami Rossis Zimmer ließ. Ratamo verabscheute den Geruch von Desinfektionsmitteln und Medikamenten, aber er saß geduldig da, weil er das brennende Bedürfnis verspürte, diesen armseligen Kerl ohne Rückgrat zu sehen, der absichtlich das Leben seiner Frau gefährdet hatte. Jetzt dürfte alles vorbei sein, da sowohl Laura als auch Eero ihre Aktien übergeben hatten. Nun kam die Zeit der Abrechnung. Ratamo überlegte gerade, was Laura ihrem Mann wohl sagen würde, da winkte die Schwester ihnen endlich zu und ließ sie in Sami Rossis Zimmer.

Dicke Verbände bedeckten Rossis linken Unterarm. Er versuchte zu lächeln, als er Laura sah. »Die linke Pfote ... o verdammt, Mann, tut dat weh ...«

Ratamo schaute Rossi fragend an.

»Das sagt Rokka im ›Unbekannten Soldaten‹«, erklärte Rossi grinsend.

Ratamo fand, daß Rossi den Dialekt Rokkas genauso kläglich imitierte wie dessen Verhalten. Anscheinend gehörte er zu denen, die sich die Hose mit der Kneifzange anzogen. Laura setzte sich ans Fußende des Bettes und schaute ihren Mann an, ihre Augen waren von Trauer getrübt.

»Du hast also für Anna Halberstam gearbeitet?« fragte Ratamo, obwohl er die Antwort kannte.

»Wahrscheinlich. Allerdings hat dieser Konrad Forster alle praktischen Dinge erledigt.«

»Wieviel hat er dafür gezahlt, daß du das Leben deiner Frau gefährdet hast?« Ratamo vermochte seine Verachtung nicht zu verbergen.

»Ich konnte mich nicht weigern. Dann hätten sie mich umgelegt.« Rossi erzählte, seine Probleme hätten begonnen, als er vor einem knappen Jahr Skilehrer im Vergnügungszentrum der Elite in Gstaad, in der Schweiz, geworden war. In dieser Umgebung verlor er den Blick für die Realitäten und übernahm den Lebensstil eines jungen Jetsetters: Der Drogenkonsum war enorm, und abends spielte man im Casino Chesery Karten oder Roulette. Berauscht von ein paar Gewinnen, ging er ein zu hohes Risiko ein und verlor, es folgte ein Teufelskreis der Verluste. Dann tauchte ein russischer Geschäftsmann auf, der ihm einen kurzfristigen Kredit anbot. Rossi spielte weiter, um seine Verluste auszugleichen, das Ergebnis war, daß sich seine Schulden noch erhöhten, bis auf hunderttausend Euro. Schließlich wurde der Kredit fällig, die Zinsen stiegen explosionsartig auf fünfzehn Prozent im Monat, und die Schuldensumme wuchs immer weiter. Da hatte sich Rossi nach Finnland abgesetzt.

Sami Rossi erzählte die Geschichte seiner Frau und kümmerte sich nicht darum, daß Ratamo daneben stand. Laura hörte ihrem Mann zu, und ihr Gesichtsausdruck spiegelte abwechselnd ungläubiges Staunen, Trauer und Enttäuschung wider.

»Vor einem Monat tauchte Konrad Forster in Helsinki auf. Er hat versprochen, meine Schulden zu übernehmen und mir außerdem einen Bonus von zwanzigtausend Euro auf die Hand zu zahlen, wenn ich einen Auftrag erledige. Woher Forster von meinen Schulden erfahren hat, weiß ich immer noch nicht. Er hat mir versichert, daß er sich um den russischen Zinswucherer kümmern würde, wenn ich zur Zusammenarbeit bereit wäre. Von dem Mord an Berninger habe ich vorher nichts gewußt, und ich hatte auch keine Ahnung, daß du erpreßt und ermordet werden solltest. Eine Gefälligkeit hat Forster erst verlangt, als ich aus der Untersuchungshaft entlassen wurde ... Deshalb habe ich dich gebeten, nach Verona zu kommen – das war meine Gegenleistung Forster gegenüber«, erklärte Rossi Laura, die auf das Gehörte überhaupt nicht reagierte.

»Ich hatte keine Alternative. Und ich wollte nichts Kriminelles tun. Auch ein Heiliger hätte Forsters Angebot nicht abgelehnt, der Mann versteht es, jemanden zu überreden. Ich erinnere mich noch genau, was er gesagt hat: ›Entweder du bist auf unserer Seite, oder du bist gegen uns.‹ Dann hat er seinen Zeigefinger wie eine Waffe an die Schläfe gesetzt und gelächelt. Forster wußte alles von mir, von dir und von Eero.«

Sami schaute Laura an, und endlich erwiderte sie seinen Blick. »Ich wäre auf all das nicht eingegangen, wenn ich gewußt hätte, daß du deswegen leiden mußt oder ...«

Samis Rechtfertigung wurde unterbrochen, Eero Ojalas Arzt betrat das Zimmer.

Als Laura den Gesichtsausdruck des Arztes sah, begriff sie sofort, daß ihr Bruder gestorben war. Sie brach in Tränen aus und weinte immer noch, als Ratamo ihr aus dem Taxi half und sie ins Hotel führte.

40

Konrad Forster wippte unruhig auf der Kante des Sitzes auf und nieder, als wollte er die Fahrt des Taxis beschleunigen. Sie waren schon in Bockenheim. Vermutlich hatte er mehr Nutzen aus dem zweistündigen Verhör gezogen als die Polizei. Forster wußte jetzt, daß man ihn mit Kraków und Verona in Verbindung bringen konnte. Gott sei Dank war er klug genug gewesen, das Anmieten der Büros und das Treffen im Garten Giardino Giusti an die »Debniki«-Leute zu delegieren. Angst hatte er wegen Anna. Eero Ojalas Aktien lagen nun im Tresor irgendeiner Anwaltskanzlei in Verona. Sein Plan war gescheitert und Annas Zukunft zerstört, alles brach zusammen.

Der Fahrer bekam seine Euro, und Forster eilte zur Villa Siesmayer und holte die Schlüssel aus der Tasche. Wohin er auch schaute, überall schien er gegen eine Mauer zu stoßen, aber Forster wollte noch nicht aufgeben. Vorläufig besaß die Polizei nur die Aussage des Ehepaars Rossi, daß er hinter allem steckte. Handfeste Beweise fehlten, die konnten nur die Männer von »Debniki« den Behörden liefern, und die Polen würden niemals singen. Dennoch hatte er Angst vor den Verhören, die am nächsten Tag weitergehen sollten. Wer kümmerte sich um Anna, wenn man ihn verhaftete?

In der Diele warf Forster seine Tasche in die Ecke und rannte im Laufschritt durch das Fernsehzimmer, Annas Schlafzimmer, die Bibliothek und das Eßzimmer. Saß Anna zu dieser späten Stunde noch im Vogelzimmer? Oder war etwa das Schlimmste eingetreten? Während der ganzen Zeit ihrer Krankheit hatte Anna versichert, daß sie ihrem Leben selbst ein Ende setzen würde, wenn man kein Medikament gegen ALS fand. Deshalb hatte Werner so enorme Summen in dieses Forschungsprogramm gesteckt.

Forster holte tief Luft, ihm wurde ganz flau im Magen,

als er vorsichtig den Öffner der gläsernen Schiebetüren drückte.

»Ich, ich, ich ... Konrad!« Eos, die auf der Armlehne von Annas Rollstuhl saß, flog auf, und Tithonus stimmte in ihre Rufe ein.

Forster starrte auf den Rollstuhl. Annas dunkelrotes Seidenkleid fiel faltenlos bis in ihren Schoß. Auch das tadellose Make-up konnte die Wahrheit nicht mehr übertünchen: Anna war in den letzten Tagen um Jahre gealtert. Ihre Haut sah aus wie eine dünne Folie, und das Haar wirkte noch spröder als zuvor. Ihr Kopf lag schief auf der Nackenstütze, dann drehte er sich langsam. Forster seufzte erleichtert. »Ich hatte schon Angst, daß ...« Die Worte rutschten ihm versehentlich heraus.

»Hattest du Angst – oder hast du es gehofft?« fragte Anna mit schwacher Stimme. Ihre Hände zitterten. Sie war nicht fähig, zu essen oder zu schlafen, so müde und wertlos fühlte sie sich das erstemal. Sie würde unter der Last ihrer bösen Taten zerbrechen. Vor Jahrzehnten hatte sie Konrad unglücklich gemacht und sich somit in gewisser Weise schon damals selbst zerstört. Sie selbst war es gewesen, die ihm den Grund für seine Rache geliefert hatte.

»Glaubst du immer noch, daß ich ein Verräter bin? Ich versuche doch mein Bestes zu tun, damit ...«, erwiderte Forster, aber Anna unterbrach ihn mit einem zornigen Blick. »Deine Mißerfolge sind Absicht. Es tut mir leid, aber ich gedenke nicht, deinen nächsten Schachzug abzuwarten. Ich habe für morgen früh eine Besprechung anberaumt und hoffe, du kommst um neun ins Vogelzimmer.« Anna wandte ihren Kopf ab, hob die Hand von der Armlehne des Rollstuhls und wies in Richtung der Vögel.

Auf dem Boden lagen Teile der Knabberäste, Samen und zur Hälfte gefressene Früchte. In Gefangenschaft zerhackten die Kakadus das Holz zu ihrem Zeitvertreib und speisten genauso verschwenderisch wie in der Natur. Forster säuberte den Boden, breitete saubere Erde aus, wischte mit Papier den größten Teil des Kots von den Ästen und füllte die Wasserschale der Vögel. Erschütterung, Verbitterung und Trauer wogten in ihm auf und ab. Anna hielt ihn immer noch für einen Verräter, obgleich er alles getan hatte, um ihr zu helfen. War Annas Seele durch den Mord an Berninger zerbrochen, lag die Schuld bei ihm? Warum hatte er die Zeichen ihrer zunehmenden Verwirrung nicht rechtzeitig bemerkt? Überraschend nahm jetzt ein Gedanke klare Konturen an, der ihm schon seit ein paar Tagen durch den Kopf schwirrte, sich aber nie in Worte fassen ließ: Irgend jemand war stets im voraus über jeden seiner Züge informiert. Also mußte jemand etwas verraten haben. Nur er und Anna kannten den ganzen Plan, auch die Männer von »Debniki« wußten nicht alles. Forster beugte sich über Anna. »Wem hast du den Plan verraten?«

»Sabine. Sie hat von Anfang an alles gewußt, in der ganzen Zeit deines Verrates«, flüsterte Anna stolz.

Forster stand da wie vor den Kopf geschlagen. Gerade Sabine lehnte doch alle Forschungsprojekte ab, die von Anna betrieben wurden. Hatte Anna selbst ihre Zukunft zerstört, indem sie Sabine von dem Plan erzählte? Forster begriff, daß sich Anna endgültig in die Welt der Phantasien verirrt hatte. Dieses ausdruckslose, erstarrte Gesicht gehörte nicht dem Menschen, den er anbetete. Mitleid vermischte sich mit Enttäuschung. War Anna für ihn und seine Hilfe schon unerreichbar?

Anna versuchte ihr Gesicht Konrad zuzuwenden, war aber mit ihren Kräften am Ende. »Sabine hat mich nach Werners Tod besucht. Sie war so freundlich und hat gesagt, sie wolle nur mein Bestes. Sabine ist vom gleichen Fleisch und Blut wie Werner und würde mir nie etwas Böses antun. Sie hat versprochen, ein Medikament gegen ALS zu finden.«

Forster begriff, daß Sabine die kranke Anna hereingelegt hatte. »Nur ich versuche …«

»Du hältst mich für verrückt, weil ich an die Gentechnologie und das ewige Leben glaube.« Anna wurde wütend, und das kräftigte ihre Stimme.

»Liebe Anna. Das ist … unnatürlich.« Forster bereute seine negativen Worte sofort.

»Wieso? Wir sind ein Teil der Natur, und wenn die Natur uns die Fähigkeit gibt …« Anna versagte die Stimme, und sie drückte auf den Öffner der Schiebetür, der an der Armlehne des Rollstuhls befestigt war. Ihre Augenlider fielen zu, und ihre Gedanken wanderten zurück zu jenem Abend, als sie im Mondschein in einem Oberstdorfer Gebirgssee geschwommen waren. Im eisigen Wasser des Freibergsees wurden sämtliche Glieder taub vor Kälte, aber nach dem Bad hatten sie und Werner sich gegenseitig erwärmt. Nun, da alles vorbei war, wäre Anna am liebsten endgültig in ihren Erinnerungen versunken. Wo sollte sie für ihren morgigen Auftritt Kraft schöpfen?

Forster wußte nicht, was er Anna noch sagen sollte, also zog er sich lautlos zurück und spürte die Bitterkeit der Niederlage. Er blieb auf dem dicken Perserteppich im Salon stehen und sah, daß die Rosen in der kleinen Alabastervase die Köpfe hängen ließen. Einige der Glasvögel glänzten nicht mehr richtig, weil sie eingestaubt waren. Er beschloß, die Putzfrau ein andermal zurechtzuweisen, stieg die Dienstbotentreppe hinauf und betrat sein Zimmer. Über Annas Eröffnung, die ihn zutiefst erschüttert hatte, mußte er erst einmal in aller Ruhe nachdenken.

Konrad Forster legte die Füße auf den Schreibtisch aus Mahagoni und strich sich über die Stirn. Sein kombiniertes Arbeits- und Schlafzimmer war spartanisch eingerichtet: Schreibtisch, Bücherregal, Bett und Kleiderschrank reichten als Mobiliar. Hier durfte er die Gardinen aufziehen, und kein einziger Vogel war zu sehen, weder lebendig noch aus Glas. Nur die Fotos an der Wand sagten etwas über den Bewohner des Zimmers. In jedem schönen Holzrahmen posierten er und die fröhlich lächelnde Anna. Alle Bilder stammten aus den siebziger Jahren, aus der Zeit, in der sie noch ein Paar waren. Werner sah man auf keinem einzigen Foto.

Forster wußte nun, daß der Kampf um H & S Pharma schon damals verloren war, als Anna Sabine Halberstam von dem Plan erzählt hatte. Waren es Sabine und ihr Schwiegervater Oberst Agron, die verhindert hatten, daß Anna die Aktienmehrheit von H & S Pharma erhielt? Forster stopfte seine Pfeife, zündete sie an und atmete den dikken, aromatischen Rauch ein.

Was würde bei der Besprechung morgen geschehen? Forster fürchtete das Schlimmste. Waren all seine Anstrengungen umsonst gewesen? Annas Zukunft durfte nicht so zerstört werden, sie durfte ihre Träume und ihren Lebenswillen nicht aufgeben. Ihm mußte irgend etwas einfallen, wie er sie beide retten konnte.

Er beschloß, Sabine anzurufen, im Grunde hatte er nichts mehr zu verlieren. Rasch tippte er die Nummer ein, schaute dann zu, wie ein schwarzer Schmetterling auf das Fensterbrett schwebte, und hörte ein energisches Hallo.

Forster erzählte von Annas Enthüllung. »Du hast sie natürlich ausgehorcht und die Informationen an Oberst Agron weitergegeben«, sagte er verbittert.

Sabine bestritt den Vorwurf nicht. »Ich bin mit Saul zusammen der Auffassung, daß sich H & S Pharma und Genefab nicht zu sehr auf die Forschungen zu ALS und zur Verlängerung der Lebensdauer konzentrieren dürfen. Das würde die beiden Unternehmen schwächen.«

Forster überlegte, wie er erreichen könnte, daß Sabine ihre Karten aufdeckte, aber ihm fiel nichts ein. »Gehört Future Ltd. dem Oberst?« fragte er schließlich und erhielt als Antwort ein entschiedenes Nein. Forster glaubte ihr nicht. Alle Teile des Puzzles paßten zusammen: Sabine hatte die Informationen abgeschöpft und Oberst Agron den Kommandotrupp angeheuert, um zu verhindern, daß Anna die Aktienmehrheit an H & S Pharma erhielt.

Sabine unterbrach Forsters Gedankengänge. »Ich habe heute morgen ein eigenartiges Fax aus Verona erhalten. Wußtest du, daß Annas Neffe seine Aktien irgendeiner italienischen Anwaltskanzlei überlassen hat?«

»Natürlich weiß ich das. Du kannst dir ja vorstellen, was das für Anna bedeutet.« Forster heftete den Blick auf ein Foto, das ihn und Anna vor Goethes Geburtshaus zeigte.

Sabine drückte den Hörer fester an ihr Ohr. »Anna kann die Entscheidungsgewalt im Unternehmen nicht mehr bekommen. Sie hat doch wohl nicht vor, ihre Drohung wahr zu machen? So etwas ... muß man wohl nicht befürchten?«

»Ich weiß nicht, was sie plant. Anna vertraut mir nicht mehr. Sie hat nur gesagt, daß sie für morgen früh eine Besprechung anberaumt hat. Das ist für dich die letzte Gelegenheit, deine Meinung zu ändern.« Forster versuchte noch ein allerletztes Mal, Sabine zu überzeugen: »Wenn du Anna deine Aktien verkaufst, kann sie vielleicht überleben. Anna muß geholfen werden, und zwar jetzt!«

Sabine sagte, sie bedaure, aber sie habe nicht die Absicht, ihre Entscheidung rückgängig zu machen.

Daraufhin beendete Forster das Gespräch auf unhöfliche Weise. Sabines Verhalten brachte ihn zur Weißglut. Die Safferling-Pfeife knallte auf den Rand des Aschenbechers, als der große Zeiger der Uhr mit einem Knacken auf die Zwölf vorrückte. Die Glut durfte in aller Ruhe vor sich hin brennen, Forster liebte die Mischung der Aromen von Latakia, Virginia, türkischem Tabak und Black Cavendish.

Das Leben zeigte sich wieder einmal von seiner erbärmlichsten Seite, überlegte er niedergeschlagen. Es fiel ihm schwer, zu glauben, daß sich letztendlich Werners geliebte Nichte als Feind entpuppte. Viele hatten Werner und Sabine für Vater und Tochter gehalten, beide waren großgewachsen, hatten ein schmales Gesicht und eine klassische Nase. Jetzt begriff Forster, warum sich Sabine geweigert hatte, die wegen Anna in Angriff genommenen Forschungsprogramme zu unterstützen. Sabine und Oberst Agron hatten ihre Karten wirklich geschickt ausgespielt. Vielleicht war auch die Ehe von Sabine und Agrons Sohn Ehud ein Teil des Plans? Genügte es den dreien, daß Anna ihr Ziel nicht erreicht hatte, oder strebten sie selbst die Aktienmehrheit an? Aber wie?

Forster mußte vor der Besprechung am nächsten Morgen etwas einfallen, er wollte nicht zulassen, daß Sabine und Oberst Agron den Sieg davontrugen, und vor allem wollte er nicht, daß Anna vernichtet wurde. Die besten Einfälle hatte er, wenn er auf der Straße unterwegs war. Also stieg er die Treppe in den Keller hinunter, plagte sich eine Weile mit dem alten Nummernschloß der inneren Garagentür ab und schaltete das Licht an. Er konnte es sich nicht verkneifen, den silbergrauen Benzintank der Triumph Bonneville T120 des Baujahrs 1960 zu tätscheln. Der Motorradklassiker war für Forster ein Symbol der Freiheit.

41

Das Arbeitszimmer Dan Goldsteins glich einer Kommandozentrale der Armee. Auf den Tischen standen Computer, Monitore, Fernseher, Telefone und andere Geräte. An einer Wand leuchtete eine elektronische Karte des Nahen Ostens, auf der Symbole unterschiedlicher Farben die Position der Einheiten der Streitkräfte Israels und der arabischen Staaten anzeigten. Goldstein beendete ein hitzig auf hebräisch geführtes Telefongespräch, schaltete das Satellitentelefon aus und schaute Menahem Lieberman, den stellvertretenden Leiter von Ness Ziona, dem Biowaffenforschungsinstitut der israelischen Armee, mit ernster Miene an.

»Das war Oberst Agron. Anna Halberstam ist geschlagen. Wir haben den Wettlauf um Genefab gewonnen«, sagte Goldstein triumphierend, sein Gesicht strahlte vor Zufriedenheit.

»Metzuyan«, freute sich Lieberman, der eine Kippa trug. »Jetzt ist alles bereit.«

Goldstein nickte, obwohl noch nicht alle Teile des Puzzles am richtigen Platz lagen. Lieberman brauchte jedoch nicht zu wissen, daß Anna Halberstam noch einen letzten Trumpf in der Hand hielt.

Liebermans Gruppe, die aus sechs Wissenschaftlern bestand, hatte am Montag ihren Jahresurlaub angetreten und war heute früh in Washington, D.C., eingetroffen. Die Männer könnten an die Arbeit gehen, sobald sie die Genkarten von Genefab erhielten. Dan Goldstein musterte den kleingewachsenen Wissenschaftler und überlegte, ob man Lieberman als Genie und Held in Erinnerung behalten würde oder als Ungeheuer, das dem beispiellosen Bösen die Tore der Wissenschaft geöffnet hatte. Liebermans Forschergruppe hatte einen genetisch manipulierten Pockenvirus in die USA mitgebracht, der jeden Infizierten tötete, gegen den keine Impfung wirkte und der über die Luft oder im Wasser verbreitet werden konnte. Seine Herstellung war ohne Probleme gelungen, das Einbringen von Genen in Pockenviren stellte eine Routinemaßnahme dar. Der genmanipulierte Pockenvirus bildete jedoch nur einen Teil von Liebermans geplanter Massenvernichtungswaffe.

»Ein Glas Wein?« fragte Goldstein und erhielt als Antwort ein eifriges Nicken. Er ging ins Foyer, öffnete eine luftdichte

Metalltür und betrat seinen »Weinkeller«, dessen Kühlsystem die Temperatur mit einer Genauigkeit von einem Zehntel Grad regulierte. Goldstein ließ seinen Blick über die Glasschränke wandern, die vom Boden bis zur Decke reichten. Die Zeit für einen vorzüglichen Wein würde erst noch kommen, überlegte er und gab sich mit einem Château Palmer, Jahrgang 1996, zufrieden. Heute war ein Médoc gut genug. Er öffnete die Flasche in der Küche und ließ sie atmen.

Die beiden Israelis gingen in das riesige ovale Wohnzimmer, das von Panoramafenstern umgeben war. Die Sitzgruppen mit ihren Tischen wirkten wie kleine Inseln im weißen Teppichmeer. Goldstein warf einen Blick hinaus und sah, wie die Sonne hinter einer lockeren Schönwetterwolke auftauchte, nur um sich gleich wieder zu verstecken.

Zerstreut erkundigte sich Goldstein, was es bei Lieberman Neues gab. Er spürte schon, wie ihn das Gefühl des Erfolgs umschmeichelte, die Mühen der letzten Zeit würden bald belohnt werden. Die Wissenschaftler von Ness Ziona arbeiteten schon seit acht Jahren an der Entwicklung einer Genwaffe, genauso lange hatte man bei Genefab Unterschiede in der genetischen Struktur der jüdischen und arabischen Völker gesucht. Sie alle gehörten zu den semitischen Völkern und waren deshalb genetisch fast identisch. Dennoch gab es genügend Unterschiede. Die Forscher von Genefab hatten einige Gene gefunden, die über fünfundneunzig Prozent aller Araber besaßen, aber nur ein Prozent der aschkenasischen Juden und drei Prozent der sephardischen Juden. Die Daten dieser »arabischen Gene« brauchte Lieberman.

Goldstein schreckte aus seinen Gedanken auf, als Lieberman ihn etwas fragte. Er bat um Entschuldigung für seine Zerstreutheit und stand auf; Lieberman hatte ihn daran erinnert, daß die geöffnete Weinflasche in der Küche wartete.

Der Wein floß mit einem lauten Gluckern aus der Flasche. Goldstein reichte dem Wissenschaftler ein Kristallglas und erhob sein eigenes. »Darauf, daß deine Arbeit bald vollendet sein wird«, sagte er feierlich.

»L'Chayim«, erwiderte Lieberman, und die Männer stießen an. Beide wußten, worauf.

»Bekomme ich die Genkarten heute schon?« erkundigte sich Lieberman neugierig, nachdem er den Wein gekostet hatte.

»Heute nicht, erst wenn ... Mal sehen, wie morgen die Lage ist.« Goldstein wählte seine Worte mit Bedacht. Er wußte, daß sich der Zeitplan weiter verschieben könnte. Das machte ihn wütend. Nur mit Hilfe der Genkarten von Genefab würde Liebermans Gruppe die Daten zur Struktur der arabischen Gene und ihrer Lage in der DNS bekommen und könnte die Feineinstellung des Vektors vornehmen, des Transportmittels, das den Pockenvirus in den Menschen befördern, das arabische Gen erkennen und den Pockenvirus in das Gen eindringen lassen würde. Auch die Vektoren waren nichts Neues, Gentaxis wurden in der kommerziellen Biotechnologie jeden Tag eingesetzt.

Durch die Kombination von genetisch manipuliertem Pockenvirus und Vektor würde hingegen etwas Neues und Beispielloses entstehen: Eine unvergleichliche, perfekte Massenvernichtungswaffe, die als Opfer nur Araber auswählte und gegen die man sich nicht verteidigen konnte.

Eine Weile herrschte Schweigen, bis Goldstein die Füße auf den französischen Diwan legte und fragte: »Wieviel Zeit brauchst du, wenn du die Genkarten bekommen hast?«

»Schwer zu sagen. Bestenfalls nur ein paar Tage.« Lieberman sah, daß Goldstein die Antwort nicht gefiel. »Wir haben den Vektor mit sehr vielen verschiedenen Genen getestet, deshalb glaube ich nicht, daß es mit den arabischen Genen Probleme geben wird«, sagte er und versuchte den ungeduldigen Milliardär damit zu beruhigen. Lieberman kostete den Wein und bewegte ihn im Mund. Dann runzelte er die Augenbrauen, und der genußvolle Ausdruck auf seinem Gesicht war wie weggewischt. »Hoffentlich brauchen wir die Waffe nie einzusetzen.«

Goldsteins Selbstbeherrschung versagte. »Spiel hier nicht den Moralapostel. Im Krieg und im Busineß kennt man keine erlaubten oder verbotenen Mittel, es gibt nur gelungene oder fehlgeschlagene Aktionen. Sieger und Verlierer.« Dan Goldstein verachtete jede Art von Schwäche.

Lieberman antwortete nicht, das bereitete Goldstein Sorgen. Er hatte dem Wissenschaftler verschwiegen, daß die Waffe unmittelbar nach ihrer Herstellung eingesetzt werden sollte. Das war klug gewesen, wie sich nun herausstellte. Die Abschreckung wirkte nur, wenn die Araber wußten, daß die ethnische Waffe funktionierte. Goldstein interessierten die Reaktionen nicht, die der Test auslösen würde, und noch weniger die Verurteilung durch die Weltöffentlichkeit. Wenn die USA und die Briten vorbeugende Militärschläge führen durften, warum dann nicht auch Israel. Sein Ziel war berechtigt, nur das hatte Bedeutung. Wenn man vom Schicksal des »auserwählten Volkes« sprach, dann war für die Erreichung des Ziels auch der Einsatz der äußersten Mittel erlaubt. Israel mußte stärker sein als seine Feinde, ansonsten würde der ganze Staat eliminiert werden. Dan Goldstein glaubte, daß er seinem Land und seinem Volk einen riesengroßen Dienst erwies.

DONNERSTAG

42

Konrad Forster kehrte von seinem Morgenspaziergang im Grüneburg-Park zurück. Er ging lieber früh in den Park, bevor der von den Leuten okkupiert wurde, die sich in die Sonne legten, Fußball spielten oder ihre Hunde ausführten. Sein Weg führte am Zaun des Palmenhaus-Gartens entlang. Forster betrachtete die großen Gewächshäuser und die Palmen, die sich im Wind wiegten. Das Palmenhaus besuchte er nie, denn auch dort lärmten die exotischen Vögel. Er mußte schon Eos und Tithonus ertragen, das reichte ihm.

Die eiserne Pforte der Villa Siesmayer quietschte. Jemand müßte sie ölen, überlegte Forster. Er strich sich über die Stirn, die dicke Ader wurde platt gedrückt und schwoll dann wieder an, wie ein blutsaugendes Insekt. Der Schweiß floß ihm den Rücken hinunter, die sommerliche Wärme entspannte die Muskeln, nicht aber sein Gehirn.

Der Gemütszustand Annas und das Scheitern des Planes gingen Forster ständig durch den Kopf. Durften er und Anna nicht einmal gemeinsam alt werden? Nach reiflichem Überlegen war er zu der Überzeugung gelangt, daß Sabine Halberstam und Oberst Saul Agron seinen Plan zunichte gemacht hatten. Allerdings konnte er sich nicht erklären, wie die beiden an Annas Aktien gelangen wollten. Die einzelnen Teile ergaben für ihn noch kein Ganzes.

Forster stieg die Treppen hinauf in die zweite Etage, warf die »Frankfurter Allgemeine« auf den Schreibtisch und lokkerte gerade seine Krawatte, als der Summer ertönte und die Signallampe aufleuchtete. Anna verlangte schon nach ihm.

Forster holte tief Luft, stellte sich einen Augenblick auf das Bevorstehende ein und ging mit gemischten Gefühlen ins Erdgeschoß hinunter.

»Konrad, Konrad, ich ...« Als Forster das Vogelzimmer betrat, bot sich ihm ein Anblick, der Schlimmes ahnen ließ. In der Nähe der gläsernen Tür stand ein langer Tisch, an dessen Ende Anna in ihrem Rollstuhl hockte. Der Anwalt Eckart Dohrmann und Annas Physiotherapeutin Heike Zumbeck saßen nebeneinander am Tisch, und hinter Dohrmann hatte ein langer Kerl, der aussah wie ein Leibwächter, seinen Posten bezogen. Wegen der Fremden flatterten die Kakadus scheu im hintersten Winkel des Zimmers unruhig hin und her.

Anna lächelte müde, als sie Konrad sah. »Gut, daß du gekommen bist. Ich möchte trotz alledem, daß du dabei bist und als Augenzeuge erlebst, wie alles zu Ende geht. Wir haben eine lange gemeinsame Geschichte, aus all diesen Jahren gibt es auch viele gute Erinnerungen«, sagte Anna mit schwacher Stimme, und ihre Augen glänzten feucht, als sie ihren Jugendgeliebten anschaute. Die Niederlage hatte ihr die letzten Kräfte geraubt, aber sie mußte die nächsten Minuten durchstehen. Es würden die wichtigsten ihres Lebens sein.

»Du hast doch nicht etwa vor ...«, sagte Forster und ging auf Anna zu, aber der Leibwächter stellte sich vor den Rollstuhl. Forster wollte Anna berühren, sie in den Arm nehmen. Seine Gefühle übermannten ihn.

Der Anwalt erhielt von der Hausherrin die Erlaubnis, zu beginnen. »Frau Halberstam hat uns wegen ihres Testaments hier zusammengerufen. Ich habe mich ... unbeschadet gewisser ethischer Bedenken verpflichtet, das Testament zu vollstrecken, wenn Anna Halberstam im Beisein ihres Anwalts – das heißt in meinem Beisein – und eines von mir ausgewählten Zeugen – das ist Fräulein Zumbeck – Selbstmord begeht. Dann erbt testamentarisch Sabine Halberstam das Eigentum von Anna Halberstam. Ohne Testament würde das Erbe Frau Halberstams an Laura Rossi fallen, ihre nunmehr einzige ... lebende Verwandte. Anna ...«

»Hören Sie auf! Das ist ja abartig«, brüllte Forster. Er war kreidebleich, und die blaue Ader auf seiner Stirn hob sich nun noch deutlicher ab. Endlich begriff er alles. Jedes Puzzlestück lag nun an seinem Platz. »Weiß Sabine von dem Testament?« fragte er Anna.

»Aber natürlich. Sabine weiß alles. Ich habe nicht mehr viel Kraft, also setz dich bitte wieder hin«, erwiderte Anna.

Konrad Forster entfuhr ein unheimliches Lachen, als ihm klar wurde, daß Sabine und Oberst Agron alle hereingelegt hatten. Der Lachkrampf ließ erst nach, als er auf einen Stuhl sank. Die Vögel plapperten und pfiffen immer lauter.

Dohrmann fuhr fort, als Forster sich anscheinend beruhigt hatte. Er schwenkte ein Blatt Papier in der Hand. »Anna Halberstam bestätigt hiermit schriftlich, daß sie aus eigenem freien Willen und nach reiflicher Überlegung eine Überdosis Morphium nimmt. Sie versichert, daß sie durch niemanden zu dieser Entscheidung gezwungen oder unter Druck gesetzt wurde.« Der Anwalt legte das Dokument auf den Tisch neben das Testament.

Forster hatte sich gesammelt, obwohl ihm durch das Groteske der ganzen Veranstaltung übel wurde. Er wollte es noch einmal versuchen, alles hing von seinen Worten ab. »Anna. Wenn Sabine mit diesem Testament deine und Lauras Aktien erbt, erhält sie die absolute Entscheidungsgewalt bei H & S Pharma. Wenn du dich umbringst, haben Sabine und Oberst Agron gewonnen, das war ihr Plan von Anfang an. Deswegen wollten sie verhindern, daß Laura und Eero dir ihre Aktien verkaufen.«

Für einen Augenblick schien Anna über Forsters Worte nachzudenken, dann schmolz ihr versteinerter Gesichtsausdruck und wurde zu einem Lächeln. »Dein Versuch ist zwecklos, lieber Konrad. Vor einem Monat hätte ich das möglicherweise geglaubt, nun aber nicht mehr. Du hast den Plan absichtlich scheitern lassen, damit Laura mein Erbe erhält. Hoffentlich hast du dein Blutgeld im voraus bekommen, denn Laura erbt von mir keinen Cent. Ich …« Annas schwache Stimme versagte. Die Physiotherapeutin gab ihr schnell Wasser zu trinken.

Anna sammelte eine Weile Kraft. Sie wollte Konrad noch etwas sagen. »Ich habe dieses Testament nach Werners Tod für den Fall aufgesetzt, daß die Kinder meiner Schwester mir ihre Aktien nicht verkaufen.« Annas Lider schlossen sich. Sie saß einen Augenblick, der wie eine Ewigkeit schien, still da, der dünne Stoff ihres Kleides hob und senkte sich heftig über ihrer Brust. Als sie schließlich die Augen öffnete, strahlte ihr Blick Entschlossenheit aus.

Anna drehte das am Rollstuhl befestigte Tablett vor sich hin und holte aus ihrer Handtasche eine Metalldose, in der sich eine Injektionsspritze und mehrere Ampullen befanden. »Die habe ich damals aufgehoben, als mir Werner noch Morphium gegen meine Schmerzen gab.« Anna schaute Konrad stolz an. Mit einem Schlag würde sie das Unrecht sühnen, das sie ihm und Dietmar Berninger angetan hatte. Sie war doch noch zu etwas imstande.

Forster wollte losstürzen und Anna daran hindern, aber der Leibwächter würde seinen Versuch ohne Schwierigkeiten unterbinden. Und nichts von dem, was er sagen könnte, würde Anna umstimmen. Forster bemerkte, daß er zitterte, seine Augen wurden feucht, als sich der Druck entlud, der sich in den Jahren angestaut hatte. Er konnte Anna nicht retten. Nun war alles vorbei, zurück blieben nur die Erinnerungen und die Gefühle.

Anna beeilte sich, soweit es ihre schwachen Kräfte erlaubten. Sie füllte die dicke Injektionsspritze mit Morphium, suchte an der Ellenbogenbeuge die Vene und stach die Nadel hinein. Es dauerte mehrere Sekunden, bis sie die Spritze geleert hatte.

Die Anwesenden saßen starr da und warteten auf die Wirkung des Morphiums, aber die Kakadus flatterten unruhig durch das Zimmer. Der Leibwächter scheuchte Eos weg, die sich zu nahe herangewagt hatte. Annas Blick ruhte bis zuletzt auf Konrads Gesicht. Er wurde erst gläsern, als sie die Grenze überschritten hatte.

Schließlich legte die Physiotherapeutin ihre Hand für einen Augenblick zunächst auf Annas Mund und dann auf die Halsschlagader. Sie wandte sich Dohrmann zu und nickte langsam. »Anna, Anna!« kreischte Eos.

Dohrmann trat an die großen Fenster, zog die Gardinen auf und öffnete die gläsernen Türen weit. »Frau Halberstam hatte den Wunsch, daß die Vögel nach ihrem Ableben die Freiheit erhalten.« Es dauerte eine Weile, bis die Kakadus begriffen, daß ihr Vogelzimmer nun viel größer geworden war, und unsicher hinausflogen auf die Apfelbäume im Innenhof. »Jetzt sind alle Wünsche von Frau Halberstam erfüllt. Ich danke Ihnen allen«, sagte Dohrmann in offiziellem Ton.

»Wie konnten Sie das zulassen?« Forster starrte ungläubig auf Annas Leiche.

Dohrmann richtete sich auf. »Frau Halberstam hat sich das Morphium selbst gespritzt, wir haben nichts Ungesetzliches getan. Ich habe mich nur verpflichtet, das Testament zu vollstrecken, wenn sie von eigener Hand stirbt, und es zu vernichten, wenn sie auf andere Weise ums Leben käme. Im Testament wird von alldem nichts erwähnt. Es ist uneingeschränkt rechtsgültig«, erwiderte Dohrmann und breitete die Arme aus, ohne zu begreifen, daß er Forsters Frage überhaupt nicht beantwortet hatte.

Forster konnte einfach nicht glauben, daß all das wirklich

geschehen war. Sabine würde gewinnen, wenn er nichts unternähme. Als die Physiotherapeutin den Krankenwagen bestellte und der Anwalt die Glastüren zum Innenhof schloß, erkannte er seine Chance. Der Leibwächter ging an ihm vorbei und blieb vor der Schiebetür stehen, in dem Moment griff Forster nach dem stinkenden Vogelschloß auf dem Beistelltisch, schmetterte dem Mann den schweren Tongegenstand auf den Kopf und stürzte zum Tisch.

Der Leibwächter war zu Boden gegangen und versuchte fluchend sich wieder aufzurichten, als Forster mit dem Testament in der Hand an ihm vorbeiraste. Dohrmann brüllte die Physiotherapeutin an, die neben dem Telefon saß, sie solle die Polizei anrufen.

Forster blieb in der Diele stehen. Was sollte er tun, zu Fuß käme er nicht weit. Die unsicheren Schritte, die aus der Richtung des Vogelzimmers zu hören waren, verrieten, daß sich der Leibwächter erholt hatte. Forster drehte sich um, rannte durch das Erdgeschoß und stürmte die Treppe hinunter.

Das Vorhängeschloß an der Kellertür war alt, unzuverlässig, und die Zahlen mußten durch Drehen eingestellt werden. Forster wählte die Siebzehn, Zwei, Einunddreißig. Das Schloß öffnete sich nicht. Die Geräusche oben wurden lauter. Noch einmal. Ganz ruhig. Siebzehn – Zwei – Einunddreißig. Nichts rührte sich. Verdammtes Schloß! Forster zitterten die Hände, und ihm stockte der Atem, während der Leibwächter schon die Treppe heruntergepoltert kam. Siebzehn – Zwei – Einunddreißig, das Schloß schnappte auf, Forster nahm es in die Hand, wandte sich um und sah den Leibwächter ein paar Meter hinter sich. Er riß die Tür auf, ging hindurch und steckte blitzschnell das Schloß in den Riegel, im selben Augenblick krachte der Türrahmen, und das Schloß klirrte unter der Wucht, mit der an der Tür gezerrt wurde. Die Flüche des Leibwächters waren durch die massiven Eichenplanken zu hören.

Die Triumph Bonneville startete mit dumpfem Knattern. Die Kipptür öffnete sich, Konrad Forster gab Gas und fuhr in Richtung Bockenheimer Landstraße, Annas Testament hatte er in der Brusttasche.

43

Jussi Ketonen hörte sich den Hochzeitsmarsch per Telefon an und schaute ungeduldig auf die Uhr. Dreiviertel elf. Er hatte schon einmal alle Kandidaten akzeptiert, die ihm Marketta übers Telefon vorgespielt hatte: die Hochzeitsmärsche von Mendelssohn und Toivo Kuula sowie »Trumpet Voluntary« von Jeremiah Clark. Wie konnte so eine entschlußkräftige Frau bei der Auswahl des Hochzeitsmarsches tagelang zögern, fragte sich Ketonen verwundert. Am liebsten hätte er gerufen: Mir ist alles recht, außer dem »Marsch von Pori«, aber das wagte er nicht.

Plötzlich verstummte die Musik. »Das ist es. Jetzt ist es entschieden«, sagte Marketta begeistert.

»Ja, der war gut. Vielleicht der beste«, versicherte Ketonen hoffnungsvoll.

»Was heißt vielleicht? Das ist Charles-Marie Widoris ›Toccata‹ aus der Orgelsymphonie Nummer fünf. Hören wir es uns lieber noch einmal an, wenn du dir nicht ganz sicher bist?«

Ketonen erschrak. »Ich bin absolut sicher. Das ist auf jeden Fall der allerbeste, eine Klasse für sich. Du, hör mal, Marketta, die Arbeit ruft. Wir nehmen das, was du eben vorgespielt hast«, bat Ketonen und erreichte, daß Marketta sauer war und das Gespräch beendete.

Musti bekam von ihrem Herrchen einen Keks. Bis zum Beginn der Besprechung blieben noch ein paar Minuten, aber Ketonens Gedanken kreisten jetzt schon um die Ermittlungen im Fall Berninger. Die Biotechnologie war ihm fremd, es fiel ihm schon schwer, die großen Sprünge der letzten Jahre in der technologischen Entwicklung zu begreifen. Die tollkühnsten Erfindungen überschritten fast die Grenzen der Phantasie. Kürzlich hatte er von Kampfstiefeln gelesen, die für die US-Armee entwickelt wurden. Sie konnten die beim Laufen verbrauchte Energie speichern und dann freisetzen, wenn beispielsweise ein Hindernis übersprungen werden mußte. In einer TV-Dokumentation hatte man berichtet, daß Menschen mit einem persönlichen digitalen Assistenten demnächst Informationen per Händedruck austauschen könnten. Dabei wurden elektronische Daten durch die Haut übermittelt. Die neueste Technik wäre auch der Polizei eine Hilfe: Verhöre würden erleichtert, wenn man Lügen bald auf der Grundlage der Gesichtstemperatur mit der Wärmekamera entlarven könnte.

Ketonen zog seine Hosen hoch und spannte die Hosenträger. Dann strich er sich mit einer raschen Bewegung eine graue Strähne aus der Stirn, schlüpfte in die Schuhe, sammelte seine Unterlagen und ging zum Beratungsraum.

Wrede sprach am Festnetztelefon englisch, und Saara Lukkari schrieb etwas hastig auf kariertes Papier, als der Chef hereinkam.

»Rafi Ben-Ami«, rief Saara Lukkari ihm zu.

»Wer?« Ketonen war nicht gleich im Bilde.

»Interpol hat es heute früh bestätigt: Der Killer, der in Verona gestorben ist, heißt Rafi Ben-Ami. Der Mann hat für den ehemaligen israelischen Oberst Saul Agron gearbeitet, der Kommandotrupps der Elitefallschirmjägereinheit Sayeret Tzanhanim befehligte, bevor er 1996 den Dienst bei der israelischen Armee quittierte«, las Saara Lukkari aus ihrem Notizbuch vor.

Wrede knallte den Hörer hin. »Es gibt bei diesen Ermittlungen eine beängstigende Wende. Laut BND hat Saul

Agron in den neunziger Jahren für das israelische Biowaffenprogramm gearbeitet.«

Ketonen griff nach seinen Hosenträgern und murmelte etwas Unverständliches. Die Ermittlungen nahmen eine Richtung, die von allen denkbaren die schlimmste war. Die Verbindung von Biowaffen, Arabern und Juden in einem Fall bedeutete eine absolute Katastrophe.

Wrede berichtete, daß sich Oberst Agron höchstwahrscheinlich in Frankfurt versteckt hielt. Der BND sammelte gerade Informationen über ihn, seine Bekannten und Kontakte, man wußte schon, daß sein Sohn Ehud in Frankfurt wohnte, bei Genefab arbeitete und mit Werner Halberstams Nichte, Sabine Halberstam, verheiratet war.

»Gleichzeitig ist klargeworden, welche Bedeutung die tätowierte Fünf hat. Sie weist auf das Symbol ›Hamsa‹ hin, das die Juden verwenden«, erklärte Saara Lukkari und stieß bei ihren Kollegen auf fragende Blicke.

»Hamsa ist eine Hand, deren Daumen und kleiner Finger nach außen zeigen, und in der Mitte der Handfläche befindet sich ein Auge. Die Juden nutzen Hamsa als Schmuck, weil sie glauben, daß es gegen das Böse schützt, genau wie die Farbe Türkis. Die Zahl Fünf steht für dieses Symbol.«

Ketonen seufzte. »Jetzt wissen wir immerhin, wer Laura Rossi und Eero Ojala ermorden wollte.«

Auf Wredes sommersprossigem Gesicht erschien ein triumphierendes Lächeln. »Ich habe es doch gleich gesagt, daß die Spuren dieser Geschichte nach Deutschland führen. Übrigens vergaß ich zu erwähnen, daß der BND die Hilfe der Yankees angefordert hat, um Informationen über Future Ltd. aus Liberia zu erhalten. Die Deutschen koordinieren heutzutage alle Fälle, bei denen es auch nur im geringsten nach internationalem Terrorismus riecht, mit der Antiterroreinheit des CIA.« Der Schotte sagte, die Yankees hätten dieses Verfahren vorgeschlagen, nachdem sich herausgestellt hatte, daß mehrere Al-Kaida-Terroristen vor den New Yorker Anschlägen im September 2001 in Deutschland gewesen waren.

Der Elan der hochkonzentrierten Ermittler verflog, als Ketonens Sekretärin anklopfte und dem Chef mitteilte, die Gospelband »Dolo-Roosat« sei als Tanzorchester für die Hochzeitsfeier ausgewählt worden. Verärgert knurrte Ketonen, diese Truppe und sein Bekanntenkreis würden so gut zusammenpassen wie Schlafmittel und Abführpillen. Seine Kollegen brachen in schallendes Gelächter aus.

Saara Lukkari kam als erste wieder zur Sache: »Was interessiert einen ehemaligen israelischen Oberst an einem deutschen Pharmaunternehmen?«

Ketonens Gesichtsausdruck wurde nachdenklich. »Wer weiß schon, inwieweit Agron wirklich ein ehemaliger Oberst ist. Vielleicht ist er von der Armee zum israelischen Nachrichtendienst oder zur militärischen Aufklärung, zum Mossad oder Aman, gewechselt.«

Wrede führte diesen Gedanken voller Eifer weiter. In Frankfurt würden sich schließlich Dutzende islamistische Terrorzellen versteckt halten, sowohl aktive als auch Schläfer. Es könnte also sehr gut möglich sein, daß Oberst Agron von Frankfurt aus im Auftrag von Mossad oder Aman Terroristen beobachte, überlegte der Schotte laut.

»Auch das erklärt nicht, was er von H&S Pharma will. Aber der Schwerpunkt des Falls liegt jetzt unbestreitbar in Deutschland«, sagte Ketonen und runzelte die Stirn. »Hat jemand Sami Rossis Bericht überprüft?«

»Laut Sotamaa ist er hieb- und stichfest«, erwiderte Wrede und klopfte auf den Papierstapel, der vor ihm lag. »In der Schweiz trat 2000 ein Gesetz in Kraft, das Glücksspiele ohne Begrenzung der Maximaleinsätze erlaubt. Daraufhin hat das Casinogeschäft ein explosionsartiges Wachstum erlebt. Die russischen kriminellen Organisationen gehörten natürlich zu den ersten mit dem Riecher für die Möglichkeit, viel Geld zu machen. Wie immer«, sagte Wrede zynisch. »Und Forster war im Mai in Finnland, wie es Rossi behauptet hat.«

Laura schloß die geschwollenen Lider über den verweinten Augen, als die Müdigkeit schließlich übermächtig wurde. Allerdings konnte man auf dem steinharten Plastikstuhl im Warteraum des Flughafens Verona-Villafranca nicht schlafen, zum Glück. Sie fürchtete nämlich, die höllischen Ereignisse der letzten Tage würden sie im Traum verfolgen. Laura versuchte sich ganz auf das Geräusch der Schritte um sie herum und auf die lauten Durchsagen zu konzentrieren. Die Rastalocken lagen schwer auf ihren Schultern, sie waren eben naß geworden, Regenwolken aus den Dolomiten entluden sich über der Stadt.

Laura hatte die ganze letzte Nacht an Eero, Sami und den Machtkampf um H & S Pharma gedacht. Ihr Leben war aufgeschnitten und in Stücke zerlegt worden wie in einem Thriller von Stephen King. Laura wollte endlich nach Hause, um sich in der Einsamkeit zu verschanzen. Allerdings hatte sie den Verdacht, daß sie sich niemals von den Traumata der letzten Stunden erholen würde. Die Mitschuld an Eeros Tod würde sie bis ans Ende ihrer Tage bereuen. Als es darauf ankam, hatte sie nicht auf der Seite des Schwächeren gestanden, sondern egoistisch ihren eigenen Vorteil gesucht, obwohl Eero ihr wie einst als Kind vertraut hatte.

Die einzige gute Nachricht der letzten sechs Tage war das Scheitern der Bestrebungen Anna Halberstams. Aber die Frau hatte es dennoch geschafft, überlegte Laura voller Verbitterung, Eeros Leben und vielleicht auch ihre und Samis gemeinsame Zukunft zu zerstören. Ratamo, der neben ihr vor sich hin döste, und die ganze Sicherheitspolizei hatten genausowenig helfen können wie alle anderen Polizeibehörden.

Ratamo fuhr aus dem Schlaf hoch, als ein boshafter italienischer Junge versuchte, ihm sein Bonbonpapier ins Nasenloch zu stecken. Ratamo schnappte sich das Papier, stopfte es sich in die Nase und jagte dem Kleinen mit einem lauten Brummen einen Schrecken ein. »Abwechslung macht müde Männer munter«, sagte er zu Laura, da klingelte ihr Handy.

Laura warf einen Blick auf die Nummer des Anrufers, zischte wütend »Sami« und schaltete den Klingelton ab. Über den Mann würde sie später nachdenken, irgendwann. In gewisser Weise war Sami an allem schuld, wenn der Kerl ihr von seinen Schulden erzählt und Konrad Forsters Vorschlag abgelehnt hätte, wäre all das nie passiert. Zumindest ihnen nicht. Laura begriff, daß sie die Schuld auch für ihre eigene Entscheidung auf Sami abwälzte, und gelobte, sich selbst nicht so leicht davonkommen zu lassen.

Sie steckte das Handy wieder in ihre Tasche, in dem Augenblick klingelte es erneut. Diesmal war ihr die Nummer des Anrufers unbekannt. Nach kurzem Zögern meldete sie sich.

Das Blut schoß ihr in den Kopf, als der Anrufer seinen Namen nannte: Konrad Forster. War dieses abartige Spiel immer noch nicht zu Ende?

»Vielleicht haben Sie schon gehört, daß ich in den letzten zehn Jahren der persönliche Assistent Ihrer Tante war«, sagte Forster mit gedämpfter Stimme.

»Was heißt hier war? Sind Sie rausgeflogen?« schnauzte Laura ihn an.

»Ihre Tante ist heute früh gestorben.«

Die Nachricht berührte Laura nicht im mindesten. Sie hatte wegen Anna ihre Kindheit, ihren Bruder und gewissermaßen auch ihren Mann verloren. Zu ihrer Überraschung spürte Laura sogar eine Art Genugtuung. »Dann hat sich der Kreis ja geschlossen. Das Böse hat seinen Lohn, seine Strafe, bekommen«, murmelte sie kaum hörbar.

»Sabine Halberstam und Saul Agron bekommen ihren Lohn nur, wenn Sie es wollen.« Forsters Stimme wurde lauter. Seiner Meinung nach habe Oberst Agron die Mordversuche an Eero und Laura mit Sabines Hilfe geplant. Wenn Sabine ihre Tante beerbte, gelänge Oberst Agrons Plan. Annas Aktien würden dann in den Besitz seiner Familie übergehen, denn Agrons Sohn und Sabine waren verheiratet.

Laura hatte genug. »Was zum Teufel kann ich da tun? Gibt es in Deutschland keine Polizei?«

Ratamo bedeutete Laura durch eine Geste, sie solle das Telefon so drehen, daß er mithören konnte.

»Sie sind Anna Halberstams einzige lebende Verwandte. Ich bin im Besitz ihres Testaments, und ich beabsichtige, es Ihnen zu übergeben. Es liegt dann in Ihrer Hand, wer die Entscheidungsgewalt bei H & S Pharma erhält. Sie können das Testament entweder vernichten oder Sabine Halberstam geben. Das Erbe Ihrer Tante geht entweder an Sie oder an Sabine. Wo sind Sie?«

»Auf dem Flughafen von Verona.« Laura dachte über das nach, was sie eben gehört hatte, und starrte auf die Anzeigetafel der abgehenden Flüge, ohne etwas zu sehen.

»Fliegen Sie sofort nach Frankfurt und steigen Sie im Hotel ›Hessischer Hof‹ ab. Niemand weiß, daß ich Ihnen das Testament übergeben will, Sie sind also hier vollkommen in Sicherheit. Ich organisiere eine Versammlung der Aktienbesitzer von H & S Pharma«, sagte Forster. Er vergewisserte sich noch einmal, daß Laura seine Anweisungen verstanden hatte, und beendete das Telefonat.

Laura erklärte Ratamo den ersten Teil des Gesprächs. »Für mich ist die Sache erledigt und vorbei. Ich kann nicht mehr«, klagte sie. Jetzt war Ratamos Handy an der Reihe.

Jussi Ketonen rief an, er berichtete von Oberst Agron und Ratamo von Forsters Anruf.

Ketonen überschaute die Situation sofort. »Sabine Halberstam beerbt also Anna, wenn das Testament vollstreckt wird?«

»So habe ich es verstanden.«

Ketonen pfiff leise. »Oberst Agron hat einen Weg gefunden, wie er in den Besitz des Pharmaunternehmens gelangen kann. Aber wonach zum Kuckuck hat er so ein brennendes Verlangen, daß er einen derartigen Plan ausgeheckt hat?«

Ratamo wollte antworten, aber der Chef redete schon weiter. »Nehmt die nächste Maschine nach Frankfurt. Der Schwerpunkt der Ermittlungen liegt jetzt ganz in Deutschland. Wir sind Statisten und helfen, so gut wir können«, befahl Ketonen.

Ratamo trat ein paar Schritte zur Seite, damit Laura ihn nicht hören konnte, und blieb vor einem Getränkeautomat stehen, den zwei Teenager ankippten, wohl in der Hoffnung auf eine kostenlose Limonade. »Laura hat anscheinend genug von alledem. Sie will nicht nach Deutschland fliegen.« Ratamo sagte, er könne die Frau verstehen, und das stimmte, er hatte selbst große Mühe, die Erinnerung an den Pistolenlauf an seiner Schläfe in Schach zu halten.

»Das muß aber sein«, erwiderte Jussi Ketonen schroff. »In diese Geschichte sind jetzt schon der Nahe Osten und sogar die Biowaffenfabriken verwickelt. Rate mal spaßeshalber, ob die Deutschen wissen wollen, warum Oberst Agron versucht, H & S Pharma zu erobern. Das Durcheinander um das Testament verschafft uns zusätzliche Zeit für die Ermittlungen.«

44

Die Hüften der jungen Frau wurden durch die Linsen des Fernglases vergrößert, so daß der Mann ihren rhythmisch wiegenden Gang betrachten konnte. Eine Daumenbreite nördlich der engen Jeansshorts rückte ein Top ins Blickfeld, für das man weniger Stoff verwendet hatte als für die meisten Bikini-Oberteile. Die Hitze war der Freund des Voyeurs.

Oberst Saul Agron stand am Fenster seines Arbeitszimmers im fünfzigsten Stockwerk und beobachtete mit dem Zeiss-Armeefeldstecher Frauen auf der Uferpromenade am Main, der einen halben Kilometer entfernt durch die Stadt floß. Die Klimaanlage blies kühle Luft auf seine Arme, so daß deren Haare zu Berge standen. Abgesehen von den Rangabzeichen trug er die gleiche Kleidung wie zu Armeezeiten.

Allmählich reichte es dem Oberst. Die Identifizierung der Leiche von Rafi Ben-Ami hatte den Bundesnachrichtendienst auf seine Spur geführt. Am Morgen hatte er den Ermittlern des BND stundenlang versichert, daß er nichts von den Mordversuchen in Kraków und Verona oder den Tätern wußte. Als Soldat war es Agron gewöhnt, Strategien zu planen und an der Taktik zu feilen, doch beim Militär wurden die dann mit Gewalt und Getöse umgesetzt. Nur die Schwachen bremsten im Ernstfall. Es brachte ihn in Rage, daß der Plan zur Eroberung von Genefab diskret und vorsichtig umgesetzt werden mußte. Genau deshalb stieß er bei der Operation immer dann auf unvorhergesehene Schwierigkeiten, wenn er schon glaubte, den Sieg in der Hand zu haben. So wie heute morgen. Der Tod Anna Halberstams und die Verkündung ihres Testaments sollten das Ende des Kampfes um H&S Pharma sein, aber Konrad Forsters Diebstahl brachte alles durcheinander. Jetzt wurde der Mann gejagt. Warum hatte er das Testament gestohlen? Verfolgte Forster einen eigenen Plan? War er es, der die Mordversuche an Eero Ojala und Laura Rossi verhindert hatte?

Der Feldstecher flog auf das Ledersofa, und der Oberst versuchte sich zu beruhigen. Es ärgerte ihn maßlos, daß die erfolgreiche Ausführung des unsichersten Teils der ganzen Operation, des Selbstmordes von Anna Halberstam, doch nicht den endgültigen Sieg gebracht hatte.

Die Tür flog auf, und Sabine Halberstam kam erbost hereingestürmt. Die Sekretärin Oberst Agrons stand verwirrt auf der Schwelle und hob die Arme.

»Anscheinend hast du nicht bedacht, daß Konrad Forster versuchen könnte, etwas zu unternehmen?« fuhr Sabine ihn an.

Der Oberst bedeutete ihr durch eine beruhigende Handbewegung, Platz zu nehmen, und beobachtete seine aufgebrachte Schwiegertochter. Durch den Haarknoten wirkten Sabines Augenbrauen schräg wie bei einer Katze. Das blaue Seidenhemd umspielte die Rundung ihrer Brüste. Ehud war ein Glückspilz, denn er hatte eine schöne, intelligente und wortgewandte Frau gefunden, wenn Sabines Temperament auch manchmal überschäumte. »Wir werden den Idioten schon aufspüren. Verdächtigt uns Forster?«

»Er verdächtigt uns nicht, sondern er weiß es. Das ist mir klargeworden, als wir uns gestern unterhalten haben. Warum hätte er sonst das Testament gestohlen? Konrad ist nicht dumm, er begreift sehr wohl, daß ihr beide, Ehud und du, die Kontrolle über H&S Pharma erhaltet, wenn ich Anna beerbe.«

»Liebe Sabine. Konzentriere du dich in aller Ruhe auf deine Forschungsarbeit genau wie Ehud, und laß mich die Sache mit den Aktien erledigen«, sagte der Oberst und versuchte gelassen zu bleiben.

»Natürlich schaffe ich meine Aufgaben in der Forschung. Ich hoffe nur, daß wir, Ehud und ich, endlich in Ruhe arbeiten können«, erwiderte Sabine kühl und prüfte mit einem leichten Stoß, ob ihr Dutt noch straff saß.

Oberst Agron stand bedächtig auf, ging ans Fenster und schaute auf die eindrucksvolle Frankfurter Landschaft. Ein weißer Heißluftballon schwebte vor ihm in zweihundert Metern Höhe wie eine leere Sprechblase. Es ärgerte ihn, daß die Eroberung von H&S Pharma ohne Sabine und Ehud nicht gelingen konnte. Als der Milliardär und Zionist Dan Goldstein nach Werner Halberstams überraschendem Tod keinen Zugang mehr zu den Genkarten von Genefab besaß, hatte er sich alle möglichen Informationen über die Aktienbesitzer von H&S Pharma beschafft. Knapp die Hälfte der Aktien konnte er für Future Ltd. von der Witwe des zweiten Firmengründers Johann Schultz erwerben, die keine Erben oder Verwandten hatte. Doch als Goldstein erfuhr, daß Eero Ojala und Laura Rossi ihre Aktien nur an Verwandte verkaufen durften, stand er wie vor einer Wand. Annas Testament und Sabine waren für ihn der einzige Weg, um zusätzliche Aktien und die Entscheidungsgewalt in dem Unternehmen an sich zu bringen. Deshalb erlangten Ehud und Sabine einen ungeahnten Wert und mußten für den Plan gewonnen werden.

Oberst Agron hatte Angst wegen Ehud. Das Bild des brennenden rotweißen Busses erinnerte ihn nur allzu oft daran, was es bedeutete, einen geliebten Menschen zu verlieren. Warum hatte er Goldsteins Vorschlag nicht abgelehnt, fragte sich der Oberst zum hundertsten Mal, obwohl er die Antwort kannte. Er wurde bald sechzig, auf seinem Konto herrschte gähnende Leere, und demnächst würde niemand mehr die Dienste eines Ex-Soldaten benötigen, der sich dem Rentenalter näherte. Saul Agron wußte selbst genau, daß die Gründe, die er da aufzählte, nur Vorwände waren. In Wirklichkeit wollte er sich rächen und seinem Sohn helfen.

»Was willst du tun?« fragte Sabine, die sich schon etwas beruhigt hatte.

Der Oberst setzte sich seiner Schwiegertochter gegenüber auf das Sofa, glättete die Bügelfalten seiner Hose und schien über eine Antwort nachzudenken. Wenn Ehud und Sabine von der ethnischen Bombe wüßten, könnten sie verstehen, welchem Druck er ausgesetzt war. Aber er wollte ihnen nichts von der Waffe sagen. Die beiden jungen Ärzte würden ganz gewiß den Tod zahlloser Zivilisten nicht akzeptieren, egal, wie edel die Motive waren, mit denen er die Notwendigkeit begründen würde. Und er konnte nicht das Risiko eingehen, daß Ehud ihn für ein Ungeheuer hielt. Der Oberst beugte sich vor, schaute Sabine an und sagte versöhnlich: »Diese Situation zehrt an unseren Nerven. Gib mir vierundzwanzig Stunden Zeit, und ich bringe alles in Ordnung. Ich verspreche es.«

Sabine starrte ihren Schwiegervater einen Augenblick an und schien besänftigt. »Gut. Halte uns auf dem laufenden«, erwiderte sie und verließ den Raum genauso energiegeladen, wie sie gekommen war.

Als die Tür zu war, veränderte sich Oberst Agrons Gesichtsausdruck und wirkte nun angespannt. Er suchte im Kleiderschrank eine einfarbige Krawatte und band sich ohne Spiegel einen Windsor-Knoten. Um den Plan zu verwirklichen, würde er alles tun. Wenn Sabine Anna Halberstam beerbte, könnten Ehud und seine Frau die Leitung der Firma übernehmen, Dan Goldstein bekäme seine Genkarten und er seinen Lohn, ein Fünftel von Genefab, und die Rache. Alles stand auf dem Spiel.

Eins nach dem anderen, dachte der Oberst. Er zog das Sakko an, griff nach dem Telefon und bat seine Sekretärin, einen Tisch im einzigen koscheren Restaurant Frankfurts, im »Sohar«, zu reservieren. Er wollte beim Mittagessen einen Mann treffen, der Konrad Forster finden und ihm Anna Halberstams Testament zurückbringen würde.

45

Die Geräusche des ersten Terminals auf dem Frankfurter Flughafen brachen ab, als Arto Ratamo und Laura Rossi in den Streifenwagen stiegen. Die SUPO hatte den deutschen Behörden mitgeteilt, daß Konrad Forster beabsichtigte, Laura Rossi das Testament zu übergeben, deswegen erhielt sie sicherheitshalber einen Polizisten als Begleitschutz.

Laura starrte auf die Landschaft, die draußen vorüberflog, und fuhr mit der Hand durch ihre Rastalocken. Sie hatte sich entschlossen, ihre Angst noch einmal zu überwinden und nach Frankfurt zu fliegen, das glaubte sie Eero schuldig zu sein. Das Testament wollte sie nur, damit Eeros Mörder es nicht bekam. Sie hatte nicht die geringste Ahnung, was sie damit anfangen sollte. H&S Pharma interessierte sie überhaupt nicht. Die Angst brodelte in ihr, obwohl nur Konrad Forster und die Polizei von ihrer Reise nach Frankfurt wußten. Und außer Forster wollte niemand mehr etwas von ihr. Doch wenn er in der Lage war, sie ausfindig zu machen, dann könnte das auch jemand anders schaffen. Laura hatte auf dem Flughafen in Verona einen Schokoriegel und einen englischsprachigen Krimi gekauft, beides holte sie nun aus ihrer Tasche, nur um einer Unterhaltung aus dem Weg zu gehen. Die Sehnsucht nach Sami hatte sich in Trauer verwandelt, das Vertrauen dürfte für alle Ewigkeit verloren sein.

Ratamo warf einen Blick auf Lauras Profil und überlegte, ob er mit seiner Zusicherung, sie würde in Frankfurt nicht einen einzigen Schuß hören, zuviel versprochen hatte. Seit Laura sich für die Reise nach Frankfurt entschieden und in der Maschine eine Weile geschlafen hatte, war sie ein anderer Mensch, sie wirkte frisch und munter und entschlossen. Doch irgend etwas an Lauras plötzlicher Verwandlung von der gramgebeugten Angehörigen zur gelassenen Ermittlerassistentin störte Ratamo. Auch Eeros Tod schien Laura nicht mehr zu belasten, verheimlichte sie wieder etwas? Immerhin hatte Saara Lukkari bestätigt, daß Juha Hautala nicht in die Verbrechen der letzten Tage verwickelt war.

Sie setzten Laura Rossi und einen jungen Polizisten in Uniform am Hotel »Hessischer Hof« ab, und eine Viertelstunde später hielt der Streifenwagen in der Adickesallee vor dem Frankfurter Polizeipräsidium. Die Größe des Gebäudes verblüffte Ratamo. Das moderne, flache Bürohaus schien sich über Dutzende Meter in alle Richtungen zu erstrecken. An einem Metallschild neben dem Haupteingang las Ratamo: »Polizeipräsidium Frankfurt am Main«. Er ging zum Diensthabenden und sagte ihm seinen Namen und den seines Gastgebers, die Uhr an der Wand zeigte genau dreizehn Uhr. Der Polizist rief irgendwo an und ließ den Gast ins Foyer, wo er warten sollte.

Ratamo schob sich einen Priem hinter die Oberlippe und beobachtete neugierig die Kundschaft: Man sah mehr Ausländer als Einheimische, und die erweiterten Pupillen eines Teenagers mit unreiner Haut verrieten, daß er Drogen genommen hatte. Plötzlich dröhnte der Fußboden, als ein junger Mann mit Kopftuch und Pferdeschwanz zwischen zwei Polizisten, die ihn im Armhebel hielten, zerrte und brüllte. Interessante Leute, dachte Ratamo, wie immer auf Polizeiwachen.

Eine Minute später traf der BND-Ermittler Jürgen Brauer im Foyer ein. Der dunkle Anzug des großgewachsenen Mannes saß tadellos, und die weinrote Krawatte paßte zum blauen Hemd. Die Männer stellten sich einander vor und gaben sich die Hand. Sie vereinbarten, englisch zu sprechen, und tauschten die obligatorischen Höflichkeiten aus. Ratamo spürte sofort, daß er mit Brauer auskommen würde, obgleich der Schnurrbart des Mannes an einen Tiroler Uhrmacher erinnerte.

Der Deutsche führte Ratamo die breite Treppe hinauf

und erzählte, daß die verschiedenen deutschen Behörden für die Ermittlungen im Fall H & S Pharma einen gemeinsamen Stab gegründet hatten, der sich in den Räumen der Frankfurter Polizei befand. Die Spitzenelektronik und die großen Räume des neuen Gebäudes suchten laut Brauer in Deutschland ihresgleichen.

Im großen Beratungsraum der ersten Etage warteten zwei Polizisten mit ernsten Mienen und eine gewaltige Menge Elektronik. Die Sonne schien glühend heiß auf die Fenster, das Surren einer Klimaanlage war nicht zu hören, und die Computer bliesen warme Luft in den Raum. Es roch nach Strom. Brauer war es sichtlich peinlich, als er sich für den Defekt der Klimaanlage entschuldigte. Er stellte seine Kollegen vor: Inge Würth arbeitete im BKA und Uwe Krüger bei der Frankfurter Kriminalpolizei.

»Vielleicht informieren wir dich zuerst über die aktuelle Lage, damit du auf dem laufenden bist«, sagte Brauer und strich über seinen Schnurrbart. »Am Vormittag haben wir Saul Agron verhört, das Ergebnis war dürftig. Er hat mit seinem Anwalt zusammen das Schauspiel ›Ich habe nichts zu verbergen‹ aufgeführt. Es lohnt sich noch nicht, Agron festzunehmen, die Beweise reichen für eine Verhaftung nicht aus, und auf freiem Fuße könnte er uns auf die Spur seiner Helfershelfer oder der Partner, mit denen er zusammenarbeitet, führen.«

Ratamo bekam vom untersetzten Krüger eine Tasse schwarzen Kaffee, holte den Priem unter der Lippe hervor, ging zum Mülleimer und warf ihn hinein. Die deutschen Kollegen betrachteten ihn mit fragenden Blicken, schwiegen jedoch. Inge Würth sah schöner aus als die Sehenswürdigkeiten von Verona.

»Die Aktivitäten Saul Agrons in den letzten Wochen werden fieberhaft untersucht«, fuhr Brauer fort. »Laut Mossad weiß man, daß der in Verona gestorbene Mann mit der Tätowierung und acht andere ehemalige israelische Kommandosoldaten für Oberst Agron gearbeitet haben. Wir versuchen jetzt den Oberst mit den Soldaten und auf diesem Wege mit den Schießereien in Kraków und Verona in Verbindung zu bringen. Die Männer werden intensiv gejagt, ihre Fotos wurden heute morgen an alle Grenzübergangsstellen, Flughäfen, Häfen und Zollbehören in Italien, Polen und hier in Deutschland übermittelt.« Brauer hatte seine Informationen zügig vorgetragen und nickte nun Inge Würth zu.

Ratamo bemerkte, daß er die Frau schon wer weiß wie lange anstarrte. Was war mit ihm eigentlich los, wenn seine Gedanken in einem solchen Augenblick abschweiften? Er goß Wasser in sein Glas, aber das lauwarme Getränk konnte ihn auch nicht abkühlen.

»Ehud Agrons Datenprofil ist sauber«, sagte Inge Würth und berichtete, daß er mit dreiundzwanzig Jahren aus Israel in die USA gegangen war, um zu studieren. Nach seinem Abschluß hatte er einige Jahre im Ausland gearbeitet und war seit 2000 in Deutschland bei Genefab beschäftigt. Auch im Vorleben von Sabine Halberstam fanden sich keine dunklen Flecken.

Brauer musterte Ratamo, als wolle er abschätzen, ob der Mann zuverlässig war. »Wir haben auch eine Neuigkeit, die eingeschlagen hat wie eine Bombe. Mit Hilfe der Amerikaner haben wir Informationen über Future Ltd. aus Liberia erhalten. Das Unternehmen gehört dem in den USA lebenden Immobilienmilliardär Dan Goldstein, der Bürger Israels und ein zionistischer Hardliner ist und für die Besiedlung des Grund und Bodens in ganz Palästina mit Juden und nur mit Juden eintritt ...«

Ein Mann der Grundsätze, dachte Ratamo für sich.

»... ich möchte hier in aller Deutlichkeit klarstellen, daß Goldstein keinesfalls im Verdacht steht, in die Gewalttaten der letzten Tage verwickelt zu sein«, sagte Brauer unwillig.

»Er ist in den USA ein hochgeschätzter Mann, der im Hintergrund wirkt und die Republikaner unterstützt. Einen einflußreichen Mann wie Goldstein kann man ohne wasserdichte Beweise unmöglich als kriminell brandmarken.«

Das Wort zionistisch klang noch in Ratamos Ohren. »Der Gedanke, wohin diese Ermittlungen noch führen werden, ist nicht gerade angenehm. Ein ehemaliger israelischer Oberst, der das Biowaffenprogramm Israels kennt, und ein zionistischer Milliardär, der nach einem Biotechnologieunternehmen der Spitzenklasse greift – das ist ein ziemlich bedrohliches Doppel«, sagte er und starrte auf eine Fliege, die sich gerade auf seiner Hand niederließ.

Brauer überlegte einen Augenblick, was er dem Finnen antworten sollte. »Die Leute von der Antiterroreinheit des CIA sehen schon eine Katastrophe auf uns zukommen.« Für eine Weile hörte man in dem Beratungsraum nur das Surren der Elektrogeräte.

»Der Anwalt von Future Ltd. hat uns eine Strafanzeige gegen Konrad Forster geschickt.« Der stark schwitzende Frankfurter Polizist Uwe Krüger schaltete sich in stockendem Englisch in das Gespräch ein. »Forster hat heute morgen Anna Halberstams Testament gestohlen und ist verschwunden. Er sollte heute auch zum Verhör kommen …« Krüger wischte sich den Schweiß von der Stirn und berichtete Ratamo Einzelheiten von Annas letzten Minuten in der Villa Siesmayer. Dann ging er bedächtig ans Ende des Zimmers und öffnete ein Fenster.

Ratamo wirkte schockiert. »Ein Testament, das der Anwalt nur vollstreckt, wenn der Tote von eigener Hand gestorben ist? Welcher Verrückte denkt sich so etwas aus?«

»Meinst du Anna Halberstam oder den Anwalt?« fragte Inge Würth grinsend.

Ratamo antwortete nicht. »Ist das Testament denn nicht rechtswidrig?«

»In dem Testament wird der Selbstmord nicht erwähnt. Der Anwalt hat sich durch ein anderes Dokument verpflichtet, Anna Halberstams Testament nur zu vollstrecken, wenn sie von eigener Hand stirbt. Natürlich verstößt das Vorgehen des Anwalts gegen ethische Grundsätze, weiß der Himmel, aus welcher Kloake sich Anna Halberstam den Mann geangelt hat.«

Die Polizisten saßen eine Weile schweigend da. Bei diesen Ermittlungen gab es trostlos viele abartige Einzelheiten, überlegte Ratamo gerade, als sein Telefon klingelte. Er blickte Brauer fragend an, der ihn mit einem Nicken aufforderte, das Gespräch anzunehmen.

Saara Lukkari hörte sich verärgert an. »Ich habe die deutsche Botschaft in Helsinki angerufen, weil diese Informationen über Berningers Krankheiten und Medikamente immer noch nicht gekommen sind. Man hat mir gesagt, daß sie dir die Daten schon am Montag gefaxt haben.«

»Das kann nicht stimmen«, erwiderte Ratamo, er hatte alle Unterlagen in seinem Zimmer durchgekramt.

Seine Kollegin setzte Ratamo noch eine Weile zu und erzählte dann, daß Berninger keine Betablocker per Rezept verordnet worden waren. Die beiden SUPO-Mitarbeiter überlegten, ob der Diplomat in Vorbereitung auf das Treffen mit Sami Rossi selbst die Symptome eines Anfalls herbeigeführt hatte.

Ratamo fragte kurz, was es sonst noch Neues gab. Das verschwundene Fax lag ihm auf der Seele.

»Hier gibt es nur noch wenig zu tun. Berningers Mörder kennen wir. Tero Söderholm ist in Haft, und es sieht so aus, als wußte Sami Rossi tatsächlich vorher nichts von dem Mord an Berninger«, erzählte Saara Lukkari. Sie versprach, ihn abends wieder anzurufen, und damit endete das Gespräch.

Als die Polizisten die Maßnahmen für die Suche nach

Forster vereinbart hatten, tauschten sie ihre Kontaktdaten aus, und dann beendete Brauer die Besprechung und forderte seine Kollegen auf, um neun Uhr abends wieder in der Adickesallee zu sein.

Die Polizei befand sich gegenüber Sabine Halberstam und Saul Agron im Vorteil, überlegte Ratamo, während er die Treppen des modernen Polizeigebäudes hinunterging. Sie brauchte nur Laura Rossi zu folgen, um Konrad Forster und das Testament zu finden. Im selben Moment wurde ihm allerdings wieder klar, daß die Killer genauso vorgehen könnten, und sogleich machte er sich noch mehr Sorgen um Laura. Ihr Begleitschutz bestand nur aus einem Polizisten.

46

Die sengende Sonne kannte keine Gnade, als Masilo Magadla um zwei Uhr nachmittags einen steilen Pfad hinaufstieg, der von Seckbach im Nordosten Frankfurts zum Gipfel des Lohrbergs führte. Sein Atem pfiff, der Schweiß lief in Strömen, die Milchsäure ließ die Beinmuskulatur steif werden, und der Durst plagte ihn; für einen Tropfen Wasser hätte er seine Shorts verkauft. Lebte er schon so lange im Norden, daß er die Hitze nicht mehr vertrug, oder zehrten die HIV-Medikamente an seinen Kräften? Warum zum Teufel wollte sich Wim de Lange an einem derart abgelegenen Ort mit ihm treffen? Sein Gedankengang wurde unterbrochen, als ihm aus irgendeiner Brauerei in der Nähe ein starker Maische-Geruch in die Nase stieg, und er sah ein eiskaltes, beschlagenes Glas Bier vor sich. Sein Ächzen ging in der weiten Postkartenlandschaft unter.

Der letzte Anruf des Kopfes der Operation zur Eroberung von H&S Pharma hatte Magadlas Geduld auf eine sehr harte Probe gestellt. Jetzt machte ihm Nelson Vorwürfe wegen Eero Ojalas Tod. Anscheinend war der Mann nicht fähig, eigene Fehler einzugestehen, überlegte Magadla erbost. Viel zu spät hatte Nelson ihm von Sami Rossis und Konrad Forsters Zusammenarbeit berichtet. Natürlich hatte auch Wim de Langes Sicherungsgruppe im Garten Giardino Guisti versagt, aber vielleicht wäre das ganze Treffen zu vermeiden gewesen, wenn Nelson seine Informationen eher herausgerückt hätte.

Diese Geheimniskrämerei machte ihn allmählich zornig. Es wunderte ihn auch, daß Nelson nicht mehr damit drohte, die ganze Operation abzubrechen, obwohl es fast täglich neue Tote gab. War Nelson jetzt gierig geworden, oder änderte er seine Grundsätze entsprechend der jeweiligen Situation?

Ein elegant gekleidetes Paar mittleren Alters kam den Hügel herunter, ging ein paar Meter entfernt an ihm vorbei und lächelte automatisch. Magadla hatte sich schon während seines Studiums in Schweden daran gewöhnt, daß die Menschen im Norden oft nur deswegen Freundlichkeit zeigten, weil es so üblich war. Das gehörte zu den Verhaltensweisen in den westlichen Ländern. War es der Wohlstand, der die echte Lebensfreude der Menschen abtötete, oder die Kälte? Der Kampf ums Überleben war es jedenfalls nicht.

Diese Gedanken wurden durch andere Überlegungen abgelöst, aber die Verbitterung blieb. Das Verschwinden des Testaments drohte alles zunichte zu machen. Magadla hatte ein Treffen und ein Gespräch mit Nelson gefordert, aber der war nicht einmal bereit, darüber auch nur zu reden, obwohl sie doch eigentlich ein gemeinsames Ziel verfolgten.

Magadlas Beinmuskulatur war von dem langen Anstieg schon steinhart, als er Wim de Lange endlich erblickte, der ganz locker auf dem kurzgeschnittenen Rasen saß und Wasser aus einer Plastikflasche trank. Er sah aus wie ein etwa fünfzigjähriger Tourist, nur die abgenutzten Springerstiefel störten das Bild.

»Kunjani kuwe?« Zu Magadlas Überraschung begrüßte de Lange ihn in Xhosa und reichte dann seinem erschöpft wirkenden Auftraggeber die Wasserflasche.

»Ndikhona enkosi«, antwortete Magadla keuchend, trank gierig und setzte sich neben de Lange auf den Rasen. Er betrachtete eine Weile die Landschaft: Der Lohrberg mit dem vielen Grün und das moderne Zentrum Frankfurts am Horizont bildeten einen Gegensatz. Und sie saßen beide auf dem Rasen wie ein verliebtes Pärchen, dachte Magadla. Der schwarze Freiheitskämpfer und der Sicherheitspolizist, die Verkörperung aller Untaten der Buren.

Er kam zur Sache und berichtete de Lange von der neuesten Wende im Geschehen. »Die Sicherungsgruppe wird noch einmal gebraucht. Konrad Forster muß gefunden werden«, sagte er schließlich und fragte direkt, ob de Lange glaubte, das schaffen zu können.

»Ich brauche ein paar Stunden, dann habe ich ihn ausfindig gemacht. Etwa zwanzig Jahre lang habe ich Menschen in Slums gesucht, in Hütten, die nicht einmal eine Adresse hatten«, sagte de Lange selbstsicher, bevor ihm klar wurde, mit wem er sprach. Er warf Magadla einen Blick zu und sah in dessen Augen, was er dachte. Es war de Langes Beruf gewesen, Kameraden, Freunde, vielleicht auch Verwandte von Magadla zu verfolgen. »Und Forster ist im Untertauchen nicht einmal ein Profi so wie damals eure Besten«, fuhr er ruhig fort.

Wim de Lange stand auf und betrachtete nachdenklich den Rasen. Aus irgendeinem Grund beschloß er, Magadla zu erzählen, was er über Oberst Agron wußte. Er wunderte sich selbst, warum er das tat, vielleicht war es eine Art Entschädigung für die Vergangenheit. In seiner Laufbahn als Mitarbeiter der Sicherheitsdienste Südafrikas gab es Momente, auf die er nicht sonderlich stolz war, aber nur für ein Projekt der weißen Apartheid-Administration schämte er sich.

De Lange setzte sich wieder hin und erzählte von dem Forschungslabor Roodeplaat der südafrikanischen Armee, das am Rande von Pretoria lag. Dort hatte man Gifte entwickelt, die so wirkten, daß man annehmen mußte, die Opfer seien eines natürlichen Todes gestorben. Die Giftstoffe wurden auf die Klebeflächen von Briefkuverts aufgetragen, in Zigarettenfilter oder Süßigkeiten hineingespritzt. Die verteilte man dann als Geschenke an Apartheid-Gegner, die nichts Böses ahnten. Unter der Leitung von Doktor Wouter Basson hatte man in Roodeplaat auch einen Impfstoff entwickelt, der Dunkelhäutige sterilisieren sollte, berichtete de Lange. Die Falten auf Magadlas Stirn wurden noch tiefer.

De Lange zögerte einen Augenblick. »Wouter Basson träumte davon, eine Biowaffe zu schaffen, die nur Schwarze tötete. Die offizielle Version der Wahrheit lautet, sie sei damals vor dem Machtwechsel nicht mehr fertig geworden. Aber eine ganze Menge mosambikanischer Soldaten, die man in der Nähe der südafrikanischen Grenze tot aufgefunden hat, wären da vermutlich anderer Meinung. Nicht einmal die Wissenschaftler der UNO haben jemals die Ursache für ihren Tod entdeckt.«

Magadla ahnte Schlimmes. Er hatte Gerüchte über die Greueltaten gehört, die in dem Labor geplant worden waren. »Und welchen Zusammenhang gibt es mit anderen Dingen?« fragte er.

»Die Wissenschaftler des Biowaffenforschungsinstitutes Ness Ziona der israelischen Armee und des Forschungslabors Roodeplaat haben bei der Entwicklung biologischer Waffen zusammengearbeitet, bis Südafrika sein Programm 1993 einstellte. Israel hat sein eigenes Entwicklungsprogramm fortgesetzt. Überwacht wurde das israelische Biowaffenprogramm im Auftrag der Armee von einem Oberst namens Saul Agron.«

Der Haß loderte in Magadla auf. Waren die Menschen um der Macht willen zu allem bereit? Zur Abscheu gegen die Pläne, von denen de Lange erzählt hatte, kam nun noch Unsicherheit. Kannte Nelson Oberst Agrons Vorleben? War ihm klar, daß er siegen mußte?

47

Das kastenförmige Hotelschiff »Peter Schlott« lag am Rande des Dorfes Höchst am Mainufer. Auf der Pontonterrasse des weißen Schiffes mit zwei Decks unterhielten sich ein paar Gäste und tranken ein kühles Bier, das die Hitze des frühen Abends erträglicher machte. Bis zum Frankfurter Zentrum waren es nur etwa zehn Kilometer. An Sommerabenden flohen viele Städter vor den Abgasen und dem Lärm in die Ruhe des idyllischen kleinen Dorfes.

Konrad Forster brauchte sich nicht zu bemühen, unauffällig zu sein, er war es immer. Das erleichterte die Flucht. Forster nahm an, daß die Killer von Verona und Kraków hinter ihm her waren, Saul Agron und Sabine würden das Morden kaum einstellen, solange ihnen Annas Testament nicht in die Hände fiel. Und die Beschützer? Für wen arbeiteten sie? Kämen sie gegebenenfalls auch ihm zu Hilfe, wie sie es bei Laura Rossi und Eero Ojala getan hatten? Auf dem Schiff »Peter Schlott« würde ihn vermutlich niemand finden, redete er sich ein. Er hatte sich unter falschem Namen angemeldet und würde das Schiff erst morgen früh verlassen, um zur Versammlung der Aktienbesitzer von H&S Pharma zu gehen.

Die Ränder der blau-weißen Sonnenschirme und Tischdecken auf der Terrasse flatterten im Wind, der vom Fluß herüberwehte. Forster betrachtete die Landschaft: Das Dach der Justinuskirche schaute zwischen den Laubbäumen hervor, die sich am Uferhang im Wind wiegten, und der Main glitzerte in der Sonne. Der schöne Anblick erschien ihm belanglos, denn diese Bilder konnten nicht vergessen machen, welche Leere Annas Tod hinterlassen hatte. Er spürte nichts, Trauer und Sehnsucht würden wohl irgendwann später kommen.

Er beklagte sein Schicksal nicht, jeder mußte seinen selbstgewählten Weg bis zu Ende gehen. Sein Weg begann an jenem Septembertag des Jahres 1972, als er Anna das erstemal getroffen hatte. Ihr Glück dauerte ein Jahr, dann trat Werner Halberstam auf den Plan, und Anna verliebte sich in den talentierten, wohlhabenden und beliebten jungen Arzt. Er selbst, ein nichtssagender Student, war schon bald vergessen.

Forster hatte eigentlich nie beschlossen, für den Rest seines Lebens in Annas Nähe zu bleiben. Es hatte sich einfach so ergeben, als Werner und Anna ihm eine Arbeit bei H & S Pharma anboten, und er konnte auch die gemeinsamen Augenblicke des Glücks mit Anna nicht vergessen. Forster hatte Jahrzehnte als Außenstehender gelebt, als dritter Tänzer beim Tango zweier Verliebter. Er wußte nicht, warum es so gekommen war, und er wollte es auch gar nicht wissen, er hielt sich an das Prinzip von »Ockhams Rasiermesser«: »Man muß die Dinge nicht unnötig verkomplizieren.« Forster ließ die Bilder der letzten Nacht mit Anna in einer heruntergekommenen Studentenbude in Bornheim auferstehen und erinnerte sich immer noch an den billigen sauren Rotwein und die harte Bambusmatte, an Annas unbeschwertes Lachen und den Geruch der Liebe.

Er hob das Glas und kostete zerstreut den warm gewordenen Apfelwein. Er trank selten, weil Alkohol ihn glücklich machte. Es konnte passieren, daß Oberst Agrons Männer ihn fanden und er nicht mehr erleben würde, wie alles ausging. Zu seiner Überraschung fürchtete er sich aber nicht davor. Er hatte seine besten Jahre schon vertan. Doch er bereute nichts, sein Leben war nur einfach genauso nutzlos wie das der anderen auch. Es glich einem dahinratternden Zug, in den niemand einstieg und der leer am Ziel ankommen würde.

Forster trank den Rest des Apfelweins aus, verließ die Terrasse und streckte sich in der karg eingerichteten Kajüte auf dem schmalen Bett aus. Toiletten gab es in den Kajüten nicht, die auf dem Fußboden herumliegenden Limonadeflaschen mußten im Notfall reichen. Sein Blick irrte über die wackligen, unbemalten Holzmöbel, dann schloß er die Augen und konzentrierte sich auf das Plätschern des Wassers und die Stimmen, die von der Terrasse hereindrangen.

Jemand lief den Flur entlang. Dann hörte Forster noch andere Schritte und einen schweren Aufprall. Er war hellwach, lauschte und hielt den Atem an. War jemand gestolpert? Hatte man ihn gefunden? Ein paar Minuten wartete er, die Sinne aufs äußerste angespannt, doch dann beruhigte er sich allmählich wieder, da nichts zu hören war und nichts geschah. Er nahm sich jedoch noch entschiedener vor, sein Zimmer nicht vor morgen früh zu verlassen. Die Angst lag ihm im Magen wie ein fettiges Essen, als er überlegte, wie er sterben würde, wenn die Männer Agrons ihn fanden. Das Telefon unterbrach seine düsteren Gedanken.

Der Anrufer behauptete, er sei ein Freund. »Es war nicht schwer, Sie zu finden. Wenn wir das schaffen, dann können auch die Killer von Oberst Agron nicht weit sein«, stellte Masilo Magadla ruhig fest.

Die Angst schoß in Forsters Hirn. »Wer ...«

»Hören Sie zu. Sie dürfen das Testament nicht vernichten. Wir haben ein Mittel, um zu verhindern, daß Oberst Agron und Sabine Halberstam die Entscheidungsgewalt über H & S Pharma erlangen. Einer meiner Männer trifft in diesem Moment an Ihrer Tür ein. Hören Sie ihn an. Mehr wollen wir nicht von Ihnen.«

Es klopfte an der Tür. Er hätte es noch geschafft, die Polizei anzurufen, aber das würde ihm nichts nützen, denn es bliebe in jedem Fall genug Zeit, ihn umzubringen. Wie zum Teufel hatte man ihn so schnell gefunden? Forster beschloß, zu öffnen, warum hätte der »Freund« anrufen sollen, wenn er ihn umbringen lassen wollte?

Forster zog die Tür einen Spaltbreit auf, da fiel ihm der Aufprall von eben ein: Er hatte zweimal ankommende Schritte gehört, aber keine, die sich entfernten. Vorsichtig öffnete er die Tür noch weiter, plötzlich wurde sie mit Gewalt aufgestoßen. Forsters Gehirn konnte noch den am Boden liegenden Mann mit Bürstenhaarschnitt registrieren, dann brüllte jemand einen Befehl, und ein muskulöser Pitbullterrier sprang ihn an.

Der Hund wollte Forster an die Kehle, aber der konnte noch rechtzeitig seinen Arm schützend hochhalten. Der Pitbull packte mit seinen Zähnen Forsters Unterarm und hing daran wie an einem Stock. Forster schrie auf. Er griff nach dem Hals der Bestie und zerrte daran, aber die Kraft der Bewegung übertrug sich auf seinen Arm und vergrößerte die Schmerzen nur noch.

Ein zweiter Befehl ertönte, und der Bluthund gab ihn frei. Er knurrte, seine Lefzen zitterten im selben Rhythmus und entblößten eine Reihe blutiger Zähne, als er sich zu seinem Herrn zurückzog, der das Zimmer betreten hatte.

Forster starrte ungläubig auf den Eindringling, der mit der Pistole auf ihn zielte und zu dessen Füßen die Kampfmaschine lag, die Blut geleckt hatte und nur auf den nächsten Befehl wartete. Das Tier sah aus wie ein einziger gewaltiger Muskel, an dessen Ende zwei Reihen spitzer Zähne leuchteten.

»Ich habe nicht die Absicht, Sie lange zu überreden. Entweder sagen Sie, wo das Testament ist, oder Sie werden zerfleischt. Und zwar langsam«, sagte der dunkelhaarige Mann. Seine Argumente waren überzeugend.

Forster hatte erwartet, daß Agrons Männer kommen würden, aber so etwas hatte er nicht geahnt. Er würde zwar eine Weile Schmerzen aushalten, war aber nicht bereit, sich in Stücke reißen zu lassen. »Sie wollen mich umbringen.«

»Leider nicht. Man würde Oberst Agron verdächtigen, weil das Testament in seine Hände gelangen wird.«

Forster holte seine Tasche unter dem Bett hervor. Der Eindringling riß sie ihm aus den Händen, drehte sie um und schüttelte sie, so daß die Unterlagen aufs Bett fielen.

Der Mann betrachtete das Testament lange und murmelte schließlich zufrieden irgend etwas. »Dem Oberst darf durch Sie kein Schaden mehr entstehen.« Er schaute auf den Pitbullterrier und zischte *»Lech le azazel«*. Er hatte seinen Hund gedrillt, dann anzugreifen, wenn er auf hebräisch sagte: »Scher dich zur Hölle!« Er fand das auch jetzt ungeheuer witzig, obwohl das Opfer seine Worte nicht verstand.

Etwas später erklang der Befehl *»Tafseek«*. Die Kreatur zog sich von Forster zurück, der blutüberströmt am Boden lag, und Oberst Agrons Vertrauter mißhandelte den Schwerverletzten so, daß er ins Koma fiel.

48

Oberst Agron duckte sich instinktiv, als es direkt hinter ihm laut knallte. Er drehte sich um und brach in schallendes Gelächter aus, als er sah, daß sein Sohn Ehud den ganzen festlich gedeckten Tisch mit Champagner bespritzte. Sabine versuchte mit dem Mund etwas von dem schäumenden Getränk aufzufangen.

Die Siegesfeier fand auf der großen Terrasse des Restaurants »Opéra« in der zweiten Etage von Frankfurts alter Oper statt. Das vor Macht und Kraft strotzende Panorama des Bankviertels mit seinen Wolkenkratzern bot die perfekte Kulisse für den Abend. Der Oberst liebte Frankfurt, hier funktionierte alles wie im Traum.

Neugierige in unmittelbarer Nähe waren nicht erwünscht, deshalb hatte Agron drei Tische in der Mitte der Terrasse reservieren lassen. Die nervenaufreibende Operation zur Eroberung von H&S Pharma war gelungen, der Druck fiel von den dreien ab und machte überschäumender Freude Platz. Zwei Kellner in schwarzen Westen brachten noch mehr Champagner und dazu Erdbeeren, Beluga-Kaviar, geräucherten Lachs und Miesmuscheln. Sabine Halberstam küßte ihren Mann lange und zärtlich. Ehud, der sich sonst jungenhaft nachlässig kleidete, trug zur Feier des Tages einen Smoking und hatte die Haare zum Pferdeschwanz gebunden.

Der ausgelassene Lärm brach ab, als Agron mit dem Messer an ein Kristallglas schlug. »Auf Anna Halberstams Testament«, sagte der Oberst in militärisch ernstem Ton und erhob sein Glas. Der Kampf um H & S Pharma war am Ende so ausgegangen, wie es sein sollte – Sabine würde Annas Aktien erben. Wegen der Schwierigkeiten, die durch Forster entstanden waren, mußte Agron allerdings auf den Vertrauten verzichten, den er in Frankfurt zu seiner eigenen Sicherheit in Reserve gehalten hatte. Der Mann, der Forster mißhandelt hatte, verließ Deutschland gerade mit dem Flugzeug. Künftig mußte Agron also allein zurechtkommen, denn ein Einsatz des Kommandos in Frankfurt kam nicht mehr in Frage. Das bereitete dem Oberst jedoch keine Sorgen, als er Ehuds glückstrahlende Augen sah. Endlich einmal konnte er seinem Sohn eine Freude machen. Vielleicht war das ein erster Schritt auf dem Weg, an dessen

Ende Ehud seine Rebellion gegen ihn einstellte, ein erster Schritt zu einer richtigen Freundschaft zwischen Vater und Sohn.

Agron fuhr in seiner Ansprache fort. »Die Arbeit von zwei Monaten wurde heute zum Abschluß gebracht. Annas Anwalt hat die Echtheit des Testaments bestätigt, somit besitzt Sabine ... also unsere Familie über die Hälfte der Aktien von H & S Pharma, sobald die Anwälte alles geregelt haben«, sagte der Oberst triumphierend.

Sabine steckte ihrem Mann Erdbeeren in den Mund, und Ehud hob das Champagnerglas an ihre Lippen. Die anderen Gäste auf der Terrasse schauten zu ihnen hin und beobachteten die kleine Gesellschaft, die so bombastisch feierte.

Ehud und Sabine vertieften sich in ihr Lieblingsthema – die glänzende Zukunft von H & S Pharma und Genefab. Nun würden alle Mittel in die Embryoforschung investiert. Neben der Behandlung der Kinderlosigkeit würden sie allmählich auch die Möglichkeit für Eltern vermarkten, physische Eigenschaften ihres Kindes auszuwählen. Am Anfang wären sie vorsichtig: Zunächst würde die Haar- und Augenfarbe manipuliert, dann gingen sie dazu über, unerwünschte Eigenschaften zu eliminieren, und am Ende könnten sie anbieten, den ganzen Menschen zu manipulieren.

Ehud schnurpste einen Keks mit Kaviar und erinnerte daran, daß Genefab umgehend an einen Ort verlagert werden mußte, wo die Embryoforschung nicht so streng reglementiert wurde wie in Deutschland. Das Paar dachte eine Weile darüber nach, wohin der Hauptsitz verlegt werden sollte. Ehud betrachtete seine Frau zärtlich, heute abend trug Sabine ihr dunkles Haar offen.

Oberst Agron beneidete die jungen Leute um ihren Eifer, sie schauten in die Zukunft und planten eine neue Welt. Er hingegen kam nicht von seiner Vergangenheit und von dem brennenden rotweißen Bus los. Doch es tröstete ihn, daß mit Hilfe der Genkarten von Genefab auch sein Traum in Erfüllung ginge. Er bekäme seine Rache, wenn Goldstein seine Genwaffe an den Palästinensern in Hebron testete. Es wurmte ihn allerdings, daß nie jemand von seiner Rolle bei alldem erfahren würde, immerhin hatte er schließlich die Grundlage für den künftigen Sieg Israels geschaffen.

Sabine und Ehud waren so von ihren Visionen, den Delikatessen und dem Siegesrausch fasziniert, daß sie nicht bemerkten, wie der Oberst um Entschuldigung bat und den Raum verließ. Er betrat den nebenan gelegenen großen Saal des Restaurants. Das Licht der Kronleuchter an der mit Ornamenten und Reliefs geschmückten Decke spiegelte sich auf dem lackierten Edelholzparkett. Die Melodien, die auf dem Flügel gespielt wurden, vermischten sich mit dem Stimmengewirr.

Oberst Agron ging zu der kleinen Barnische, bestellte den besten Whisky des Hauses und setzte sich auf einen mit rotem Plüsch bezogenen Barhocker. Seine behaarte Hand umschloß das Kristallglas, er kostete den Old Pulteney, warf im Spiegel einen Blick auf seinen tadellos sauberen Khakianzug und überlegte, ob das schimmernde Gelb der Wandornamente Blattgold oder Farbe war.

Alles wäre bereit, wenn Dan Goldstein am nächsten Morgen nach Frankfurt käme. Es konnte nichts mehr schiefgehen – das Testament befand sich in ihrem Besitz.

49

Je heftiger Laura an dem in die Erde gerammten Pfahl zerrte, um sich loszureißen, desto tiefer drang der Stacheldraht in ihre Haut ein. Der Schmerz zog durch den ganzen Körper, das Blut floß heiß über ihre Haut, und die brennende Helligkeit versengte ihr die Augen. Von allen Seiten überflutete sie das Licht, nur der gähnende Abgrund direkt vor ihr war pechschwarz. Und aus der Tiefe, aus dem Kern der Dunkelheit, kam etwas auf sie zu. Die Gestalt wurde immer größer, und ihr unförmiges Gesicht strahlte Haß aus. Das Wesen näherte sich ihr schnell, blieb genau vor ihr stehen und zerrte sich das Gesicht herunter. Laura starrte in die Augen ihrer Mutter und wurde von Entsetzen gepackt.

Laura riß die Augen auf, sie war von ihrem eigenen Schrei erwacht und schnappte nach Luft. Es dauerte eine Weile, bis sie begriff, daß sie von einem Alptraum heimgesucht worden war. Allmählich beruhigte sie sich, dann fiel ihr aber ein, wo sie war, und die Anspannung kehrte zurück. Sie rannte ins Bad, ließ eiskaltes Wasser über ihr Gesicht laufen und sah ihre müden Augen, die sie im Spiegel anstarrten. Die dunklen Augenringe, die glanzlosen Rastalocken und die fahle Haut bezeugten erbarmungslos, daß sie nicht mehr zwanzig war.

Im Hotel »Hessischer Hof« herrschte eine gespenstische Stille. Die mit unpraktischen Biedermeiermöbeln ausgestattete luxuriöse Suite wirkte wie das Zuhause eines Menschen, der zuviel Geld und zu wenig Verlangen nach Bequemlichkeit hatte. Laura ging ans Fenster und hörte immer noch nichts, obwohl sie unten den dichten Verkehr auf der Friedrich-Ebert-Anlage sah. Wahrscheinlich handelte es sich um schallisolierte Fenster. Es war kurz vor sieben Uhr abends.

Laura kaute an der Nagelhaut und überlegte, wie Konrad Forster ihr das Testament übermitteln wollte. Sie fürchtete, die Killer könnten dem Mann bis zu ihr folgen, und dann begänne der Spießrutenlauf erneut. Zum Glück hielt an der Tür ein Polizist Wache. Das unerwartete Telefongespräch, das sie vor dem Einschlafen geführt hatte, ging ihr durch den Kopf. Jetzt war sie über ihre Alternativen im Bilde und glaubte zu wissen, was sie mit dem Testament tun würde. Vielleicht erschien Eeros Tod weniger sinnlos, wenn all das wenigstens etwas Gutes zur Folge hätte. Möglicherweise gelänge es ihr so, den brennenden Schmerz des Schuldgefühls zu lindern.

Laura mußte auf die Toilette und ging ins Bad. Sie hob den Deckel hoch und fuhr zusammen, als sie im WC-Bekken einen Plastikbeutel entdeckte. Sie betrachtete den seltsamen Klumpen eine Weile, griff nach seiner obersten Ecke und hob das vor Wasser triefende Päckchen vorsichtig ins Waschbecken. Das Verschlußband knisterte und ließ sich öffnen, in dem luftdicht verschlossenen Beutel befand sich ein dicker Brief. Laura erinnerte sich, auf dem Schreibtisch einen Brieföffner gesehen zu haben.

Sie ließ sich auf das breite Bett fallen, versank tief in den Polstern und riß gespannt das Kuvert auf. Obenauf lag eine handschriftliche Nachricht von Konrad Forster. Das Adrenalin schoß ihr ins Blut, sie mußte an das Ungeheuer aus ihrem Alptraum denken. Es dauerte einige Zeit, bis sie sich konzentrieren konnte.

Forster schrieb, daß sie Anna Halberstams echtes Testament in der Hand hielt, mit dem Sabine Halberstam Annas Vermögen erbte. Laura könne entscheiden, ob Annas letzter Wille erfüllt werde. Wenn Laura das Vermächtnis vernichte, würde sie selbst Annas riesiges Vermögen erben, auch die Aktien von H & S Pharma. Sie wäre dann eine äußerst wohlhabende Frau.

Ihr Handy klingelte. Laura nahm den Anruf nicht an, als sie Samis Nummer auf dem Display sah, und vertiefte sich wieder in Forsters Brief. Der Mann war beim Schreiben von seinen Gefühlen überwältigt worden. Seiner Ansicht nach hatten die Handlanger von Saul Agron und Sabine Halberstam Eero getötet und Sami verwundet. Dann zählte Forster auf, wofür Agron und Sabine das Arsenal der Forschungsmittel von Genefab verwenden könnten. Die maßgeschneiderten Kinder auf Bestellung, die gläserne künstliche Gebärmutter und die anderen Visionen Forsters ließen Laura an das überraschende Telefongespräch denken, das sie vor ein paar Stunden geführt hatte, und die Emotionen übermannten sie.

Als nächstes teilte Forster mit, daß der Anwalt seines Vertrauens, Dr. Julius Köninger, Laura helfen würde, wenn sie sich dafür entschied, das Testament zu vernichten. Forster hatte anscheinend schon alles organisiert: Köninger kannte die Situation, und die Aktienbesitzer von H & S Pharma waren aufgefordert worden, am nächsten Morgen in Saul Agrons Büro im Main-Tower zu erscheinen.

Lauras Puls beschleunigte sich, als Forster zum Schluß erklärte, er wolle die Wahrheit über Anna enthüllen. Er versicherte, Anna habe während der ganzen Zeit ihrer dreißigjährigen Freundschaft niemandem etwas Böses getan. Laura verschlang begierig jedes Wort, als Forster schrieb, Anna sei mit Lauras Vater Matti Ojala zusammengewesen, bevor Lauras Mutter ins Bild trat und den Verlobten ihrer Schwester verführte. Anna hatte Ojala nach dem Ende ihrer Beziehung nur einmal getroffen. Lauras Mutter erfuhr von dem Treffen, zog daraus vollkommen falsche Schlußfolgerungen und verurteilte ihren Mann und ihre Schwester, obwohl die ihre Unschuld beteuerten. Lauras krankhaft eifersüchtige Mutter zerstörte selbst ihre Familie.

Laura glaubte, Forster mache einen Scherz, als sie las, daß Anna ihm verboten hatte, über die Vergangenheit zu reden, obwohl Laura und Eero möglicherweise bereit gewesen wären, Anna ihre Aktien zu verkaufen, wenn sie die Wahrheit erfahren hätten. Laut Forster hatte Anna nie irgend jemanden verletzt, sich aber dennoch selbst Vorwürfe gemacht für alles Böse, das in ihrem Umfeld geschah.

Fassungslos schloß Laura die Augen. Wenn das stimmte, hatte sie ihr ganzes Leben lang Lügen gehört und Anna grundlos gehaßt. Sie sah das wutverzerrte Gesicht ihrer

Mutter vor sich, und da fiel es ihr nicht schwer, Forster zu glauben. Laura beschloß, ihn ausfindig zu machen, wenn alles vorbei wäre. Jetzt fühlte sie sich nicht imstande, diese Nachricht richtig zu verarbeiten, was zuviel war, war zuviel.

Insgeheim nahm eine Entscheidung in Lauras Kopf Gestalt an. Es kam ihr so vor, als hätte irgendeine unsichtbare Kraft, die alles von ihr und ihren Gedanken wußte, die absurden Ereignisse der letzten Tage geplant. Nun brauchte sie auch ihr anderes Geheimnis nicht mehr zu hüten. Morgen würde sie es verraten.

Laura tippte die Nummer des Anwalts ein, den ihr Foster empfohlen hatte.

Die Kofferträger erschienen sofort am Taxi, das vor dem Haupteingang des Hotels »Hessischer Hof« hielt. Es war schon nach sieben Uhr; jetzt ärgerte sich Ratamo, daß er stundenlang im Polizeipräsidium hängengeblieben war, um Inge Würth zu helfen. Ratamo gab den Trägern zu verstehen, daß er sie nicht brauchte, und betrachtete das Hotel. Der »Hessische Hof« ähnelte von außen dem Hotel »Torni« in Helsinki, in dessen Foyer er einst Riitta Kuurma angerufen hatte. Ratamo erstickte die Erinnerungen an jenes unvergeßliche Gespräch. An Riitta, seinen Vater und den Urlaub würde er das nächstemal erst nach Abschluß dieser Ermittlungen denken. An Nelli dachte er ab und zu, morgen früh würde er seine Tochter wieder anrufen.

Das dumpfe Dröhnen eines Motorrads schreckte Ratamo aus seinen Gedanken auf, und die Sorge um Laura kehrte zurück, schließlich war er für die Sicherheit der Frau mit den Rastalocken verantwortlich. Er wagte gar nicht daran zu denken, was während dieser Ermittlungen noch geschehen könnte und was hinter alldem steckte. Die südafrikanischen Sicherheitspolizisten, der Mann, der früher das israelische Biowaffenprogramm überwacht hatte, und der zionistische

Milliardär würden wohl kaum wegen der Magentabletten von H&S Pharma so ein hohes Risiko eingehen.

Die antike Einrichtung des Foyers im »Hessischen Hof« verwirrte Ratamo, in so einem Luxushotel hatte er noch nie übernachtet. Hoffentlich würde Forster auch seine Rechnung bezahlen, sonst hätte Wrede schon wieder einen Anlaß, auszurasten und vor Wut seine Unterhosen zu zerreißen. Der Mann an der Rezeption bediente Ratamo fast ehrfürchtig und hingebungsvoll. Vielleicht verwechselte er ihn mit irgendeinem exzentrischen Emporkömmling und Millionär, der gegen das System rebellierte, indem er sich wie ein Penner kleidete, überlegte Ratamo und füllte das Anmeldeformular schnell aus.

»Arto Ratamo«, der Mann in seiner prächtigen Uniform las den Namen auf der Schutzhülle der Schlüsselkarte vor und fragte mit einem Blick, ob er ihn richtig ausgesprochen hatte. Ratamo lächelte, bedankte sich und ging zum Fahrstuhl. Als er den Polizisten vor Lauras Zimmer sah, war er erleichtert. Ratamo klopfte an, und die Tür ging auf. Laura sah müde aus, brachte aber immerhin ein Lächeln zustande.

Laura schlug Ratamo vor, mit ihr ein Gläschen zu trinken. Sie knieten sich auf den Wollteppich, untersuchten eine Weile auf allen vieren den Inhalt des Barschrankes und öffneten schließlich zwei Flaschen Binding Römer Pils. In Ratamos Gesellschaft schien sich das Chaos in Lauras Kopf zu legen. Sie fragte sich, ob Ratamos Leben genauso ausgeglichen und sicher war wie sein Verhalten. Und sie hätte alles dafür gegeben, nur einen Augenblick lang Zugang zur Ruhe seiner Welt zu finden.

Lauras Augen wirkten neugierig und lebhaft, als sie ihn nach dem Stand der Ermittlungen fragte. Von seinem Treffen mit den deutschen Polizisten wollte Ratamo nicht erzählen, und er verschwieg auch, daß die SUPO annahm,

Sami Rossi habe in dem Veronaer Krankenhaus die ganze Wahrheit über seine Vergangenheit erzählt.

Laura betrachtete Ratamos Gesicht, der Mann hatte etwas an sich, das Sicherheit gab und faszinierte. Der Augenblick erschien ihr wie eine Oase inmitten einer Wüste der Angst. Sie streckte ihre Hand aus und berührte die Narbe in Ratamos Augenwinkel. Der Mann roch gut. Die Stille liebkoste sie beide.

Ratamo spürte, wohin das führen würde. Er hatte Lust, die Initiative zu ergreifen, aber irgend etwas hielt ihn zurück. »Hat der Onkel Forster angerufen?« flüsterte er scherzhaft, und ihre Gesichter berührten sich fast.

»Nein«, hauchte Laura in sein Ohr. »Aber die Aktienbesitzer von H & S Pharma sind für morgen früh zusammengerufen worden«, flüsterte sie mit tiefer Stimme, dann drückte sie ihre Lippen vorsichtig auf Ratamos Mund und fühlte sofort, wie bereit der Mann war. Ihre Sachen landeten auf dem Teppich des Hotelzimmers, und gleichzeitig fielen auch alle Ängste von ihnen ab.

50

Arto Ratamo stieg im Frankfurter Polizeipräsidium die Treppe hinauf und überlegte, ob er Riitta betrogen hatte. Warum erschien es ihm so, obwohl ihre Beziehung doch auf Eis lag wie ein gefangener Fisch beim Eisangeln? Er verstand auch nicht, wie die Situation in Lauras Hotelzimmer so außer Kontrolle geraten konnte, er hatte sich noch nie unprofessioneller verhalten. Dennoch zweifelte er nicht eine Sekunde daran, daß er noch mal das gleiche täte, wenn es nach ihm ginge, sofort.

Ratamo betrat das große Beratungszimmer und spürte sofort, daß etwas Wichtiges geschehen war. Jürgen Brauer saß in seinem dunklen Anzug am Ende des Tisches, regungslos wie ein Baumstumpf, Inge Würth klopfte mit den Nägeln auf ihren Kaffeebecher, und Uwe Krüger schneuzte sich. Es war neun Uhr abends.

Ratamo konnte es nicht abwarten, daß der Vorsitzende die Beratung eröffnete. »Konrad Forster hat keinen Kontakt zu Laura Rossi aufgenommen.« Mit ernster Miene verkündete er seine große Neuigkeit und starrte auf das griechische Profil von Inge Würth.

Brauer schnaufte und strich frustriert über seinen Schnurrbart. »Forster wurde vor einer Stunde halbtot auf einem Hotelschiff in Höchst gefunden. In den Ermittlungen hat es heute noch andere unfaßbare Wendungen gegeben«, sagte er und wandte sich Uwe Krüger zu. »Vielleicht fängst du an.«

Krüger steckte sein Taschentuch ein und lockerte seinen Schlips. Die Computer und die anderen elektrischen Geräte strahlten Wärme in den Raum, in dem es immer noch so heiß wie in einem Backofen war, obwohl draußen die Hitze schon nachließ und abendliche Kühle Einzug hielt. Die Klimaanlage funktionierte weiterhin nicht. »Sabine Halberstams Anwalt hat mitgeteilt, daß er sich im Besitz des Testaments befindet und die Anzeige zurückzieht«, berichtete Krüger in seinem holprigen Englisch. »Der Anwalt sagte, er habe das Testament von Saul Agron erhalten, der wiederum behauptet, einer seiner Helfer habe es von Forster beschafft. Von der Mißhandlung weiß Agron natürlich nichts, und sein Helfer hat selbstverständlich Deutschland inzwischen schon verlassen.« Krügers spöttisches Lächeln verriet, was er über Oberst Agron dachte. »Wir können Forster nicht verhören, der Mann liegt bewußtlos im Bürgerhospital.«

Als nächste erhielt Inge Würth das Wort, die sichtlich nervös war. »Die Telefonverbindungsdaten verraten, daß

Saul Agron und Dan Goldstein, der Eigentümer von Future Ltd., zusammenarbeiten, sie stehen täglich in Verbindung miteinander.« Würth hatte anscheinend Angst fortzufahren, sie schaute Brauer schockiert an.

Brauer, der Leiter der Ermittlungen, stand auf, trat ans Fenster und konstatierte, daß Saul Agron und Dan Goldstein den Wettbewerb um H&S Pharma gewonnen hatten. Mit der Vollstreckung des Testaments würden die beiden mit Hilfe von Sabine Halberstam die absolute Entscheidungsgewalt über das Eigentum, die Patente und die Forschungsergebnisse von H&S Pharma, kurz, über alles erhalten.

»Das hatten wir doch ohnehin erwartet«, erwiderte Ratamo verwundert. Er begriff immer noch nicht, warum die Deutschen so aussahen, als würde die Schaltuhr der Zerstörung mit ihrem Ticken schon die letzten Minuten ankündigen.

Brauer schaute hinunter auf die Adickesallee und schloß zum Ärger Krügers, der stark schwitzte, das Fenster. »Die Amerikaner haben mitgeteilt, daß der Haupteigentümer von Future Ltd., Dan Goldstein, gestern in Washington hochrangige Gäste bekommen hat …« Brauer wandte sich seinen Kollegen zu. »Eine von Menahem Lieberman geleitete Wissenschaftlergruppe. Lieberman ist der stellvertretende Direktor des Biowaffenforschungsinstituts Ness Ziona der israelischen Armee. Goldstein selbst ist im Moment auf dem Weg nach Frankfurt.«

Ratamo schnürte es die Kehle zu, und er fühlte die Hitze schwer auf seiner Haut. Allmählich ahnte er das Schlimmste.

Der Ernst der Lage war Brauers Gesicht anzusehen, als er das Beratungszimmer mit kurzen Schritten durchmaß. »Die Amerikaner setzen alle Hebel in Bewegung, seitdem durch diese Ermittlungen ein Pionierunternehmen der Gentechnologie und Ness Ziona, ein Biowaffenforschungsinstitut der Spitzenklasse, miteinander in Verbindung gebracht werden«, stellte Brauer gereizt fest. Die Yankees sahen darin eine enorme Bedrohung, weil schon seit Jahren Gerüchte über Biowaffen kursierten, die Israel zur Vernichtung der Araber plante.

»Dieses Thema berührt in beängstigender Weise meine frühere Arbeit«, sagte Ratamo und versuchte die Erinnerungen an den Fall zu verdrängen, der sein Leben verändert hatte. Er begnügte sich damit, den Deutschen nur von seiner Ausbildung als Arzt und seiner Arbeit als Virusforscher zu erzählen, und fügte hinzu, er verfolge immer noch aktiv Publikationen und Untersuchungen über biologische Waffen.

»Ich weiß«, meinte Brauer trocken und setzte sich hin; er wirkte ungeduldig. »Ich fürchte, daß wir auf eine Bedrohung gestoßen sind, die so ernst ist wie noch keine. Dieser Lieberman hat von Ness Ziona einen genetisch manipulierten Pockenvirus in die USA mitgebracht. Unsere Experten befürchten, daß Oberst Agron und Dan Goldstein es auf die in Genefab erarbeiteten Genkarten der arabischen und jüdischen Völker abgesehen haben, um eine Art ethnische Biowaffe herzustellen. Was meinst du dazu?« Brauer starrte Ratamo an.

Der bekam erst mal kein Wort heraus. »Eine biologische Waffe der vierten Generation. Ein Virus, der nur aktiviert wird, wenn er auf ein Gen trifft, das von einer bestimmten Rasse oder Volksgruppe getragen wird. Eine ethnische Waffe wäre ein perfektes Instrument der Vernichtung«, sagte er leise, als hätte er Angst vor seinen eigenen Worten. »Sie könnte ihre Opfer auswählen. Eine Genwaffe, die Rassen erkennen kann, würde Tore des Hasses öffnen, durch die niemand gehen will. Es wäre eine vollkommene, eine übermächtige Waffe.« Ratamo war von seinen eigenen Gedanken schockiert. Die Ermittlungen, die mit dem Mord an dem deutschen Diplomaten begonnen hatten, verwandelten sich in einen Alptraum.

»Kann man dieses Spiel nicht durchkreuzen? Wir verhaften Saul Agron und verhören Goldstein.« Inge Würth hatte anscheinend genug von den Schreckensszenarien. Sie suchte mit ihrem Blick Unterstützung bei Ratamo.

Brauer schüttelte den Kopf und befeuchtete seine Lippen mit Wasser. »Nein. Noch nicht. Wir haben keinerlei konkrete Beweise für die Absichten von Oberst Agron oder Dan Goldstein.« Brauer erzählte Ratamo, daß Deutschland und die USA Goldstein nicht ohne hieb- und stichfeste Beweise in einen Skandal verwickeln wollten, denn der Mann gehörte zu den bedeutendsten Persönlichkeiten der US-Wirtschaft und zu den wichtigsten Männern, die den Präsidenten unterstützten. Gegen Goldstein hatte es nie irgendeinen Verdacht gegeben, außer dem des schlechten Geschmacks.

Brauer dachte einen Augenblick nach und zwirbelte mit den Fingern die Spitzen seines Schnurrbarts. »Die Yankees wünschen, daß wir abwarten, bis sie ihre Untersuchungen abgeschlossen haben. Ihrer Ansicht nach ist es möglich, daß sich Goldstein für Genefab nur als Investitionsobjekt interessiert und nichts von den gesetzwidrigen Mitteln weiß, die Saul Agron anwendet.« Brauer schien diese Theorie selbst nicht zu glauben. »Wir können vorläufig nur die Ermittlungen intensivieren und müssen handfeste Beweise finden.«

»Und das Treffen der Aktienbesitzer von H&S Pharma morgen?« fragte Ratamo.

»Das wird nichts weiter als eine Beratung von Anwälten, da Agron Anna Halberstams Testament nun schon in seinem Besitz hat«, vermutete Inge Würth. »Ehud Agron hat dennoch einen Vertreter der Polizei zu der Versammlung eingeladen, für den Fall, daß etwas Überraschendes geschieht.« Würth lachte kurz und trocken. »Ich soll mich im Foyer des Main-Towers in Bereitschaft halten«, sagte sie und nahm zum Spaß Haltung an wie ein Pfadfindermädchen.

Ratamo berichtete, daß er als Lauras Assistent an der morgigen Beratung teilnehmen dürfe. Das führte zu einer lebhaften Diskussion, an deren Ende beschlossen wurde, ihn mit Abhöreinrichtungen auszustatten. Vielleicht sagte irgend jemand etwas Unüberlegtes.

Es war Donnerstagabend, in zwölf Stunden würde alles zu Ende sein.

FREITAG

51

Selbstsicher betrat Dan Goldstein, begleitet von drei Leibwächtern in dunklen Anzügen, Oberst Agrons Arbeitszimmer. Die ehemaligen Waffengefährten gaben sich steif die Hand, der Milliardär konnte nicht verbergen, daß er unzufrieden war, und Agron, daß er sich freute.

Goldstein setzte sich auf das schwarze Ledersofa und nahm seinen breitkrempigen Sonnenhut und die Sonnenbrille ab, nachdem sich seine Leibwächter vergewissert hatten, daß es in dem Zimmer keine Kameras gab. Oberst Agrons Sekretärin verließ den Raum, als der Gast das Angebot, ihm eines der auf dem Glastisch bereitgestellten Erfrischungsgetränke zu servieren, unhöflich abgelehnt hatte.

Der Oberst schaltete eilig den Fernseher ein und regelte die Lautstärke. »Es besteht eine direkte Bildverbindung in den Beratungsraum«, erklärte er und wies auf die verschlossene Tür aus Edelholz. Warum sah Goldstein so unzufrieden aus?

Der Milliardär musterte die militärische Erscheinung des Obersts und wunderte sich einmal mehr, wie jemand so einen kurzen Hals haben konnte. »Du hast ja wohl niemandem von meinem Besuch erzählt?« fragte er, um sicherzugehen.

Oberst Agron beteuerte, niemand wisse etwas von ihrer Begegnung. Er griff nach einer Flasche Wasser und hätte sie beinahe fallen lassen, als er sah, daß einer der Leibwächter eine Pistole in seinen Gürtel steckte. Entgeistert beobachtete er, wie dessen Kollegen spezielle Etuis aus ihren Taschen nahmen. Kurz darauf hielten beide eine Maschinenpistole in der Hand. »Wie habt ihr die Waffen durch den Metalldetektor im Foyer geschleust?« erkundigte sich der Oberst neugierig.

»Ich engagiere in der Regel nur Profis«, antwortete Goldstein bissig. »Alle meine Leibwächter sind ehemalige FBI-Angehörige oder Soldaten der Spezialeinheiten. Du verstehst sicher, daß ich wegen meiner politischen Anschauungen auf der Anschlagsliste ziemlich vieler Gruppierungen stehe.«

»Ich weiß, daß …«

Goldstein unterbrach den Oberst in strengem Ton: »Du bist in einige ziemlich prekäre Situationen geraten.«

Agron gab sich selbstsicher: »Ich hatte von Anfang an alles unter Kontro…«

»Ich habe schon befürchtet, daß du es nicht schaffst, die Aktien zu besorgen.«

»Alles ist in Ordnung. Ich habe das Testament, und diese Versammlung wird ein reines Schauspiel«, beeilte sich der Oberst zu versichern. »Die finnische Nichte von Anna Halberstam und ihr Anwalt wollten diese Versammlung der Aktienbesitzer einberufen. Sie werden sich mit unserem Sieg abfinden müssen«, sagte er, um den Milliardär zu beruhigen. »Wie kommt der Hauptteil des Plans voran?«

»Die Genwaffe wird auf der Westbank, in Hebron, in das Trinkwasser gemischt. Der Tod von einhundertdreißigtausend Palästinensern und das Überleben der meisten Bewohner der jüdischen Siedlung Kirjat Arba wird als Beweis dafür genügen, daß unsere Waffe funktioniert«, verkündete Goldstein mit ausdrucksloser Miene wie ein Nachrichtensprecher. Er verriet nicht, daß der genmanipulierte Pockenvirus schon an gefangenen palästinensischen und arabischen Terroristen in Israel getestet worden war. Seine Helfer mußten nicht alles wissen.

»Befürchtest du nicht, daß die Weltöffentlichkeit heftig reagieren wird?« fragte Agron fast neidisch.

»Die Information über die ethnische Bombe wird vielleicht gar nicht an die Öffentlichkeit gelangen, obwohl ich nach der Demonstration der Waffe die Führer der arabischen Staaten, Israel und die USA unterrichten will. Sie werden das aber kaum veröffentlichen, um bei den Menschen keine Hysterie auszulösen.« Goldstein rutschte ungeduldig auf dem Sofa hin und her. »Meinetwegen könnt ihr anfangen. Ich habe heute noch einen Abstecher nach München vor, um mir eine Immobilie anzuschauen, und in Berlin will ich meinen Freund, den Botschafter, treffen. Mein gemieteter Hubschrauber wartet etwa zwanzig Kilometer von hier im Stützpunkt Erlensee der Yankees.«

Oberst Agrons Sekretärin klopfte an und teilte mit, die ersten Gäste seien im Foyer eingetroffen.

Laura Rossi betrachtete das Logo der Helaba-Bank, des Generalmieters im Main-Tower. Mit Ratamo wartete sie im Foyer des Wolkenkratzers auf den Fahrstuhl. Beide waren nach der Eruption am Vorabend sichtlich verlegen, und keiner von beiden wollte darüber sprechen. Laura mußte über genug anderes nachdenken. Aus irgendeinem Grund glaubte sie Forsters Enthüllungen über ihre Mutter und Anna. Wie konnte die Wahrheit nur so lange verborgen geblieben sein? Ihr Telefon piepte, eine SMS. Laura las eine Nachricht von Sami. »Bin in Frankfurt. Ich rufe gleich an. GEH RAN!!!«

Laura hatte die Nachricht kaum verstanden, da klingelte schon ihr Telefon. Sie beschloß, das Gespräch anzunehmen, irgend etwas stimmte nicht, und sie konnte ihrem Mann nicht ewig ausweichen. Ihr schoß der Gedanke durch den Kopf, daß sie sich nun beide betrogen hatten. Sie drückte auf die Taste mit dem grünen Hörer und betrat nach Ratamo den Aufzug.

»Ich bin im Hotel ›Hessischer Hof‹. Gestern früh habe ich einen seltsamen Anruf bekommen. Jemand hat gefragt, ob ich die Aktien von H&S Pharma verkaufen würde, wenn ich sie von dir erbe. Ist bei dir alles in Ordnung? Ich …« Samis aufgeregte Stimme brach ab, als sich die Aufzugtüren schlossen.

»Ich rufe dich später an«, sagte Laura, obwohl keine Verbindung mehr bestand, und schaltete ihr Handy aus. Dann blockierte die fünfundvierzig Sekunden dauernde Fahrt mit dem Aufzug ihre Ohren. Oben erzählte sie Ratamo von dem Anruf, der versicherte ihr, daß sich nach der Versammlung Zeit für Sami finden würde. Laura gab sich damit zufrieden, aber der Anruf ging ihr nicht aus dem Kopf.

Ratamo wartete schon auf das Ende der Versammlung, die in Kürze beginnen sollte, er wollte an die Arbeit gehen und sich wieder mit den Ermittlungen beschäftigen. Laura wirkte energisch und enthusiastisch, das erschien ihm merkwürdig, immerhin waren seit dem Tod ihres Bruders erst zwei Tage vergangen, und ihren Ehemann erwartete wahrscheinlich eine Anklage, in der man ihm alles mögliche vorwerfen könnte. Ratamo überlegte, ob Laura die Albernheit von gestern bereute.

Die Aussicht aus dem Beratungsraum im fünfzigsten Stock warf Laura fast um. Ihr wurde schwindlig. Ein riesiger ovaler Tisch und ein in der Edelholztäfelung versenkter Projektionsfernseher beherrschten den Raum. Solche Orte waren ihr fremd.

Laura und Ratamo erhielten einen Kaffee und warteten schweigend auf die anderen Versammlungsteilnehmer. Als nächster traf Lauras Anwalt ein, der von Konrad Forster empfohlene Julius Köninger. Laura gab dem Mann die Hand und wechselte mit ihm ein paar Worte über die bevorstehenden Ereignisse, obgleich sie ihm bereits genaue Anweisungen für die Versammlung erteilt hatte. Zusammen mit Sabine Halberstam und Ehud Agron betrat auch der Anwalt der verstorbenen Anna Halberstam den Raum. Oberst

Agron, der als letzter kam, setzte sich auf den Platz des Vorsitzenden am Ende des Tisches, und sein junger, modisch nachlässig gekleideter Anwalt beobachtete die Anwesenden mit wichtigtuerischer Miene.

Ein kräftiger Hammerschlag Oberst Agrons eröffnete die Versammlung. »Wie wir alle wissen, sind im Zusammenhang mit den Aktien von H & S Pharma in den letzten Tagen entsetzliche Dinge geschehen. Frau Rossis Anwalt hat diese inoffizielle Zusammenkunft der Aktienbesitzer vorgeschlagen, um die Situation zu klären.« Der Gesichtsausdruck des Obersts verriet Erschütterung und zeugte von beachtlichem schauspielerischem Talent.

»Mit Betroffenheit haben wir alle vom tragischen Selbstmord Anna Halberstams und von der schlimmen Mißhandlung Konrad Forsters gehört, und darüber hinaus habe ich von meinen Mitarbeitern erfahren, daß man auch Sie in diese bedauerlichen Ereignisse hineingezogen hat.« Agrons Gesicht strahlte Mitgefühl aus, als er Laura anschaute. »Ich kann Ihnen versichern, daß ich und alle meine Mitarbeiter die Polizei bei den Ermittlungen nach besten Kräften unterstützen werden.«

Oberst Agrons Selbstsicherheit füllte den Raum aus, und Ratamo überlegte, wie verrückt der Mann wohl sein mochte. Der Posten als Kommandeur einer Spezialeinheit der israelischen Armee, die blutigen Kommandounternehmen im Gebiet des Feindes und der Tod der Tochter bei einem Terroranschlag hätten bei jedem Menschen das psychische Gleichgewicht durcheinandergebracht. Ratamo klopfte auf das Mikrofon, das mit Klebeband auf seiner Brust befestigt war, er wollte sicherstellen, daß die deutschen Kollegen im Polizeipräsidium wach blieben.

Nachdem Oberst Agron einen Augenblick die erwartungsvollen Blicke seiner Gäste genossen hatte, kehrte er zum Thema zurück. »Ich schlage vor, daß wir formlos alle Dinge behandeln, die Aktienbesitzer vorbringen möchten. Ich beginne gleich selbst. Die Eigentumsverhältnisse bei H&S Pharma werden sich radikal verändern, weil Anna Halberstam ihr gesamtes Eigentum per Testament Sabine Halberstam vermacht hat. Die neuen Eigentumsverhältnisse werden auf einer offiziellen Hauptversammlung unverzüglich in Kraft gesetzt«, sagte der Oberst nachlässig, er klopfte der neben ihm sitzenden Schwiegertochter auf den Arm und blickte stolz zu seinem Sohn. Ehud, der ein orangefarbenes T-Shirt trug, wich dem Blick seines Vaters aus und wirkte angespannt.

Oberst Agron nahm an, daß niemand seinem Lagebericht etwas hinzufügen konnte. Sein Lächeln reichte bis zu den Ohren, denn es war ihm unmöglich, den Triumph über den Sieg an allen Fronten zu verheimlichen. Er schaute in die Überwachungskamera, als wollte er Goldstein grüßen.

Lauras Anwalt Julius Köninger meldete sich wie ein Schuljunge, und der Oberst gab ihm herablassend mit einer Handbewegung das Wort.

»Die Situation ist in erheblichem Maße anders, als Sie es sich vorstellen«, sagte Köninger in offiziellem Ton. »Das in Ihrem Besitz befindliche Testament ist eine Fälschung, die Konrad Forster gestern in meinem Büro angefertigt hat, natürlich haben wir den ganzen Vorgang gefilmt.«

Oberst Agrons Gesicht verfärbte sich rot, und seine Augen weiteten sich. »Was meinen Sie damit? Wieso Fälschung? Doktor Dohrmann hat doch die Echtheit des Testaments bestätigt. Oder?« Der Oberst schaute Anna Halberstams Anwalt an, sein Blick brannte wie Feuer.

Dohrmann strich sich betreten über das Kinn. »Ich habe das Testament, das sich im Besitz von Saul Agron befindet, mit äußerster Sorgfalt durchgelesen. Natürlich ist es echt. Um Himmels willen, ich habe es doch selbst ausgefertigt.«

Lauras Anwalt war sich seiner Sache jedoch sicher. »Wenn Sie es mit dem Wortlaut des Originaltestaments verglichen hätten, wäre Ihnen aufgefallen, daß sich in einigen Abschnitten die Silbentrennung unterscheidet. In jedem Falle sind die Unterschriften in dem Testament, das Oberst Agron erhalten hat, von Konrad Forster gefälscht worden«, entgegnete Köninger und fügte kurz und knapp hinzu: »Somit ist das Testament ohne jeden Zweifel ungültig.«

Es war kein Widerspruch mehr zu hören. Wenn Blicke töten könnten, dann hätte sich Oberst Agron des grausamen Mordes an Anwalt Dohrmann schuldig gemacht.

Köninger räusperte sich und fuhr fort: »Forster fertigte die Fälschung für den Fall an, daß man ihn finden und versuchen würde, ihm das echte Testament mit Gewalt abzunehmen. Und man hat ihn ja gefunden.« Köninger starrte Oberst Agron voller Verachtung an. »Das echte Testament hat Forster gestern meiner Mandantin Laura Rossi im Hotel ›Hessischer Hof‹ zukommen lassen.«

Ratamo glaubte seinen Ohren nicht zu trauen. Hatte Laura das echte Testament vernichtet? Dann würden Oberst Agron und Dan Goldstein ja doch nicht in den Besitz von H & S Pharma gelangen, und die Bedrohung wäre gestoppt. Laura hatte ihn wieder hinters Licht geführt, aber diesmal könnte sich herausstellen, daß es im Interesse aller lag.

Laura holte das Testament heraus und griff in ihre Hosentasche. Sie zündete ein Feuerzeug an, die Flamme, so groß wie ein Zeigefinger, tanzte vor aller Augen. »Wenn ich das Testament verbrenne, erbe ich Anna Halberstams Eigentum.«

Oberst Agron bedeckte sein Gesicht mit den Händen. Plötzlich stand alles auf dem Kopf, diese verrückte finnische Frau würde seinen ganzen Plan zunichte machen. Er hatte Goldstein zu früh nach Frankfurt gebeten und sich vor den Augen seines Sohnes zum Clown gemacht.

Der Oberst sprang auf und wollte losstürzen, um das Testament zu retten, da lachte Laura kurz: »Ich bitte um Entschuldigung. Der Versuchung konnte ich nicht widerstehen.« Sie legte das Feuerzeug auf den glänzenden Tisch, ging zu Sabine Halberstam und reichte ihr das Testament. Die Frauen lächelten sich an wie alte Freundinnen, obwohl sie nur miteinander telefoniert hatten.

Nun verstand Ratamo überhaupt nichts mehr. Was zum Teufel tat Laura da? Würden Oberst Agron und Dan Goldstein doch gewinnen?

Die Versammlungsteilnehmer warteten auf eine Erklärung. Die gab ihnen Sabine Halberstam. »Laura will Annas Eigentum nicht, sie möchte ein normales Leben. Und ein Kind. Genefab wird ihr und Tausenden anderen bald helfen können. Laura erhält natürlich eine Sonderbehandlung, weil …«

Ratamo konnte nicht mehr länger schweigend zusehen. Laura übergab Oberst Agron und Dan Goldstein freiwillig die Schlüssel zur Vernichtung. »Gib ihr das Testament nicht. Behalte es wenigstens so lange, bis …«

Laura öffnete den Mund, um zu antworten, aber Sabine kam ihr zuvor. »Laura hat ihre Entscheidung getroffen. All das hier hat sie genauso satt wie die derzeitigen Methoden zur Behandlung der Kinderlosigkeit. Sie wählt lieber die Möglichkeit, die ihr Genefab bietet, die Alternative zu endlosen schmerzhaften Tests, täglichen Hormonspritzen, Wechseljahresymptomen, Gefühlswallungen, Bluttests, Ultraschalluntersuchungen, Nadelstichen in die Eierstöcke …«

Ratamo schaute auf das Testament in Sabine Halberstams Händen und konnte nicht glauben, was er sah. Dann erinnerte er sich an das Gespräch mit Laura in dem Veroneser Restaurant – war er also mitschuldig an ihrer Entscheidung? Laura blickte durch die Panoramafenster ins Leere, und es schien so, als wäre nun der ganze Druck von ihr gewichen.

Oberst Agron versuchte seine Gedanken zu ordnen. Innerhalb weniger Minuten hatte man ihn erst zerschmettert, dann gerettet. Jetzt sah es so aus, als würde er doch gewinnen. Auch Ehud wirkte zufrieden.

Anna Halberstams Anwalt verglich die Silbentrennungen und die Unterschriften des Testaments, das er von Sabine erhalten hatte, mit einer Kopie des Originaltestaments. »Das ist Anna Halberstams Testament, da gibt es keinen Zweifel.«

Sabine Halberstam seufzte erleichtert, dann lächelte sie befreit: »Gut. Jetzt kann ich die Polizistin hereinbitten.«

52

Sami Rossi legte sich mit dem Portier des Hotels »Hessischer Hof« an. Der Mann in seiner repräsentativen Uniform erklärte dem hartnäckigen Finnen höflich bereits zum dritten Mal, daß niemand im Hotel wußte, wo sich Laura Rossi aufhielt. Die Gäste im Foyer schauten zu ihnen hinüber, als Rossi mit der Faust auf den Tresen der Rezeption schlug und dem entgeisterten Portier abwechselnd die Entlassung und eine Tracht Prügel androhte. Anscheinend kapierte hier niemand, daß seine Frau möglicherweise in Gefahr war.

Schließlich gab der Mann mit der Gipshand und dem Dreitagebart auf, er durfte sich in dem Luxushotel nicht zu großspurig aufführen. Wenn er hier randalierte, könnte er schnell in der Zelle auf dem Polizeirevier landen. Rossi setzte sich auf das weiche Sofa im Foyer und überlegte. Wie sollte er Laura bloß finden? Warum mußte das Telefongespräch gerade in dem Augenblick abbrechen, als er fragen wollte, wo sie sich befand? Nun antwortete sie nicht mehr auf seine Anrufe. Er hatte Angst um Laura.

Jetzt mußte er in Ruhe nachdenken. Gab es in so einem Hotel ein Pub? Rossi drehte eine Runde durch das Foyer und entdeckte das Schild von Jimmy's Bar. Das kleine Lokal war laut Werbung eine amerikanische Bar, die massiven roten Lederstühle und Sofas erinnerten seiner Ansicht nach aber eher an England. Er ließ sich in dem gähnend leeren Restaurant auf einen Barhocker fallen, legte seine Gipshand auf den Tresen und bestellte in fehlerlosem Deutsch einen Wodka-Cola. Der Kellner schien zu überlegen, ob er die Polizei rufen sollte.

»Mit Eis?«

»Nein danke, aber Appetit auf ein Steak hätte ich.« Rossi betrachtete ein Foto an der Wand, auf dem ein Jäger neben einem Hirsch mit prächtigem Geweih posierte, den er erlegt hatte. Der Kellner beschrieb ihm, wo sich das Speiserestaurant befand, und griff nach der Wodkaflasche.

Seit dem merkwürdigen Anruf gestern in Verona hatte Rossi Angst um Laura. Der Mann am Telefon wollte von ihm wissen, ob er bereit wäre, die Aktien von H & S Pharma zu verkaufen, wenn sie in seinen Besitz gelangten. Den Preis dürfte er selbst bestimmen. Rossi hatte schnell erwidert, zu dem Preis würde er alles verkaufen. Erst Stunden später war ihm klargeworden, daß er die Aktien ja nur bekommen könnte, wenn er sie von Laura erbte. Und einen lebenden Menschen konnte man nicht beerben. Rossi fürchtete, wieder genau so eine Dummheit begangen zu haben wie damals, als er auf Konrad Forsters Vorschlag eingegangen war.

Er trank den Wodka-Cola in drei Schlucken und bestellte noch einen. Sein Selbstvertrauen erwachte, obwohl der Barkeeper ihn weiter mißtrauisch im Auge behielt wie eine tollwütige Katze. Jetzt mußte er sich zusammenreißen und versuchen, zu retten, was noch zu retten war. Er mußte endlich einmal über sich hinauswachsen und Laura helfen, bisher waren immer nur seine Schulden über sich hinausgewachsen.

Rossi verstand kaum, was in den letzten Tagen alles passiert war und warum. Eines aber begriff er immerhin: Konrad Forster hatte ihn in eine Falle gelockt und ausgenutzt. Er hatte versprochen, Forster einen Dienst zu erweisen, war dann aber in eine Situation geraten, in der er seine eigene Frau erpreßt und den Tod seines Schwagers verursacht hatte. Die Hoffnung, Laura könnte ihm verzeihen, war wohl vergeblich, aber Rossi wollte es dennoch versuchen. Eine Frau wie sie würde er nie wieder finden: Laura konnte tief in ihn hineinsehen.

Und noch etwas begriff Rossi nicht: Laura hatte doch all ihre Aktien der alten Halberstam überlassen. Wie sollte er da überhaupt etwas von seiner Frau erben? Der Anrufer hielt das jedoch für möglich. Aus den einzelnen Teilen ergab sich einfach kein sinnvolles Ganzes.

Der Barkeeper knallte den zweiten Drink vor Rossi auf den Tresen. Sami kostete gierig und spürte, wie der erste Schnaps seit einer Woche ihm rasch zu Kopfe stieg wie ein Olympiasieg. Er mußte die Ruhe bewahren: Helden verhielten sich auch in schwierigen Situationen abgeklärt. Doch er konnte nichts dagegen tun, daß er Angst vor dem hatte, was nun kommen würde. In diesem Chaos führte anscheinend letztlich alles zum Blutvergießen. *In Sicily women are more dangerous than shotguns* – die Replik aus dem »Paten« schoß ihm durch den Kopf, und allmählich glaubte Rossi selbst, daß er den Film zu oft gesehen hatte, wie Laura immer behauptete.

Er konnte sein Versprechen nicht zurücknehmen, weil er nicht wußte, wer der Anrufer gewesen war, und außerdem hatte der Mann deutlich zu verstehen gegeben, daß er Samis Antwort als unwiderruflich ansah. In eine schlimmere Sackgasse könnte man wohl kaum geraten: Wenn es ihm gelänge, seine Zusage rückgängig zu machen, wäre er selbst in Gefahr, und wenn sein Versprechen gehalten wurde, bedeutete das für Laura den Tod.

Er mußte versuchen, seine Frau zu schützen. Es war nicht verlockend, Verantwortung zu übernehmen, aber jetzt war er gezwungen, sich wie ein reifer Erwachsener zu verhalten. Sami Rossi hatte den Begriff »erwachsen sein« immer nur für etwas gehalten, womit humorlose Menschen ihren Stumpfsinn begründeten. Er trank den Schnaps aus und beschloß, die deutsche Polizei anzurufen.

53

Die BKA-Ermittlerin Inge Würth setzte sich im Beratungsraum von Oberst Agron auf den Platz, den ihr Sabine Halberstam zuwies. Sie schaute fragend zu Ratamo hinüber, erhielt als Antwort aber nur einen Blick, der verriet, wie konsterniert er war. Allein Ehud Agron schien zu wissen, was Sabine beabsichtigte.

»Da nun die Polizei anwesend ist, möchte ich Ihnen einen Gast vorstellen«, sagte Sabine. Sie hatte auf Würths Eintreffen gewartet, ohne einen Mucks von sich zu geben, obgleich Oberst Agron so laut gebrüllt hatte, daß sein Gesicht feuerrot wurde. Laura saß regungslos auf ihrem Platz und betrachtete die prächtige Landschaft. Sie hatte ihre Rolle gespielt und könnte nun bald nach Hause zurückkehren und versuchen, die anscheinend unlösbaren Probleme ihres Lebens zu klären.

Sabine bat die Versammlungsteilnehmer um einen Augenblick Geduld und verließ mit ihrem Mann den Beratungsraum. Sie gingen zu Masilo Magadla, der im Foyer der fünfzigsten Etage wartete. Der lächelnde Südafrikaner mit der Schirmmütze schaute die beiden neugierig an.

»Ich habe dich hergerufen, weil es Zeit ist, unseren Plan zu enthüllen. Wir haben gesiegt«, erklärte Ehud Agron voller Stolz.

»Nelson!« Mehr konnte Magadla vor lauter Verblüffung nicht sagen. Endlich traf er den Mann, der die Operation geplant hatte. Alle Fragen, die ihm auf der Seele lagen, und die Geheimniskrämerei Nelsons waren vergessen, als Magadla Ehud Agron voller Verehrung musterte.

»Das hier ist Nelson, meine Frau Sabine Halberstam«, sagte Ehud lachend. »Ich habe für sie die Verbindung zu dir gehalten.«

Masilo Magadla hoffte, daß man ihm nicht ansah, wie entgeistert er war. Es dauerte eine Weile, bis er sich von seiner Überraschung erholt hatte, dann ergoß sich ein ganzer Schwall von Fragen aus seinem Mund.

Sabine antwortete zunächst kurz, wies dann aber in Richtung Beratungsraum und sagte, alles fände bald eine Erklärung.

Das Stimmengewirr der Versammlungsteilnehmer brach ab, als Sabine und Ehud mit dem dunkelhäutigen Mann ins Kreuzfeuer der neugierigen Blicke traten.

»Saul Agron. Darf ich dir Masilo Magadla vorstellen«, sagte Sabine und genoß offensichtlich ihre Rolle.

Oberst Agron hatte nicht die geringste Ahnung, warum das junge Paar einen lächelnden Schwarzen in den Versammlungsraum marschieren ließ. »Ja und?« erwiderte der Oberst und erwartete eine Erklärung.

»Masilo Magadla vertritt eine Organisation namens ›African Power‹. Die von ihm engagierten Männer haben in den letzten Tagen ... versucht, dafür zu sorgen, daß Laura Rossi und Eero Ojala am Leben blieben. Magadla wird vor Gericht gegen dich aussagen«, sagte Sabine und schaute ihren Schwiegervater mit eisigem Blick an.

»Was zum Teufel soll das?« Der Oberst schaute in seiner

Bedrängnis zur Überwachungskamera an der Decke. Die Lage geriet wieder außer Kontrolle.

»Unser Plan ist erst erfüllt, wenn du verhaftet wirst«, sagte Sabine zum Oberst und schaute dann ihren Mann siegessicher an.

Ehud genoß die Situation nicht im selben Maße. »Man kann nicht alle Kämpfe gewinnen, indem man Menschen tötet. Das habe ich schon damals begriffen, als Ilanas Bus in die Luft gesprengt wurde«, erklärte er seinem Vater. Am liebsten hätte er ihm vorgeworfen, ein gefühlloser Killer, ein Kreuzfahrer der Rache zu sein, aber zu seiner Überraschung tat ihm sein Vater leid.

Sabine berührte Ehuds Arm und sagte etwas, um ihn zu beruhigen; sie wollte nicht, daß Vater und Sohn hier aneinandergerieten.

Oberst Agron spürte eine große kalte Leere. Zu seiner Verblüffung blieb er ganz ruhig, als seine ganze Arbeit zunichte gemacht wurde. Sein eigener Sohn hatte ihn verraten, nun war ihm alles gleichgültig. Ehud hatte seine Rebellion gegen ihn bis zum äußersten geführt. »Und Genefab?« fragte der Oberst mit starrer Miene.

Ein Lächeln huschte über Sabines Gesicht. »Dein Plan bot uns die Möglichkeit, H&S Pharma unter unsere Kontrolle zu bekommen. Wir wollen die Aids- und Malariamedikamente des Unternehmens den Staaten übergeben, die es sich nicht leisten können, sie zu kaufen.«

Ehud ergriff das Wort. »Wir haben ›African Power‹ kennengelernt, als wir bei Projekten des Roten Kreuzes und der Weltgesundheitsorganisation im südlichen Afrika gearbeitet haben. Wenn man an Malaria und Aids sterbende Menschen Tag für Tag nur mit Schmerztabletten behandeln kann, dann entsteht bei manchen Menschen der Wunsch, etwas zu ändern. Medikamente aus dem Westen hätten die meisten unserer Patienten vor dem Tode bewahrt.«

Ratamo konnte nicht ganz folgen, begriff aber zumindest, daß man zufrieden sein konnte, weil die unbestimmte Bedrohung durch eine ethnische Waffe anscheinend entfiel. »Warum waren Sie dann zur Zusammenarbeit mit dem Oberst bereit?« fragte er Sabine.

»Saul machte klar, daß er Anna umbringen lassen würde, wenn ich mich weigerte. Dann hätte ich nicht eine einzige Aktie geerbt.

»Ihr könnt nichts beweisen. Du ...« Der Oberst machte einen Schritt auf Sabine zu, blieb aber stehen, als Ehud aufsprang. Der Inbegriff des Soldaten schaute seinen langhaarigen Sohn im orangefarbenen T-Shirt an und spürte plötzlich den bitteren Geschmack seines ruinierten Lebens. Begriffen diese jungen Idealisten, was sie gerade taten?

»Die von Magadla engagierten Männer haben jede Menge Beweise gegen dich gesammelt«, sagte Ehud seinem Vater in feindseligem Ton. »Alle deine Mordbefehle an den Chef des Kommandos sind aufgezeichnet worden.« Er nickte Magadla zu, der einen Rekorder aus der Tasche holte.

»... und der Befehl lautet schlicht und einfach: Bringt diesen Ojala um, egal wie!« Die wütenden Worte Oberst Agrons hallten durch den Raum.

Magadla erlebte einen Sturm der Gefühle. Er verabscheute Oberst Agron und alles, was gewalttätige Fanatiker wie er vertraten, und er empfand Stolz, daß er dazu beigetragen hatte, den Mann zu vernichten. »Sie erinnern mich an meinen Onkel Sipho«, sagte Magadla in ganz normalem Tonfall.

»Wieso?« fuhr der Oberst ihn an.

»Er war auch ein Idiot«, erwiderte Magadla und durfte sich eine Litanei von Beschimpfungen in hebräisch anhören.

Das Stimmengewirr brach abrupt ab, als Dan Goldsteins Leibwächter in den Raum stürmten. Ratamo schnellte hoch und griff nach der Schulter des Mannes, der ihm am nächsten stand, aber im selben Augenblick traf ihn ein Schlag mit einem metallischen Gegenstand im Kreuz, und er fiel stöhnend auf die Knie.

Die Bewaffneten befahlen allen, sich an die Wand zu stellen, die Handys wurden eingesammelt, ebenso Inge Würths Waffe und Sprechfunkgerät. Der Chef der Leibwächter holte das Originaltestament aus der Tasche von Anna Halberstams Anwalt und reichte es Oberst Agron, der wortlos den Raum verließ und in sein Arbeitszimmer ging.

Goldsteins Männer zogen die Gardinen zu, dann stellte sich einer vor die Flurtür und der zweite vor die Tür zu Oberst Agrons Arbeitszimmer. Beide schienen bereit zu sein, gegebenenfalls von ihren Maschinenpistolen Gebrauch zu machen. Die Versammlungsteilnehmer, die eben noch völlig entgeistert gewesen waren, hatten nun Angst.

Nach ein paar vereinzelten Kommentaren herrschte bald wieder ein reges Stimmengewirr, zumal das die Leibwächter nicht zu stören schien. Die Geiseln reagierten auf die plötzliche Wende im Geschehen mit Bestürzung, ihre Stimmen zitterten vor Angst.

Inge Würth trat neben Ratamo, der sich den Rücken hielt. Sein Mikrofon diente als Verbindung zum Polizeipräsidium, wenn auch nur in einer Richtung. Leise erklärte Würth ihren Kollegen in der Adickesallee die Lage und starrte dabei Ratamo an. Nun war schon wieder alles auf den Kopf gestellt worden, die Bedrohung war wieder akut.

»Ich sollte mich wohl bedanken. Und um Entschuldigung bitten«, sagte Sabine zu Laura, als sich ihre Blicke trafen.

Laura wußte nun, daß es ein Fehler gewesen war, zu glauben, was Sabine ihr gestern bei ihrem Anruf erzählt hatte. Sie war von Sabine ausgenutzt worden, um »African Power« zu helfen. Die Wut packte Laura, als ihr klar wurde, daß Sabine imstande gewesen wäre, all die schrecklichen Ereignisse der letzten Tage zu verhindern, wenn sie es gewollt hätte. Nichts war so, wie es zu sein schien: Sami, Anna, ihre Mutter … »Wie hast du erfahren, daß ich wegen der Kinderlosigkeit behandelt werde?« fragte sie Sabine in schroffem Ton.

»Konrad Forster hat alles über dich und deinen Bruder in Erfahrung gebracht, als er plante, wie er eure Aktien durch Erpressung bekommen könnte. Und ich habe es dann von Anna gehört.«

Lauras Anwalt Julius Köninger klopfte mit dem Knöchel auf den Mahagonitisch. »Ist die Polizei denn nicht in der Lage, etwas zu unternehmen? Ich will ja keine Panik schüren, aber um die Aktien zu bekommen, ist Oberst Agron zu allem bereit. Das dürfte bereits hinreichend bewiesen sein. Ich wage gar nicht daran zu denken, was der Mann jetzt vorhat.« Verwirrt schauten alle Zivilisten zunächst Inge Würth und dann Ratamo an.

Die Blicke wandten sich wieder von ihnen ab, als Köninger fortfuhr: »Oberst Agron kann die Aktien von niemandem in diesem Zimmer erwerben. Er müßte sowohl Sabine als auch Laura erpressen oder zwingen, die Aktien zu verkaufen, und eine solche Rechtshandlung ist nicht gültig.«

Vor Angst wurde Laura ganz flau im Magen, als ihr Samis Anruf einfiel. »Wer beerbt Anna, wenn Oberst Agron das Testament vernichtet und mich umbringt?« fragte sie ihren Anwalt eindringlich.

Köningers Miene wurde noch frustrierter. »Anna Halberstam hat über all die Jahre ihre finnische Staatsbürgerschaft behalten. Ich kenne die finnischen Gesetze nicht, aber möglicherweise fiele das Erbe dann an Ihren Mann. Und der könnte die Aktien ohne Einschränkungen verkaufen, beispielsweise an Oberst Agron.«

Laura fuhr mit den Händen in ihre Rastalocken. »Sami ist hier in Frankfurt. Jemand hat ihn gefragt, ob er die Aktien verkaufen würde, wenn er sie von mir erbt.« Bedrängt von der Angst, bereute es Laura noch mehr, daß sie Sami betrogen hatte.

Lauras Anwalt lachte kurz, obwohl man seinem Gesicht die Furcht ansah. »Wenn Oberst Agron beabsichtigen sollte, das Testament zu vernichten, Sie umzubringen und Ihrem Mann die Aktien abzukaufen, dann ist er verrückt. Der Plan ist nicht ausführbar. Der Oberst müßte alle Zeugen zum Schweigen bringen, jeden von uns«, sagte Köninger und zeigte auf die anderen Versammlungsteilnehmer. Danach wurde die Atmosphäre in dem Raum noch bedrückender und quälender.

Ratamo schien es so, als würde das Mikrofon auf seiner Brust von diesen brandneuen Informationen glühen. Die deutschen Polizisten hörten alles, was im Beratungszimmer gesprochen wurde. Würde man sie als Geisel nehmen? Würde ein Sondereinsatzkommando den Raum stürmen? Das waren beängstigende Aussichten.

Ratamo und Inge Würth berieten fieberhaft. Sie mußten versuchen, zu verhindern, daß Sami Rossi von Agron benutzt wurde, obwohl sie nicht genau wußten, was der Oberst beabsichtigte. Sie könnten ihm jetzt sofort verraten, daß man im Polizeipräsidium über die Ereignisse im Main-Tower informiert war, aber dann würden sie ihre Verbindung zur Außenwelt verlieren. Beide Ermittler hielten das für unklug; dann stünden sie völlig isoliert da.

Schließlich hatte Würth eine Idee. Sie beugte sich vor, um nahe am Mikrofon zu sein. »Wenn Lauras Mann Oberst Agron mitteilen würde, daß er der Polizei alles erzählt hat, könnte sich die Lage entspannen. Der Oberst geriete dann völlig in eine Sackgasse.« Würth sprach übertrieben langsam, damit die Männer, die den Sender im Präsidium abhörten, auch mit Sicherheit verstanden, was sie vorschlug.

Auch Ratamo begriff, was Würth damit bezweckte. Sami Rossi wäre imstande, dieses irrsinnige Drama zu beenden.

Doch dann schoß ihm ein ganz anderer Gedanke durch den Kopf: In seiner Wut könnte Oberst Agron sie auch dann umbringen, wenn er das Spiel endgültig verloren hatte. Aus Rache.

54

»Du gleichst einem Blitz, erst leuchtet einer deiner Gedanken auf, und dann folgt die Zerstörung«, fauchte Goldstein und blieb vor Saul Agron stehen, der mit gefesselten Händen auf dem Sofa saß. Der Chef der Leibwächter starrte den Oberst gleichgültig an.

Goldstein hatte seine Wut endlich unter Kontrolle. »Du verstehst anscheinend nicht, daß für mich nur der Sieg in Frage kommt, wenn ich so ein Spiel anfange. Bald wird Israel erstmals in seiner Geschichte inmitten all seiner Feinde in Sicherheit sein. Wir brauchen nur die ethnische Bombe und einen prophylaktischen Schlag.«

Goldstein maß die Auslegware mit seinen Schritten aus. »Zum Glück ist dir alles mißlungen. Ich habe auch für den Fall Vorkehrungen getroffen, daß du das Testament nicht bekommst und Laura Rossi ihre Tante beerbt. Bei meinen Nachforschungen hat sich ergeben, daß im Falle ihres Todes der Ehemann das Vermögen erbt. Und ich habe sichergestellt, daß er mir seine Aktien verkauft. Rossi macht nicht den Eindruck, als wäre er ein Mann, der Versuchungen widerstehen kann, erst recht nicht, wenn es sich um Millionen Euro handelt. Er hat seine Frau schon einmal verkauft.«

Saul Agron antwortete nicht. Er wußte, wann ein Kampf verloren war. Die Zeit als Rentner im Überfluß würde ein Traum bleiben, aber das stimmte ihn nicht traurig. Seine Welt war in dem Augenblick zusammengebrochen, als ihm Ehuds Verrat klar wurde. Warum hatte er nicht erkannt, daß der Junge ihn haßte? Jahrelang war ihm der Schmerz nach

Ilanas Tod nicht so gegenwärtig gewesen, jetzt brannte er wieder wie Feuer.

Goldstein nahm von Agrons Schreibtisch ein schweres Feuerzeug aus Jade und hielt die Flamme an Anna Halberstams Testament, bis das Papier aufloderte. Er ließ den brennenden Rest in einen Aschenbecher aus Kristall fallen und wartete, schließlich blieb nur ein verkohltes Häufchen übrig. »Ich habe Laura Rossi gerade zur Erbin gemacht.«

»Und was ist mit mir?« fragte Agron leise.

»Was glaubst du, weshalb meine Männer Waffen mitgebracht haben?« Goldstein wandte sich dem Chef der Leibwächter zu. »Bringt alle um, wenn ich das Gebäude verlassen habe, und kommt dann nach zum Hubschrauber.«

»Teilen Sie mir mit, wenn das fünfzigste Stockwerk isoliert ist, wenn die Menschen aus dem Gebäude evakuiert wurden und der ganze Main-Tower unter Kontrolle ist«, wies Jürgen Brauer in seinem dunklen Anzug den Einsatzleiter der Antiterroreinheit des Bundesgrenzschutzes am anderen Ende der Leitung an.

Brauer vertraute der GSG 9, weil sie auf die Befreiung von Geiseln spezialisiert war. Er legte in der Operationszentrale des Frankfurter Polizeipräsidiums den Hörer auf und spürte im Rücken den Blick des Chefs des Sondereinsatzkommandos. Das SEK der Polizei war für diese Aufgabe nicht erfahren genug.

Brauer verließ den Raum und rannte die Treppen hinauf in die zweite Etage, wo Sami Rossi im Verhörraum wartete.

»Ist mit Laura alles in Ordnung?« fragte Rossi hastig, sobald die Tür aufging. Der Finne klopfte nervös mit dem Fuß auf den Boden.

Brauer schüttelte den Kopf. Er wußte schon, wie er Sami Rossi nutzen würde, um die Lage im Main-Tower zu entspannen. Brauer war seit seiner ersten Begegnung mit dem

Mann überzeugt, daß Rossi nicht den gutgläubigen Idioten spielte – er war einer. Der Finne hatte einem unbekannten Mann leichtfertig versprochen, ihm die Aktien von H&S Pharma zu verkaufen, wenn er sie von seiner Frau erben würde. Der mysteriöse Anrufer konnte niemand anders sein als Oberst Agron.

Brauer holte den Finnen, der auf seine Gipshand starrte, mit einem bedeutungsvollen Räuspern zurück auf den Boden der Realität. »Ihnen ist also klar, daß wegen Ihrer ... unbedachten Zusage möglicherweise jemand glaubt, vom Tod ihrer Frau zu profitieren?«

Sami Rossi nickte unsicher. »Und wer?«

Brauer antwortete nicht. »Und Sie sind gewillt mitzuteilen, daß Sie die Aktien nicht verkaufen werden, selbst wenn Sie sie erben würden?«

Sami Rossi rutschte auf seinem Stuhl hin und her. »Selbstverständlich. Obwohl mir dann natürlich ein irrer Haufen Bargeld durch die Lappen geht.«

Brauer wurde allmählich wütend. »Wir haben keine Zeit für Scherze. Sind Sie bereit, Ihr Versprechen rückgängig zu machen oder nicht? Ihre Frau und noch etliche andere Menschen sind in Lebensgefahr.«

»Ja.« Rossi wirkte jedoch bei seiner Antwort alles andere als sicher.

Brauer rückte seinen weinroten Schlips zurecht, als würde er sich auf einen Fototermin vorbereiten, wählte die Nummer von Oberst Agrons Büro und mußte lange warten, bis sich schließlich der Chef der Leibwächter Goldsteins kurz und knapp meldete.

»Ich bin Jürgen Brauer vom Bundesnachrichtendienst. Wir haben Sami Rossi in unserer Gewalt, und er hat eine Nachricht für Oberst Agron«, sagte Brauer, reichte Rossi aber den Hörer nicht. Er verließ sich nicht im geringsten auf den Finnen und das, was der von sich geben würde.

Der Chef der Leibwächter übermittelte die Nachricht Goldstein, der schon im Begriff war zu gehen. Auch Oberst Agron, der gefesselt auf dem Sofa saß, hörte, daß vom BND die Rede war.

Goldstein überlegte einen Augenblick, was diese Information bedeutete, und riß dann dem Leibwächter den Hörer aus der Hand. »Ja.«

»Sind Sie Saul Agron?« fragte Brauer und zupfte konzentriert an der Spitze seines Schnurrbarts.

»Ja«, log Goldstein. »Sie sagten, Sie hätten eine Nachricht von Sami Rossi. Wie lautet sie?«

»Es lohnt sich nicht, Laura Rossi umzubringen und anderen Schaden zuzufügen«, sagte Brauer resolut. »Sami Rossi wird Ihnen seine Aktien unter keinen Umständen verkaufen, weil ihm nun klar ist, was Ihre Anfrage bedeutet. Das gilt auch für uns. Wir kennen die Situation in Ihrem Büro, der Main-Tower ist evakuiert, isoliert und umstellt. Ihnen bleibt nichts anderes übrig, als sich zu ergeben. Unbemerkt kommt niemand aus dem Gebäude hinaus.«

Alles Blut wich aus Goldsteins Gesicht. Er stürzte ans Fenster, zog die Gardinen auf, preßte das Gesicht an die Scheibe und sah weit unten ein Blaulichtmeer. Hunderte Menschen strömten aus dem Main-Tower und blieben in einer Entfernung, die sie für sicher hielten, stehen, um zu dem Wolkenkratzer hinaufzuschauen. Goldstein begriff, daß seine letzte Chance vor seinen Augen zu Staub zerfiel. Wie zum Teufel konnte der BND über Sami Rossi und die Situation im Main-Tower Bescheid wissen?

Goldstein mußte irgendwie aus dem Wolkenkratzer hinauskommen. »Ich möchte einen Augenblick Bedenkzeit. Geben Sie mir Ihre Telefonnummer«, sagte er zu Brauer und schrieb sich die Nummer auf den Handrücken. »Vergessen Sie nicht, daß wir bewaffnet sind und ein Dutzend

Geiseln in unserer Gewalt haben!« Goldstein knallte den Hörer hin. Befanden sich in dem Raum Abhörgeräte?

»Ruf den Hubschrauber her«, befahl Goldstein dem Chef der Leibwächter. Der amerikanische Pilot, den er engagiert hatte, war ein erfahrener Mann, aber Goldstein bezweifelte, ob selbst ein ehemaliger Kampfflieger in der Lage wäre, sie mit einem zivilen Sikorsky-Helikopter aus dem Wolkenkratzer herauszuholen.

Der bleiche Oberst Agron sah Goldsteins Miene an, daß das Spiel verloren war. Das hatte er allerdings schon geahnt, als er den Namen des BND gehört hatte. »Dir ist es auch nicht gelungen. Niemand ist perfekt«, sagte Agron gleichgültig.

»Du hast wieder einmal nicht recht. Leider wirst du den Beweis nicht mehr erleben«, zischte Goldstein ihn an und gab dem Leibwächter Anweisungen.

Oberst Agron wurde an seinen Handfesseln in die Toilette gezogen und auf die Knie gezwungen. Zu seiner Überraschung bemerkte der Oberst, daß er Angst hatte, obwohl er immer der Überzeugung gewesen war, er würde den Tod als etwas Befreiendes empfangen. Der rotweiße Bus brannte vor seinen Augen, als der Leibwächter ihm in der Toilette zweimal ins Genick schoß.

55

Dan Goldstein versuchte erfolglos, seine lodernde Enttäuschung mit Mineralwasser zu löschen. Die Aktien waren für ihn endgültig unerreichbar geworden, jetzt mußte er sich auf seine Rettung konzentrieren. Der Streß erschwerte das Nachdenken, er schaltete den Fernseher ein, suchte den Musikkanal und schloß die Augen. Jetzt oder nie mußte sein Verstand messerscharf funktionieren. Vergeblich unternahm er in seiner Phantasie einen kurzen Spaziergang am Sandstrand von Bat Yam in Tel Aviv, auch das konnte ihn nicht beruhigen.

Goldstein war sich nicht einmal mehr sicher, daß nach Agrons Tod niemand von seinem Besuch im Main-Tower wußte. Vielleicht hatte Brauer ihre Telefongespräche aufgezeichnet. Wenn sein Name bei den Ermittlungen auftauchte, könnte man ihn durch eine Stimmanalyse mit den Ereignissen der letzten Stunde in Verbindung bringen. Oder möglicherweise war man imstande, seine Identität mit dem Gerät zur Gesichtserkennung festzustellen, denn die Spezialeinheiten würden ihn sicher filmen, wenn er den Wolkenkratzer verließ.

Allmählich nahm in seinem Kopf ein Plan Gestalt an. Er mußte bis Berlin kommen. Das Gelände der Botschaft war Territorium der USA, dort könnten ihn die deutschen Behörden nicht mit Gewalt herausholen, und Botschafter Sam Charlton würde ihn nicht so leicht herausgeben. Charlton war wie Goldstein Republikaner, in den USA ernannte der Präsident nur Mitglieder der eigenen Partei zu Botschaftern. Von der Botschaft aus könnte Goldstein seine Beziehungen spielen lassen.

Er würde mit dem Hubschrauber nach Berlin fliegen und versuchen Charlton zu bewegen, den Deutschen zu erzählen, er, Goldstein, habe im Main-Tower ganz normale geschäftliche Angelegenheiten erledigt. Auch das Außenministerium der USA könnte Druck auf die deutschen Behörden ausüben, Goldstein würde alle Hebel in Bewegung setzen. Ihm war klar, daß er sich verzweifelt an Illusionen klammerte, aber etwas anderes fiel ihm nicht ein. Und so leicht würde man ihn nicht vernichten.

Goldstein hörte das Dröhnen des Hubschrauberrotors und griff nach der Schulter des Leibwächters. »Kommt man durch dieses Fenster in den Hubschrauber?«

»Ich weiß nicht, vielleicht mit einem Gurt. Ich frage den Piloten.«

»Frage ihn auch gleich, ob der Treibstoff bis Berlin reicht«, befahl Goldstein. Für einen Augenblick hörte man nur das Rauschen des Sprechfunkgerätes und kurze Sätze, dann wandte sich der Leibwächter Goldstein zu. »Der Pilot fragt an, ob er die Aufforderungen zur Landung befolgen soll. Die Polizei droht damit, die Maschine zur Landung zu zwingen.«

»Unter keinen Umständen. Sag dem Piloten, daß ich sein Honorar verhundertfache, wenn er uns hier herausholt. Und frag, ob man durch diese Fenster in den Hubschrauber kommt?«

Diesmal dauerte das Rauschen des Sprechfunkgeräts länger. Dann gab der Leibwächter die Informationen an Goldstein weiter »Es ist schwierig, aber möglich. In der Maschine befinden sich eine Winde und Rettungsgurte.«

»Und der Treibstoff?« fragte Goldstein nach.

»Der Tank ist voll. Der Pilot garantiert, daß der Hubschrauber mit vier Passagieren bis Berlin fliegt.«

»Sorg dafür, daß wir hier herauskommen«, zischte Goldstein.

Der Leibwächter zog die Gardinen beiseite und feuerte eine Salve auf das Fenster. Die zwei jeweils einen Zentimeter starken Scheiben aus Sicherheitsglas zerbarsten zu einem Mosaik, das der Mann eintrat. Die Splitter schwebten davon und verschwanden im Sonnenlicht, eine Windböe fuhr herein und ließ das Papier durch den Raum flattern, und ganz in der Nähe knatterte der Hubschrauber mit ohrenbetäubendem Lärm.

Goldstein schützte sein Gesicht mit dem Arm und näherte sich vorsichtig dem Fenster, wo der Wind zum heulenden Sturm wurde. Er warf einen Blick hinunter in zweihundert Meter Tiefe und taumelte zurück. In der israelischen Armee hatte er dem Tod oft ins Auge gesehen, aber jetzt schien es so, als hätte nicht er diese Erfahrungen gemacht, sondern jemand anders. Doch er mußte es wagen. Er stellte sich vor, wie er springen würde: Erst ein Schritt ins Leere und der freie Fall, dann ein Knacken, und der Gurt spannte sich. Würde er zurückschwingen und an der Wand des Wolkenkratzers zerschellen?

Das Seil des Rettungsgurtes schaukelte und kreiste im Wind, ein paarmal sauste es knapp einen Meter an den Fingerspitzen des Leibwächters vorbei, aber nah genug kam es nie. Die Zeit verstrich. Das Sondereinsatzkommando der Polizei könnte versuchen den Raum zu stürmen.

Das Sprechfunkgerät knatterte. »Der Pilot kann nicht näher an das Gebäude heran, es gibt zu viele Windwirbel«, rief der Leibwächter.

Goldstein faßte einen Entschluß. »Sag ihm, er soll auf das Dach fliegen«, befahl er und tippte die Nummer ein, die er sich auf die Hand geschrieben hatte. Brauer meldete sich gleich, und Goldstein kam sofort zur Sache. »Ich lasse die Geiseln frei, wenn ich das Gebäude mit meinen drei Männern verlassen darf. Wir nehmen vorsichtshalber einige Gefangene mit aufs Dach. Sie sind frei, sobald wir im Hubschrauber sitzen.«

Brauer dachte angestrengt nach. Wenn die Geiseln im Main-Tower blieben, konnte Agron mit seinen Männern den Hubschrauber besteigen. Ein Blutbad würde so vermieden, und der Helikopter mußte irgendwann landen. Kampfhubschrauber der Armee würden ihn begleiten. »Gut. Aber sollten Sie versuchen, auch nur eine Geisel mitzunehmen, eröffnen wir das Feuer«, antwortete Brauer und beendete das Gespräch.

Goldstein traf seine Wahl. »Hol die Geiseln. Die zwei Frauen, die lange dürre und die kleine mit den Rastalokken«, befahl er dem Leibwächter.

Das ungewisse Warten im Beratungsraum nahm ein Ende,

als sich die Tür zu Oberst Agrons Zimmer öffnete und der Chef der Leibwächter hereinkam und Befehle brüllte. Einer seiner Männer griff nach Lauras Arm, und Ratamo sprang auf. Eine Bewegung mit der Maschinenpistole zwang ihn auf seinen Stuhl zurück, aber die Flut finnischer Flüche konnte sie nicht stoppen.

Laura wehrte sich und biß, aber der stählerne Würgegriff des Leibwächters wurde nur noch fester, der Schmerz war so stark, daß sie ihren Widerstand einstellen mußte. Das Entsetzen begrub alle anderen Empfindungen unter sich, so etwas hatte sie nicht einmal als Kind erlebt. Dieses Gefühl nahm ihr den Atem und wirkte endgültig – es war die Todesangst.

Die Leibwächter verschlossen die Türen des Beratungsraumes und führten die beiden Geiseln in Oberst Agrons Arbeitszimmer. Laura Rossi sträubte sich immer noch, und Sabine Halberstam sah blaß und ernst aus. Den Frauen wurden die Hände auf dem Rücken gefesselt und ein Würgering aus Plastik um den Hals gelegt.

Der Chef der Leibwächter übernahm das Kommando und gab Befehle: Goldstein sollte die ruhigere Frau auf die Aussichtsplattform schleppen und ein Leibwächter die kleinere Frau, die mit den Füßen um sich trat. Der Chef der Leibwächter und sein dritter Kollege würden sie absichern. »Wir nehmen die Treppe, die Aufzüge können angehalten werden«, befahl der Chef, in dem Augenblick rauschte wieder das Sprechfunkgerät.

Er hörte einen Augenblick genau zu und gab die Informationen dann an die anderen weiter. »Der Pilot sagt, wir sollen von der fünfundfünfzigsten Etage zusteigen. Eine Landung würde nicht gelingen, die Aussichtsplattform ist zu schmal und der Wind zu böig. Wir benutzen die Gurte.«

Zwei Leibwächter liefen vor den anderen den Flur entlang, bis der eine mit einem Satz auf die Treppe sprang und prüfte, ob der Weg hinauf frei war, während der andere die

Treppe nach unten absicherte. Goldstein und der dritte Leibwächter führten die Frauen. Laura wehrte sich nicht mehr, irgend etwas schnürte ihr den Hals ein, und sie spürte das kühle Metall eines Pistolenlaufes im Genick. Nachdem sich ihre Wut entladen hatte, blieb nur noch das kalte Entsetzen. Diesmal würde sie nicht entkommen.

Als sie fünf Stockwerke hinaufgestiegen waren, öffnete der vorangehende Leibwächter eine Metalltür, die in den heftigen Sturm hinaus führte. Die Rotorblätter des Hubschraubers dröhnten, und die Luftwirbel ließen ihre Kleidung flattern.

Auf den Leibwächtern und auf Goldsteins Stirn tanzten die roten Punkte von Laservisieren. Das war nicht so vereinbart, fluchte Goldstein. Die Sondereinsatzkommandos der Deutschen könnten sie jederzeit ausschalten, ein Zugriff wurde nur durch die Geiseln verhindert. Goldstein legte den Arm um Sabines Hals, zog die Frau enger an sich heran und spähte mit zusammengekniffenen Augen in den hellen Himmel hinauf. Halb schleppte er Sabine an den Rand der Aussichtsplattform unter den dröhnenden Hubschrauber.

Der Chef der Leibwächter angelte das Seil aus der Luft und legte Goldstein und sich selbst die Gurte an. Die zwei anderen Männer warteten bei den Geiseln, bis das Seil wieder herabsank, befestigten die Gurte und ließen die Geiseln im selben Moment frei, in dem der Hubschrauber aufstieg. Schüsse waren nicht zu hören.

Als der Lärm des Rotors verhallte, befahl der Einsatzleiter der GSG 9 der Gruppe 1, die Geiseln von der Aussichtsplattform zu holen, und der Gruppe 2, Oberst Agrons Büro zu stürmen.

Arto Ratamo rannte gerade auf die Aussichtsplattform, als Goldsteins Hubschrauber über dem Main von einer Luftabwehrrakete getroffen wurde und in einem Feuerball explodierte.

56

Morgens um fünf Uhr einundvierzig erhielt Benjamin Baram, der Leiter eines Einsatzkommandos der Division für Spezialoperationen Metsada, aus dem Hauptquartier des Mossad die Information über Dan Goldsteins Tod. Die aufgehende Sommersonne durchbrach den Horizont hinter dem Industriegebiet von Takoma Park, aber die brennenden Lampen im Labor der Wissenschaftlergruppe Menahem Liebermans waren noch zu sehen.

Der Ort eignete sich gut für eine militärische Operation, überlegte Baram. Liebermans Labor war in einer einzeln stehenden Halle am Rande eines abgelegenen Industriegebietes errichtet worden. Das Zentrum von Washington, D.C., lag fast zwanzig Kilometer entfernt. Die Überwachungskameras und die zwei patrouillierenden Nachtwächter hatten sie schon ausgeschaltet. Der Befehl zum Losschlagen kam allerdings im allerletzten Moment, die ersten Beschäftigten würden bald eintreffen.

Das Flüstern im Laderaum des Mack-LKWs verstummte, als Baram seine Männer für die Befehlsausgabe zu sich beorderte. Die zwölf Mitglieder des Einsatzkommandos trugen schwarze feuersichere Nomex-III-Overalls, leichte kugelsichere Westen aus Kevlar, Nachtsichtgeräte, Scheinwerfer, Gürtel mit dem notwendigen Zubehör und Kampfstiefel. Verbindung gehalten wurde mit in den Helm eingebauten Sprechfunkgeräten. Die Bewaffnung bestand aus Pistolen der Marke SIG-Sauer P226 und Maschinenpistolen der Marke IMI Para Micro-Uzi mit Schalldämpfern sowie Infrarot- und Laservisieren. Einige der Männer trugen auf dem Rücken zusätzlich das Sturmgewehr AKM Tulamash. Die leichten Waffen würden genügen, denn Widerstand war nicht zu erwarten.

Floyd Hanson, der Chef der Sondereinsatzgruppe, die aus

dem Special Activities Staff des CIA für diese Aufgabe zusammengestellt worden war, saß in einem Transporter hundert Meter vom Metsada-LKW entfernt und hörte über sein Sprechfunkgerät die Befehlsausgabe Barams. Hansons Männer würden dem israelischen Kommando den Rücken freihalten und verhindern, daß Außenstehende während der Aktion das Gelände betraten. Hanson spürte, daß er allzu ruhig war. Solche Aufträge, bei denen es nur um eine Absicherung im Hintergrund ging, kamen ihm wie Aufwärmübungen vor, denn er wußte, wie man sich im Kampf fühlte, wenn es ernst wurde. Er hatte in Afghanistan und im Irak Blut geleckt.

Barams Befehl war der Startschuß für die Operation. Die Türen des Laderaums flogen auf, die Metsada-Leute sprangen in zwei Gruppen hinaus, rannten zum Maschendrahtzaun des Industriegeländes und nahmen kniend ihre Position ein. Zwei Männer sprühten Säure auf den Zaun. Die Mitglieder des Kommandos schlüpften durch das entstandene Loch, rannten quer über den Asphalt und liefen dann dicht an den Gebäudewänden entlang.

An der Außenwand von Liebermans Labor blieb die Gruppe stehen. Die Halle hatte drei Eingänge: die vordere Tür, die Hintertür und einen Notausgang auf dem Dach. Drei Männer liefen los, um die Fluchtwege zu sperren, die Hauptgruppe wartete kniend einen Augenblick und rannte dann zur Hintertür.

Das Kommando stürmte die Halle, und ein paar Sekunden später spürte jeder der Forscher den Lauf einer Waffe an der Schläfe. Baram zählte die Zielobjekte – es waren fünf. Zwei fehlten. Im gleichen Augenblick wurden Lieberman und ein betagter Kollege aus den Büroräumen in die Halle geführt. Der alte Wissenschaftler sprach ununterbrochen Gebete in hebräisch, er zitterte vor Angst.

»*Ani lo mevin* …« Liebermans Frage brach ab, als die Kugel den Stirnknochen durchschlug. Ein Dutzend gedämpfter Schüsse zischte in der Halle, die Wissenschaftler wurden hingerichtet. Anschließend zog man sie nackt aus und sammelte im scharfen Pulvergeruch ihren Schmuck ein. Dann sagte Baram etwas in das Mikrofon an seinem Helm, die Türen des Vordereingangs öffneten sich, und der Lastkraftwagen fuhr rückwärts herein.

Barams Männer bauten Liebermans Labor ab und gingen dabei rigoros vor. Dann trugen sie aus dem LKW Kisten in die Halle und errichteten ein Kokainlabor. Als die Arbeit erledigt war, begossen sie das Labor sorgfältig mit Benzin, legten an verschiedenen Stellen C-4-Sprengladungen mit eingestelltem Zeitzünder aus und steckten alles in Brand.

Kurz darauf fuhr der LKW der Metsada-Leute los und nahm Kurs auf Camp Peary, das Spezialausbildungszentrum des CIA in Williamsburg, Virginia, und Baram rief den General an.

Der Leiter des Mossad, General Shabtai Gilat, erhielt Benjamin Barams Nachricht in Tel Aviv nachmittags um halb zwei. Jetzt war auch der letzte Mensch liquidiert, der von Goldsteins ethnischer Bombe wußte.

Gilat verzog das Gesicht. Er hatte nicht widerstehen können und das Kantinenessen in seinem Zimmer verzehrt, während er auf Barams Anruf wartete. Vom *Hummus* hingen noch Stückchen einer Bohnenschale zwischen den Zähnen, und die *Harif*-Soße des Salats war ihm nicht gut bekommen. Er hatte Sodbrennen. Dennoch fühlte sich der sechzigjährige Mann erleichtert, weil alle Liquidierungen gelungen waren. Der Hubschrauberabschuß mit der Rakete in Frankfurt war allerdings zu auffällig gewesen. Wenn er vorher gewußt hätte, was für chaotische Formen die Versammlung der Aktienbesitzer annehmen würde, hätte man Goldstein schon am Rande des Flughafens von Frankfurt hingerichtet. Glücklicherweise hatte das in Frankfurt operierende Metsada-

Einsatzkommando Vorkehrungen für alle Fälle getroffen, dachte Gilat und hob die Tasse mit *Hafuch* an den Mund. Der Appetit auf Kaffee war stärker als das Sodbrennen.

Zum Glück für den Mossad hatte Goldstein einen verhängnisvollen Fehler begangen, als er Lieberman nach Washington einlud. Der stellvertretende Direktor des Biowaffenforschungsinstituts der israelischen Armee stand auch während seiner Urlaubsreisen auf der Überwachungsliste aller Nachrichtendienste. Die Yankees waren mindestens genauso stark daran interessiert gewesen, Goldsteins Plan zu vereiteln, wie die Israelis. Und das nicht ohne Grund. Ness Ziona hatte seinen Pockenvirus aus den USA erhalten, und es wäre leicht möglich gewesen, die Spur von Liebermans Virus bis zu dem Virusstamm der USA, der in Atlanta aufbewahrt wurde, zurückzuverfolgen. Zudem hatten die Yankees bei der Entwicklung sowohl des israelischen Biowaffenprogramms als auch des Atomwaffenprogramms geholfen.

Shabtai Gilat gähnte und überlegte, warum ihm die Luft im Bunker heute noch stickiger vorkam als sonst. Achtzig Prozent des Hauptquartiers des Mossad lagen unter der Erde, und sein Zimmer befand sich in der untersten Etage. Gilat ließ seine Augen auf dem schönen Landschaftsfoto vom Kinneretsee ruhen, das war sein Fenster.

Es mußte noch sichergestellt werden, daß keine Informationen über Goldsteins und Liebermans Plan in die Öffentlichkeit durchsickerten, das würde eine beispiellose Terrorismushysterie auslösen. Wenn die Deutschen bei der Untersuchung der Hubschrauberexplosion dem CIA oder Mossad auf die Spur kämen, würde man ihnen weismachen, daß es sich um einen Schlag gegen den Terrorismus gehandelt hatte. Die Zivilisten waren nicht reif dafür, von der Existenz einer Rassen erkennenden Genwaffe zu erfahren, genausowenig wie Diktatoren, die ethnische Minderheiten unterdrückten, überlegte Gilat.

Der Krieg gegen den Terrorismus war heutzutage rücksichtslos, geheim und unkontrolliert. Willkürliche Militärschläge waren wieder ein Mittel der Wahl für die Großmächte, Vollmachten wurden nicht mehr gebraucht und auch nicht eingeholt. Gilat dachte darüber nach, wohin die Entwicklung führen würde. Wann käme bei den »Guten« ein falscher Führer an die Macht und könnte über heimliche Anschläge und Kriege entscheiden? An Kandidaten bestünde kaum je ein Mangel. Von der Macht irregeführte Staatsmänner fanden sich immer, unter allen Nationalitäten und ethnischen Gruppen.

Eine akute Gefahrensituation war diesmal vermieden worden, aber Shabtai Gilat fürchtete, daß die Ereignisse der letzten Tage erst den Anfang darstellten. Da man die perfekte Waffe nun einmal erfunden hatte, würden die anderen sie auch erfinden. Die Genwaffe Liebermans konnte genauso leicht gegen die Israelis programmiert werden wie gegen die Araber. Vielleicht hatte Gandhi recht, möglicherweise würde der Grundsatz »Aug um Aug« letztendlich die ganze Welt blind machen.

57

»Auf Laura Rossi«, sagte Sabine Halberstam, hob das Weinglas und lächelte leicht. »Auf die Erbin«, fügte Ehud Agron in seinem orangefarbenen Hemd hinzu. Ratamo und Sami Rossi begnügten sich damit, den Rotwein zu kosten. Niemand war in Feierstimmung. Das Gastgeberpaar hatte Ratamo zur Begrüßung eine Viertelstunde lang versichert, sie hätten nicht gewußt, warum es Saul Agron und Dan Goldstein auf die Genkarten von Genefab abgesehen hatten. Vergeblich versuchten die beiden dem Ermittler Informationen über die Taten der Männer zu entlocken. Ehud Agron hatte seinen Vater nachträglich beschimpft und ihn beschuldigt, ein Berufskiller gewesen zu sein. Andererseits merkte man, daß sein Tod ihn sichtlich erschütterte.

Laura war nur zu dem Besuch bereit gewesen, weil Sabine eindringlich darauf bestanden hatte, ihr die Motive für ihr Handeln zu erklären. Jetzt bereute Laura ihre Entscheidung. Immer wieder ging ihr ein Gedanke durch den Kopf: Sabine wäre, wenn sie es gewollt hätte, in der Lage gewesen, das Geschehene zu verhindern, sie hätte nur die Polizei über Agrons Plan informieren müssen. Laura schaute zu Sami hin und brachte die Andeutung eines Lächelns zustande. Dann betrachtete sie niedergeschlagen die Wohnung von Sabine und Ehud. Penthousewohnungen, Luxushotels, Wolkenkratzer und Nachrichtendienste gehörten zu diesem Drama, aber nicht in ihre Welt. Laura überlegte, ob sie es jemals schaffen würde, ihr Leben wieder in geordnete Bahnen zu bringen. Vor Eeros Begräbnis gelänge das jedenfalls nicht, da war sie sich ganz sicher.

Sie alle, die im Wohnzimmer auf den Sofas saßen, waren erschöpft. Nach der Entspannung der Lage im Main-Tower hatten sie den Rest des Tages bei den Vernehmungen im Polizeipräsidium verbracht. Der Schock über die Ereignisse stand allen noch im Gesicht geschrieben.

Ratamo hätte gern seinen Priem gegen einen frischen ausgetauscht, in dieser Gesellschaft traute er sich das jedoch nicht. Der Fehltritt vom gestrigen Abend schien noch im Raum zu schweben. Gern wäre er schlafen gegangen, aber sein Arbeitstag würde noch bis tief in die Nacht reichen. Er mußte noch einen schriftlichen Bericht über alle Ereignisse des heutigen Tages für die SUPO anfertigen. Das Wichtigste wußte allerdings auch er nicht: Wer hatte Goldsteins Hubschrauber abgeschossen und warum? Und was steckte hinter alldem? Ratamo sehnte sich nach dem Urlaub wie der Räuber nach dem Geld. Seit der Streß nachließ, drängten seine eigenen Probleme wieder mit Macht in den Vordergrund.

Sabine beschloß, das drückende Schweigen zu brechen, und berührte Lauras Hand. »Es tut mir leid wegen deines Bruders. Wir hätten all das nicht in Angriff genommen, wenn wir vorher gewußt hätten, wie viele Menschen darunter würden leiden müssen. Ich habe gedacht, ich könnte alle von Agron geplanten Morde verhindern, aber dann waren wir einfach nicht fähig ... in der Lage, die Umsetzung des Plans abzubrechen, als sich der Sieg schon abzeichnete. Wir hatten den brennenden Wunsch, ›African Power‹ zu helfen ...«

Laura antwortete nicht, sie schaute auf den Wipfel des Ahornbaumes, der draußen mit dem Wind tanzte, und dachte nach. Hinterher klüger zu sein war leicht und schmeckte süß, aber es nützte niemandem. Sie fühlte sich noch immer nicht sicher. War die Heimsuchung nun tatsächlich vorüber, oder würde das Entsetzen nach einem Stoßseufzer der Erleichterung wie ein Bumerang zurückkehren? Sie hatte sich vorgenommen, mit Konrad Forster über Anna und ihre Mutter zu sprechen, sobald er dazu imstande sein würde. Es war höchste Zeit, die Gespenster der Vergangenheit endgültig zu töten.

»Ich möchte dich auch fragen, ob du H & S Pharma immer noch mir und Ehud überlassen willst?« fuhr Sabine fort. »Wir könnten mit den Aids- und Malariamedikamenten viel Gutes tun. Es wäre traurig, wenn der ... Traum, den ›African Power‹ ... den wir haben, scheitern würde.«

Laura empfand trotz allem eine gewisse Sympathie für die Motive von Sabine und Ehud. Immerhin hatten sie um H & S Pharma gekämpft, weil sie Menschen helfen wollten, und nicht, um sie zu töten. »Ich denke irgendwann später darüber nach. Natürlich hoffe ich, daß ihr eure Forschungen zur Behandlung der Kinderlosigkeit weiterführt«, sagte Laura.

»Nun überstürze mit den Aktien mal nichts, wir reden erst mal darüber …«, warf Sami Rossi besorgt ein.

»Diese Erfahrung mit der Welt des Geldes reicht mir vollkommen«, entgegnete Laura und schaute Sami an, ihre Augen sprühten Funken.

»Hoffen wir, daß die Ergebnisse der Embryoforschung nicht auch bald für die Zwecke der Kriegsindustrie und des Terrorismus eingespannt werden«, sagte Ratamo, um das Gespräch in eine andere Richtung zu lenken. Allerdings begriff er sofort, daß er den zynischen Kommentar besser für sich behalten hätte. Vor allem, weil er ja wußte, daß man alle Erfindungen zum Wohle des Menschen auch zu seiner Vernichtung einsetzen würde.

Ehud Agron schüttelte den Kopf. »Für die Pessimisten ist die Wissenschaft eine Bedrohung und für die Optimisten eine Möglichkeit. Wenn man dann Charaktereigenschaften durch eine Genbehandlung positiv beeinflussen kann, werden die Menschen für ihre Kinder nur Eigenschaften auswählen, die in der Gesellschaft nützlich sind. Vielleicht veredelt das die Menschheit und führt sie in eine gute Richtung. Es ist ziemlich unwahrscheinlich, daß Eltern für ihre Lieblinge ein Gen auswählen werden, durch das jemand für gewalttätiges oder asoziales Verhalten anfällig wird. Vielleicht legen die Staaten sogar fest, daß diese Gene gesetzwidrig sind.«

Ratamo lagen etliche bittere Bemerkungen auf der Zunge, aber er schluckte sie hinunter, weil es der falsche Augenblick zu sein schien. Auch die anderen äußerten sich nicht zu Ehuds Kommentar. Ratamo warf einen Blick auf die Holzschnitzereien, die auf dem Fensterbrett standen. »Sind die aus Südamerika?« erkundigte er sich neugierig.

»Nein, aus Südafrika. Wir haben sie als Abschiedsgeschenk von den Kollegen des Roten Kreuzes bekommen. Sie sind häßlich, nicht wahr?« antwortete Ehud.

»Anscheinend gefallen sie mir«, erwiderte Ratamo nachdenklich.

Sabine wandte sich wieder Laura zu. »Du könntest ja einen Teil der Aktien behalten, beispielsweise neunundvierzig Prozent.«

»Die bringen meinen Bruder auch nicht zurück.« Am liebsten hätte Laura gesagt, daß H&S Pharma und alles, was damit zusammenhing, sie mal kreuzweise konnte. Ihre Miene verriet, was sie empfand.

Ratamo konnte kein Mitgefühl für die Gastgeber empfinden. Er hoffte, daß die deutsche Polizei auch bei Sabine und Ehud genau untersuchte, inwieweit das, was sie getan hatten, nach dem Gesetz zulässig war. »Sie hätten Oberst Agrons und Konrad Forsters Absichten sofort der Polizei mitteilen müssen«, sagte er zu Sabine.

Sabine dachte einen Augenblick nach. »Saul Agron hat uns mit seiner Drohung, Anna zu ermorden, erpreßt. Wir mußten ihm helfen, denn sonst hätte ich mein Erbe verloren. Die Vollstreckung des Testaments setzte ja voraus, daß Anna Selbstmord beging.« Nervös leerte Sabine ihr Glas in einem Zuge und füllte sofort Wein nach. »Mein Plan war einfach, man mußte nur verhindern, daß Anna die Entscheidungsgewalt erhielt, Annas Selbstmord abwarten und die Aktien durch das Testament erben. Doch von Verona an lief alles total schief. Auch Idealismus kann anscheinend viel Böses zustande bringen.«

Verdammt noch mal, begriff diese Frau nicht, daß sie eine Teilschuld an den Ereignissen der letzten Woche trug? »Den Mord an Dietmar Berninger haben Sie jedoch akzeptiert«, bohrte Ratamo nach.

»Manchmal müssen die Interessen des Individuums zugunsten des Gemeinwohls geopfert werden«, erwiderte Sabine und war sich auf frustrierende Weise bewußt, daß sie dem Druck von ›African Power‹ nachgegeben und Berningers Mord akzeptiert hatte.

»Ist das ein Spruch von Stalin?« entfuhr es Ratamo.

Sabine antwortete nicht, alle sahen, daß sie auf ihre Taten nicht stolz war. Das Gespräch stockte und kam allmählich ganz zum Erliegen. Das Treffen endete mit einem Abschied in gedämpfter Stimmung.

Sami Rossi bemühte sich um die Versöhnung mit seiner Frau, obgleich auch Ratamo im Taxi saß. »Ich war ein Idiot der Extraklasse, als ich dich in dieses ganze Chaos hineingezogen habe.«

Laura schaute ihren Mann zärtlich an und überlegte, wer von ihnen beiden den anderen schlimmer betrogen hatte. Sami war immerhin in gewisser Weise gezwungen worden, Konrad Forster zu helfen, während sie sich freiwillig mit Ratamo eingelassen hatte. Alle machten Fehler, aber nur wenige vermochten damit zu leben. Sie wollte es versuchen.

Ratamo konnte sich einmal mehr eine Bemerkung nicht verkneifen. »Um Einstein zu zitieren: ›Zwei Dinge sind unendlich: das Universum und die menschliche Dummheit. Aber beim Universum bin ich mir nicht ganz sicher.‹«

Sami Rossi lächelte betreten, weil er nicht genau wußte, ob Ratamo ihn auf die Schippe nahm oder nur einen Witz machte. Verwirrt schaute er seine Frau an.

Ratamo sah, wie sich das Paar an den Händen faßte. Das Allerwichtigste war also noch vorhanden. Er vermutete, daß bei den Rossis alles gutgehen würde.

SONNABEND

58

Amüsiert beobachtete Ratamo, wie Mikko Piirala, der Chef der Abteilung für Informationsmanagement, Jussi Ketonens Sekretärin schwindlig reden wollte. Der elegant gekleidete Piirala saß auf ihrer Schreibtischkante und erzählte von seinem neuen Geländewagen, den er sich gerade gekauft hatte. Obwohl die Frau abwechselnd gähnte, telefonierte und etwas in ihr Handy eintippte, merkte er nicht, was sie ihm zu verstehen geben wollte. Ratamo überlegte, wegen welcher Ermittlungen Piirala am Samstagnachmittag in der Ratakatu herumhing.

Ratamo war müde, er hatte die ganze Nacht geackert wie eine hyperaktive Fledermaus und seinen Bericht fast fertig geschrieben. Nach dem Abschluß der Ermittlungen gingen ihm wieder öfter seine eigenen Probleme durch den Kopf, nur der bevorstehende Urlaub und der Gedanke an Nelli hielten ihn noch über Wasser. Es tat gut, zu wissen, daß es auf der Welt auch noch etwas anderes gab als das Böse, im Laufe der letzten Woche war das fast in Vergessenheit geraten. Die schwierigsten Ermittlungen der vergangenen Jahre hatten ihre Spuren bei ihm hinterlassen, das spürte er derzeit allzu oft.

Als an Ketonens Tür das grüne Licht aufleuchtete, nahm Ratamo den Priem heraus, warf ihn in den Mülleimer und betrat das Zimmer des Chefs, ohne anzuklopfen. Musti kam langsam auf ihn zu, um einen alten Bekannten zu begrüßen, sie wedelte mit dem Schwanz und knurrte freundlich. Ratamo kraulte das alte Fräulein eine Weile und bemerkte dann, daß Ketonen nicht allein war. Auf dem Ledersofa saß eine Frau mittleren Alters mit strengem Gesichtsausdruck. Ihre Frisur erinnerte Ratamo an den glokkenförmigen Lampenschirm einer Stehlampe, die er kürzlich im Antiquitätenladen »Licht und Schatten« erstanden hatte. Nur die Fransen fehlten. Er schätzte die Frau auf etwa fünfzig, vermutlich hatte sie eine führende Position inne.

»Ich sollte vorbeikommen«, sagte Ratamo zu Ketonen.

»Deine telefonischen Berichte genügen mir vorläufig, die schriftliche Zusammenfassung lese ich, sobald du sie fertig hast. Ist alles in Ordnung?« Der Chef schob die Hände entspannt unter seine Hosenträger.

Ratamo schnaufte. Nein, alles war beschissen, hätte er am liebsten gesagt, traute es sich aber in Anwesenheit einer Fremden nicht. Ratamo warf einen Blick auf das Toupierwunder und überlegte, ob die Frisur mit Lack, Leim oder Mörtel zusammenhielt.

Ketonen stellte seinen Holzbecher auf den Tisch und bot Ratamo Zimtschnecken an, die für seinen Gast bereitstanden.

»Sind die frisch?«

»Der Bäcker lebt noch«, erwiderte Ketonen lächelnd. Seine Miene wurde erst wieder ernst, als er einen Blick auf seine Besucherin geworfen hatte. »Es interessiert dich vielleicht, daß Menahem Lieberman mit seinen Kollegen in einer ausgebrannten Fabrikhalle am Rande von Washington gefunden wurde. Tot«, sagte er zu Ratamo.

Ratamo hätte gern zum Tod Liebermans ein paar Fragen gestellt und selbst noch mehr über die Genkarten von Genefab berichtet, aber er schwieg, weil er nicht wußte, ob er etwas verraten würde, was die Frau nicht hören durfte. Warum stellte Ketonen ihm das Frisurwunder nicht vor? Ratamo starrte den geheimnisvollen Gast neugierig an.

»So. Auch hier hat sich so manches ereignet«, sagte der

Chef und reagierte damit auf Ratamos Blicke. »Die Präsidentin hat gestern meinen Nachfolger ernannt.« Ketonen lächelte und zeigte auf die Frau, die mit übereinandergeschlagenen Beinen auf dem Sofa saß. »Polizeidirektorin Ulla Palosuo von der Abteilung Polizei im Innenministerium. Du hast doch die Verwaltungsabteilung geleitet, Ulla?«

»Ja. Die letzten sechs Jahre«, antwortete Palosuo mit ernster Miene.

»Und du hast sie gut geleitet, denn man hat dich zum ersten weiblichen Chef in der Geschichte der SUPO gemacht«, lobte Ketonen und bemerkte Ratamos verblüfften Gesichtsausdruck. »Ulla wird unmittelbar nach ihrem Urlaub zu uns kommen, und bis zum nächsten Sommer arbeiten wir beide zusammen. Man hat mich gebeten, Ulla gründlich in die Tätigkeit der SUPO einzuführen, da ich dieses Amt schon so lange bekleide.«

»Und Wrede?« fragte Ratamo. Vor Neugier hatte er ganz rote Ohren.

»Erik macht jetzt Ferien, und für die Zeit danach hat er sich beurlauben lassen. Die Nachricht über die Ernennung hat er, offen gesagt, nicht sehr sachlich aufgenommen. Du wirst es bemerken, wenn du in sein Zimmer gehst, nicht alle Kaffeeflecken an der Wand ließen sich abwischen.«

Nun war Ratamo noch verdutzter – schon zwei gute Nachrichten auf einmal. Was war jetzt los? Die SUPO ohne Wrede – dann schmeckte die Arbeit ja nach Hobby. Mit Ulla Palotie oder Palosuo würde er bestimmt auskommen, obgleich ihr Blick an eine Gefriertruhe denken ließ.

»Du kannst übrigens deinen Bericht tippen und dann sofort in Urlaub gehen«, versprach Ketonen und deutete mit seinem Gesichtsausdruck an, daß ihr Treffen beendet war.

Jetzt kam Leben in Ratamo. Mit großen Schritten rannte er die Treppen hinunter auf die Ratakatu und schlug den

Weg nach Hause ein. Er würde Nelli bei Marketta abholen, den Bericht fertig schreiben und allen verkünden, daß er jetzt Urlauber war. Sicher freute sich auch Nelli, wenn der Ferienbeginn vorverlegt wurde.

Auf der Laivurinkatu mußte er stoppen, weil ein Lastkraftwagen im Rückwärtsgang mit heulendem Alarmsignal auf den Fußweg fuhr. Umgehen konnte man den LKW nicht, weil auf der Straße lebhafter Verkehr herrschte. Es blieb ihm nichts anderes übrig, als zu warten. Die Schweißtropfen, die ihm den Rücken hinunterliefen, versprachen ein glänzendes Urlaubswetter. Er betrachtete die mehrstökkigen Häuser und sah, daß in einer Wohnung altes Inventar aufgestapelt lag. Ein Haufen alter Möbel, das war alles, was von einem Menschen übrigblieb.

Nur jetzt nicht niedergeschlagen sein, sagte sich Ratamo eindringlich. Morgen würde er in Urlaub gehen und die Berninger-Ermittlungen aus seinem Kopf streichen. Auch über diesen Fall würde er noch einmal nachdenken, wenn es an der Zeit war. Mit Abstand. Allerdings war ihm klar, daß die Entwicklung nie rückwärts verlief, auch bei den Biowaffen nicht. Als der Lastkraftwagen endlich durch das Torgewölbe in den Innenhof fuhr, konnte Ratamo weitergehen.

EPILOG

Ratamo und Nelli saßen in der Küche am Bauerntisch und frühstückten. Nelli wollte die Aufmerksamkeit ihres Vaters erregen, aß deshalb ihre Cornflakes mit offenem Mund und schmatzte. Ratamo versuchte die Stehlampe aus Großmutters Zeiten einzuschalten, aber anscheinend brannte die nur, wenn sie Lust hatte. Ihm ging durch den Kopf, daß er es leichter hätte, wenn er statt der gebrauchten neue Sachen kaufen würde. Nelli lag offenbar etwas auf der Seele, denn ihm fiel auf, daß sie überhaupt nicht quengelte und maulte, obwohl sie doch fast die ganze letzte Woche unter der Obhut von Marketta verbracht hatte.

Ratamo kaute sein zähes dunkles Brot und schaute widerwillig den Poststapel der letzten Woche durch: ein Drittel Rechnungen, ein zweites die Tageszeitung und der Rest Werbung. Ratamos Kiefer hielten inne, als er einen Brief entdeckte. Wer schickte heutzutage noch Briefe? Die frauliche Handschrift und die holländische Briefmarke verrieten den Absender: Riitta.

Der Brief war kurz. Riitta fragte verwundert an, warum Ratamo in der Woche vor Mittsommer nicht mit anderen finnischen Polizisten zusammen bei der Besichtigung von Europol dabeigewesen war. Riitta versicherte ihm ein wenig zu überschwenglich, sie hätte mit Maria Kallio und Seppo Hämäläinen im Pub »De Pijpenla« mächtig die Sau rausgelassen. Ratamo ärgerte sich, von einer Fahrt nach Den Haag erfuhr er jetzt das erstemal. Dann beruhigte er sich aber wieder, auch wenn er es gewußt hätte, wäre er wohl kaum zu Riitta noch Holland gereist.

»So, jetzt wird gepackt«, sagte Ratamo und zerzauste Nelli die Haare.

Der Vater half seiner Tochter, alles zusammenzutragen, was sie in den Ferien brauchte. Dann packte er seine eigenen Sachen, das Essen und alles, was ihm sonst noch einfiel, in die Taschen. Mitzunehmen gab es genug, sie würden schließlich die nächsten vier Wochen in den Schären verbringen. Ratamo könnte sich endlich erholen, zur Ruhe kommen, nachdenken und sein Leben in Ordnung bringen, erst mal im Kopf.

Auf der Suche nach Dingen, die er noch mitnehmen müßte, landete Ratamo im Wohnzimmer und beschloß, ein wenig Musik zu hören. Um ein Haar hätte er eine CD mit italienischen Schlagern, die Riitta vergessen hatte, in die Anlage geschoben. Im letzten Moment besann er sich jedoch und schaltete das Radio ein, um zu erfahren, wie das Wetter am ersten Urlaubstag werden würde. Plötzlich bemerkte er das blinkende rote Licht des Anrufbeantworters. Vermutlich war es sein Vater gewesen, denn mit Marketta hatte er erst vor einer Viertelstunde gesprochen, und Elina versuchte nicht mehr ihn zu erreichen. Zum Glück.

»Äh, hier ist dein Vater ... also ... Tapani. Ich rufe nur wegen meines Besuches an. Wahrscheinlich habe ich die Sache ein wenig zu überfallartig ...«, Tapani Ratamos Stimme brach ab, als Ratamo auf den Rückspulknopf drückte. Über diese Dinge würde er erst nachdenken, wenn er sich entspannt hatte.

Ratamo half Nelli, so gut er konnte, beim Anziehen des hellblauen Brautjungferkleides und der langen Handschuhe, den Blumenkranz würde man ihr erst in der Kirche in die Haare stecken. Es war kurz vor elf, sie müßten bald aufbrechen und in Richtung Lohja fahren. Die Trauung begann um eins, aber sie sollten eine Stunde vor dem entscheidenden Augenblick dasein.

»Vati. Können wir uns einigen, daß alle Böcke, die du geschossen hast, verziehen sind, wenn du nicht wütend wirst?« Nelli starrte ihren Vater traurig an.

»Wütend? Weswegen?« fragte Ratamo und griff nach dem Blatt Papier, das Nelli ihm reichte. Es war das zusammengefaltete Fax aus der deutschen Botschaft in Helsinki. Ratamo erriet alles Weitere, las aber trotzdem den Anfang des Textes: »... Botschaftsrat Berninger befand sich in einer für sein Alter hervorragenden physischen Verfassung ...« Ratamo fluchte, das Fax hätte die Ermittlungen in der Anfangsphase beschleunigen können. Er machte sich Vorwürfe.

Ratamo schaute seine Tochter an und erschrak, als er sah, daß Nelli Angst hatte. Ihm war immer noch nicht klar gewesen, wie sehr er das Mädchen vernachlässigte. Er nahm Nelli in die Arme, strich ihr über das Haar und schwindelte, um sie zu trösten, das Blatt Papier sei gar nicht wichtig gewesen. Jetzt mußte er sich zusammenreißen und viel Zeit und Liebe in Nellis Erziehung investieren, bevor sie versuchte, sich auf viel schlimmere Art bemerkbar zu machen.

Die Fahrt nach Lohja verging mit Bonbons und dem Album »Shades« von J. J. Cale wie im Fluge. Nelli war aufgeregt. Auf Markettas Wunsch hin fand die Trauung in der Kirche des Heiligen Lauri statt, weil sie zu den schönsten Finnlands zählte und in der Nähe von Markettas Sommerhaus in Pusula lag.

Die beiden Ratamos kamen rechtzeitig in der Kirche an. Marketta wollte Nelli erzählen, was in Kürze geschehen würde, also setzte sich Ratamo allein in die hinterste Bankreihe und bewunderte die Wände der mittelalterlichen Kirche. Sie waren fast gänzlich mit Malereien bedeckt. Die volkstümlich dargestellten Figuren sollten vermutlich seinerzeit dem Volk, das nicht lesen konnte, Geschichten aus der Bibel erzählen.

Allmählich trafen die Gäste in der Kirche ein, unter ihnen auch Bekannte. Zu seiner Überraschung konnte Ratamo jedoch außer dem Chef der Sicherheitsabteilung Risto Tissari und dem Stabschef Tuomas Kuusela keine anderen SUPO-Mitarbeiter registrieren. Offensichtlich hatte Ketonen nur seine ältesten Freunde zur Hochzeit eingeladen.

Ratamo drehte sich um und wollte nachsehen, ob die Braut schon auftauchte, gefolgt von Nelli, da spürte er eine Berührung an seiner Schulter.

»Hallo, Arto. Ich habe geahnt, daß du in der letzten Reihe sitzt«, sagte Riitta Kuurma mit ganz alltäglicher Stimme, als hätte sie einen Freund wiedergefunden, den sie im Gedränge für einen Moment aus den Augen verloren hatte.

Ratamo begrüßte seine ehemalige Lebensgefährtin und ließ sich nichts anmerken, verwünschte sich aber im stillen, weil er nicht daran gedacht hatte, daß Ketonen den Beziehungstherapeuten spielen und auch Riitta zur Hochzeit einladen könnte. Er wußte nicht, ob er sich über Riittas Auftauchen freute oder nicht, das würde sich beizeiten herausstellen.

Plötzlich dröhnte von der Orgelempore der ungewöhnlichste Hochzeitsmarsch herunter, den Ratamo je gehört hatte.